VERLAG TORSTEN LOW

Frischfleisch

Nullpersonen

von

Vincent Voss

© 2016 by Verlag Torsten Low,
Rössle-Ring 22, 86405 Meitingen/Erlingen
Kontakt: torsten.low@verlag-torsten-low.de

Umschlaggestaltung: Timo Kümmel

Lektorat und Korrektorat:
L. Rautenberger, T. Low

Satz: T. Low

Druck: Libri Plureos GmbH,
Friedensallee 273, 22763 Hamburg
Printed in Germany

ISBN 978-3-940036-38-4

Dieses Buch ist den Lows, meiner Lektorin Lilly Rautenberger und allen anderen verrückten Z-Nerds gewidmet. Es fängt immer an. Überall. Besser ihr legt euch Vorräte an.

Diese Geschichte, die meisten Figuren sowie die Handlungen und Reaktionen der real existierenden Personen sind frei erfunden. Diese Geschichte stellt dar, wie ein Zombieszenario in Deutschland ablaufen *könnte*.

Kapitel 1 - Kesh auf Radio Gamma

I don't know what happened to Antonio Bay tonight.
Something came out of the fog and tried to destroy us.

»The Fog«; 1980

11:43 Uhr, Kiel

»Moin! Hier ist Kesh am späten Vormittag und im Ticket-Counter haben wir gleich zwei Tickets für das Big-4-Festival in Hamburg. Kommt, Leute! Ruft an, es ist immer noch so nebelig, da könnt ihr da draußen eh noch nix sehen. Jetzt gibt es aber erst mal die Red Hot Chili Peppers auf die Ohren!« Kesh drückte das Mikro aus und sah dem Newsticker aus der Nachrichtenredaktion nach, der auf ihrem Monitor durchlief. Hatte sie dort gerade *Amoklauf im Kindergarten* gelesen? Anthony Kiddies sang vom weißen Schnee in Kalifornien, sie wartete währenddessen, dass die Meldung sich im Ticker wiederholte. Das tat sie aber nicht. Hatte sie sich verlesen? Knapp zwei Minuten hatte sie noch Off-Air, sie rief Paddel aus der Nachrichtenredaktion an.

»Was war denn das mit dem Amoklauf im Kindergarten eben? Im Ticker?«, wollte sie von ihm wissen.

»Was war denn das gestern mit dem Typen?«, stellte Paddel eine Gegenfrage und meinte das einem Typen von ihr ins Gesicht geschüttete Bier als Antwort auf einen plumpen Anmachversuch. Gestern war nicht ihr Tag gewesen. Die ganze Woche war nicht ihre Woche. Seit Joscha mit ihr Schluss gemacht hatte, lief sie völlig neben der Spur.

»Ey, der hat eins auf die Ketten verdient, Paddel. Und jetzt der Amoklauf.« Eine Minute noch. Sie sah es in der

Ticket-Hotline blinken, ein Anrufer in der richtigen Leitung.

»Amoklauf im Kindergarten?«, fragte Paddel nach.

»Jepp. Lief gerade durch den Ticker.« Durch den Hörer hörte sie ihn tippen.

»Das waren Agenturnachrichten, Kesh. Fangfrisch vom Kutter, aber … Amoklauf im Kindergarten ist da nicht. Bist du dir sicher?«

Sie überlegte. Nein, sicher war sie sich nicht. Sie hatte gestern zu lange gefeiert, hatte immer noch Kopfschmerzen und Nachdurst. Sie war sich aber sicher, dass es einfacher war, jetzt nachzugeben. Hey, sie war nur Moderatorin. Kesh über Mittag auf Radio Gamma, dem etwas verrücktem Sender. Sie war nicht Marietta Slomka. Aber irgendetwas, vielleicht der Hauch eines journalistischen Spürsinns, ließ sie etwas wittern.

»Frag mal bei der Agentur nach, Paddel. Warum sie die Nachricht rausgenommen haben.« Kurze Pause, Paddel stöhnte.

»Kesh, wir sind ein Musiksender, nicht BBC …« zehn Sekunden noch.

»Paddel, komm schon!« Noch eine Pause, Kesh legte einen Finger auf die ON-AIR-Taste.

»Ja, in Ordnung«, gab sich Paddel geschlagen. Sie schaltete die Tickethotline hinzu und ging auf Sendung.

»Moin, Leute. Ihr hört Kesh über Mittag und wir hauen gerade zwei Tickets für das Big-4-Festival mit Metallica in Hamburg raus. Mal sehen, ob jemand in Leitung 10 ist und gewonnen hat. Kesh über Mittag auf Radio Gamma. Moin, wer bist du?«

Kapitel 2 – Hit the road, Jack

Melissa: Why do they call you the Duck?
Rubber Duck: Because it rhymes with »luck.« See, my daddy always told me to be just like a duck. Stay smooth on the surface and paddle like the devil underneath!

»Convoy«; 1978

Der Trick war, sich vorzustellen, man sei eine über einen Stuhl gehängte Socke. Ronnie stellte es sich seit ungefähr zwei Stunden vor. Frankfurter Kreuz, und er musste rüber auf die A7 nach Norden, um vor der Nacht noch die dänische Grenze zu erreichen. Das war zumindest sein Plan. Er sah den Schritt für Schritt vorwärts rollenden Wagen auf dem langen, geraden Teilabschnitt der Autobahn hinterher und vermisste die meditative Entspannung, die er als Socke eigentlich erreichen wollte.

»Scheiße!«, fluchte er, griff nach einem Apfel, der auf dem Beifahrersitz lag und biss ab. Es wird an der schwarzen Katze liegen, die heute Morgen seinen Weg gekreuzt hatte. Auf der Raststätte war sie von links nach rechts geschlichen, als er vom Zähneputzen aus den Waschräumen zurückgekommen war. Seinen Aberglauben gab er nur ungern zu, er hatte ihn von seiner Großmutter geerbt und das Leben hatte ihn gelehrt, dass viele der Prophezeiungen zutrafen, wenn man nur richtig hinsah. Und die schwarze Katze bedeutete für ihn: Pass heute auf!

»Aufpassen, Ronnie!«, sagte er zu sich, biss ein weiteres Mal ab und legte weitere fünf Meter mit seinem 30-Tonner zurück. Sein CB-Funk meldete sich.

»Mensch Jungs, hier Rubber Duck, wer von euch ist denn im Frankfurter Raum unterwegs? Over.«

Rubber Duck. Ronnie grinste. Rubber Duck war schon ein komischer Vogel. Jemand antwortete ihm.

»Rubber Duck, hier Frankie Zwo Null, da komme ich noch hin. So wie es aussieht gegen übermorgen, Over.« Ronnie lachte, Frankie war also auch hier unterwegs. Er schaltete sich dazu.

»Ich bin auf dem Zubringer zur 7, den Flughafen im Rücken. Stau. Ronnie, Over.«

»Arme Säue seid ihr! Wie ich aus einer meiner unzähligen, vertrauensvollen Quelle erfahren habe, wird es rund um den Flughafen bald fürchterlich abgehen. Möglicherweise wird der Flughafenzubringer sogar komplett gesperrt. Over.«

»Komplett gesperrt?«, fragte Frankie nach. »Warum?«

»Irgendein Problem mit einer gelandeten Maschine aus Hamburg. Ein Terror-Angriff wird vermutet. So, habt ihr Wichser mitgehört? TERROR. ANGRIFF.« Rubber Duck lachte. Ronnie pfiff durch die Zähne und war froh, den Flughafen schon hinter sich gelassen zu haben. In die Gegenrichtung staute es sich kilometerweit und, wie zur Bestätigung, sah er dort jetzt Polizei-, Rettungs- und sogar Feuerwehrfahrzeuge durch eine Gasse fahren. Rubber Duck hatte recht. Über Funk bestätigte er Rubber Ducks These und dachte an die schwarze Katze heute Morgen.

»Aufpassen, Ronnie«, flüsterte er.

Kapitel 3 – Tim und die Toten

Holden: … Sie gucken nach unten und sehen eine Kilonie, Leon, die auf Sie zu kriecht.
Leon: Eine Kilonie, was ist das?
Holden: Wissen Sie, was eine Schildkröte ist?
Leon: Natürlich!
Holden: Ein und dasselbe.
Leon: Noch nie 'ne Schildkröte gesehen. Aber ich verstehe, was Sie meinen.
Holden: Sie bücken sich, greifen nach unten und drehen die Schildkröte auf den Rücken, Leon.

»Blade Runner«; 1982

Tim wusste, wann etwas in der Luft lag, und jetzt und hier lag eine Menge in der Luft. Um das zu wissen, brauchte man kein Journalist sein. Die Frage war nur, was genau ging hier vor sich?

Mit seinem Freund Liam hatte er einen Interviewtermin mit Professor Dr. Rüschelmann, dem Leiter der Rechtsmedizin Hamburg gehabt, weil einer der angestellten Rechtsmediziner offenbar in einen oder mehrere Mordfälle verwickelt war und, zu welchem Zweck auch immer, Körperteile aus der Rechtsmedizin zu sich nach Hause, nach Wakendorf II, auf seinen Resthof mitgenommen hatte. Liam hatte ihn beobachten können, ging aber später von einer Art Krankheit oder Virus aus, das sich auf andere übertrug und sie zu Kannibalen werden ließ. Zu Zombies. Liam hatte es nicht offen ausgesprochen, aber das war, was er meinte. Aber Liam stand nach der Trennung von Sandra auch am Rande eines Nervenzusammenbruchs. So gerne er seinem Freund Glauben schenken wollte, das ging für Tim zu weit. Tim hielt mehrere Morde und Mittäter in der Universitätsklinik für glaubwürdig. Auch hier, in der Rechtsmedizin selbst, wo eben gerade ein Schuss gefallen war und die Gesundheitssenatorin und ein Haufen wichtiger Polizisten im Anzug mit Headset den Eingang und Professor Dr. Rüschelmann sicherten. Der Grund, weswegen ihr Interview abgesagt wurde. Der Grund, weswegen Liam sich Hals über Kopf von ihm verabschiedet hatte, um seinen Sohn Jack aus dem Kindergarten zu holen und, wer weiß wohin, zu verschwinden.

Der Grund, weswegen hier etwas in der Luft lag. Tim witterte einen Skandal und er wollte ihn aufdecken. Doch dafür brauchte er Informationen. Nicht später, wie Rüschelmann ihm versprochen hatte, sondern sofort.

Tim sah sich um. Polizisten hatten die Straße zum Institut vollständig gesperrt, zwischen zwei Mannschaftswagen zogen sich mehrere Beamte um, legten sich ihre Rüstungen an. Vor dem Haupteingang standen die Senatorin, Rüschelmann, einige Angestellte des Instituts und zivile Sicherheitsbeamte. Etwas abseits am Straßenrand, in der Nähe des Torbogens zum Hinterhof, standen vier Bestatter bei ihren beiden Fahrzeugen und rauchten. Es waren keine weiteren Presseleute da, bisher war es seine Exklusivgeschichte. Trotz aller Professionalität, die er sich im Laufe der Jahre zugelegt hatte, sorgte dieser Gedanke für ein aufgeregtes Kribbeln. Und dieses Kribbeln vertrieb seine Unsicherheit und seine Zweifel, die schon darin gipfelten, zu glauben, Liam hätte womöglich recht gehabt. Tim nickte sich zu, legte sich eine Strategie zurecht, wie er Rüschelmann und die Senatorin jetzt in ein Gespräch verwickeln konnte. Er setzte sich in Bewegung und nahm aus den Augenwinkeln die beiden Fahrstuhltüren im Torbogen wahr. Eine stand offen. Aber niemand sicherte diesen Bereich. Tim änderte seinen Plan und ging zu den Bestattern.

»Entschuldigung, können Sie mir sagen, was genau hier vor sich geht?«, wandte er sich an jenen Bestatter, der ihm am charismatischsten schien.

»Ne, kann ich nicht«, antwortete er. Offenbar hatte Tims Menschenkenntnis versagt. Der ältere Mann drehte sich zur Seite und schloss Tim damit aus.

»Aber Sie arbeiten doch hier, oder? Als Bestatter, meine ich. Warum stehen Sie dann hier nur herum?«, fuhr Tim seine Befragung bewusst unfreundlich fort.

»Weil wir nichts können«, antwortete ein anderer und deutete auf die Polizisten, von denen einige fertig gerüstet bereit standen und einer in ihre Richtung auf sämtliche Zivilisten vor dem Eingang deutete. Wahrscheinlich würden sie bald des Platzes verwiesen werden. Weitere Sirenen ertönten.

»Aber Sie können doch mit dem Fahrstuhl runterfahren. Die Tür steht doch offen. Ich sehe das doch von hier.« Tim zeigte auf die geöffnete Fahrstuhltür. Die Bestatter sahen sich an, wie man sich ansieht, wenn man mit jemand nichts anfangen kann und diesen auch noch für beschränkt hält.

»Was wollen Sie eigentlich von uns?«, fuhr ihn der Ältere an und schnippte seine Zigarette weg. »Ich will jetzt mit dem Fahrstuhl da runter fahren«, antwortete Tim und lächelte. »Geht das?« Wieder wurden Blicke getauscht und Tim sah in ihnen eine Spur Schadenfreude.

»Also der Schlüssel steckt noch. Sie müssen ihn nur nach rechts drehen und dann auf U drücken.« Der Bestatter grinste. »Nur zu. Gehen Sie. Das wird bestimmt lustig da unten.« Zwei Bestattern standen Zweifel ins Gesicht geschrieben, aber sie schwiegen.

»Danke«, verabschiedete sich Tim und schritt auf die Fahrstuhltüren zu, als wäre das hier und jetzt das Normalste der Welt. In der geöffneten Kabine stand eine Bahre mit einem schlichten Holzsarg und tatsächlich steckte ein Schlüssel im Tastenfeld. U, E, 1 und 2 standen zur Auswahl. Er drehte den Schlüssel, drückte auf U. Die Tür schloss sich und ruckte wieder zurück. Tim zog die Bahre weiter in die Kabine hinein und wiederholte den Versuch. Die Tür schloss sich, und mit einem Quietschen setzte sich der Fahrstuhl in Bewegung, fuhr ins Untergeschoss, zu den Toten.

Die Tür ging auf. Noch bevor Tim etwas sehen konnte, schlug ihm das Gefühl einer drohenden Gefahr entgegen und ein Schauer durchlief ihn. So ähnlich hatte er einmal bei einem Gasrohrbruch in Billstedt empfunden. Es hatte dort eine Explosion und zwei Verletzte gegeben. Er war damals gewarnt gewesen.

Tim ließ ein, zwei Sekunden verstreichen. Vor dem Fahrstuhl stand eine Metallbahre, auf der eine nackte Leiche lag. Tim zuckte zurück. Was hatte er in einem rechtsmedizinischen Institut erwartet? Er beruhigte sich wieder. Daneben eine Bahre, die einen schwarz lackierten Sarg trug. Offenbar waren die Bestatter während ihrer Arbeit unterbrochen und des Hauses verwiesen worden. Tim drückte auf die PLAY-Taste seiner Digitalkamera, trat aus der Kabine und sah in zwei Gewehrmündungen, die auf ihn gerichtet waren.

»Hallo«, grüßte Tim und hob eine Hand. »Ich bin Journalist.«

Sekunden verstrichen, dann wurden die Gewehre herunter genommen, zwei Handbewegungen bedeuteten ihm, er solle leise sein und verschwinden. Er blieb. Und sog mit einem Blick die Situation in sich auf. Vor ihm lag ein sehr breiter und weniger tiefer Empfangsraum. An der gegenüberliegenden Wand konnte er durch Panoramafenster in zwei Obduktionssäle sehen. In dem linken sicherten drei vollgerüstete Polizisten mit erhobenen Gewehren eine Tür, die ins Innere des Instituts führte. Der große Seziertisch in der Mitte des Raumes war blutbesudelt. Von der Wand ging links und rechts jeweils ein Gang ab. Rechts war es totenstill. Trotz aller Anspannung musste Tim bei diesem Gedanken innerlich auflachen. Links standen direkt neben einer Glastür, die in ein Treppenhaus führte, die beiden Polizisten, die ihn bedroht hatten. Zwei weitere Polizisten sicherten mit ihren Gewehren im Anschlag den Gang, wo zwei Personen in weißen Ganzkörperschutzanzügen etwas aus Metallkoffern an den Wänden des Ganges anbrachten. Tim vermutete, sie würden ihn versiegeln wollen. Zwischen den einsatzbereiten Polizisten lehnte sitzend ein verwundeter Polizist an der Wand und ließ sich seine Hand von einem Arzt verbinden. Der Polizist hatte seinen Helm und seine Handschuhe neben sich gelegt und streckte seine Hand aus. Der Arzt, erkannte Tim, trug ebenfalls einen Verband, an dessen Unterseite ein dunkler Fleck zu erkennen war. Tim stockte der Atmen und er musste sofort an Liam denken. Unauffällig hielt er in Hüfthöhe die Kamera auf diese Szene.

»Sind Sie gebissen worden?«, fragte er aus einer Intuition heraus. Liam hatte ihn erst gestern aus dem Wakendorfer Moor angerufen und ihm von einem älteren Ehepaar berichtet, dass einen Polizisten gebissen hatte. Der verletzte Beamte nickte, der Arzt zeigte sich über diese Frage erstaunt.

»Gehen Sie jetzt bitte!«, forderte ihn der eine Polizist auf, verließ die Tür zum Treppenhaus, klappte sein Visier auf und kam auf ihn zu. Der andere meldete Tims Anwesenheit über sein Headset. Tim fahndete hektisch nach Möglichkeiten, um an weitere Informationen zu gelangen. Wenn der Polizist und der Arzt hier *gebissen* worden waren, sprach das für Liams These. Verrückt, aber so war es. Er trat einen weiteren Schritt in den Raum hinein, um sich nicht in den Fahrstuhl drängen zu lassen.

»Wurden Sie von jemandem gebissen, den Sie für tot gehalten haben?«, fragte Tim mit erhobener Stimme, hielt die Kamera nun offensichtlich auf den Arzt und seinen Patienten.

»Gehen Sie!« Der Polizist kam drohend auf ihn zu.

»Was ...?« Dem Arzt fehlten die Worte, der gebissene Polizist nickte, sah zu Boden. Offenbar hatte ihm das Erlebte stärker zugesetzt, als Tim ahnen konnte.

»Verschwinden Sie! Sie setzen sich hier großer Gefahr aus. Wer sind Sie überhaupt?« Der Beamte hob eine Hand, um Tim beim Filmen zu stören und drängte ihn zurück. Tim ließ sich zum Fahrstuhl bewegen.

»Tim Fabian, freier Journalist. Ich wiederhole:« Tim pendelte zur Seite, um den Kontakt zum Arzt und zum Gebissenen nicht zu verlieren. Er filmte weiter.

»War derjenige, der Sie verletzt hat, vermeintlich schon tot?«

»Hauen Sie ab, verdammt! Wir haben keine Zeit für diese Spielchen!«

Der verletzte Polizist wendete sich ab, der Arzt nickte. Alles klar, Tim hatte hier genug Informationen erhalten, hoffte auf gute Bilder.

»Schon gut, ich gehe.« Er steckte die Kamera in die Hosentasche und hob abwehrend die Hände.

»Geben Sie mir die Kamera«, forderte ihn der Polizist vor ihm auf und griff Tim in den Arm.

»Hey, was soll …«

Schüsse explodierten. Tim glaubte, sein Trommelfell müsse platzen, riss seine Arme hoch, hielt sich die Ohren zu, duckte sich und stolperte zurück bis an die Wand. Die Polizisten legten ihre Gewehre an und zielten auf den Gang. Im linken Obduktionssaal wurde geschossen. Tim sah, wie die Polizisten mit ihrem Oberkörper den Rückstoß ausglichen und glaubte, Mündungsfeuer zu sehen. Dann Stille. Verzerrte Stimmen tönten aus den Headsets. Der Arzt stöhnte und kauerte sich zusammen. Tim holte seine Kamera aus der Hosentasche und filmte den Obduktionssaal, solange die Polizisten abgelenkt waren. Gleichzeitig schlich er in den Fahrstuhleingang, um notfalls sofort fliehen zu können. Um seine Kamera, seine Informationen hier raus zu bekommen.

»… Verstärkung … Zivilist, Tim Fabian, freier Journalist«, konnte Tim den einen Polizisten in sein Headset sprechen hören. Leider verstand Tim die Antwort nicht. Gerade als er sich für einen Rückzug entschlossen hatte und sich sein Zeigefinger gen E auf der Tastenarmatur zubewegte, sprangen die Polizisten in dem Obduktionssaal zurück und eröffneten erneut das Feuer. Tim zwang sich, stehen zu bleiben und zu filmen, ein Zusammenzucken aber konnte er nicht verhindern. Ein nackter Mann taumelte durch die Tür in den Saal, eine Salve traf ihn in die Brust, warf ihn zurück an die Wand, aber er blieb stehen. Tim hielt den Atem an.

»Oh Gott!«, flüsterte er. Der Angeschossene wankte wieder voran auf die Polizisten zu.

»Das ist er! Das ist der tote Polizist!«, schrie der Arzt in seine Richtung, dann wurden seine Rufe von weiteren

Gewehrschüssen verschluckt. Wieder wurde der Mann zurückgeworfen, fiel dieses Mal sogar hin und verschwand aus Tims Blickfeld. Und stand wieder auf. Jeder in Tims Nähe raunte, jedem schien bewusst zu sein, etwas Einmaliges gesehen zu haben, denn der angeschossene Polizist war tot. War vorher schon tot gewesen, nun, durch die Schüsse, hätte er liegen bleiben müssen. Der tote Polizist aber stakste auf die drei Vollgerüsteten zu, drängte einen von ihnen in eine Ecke des Raumes. Seine Kollegen senkten die Waffen, konnten auf die Gefahr, ihren Partner zu treffen nicht schießen. Einer trat vor, schlug dem toten Polizisten mit dem Gewehrkolben in die Seite. Nichts. Vermutlich musste der Beckenknochen gesplittert und innere Organe verletzt worden sein, doch er brach nicht zusammen, sondern verfolgte stattdessen sein Ziel: Den in die Ecke gedrängten Polizisten angreifen. Er griff sich dessen Arm, drückte ihn zur Seite. Tim konnte sehen, dass die angewendeten Kräfte in keinem Verhältnis zum Erscheinungsbild standen. Der tote Polizist musste über enorme Kräfte verfügen. Der Polizist wand sich aus dem Griff heraus, platzierte ein, zwei Leberhaken. Der andere, der eben zugeschlagen hatte, zielte mit einer Handfeuerwaffe auf den Kopf des Angreifers. Ohne, dass ein Wort gesagt wurde, spürte Tim die Anspannung, die jetzt von den Polizisten in seiner Nähe ausging. Ein finaler Schuss in den Kopf. Das war dreckig. Ein Schuss, der tote Polizist folgte der Flugbahn der Kugel und fiel um. Und stand nicht mehr auf.

Tim wollte durchatmen, aber die Ereignisse überschlugen sich. Aus dem Treppenhaus sah er die beiden Anzüge tragenden Polizisten herunter eilen. Er war sich sicher, sie kamen seinetwegen. Er verstaute die Kamera und drückte die Fahrstuhltaste. In diesem Augenblick ertönten weitere Schüsse aus dem Inneren der Rechtsmedizin. Die Anzugträger stießen die Glastür auf, sahen ihn und rannten auf ihn zu. Die Fahrstuhltür schloss sich, der Fahrstuhl fuhr an, weitere Schüsse fielen.

»Komm schon, komm schon!« Der Fahrstuhl hielt, Tim beherrschte sich und trat nach draußen. Keine Polizisten, die ihn umstellten. Rechts ging es auf die Straße, wo die gepanzerten Polizisten sich nun aufgereiht hatten und in diesem Moment das Institut stürmten. Schweigend, nur die Tritte ihrer Stiefel waren zu hören. Die Bestatter und ihre Fahrzeuge waren nicht mehr an Ort und Stelle. Tim sah sich den Hinterhof an und entdeckte einen Weg auf das Gelände der Universitätsklinik. Dorthin lief er und erst, als er sich unter Angestellten, Patienten und Besuchern in Sicherheit wähnte, wechselte er in ein eiliges Tempo, ohne zu laufen und sah sich gelegentlich nach Verfolgern um. Zwar konnte er dort keine erkennen, aber ein Gedanke folgte ihm auf Schritt und Tritt: Liam hatte Recht, es gab Untote!

Kapitel 4 – Hurra, Hurra, die Schule brennt!

Hi Ferris! Was macht dein Körper? Stirbst du?
»Ferris macht blau«; 1986

»Krass, Digga, der Typ sieht voll aus wie Leiche, Alter!« K-Yo klopfte Dirk für den gelungenen Handy-Clip auf die Schulter. »Was is´ jetzt mit Ace?«, wollte er wissen. Dirk und Sabrina waren auf dem Weg ins Sekretariat, weil Ace dort die letzte Stunde im Krankenzimmer verbracht hatte. Heute Morgen war er von einem total gestörten Typen an der Bushaltestelle angegriffen worden und hatte ihn fertig gemacht. Dirk hatte alles auf seinem Handy, den Clip hatte er auch schon geteilt. Aber dann war Ace schlecht geworden, weil der Typ ihm in die Hand gebissen hatte. Also, Sabrina vermutete, dass ihm deswegen schlecht geworden war.

»Keine Ahnung, Mann. Wir wollen mal nachsehen …«

»Achtung! Herr Koma ist auf dem Weg ins Sekretariat. Ich wiederhole: Herr Koma ist auf dem Weg ins Sekretariat«, tönte die Stimme des Schuldirektors während der Pause durch die Lautsprecher der Stadtteilschule am Heidberg. Der stetige Pausenlärm durch über 700 Schülerinnen und Schüler verebbte, sickerte doch nach und nach die versteckte Botschaft dieser Meldung durch. Herr Koma. Amok. Ein Amoklauf in der Schule wurde gemeldet und der Amokläufer war im Sekretariat. Lehrer bellten Befehle, sammelten Kinder auf den Gängen ein und

20

trieben sie in die Klassenzimmer, die sie gemeinsam verbarrikadierten.

»Fuck, Alter!«, fluchte Dirk.

»Ace!«, schrie Sabrina und sah zur Ecke, wo der Gang
zum Sekretariat begann. K-Yo rempelte einen Schüler an,
der an ihm vorbeilief und hinfiel.

»Und jetzt?«, fragte Dirk und drehte sich um.

»Na, weiter natürlich!«, fauchte Sabrina und schubste
ihn voran.

»Warte!«, zischte K-Yo, zog den Reißverschluss seines
Hoodies und gewährte den beiden einen Blick in seine
Innentasche, aus der ein Pistolengriff ragte.

»Scheiße, was soll das, K-Yo?«

»Nur für den Fall, yo!«

Der Flur leerte sich, es wurde stiller, gespenstisch still,
draußen fuhr ein Streifenwagen vor und zwei Polizisten
stiegen aus. K-Yo, Dirk und Sabrina hörten, wie sich hinter der Ecke die Glastür zum Sekretariat öffnete. Hörten
ein Schnaufen, ein Wimmern und ein … seltsames Stöhnen.

»Fuck, so hat der Typ auch gemacht«, meinte Dirk das
Stöhnen und sah Sabrina und K-Yo an. Sie drückten sich
mit ihren Rücken an die Wand und bereuten ihren Mut.
K-Yo hatte seine Hand im Hoodie und umschloss den
Griff seiner Schreckschusspistole. Frau Abdallah, ihre
Sportlehrerin, rannte um die Ecke. Sie hatte einen jünge-
ren, weinenden Schüler an der Hand. Beide bluteten.

»Frau Abdallah!« Sabrina versuchte die Lehrerin an der
Schulter festzuhalten. Frau Abdallah erschrak und riss
sich los.

»Sabrina! Haut ab. Am besten lauft ihr ganz, ganz
schnell raus.« Sie hörten wieder dieses Stöhnen und langsame, unsichere Schritte, die sich der Ecke näherten.

»Los jetzt! Macht, dass ihr weg kommt. Jannis, komm, du kommst erst mal mit in meine Klasse. Alles wird gut.« Sie zog Jannis mit sich in Richtung Treppenaufgang.

»Frau Abdallah, was ist denn da los?«, wollte Sabrina wissen. Frau Abdallah verharrte einen Moment und sah Sabrina an. Diesen Blick hatte Sabrina noch nie bei ihr gesehen. Die Lehrerin zuckte mit den Schultern.

»Ich weiß es nicht, Sabrina. Und jetzt haut endlich ab!«

»Chill ma!«, entgegnete K-Yo und zeigte eine verscheuchende Handbewegung. Frau Abdallah schüttelte den Kopf und verschwand mit Jannis im Treppenaufgang. Die schlurfenden Schritte verstummten. Dann wieder ein Stöhnen. Vorsichtig schob Dirk sich an der Wand entlang und hielt sein Handy um die Ecke.

»Das ist Ace!«, zischte Sabrina und hielt sich eine Hand vor den Mund. Ace stand schwankend vor der Glastür zum Sekretariat, stöhnte und ließ langsam seinen Kopf kreisen.

»Fuck, was ist mit ihm?« Dirk verstand die Welt nicht mehr.

»Der sieht auch aus wie Leiche, yo. Hat er irgendwelche Drogen genommen? Meth?«

»Nein!«, widersprach Sabrina energisch.

»Der ist voller Blut!«, stellte Dirk fest, indem er Ace heran zoomte. Hinter Ace ging die Tür auf, jemand näherte sich ihm. Ebenso wankend. Es war Herr Goldmundt, ihr Vertrauenslehrer. Dessen ockerfarbener Pullover war blutbesudelt, der Hals eine klaffende Wunde.

»Zombies!«, stöhnte Dirk. »Das sind Zombies! Ace ist ein Zombie geworden!« Er wurde hysterisch, tippte immer wieder auf das Display und sah zu Sabrina und K-Yo.

»So ein Schwachsinn! Ace ist kein Zombie!«

»Sieh ihn dir an, Mann! Er ist ein Zombie!« Ace sah aus, als würde er lauschen und ihre Stimmen orten.

»Das werden immer mehr Bullen werden, yo! Gleich kommen die rein.«

»Du spinnst total, Dirk!« Sabrina verließ ihr Versteck und ging auf Ace zu.

»Ace! Was ist los mit dir? Hallo Herr ...« Sabrina verharrte. War sie sich eben noch so sicher, Ace wäre nur krank, schwer krank und Herr Goldmundt vielleicht auch, erschlug sie jetzt der reale Anblick der beiden. Auf dem Handydisplay hatte es harmloser ausgesehen. Jetzt sah Ace wirklich ... tot aus.

»Ace?«, fragte sie. Ihre Stimme wurde brüchig, drei Schritte vor ihm blieb sie stehen.

»Sabrina, komm da weg!«, rief Dirk, sah jetzt auch um die Ecke.

»Hau da ab, yo, die Bullen kommen!« K-Yo kam um die Ecke und starrte entsetzt auf Ace und Herrn Goldmundt.

»Sabrina, yo!«

Ace breitete seine Arme aus und kam schwankend auf Sabrina zu.

»Ace?«, wiederholte sie. Ace stöhnte und fiel Sabrina in den Arm.

»Ace«, hauchte sie.

»Sabrina, yo, komm da weg jetzt! Der ist echt Leiche, Mann!« Ace biss zu. Sabrina schrie, Dirk auch. K-Yo zog seine Pistole und feuerte zwei Mal in die Luft.

»Sabrina, komm weg von ihm!«, brüllte er.

Sie waren die ersten Einsatzkräfte vor Ort und sahen durch die Glasfassade, wie die Schüler und Schülerinnen in die Klassenräume in Sicherheit gebracht wurden. Einige flüchteten auch auf den Schulhof, wo sie von ihnen zu den Fahrradständern geschickt wurden. Sirenen näherten sich, bald würden alle verfügbaren Einsatzkräfte und ein SEK hier sein, das sah das Protokoll im Falle eines Amoklaufs vor. Da sie keine Schüsse hörten und keine Verletzten sehen konnten, schlichen sie mit gezogenen Dienstwaffen zum Eingang und spähten ins Schulinnere. Leer. Nur vor dem Bereich zur Verwaltung sahen sie Bewegungen. Eine Frau, die einen jüngeren Schüler mit sich in den Treppenaufgang zog und drei Schüler, die dort an der Ecke standen.

Die Beamten warfen sich fragende Blicke zu und beobachteten weiter. Vielleicht war es ein Fehlalarm. Hoffentlich. Der vordere Polizist schob sich vor zu einer Außentür, legte seine Hand auf den Griff. Er sah sich zu seinem Kollegen um, der ihm zunickte. Vorsichtig zog er die Tür auf. Man konnte noch nichts hören, zu laut war es auf dem Schulhof, zu weit waren sie von den drei Schülern entfernt. Der Polizist ging in die Hocke, sein Kollege hielt über ihm die Tür auf. Gebückt drückte sich der Polizist ins Schulinnere und lauschte.

»Sabrina, yo, komm da weg jetzt! Der ist echt Leiche, Mann!« Schreie. Dann fielen zwei Schüsse.

»Sabrina, komm weg von ihm!«

Der Polizist zog sich zurück und nickte seinem Kollegen zu. Eindeutig ein Amoklauf. Sie liefen zurück auf den Schulhof und trieben Schüler und Lehrer soweit es ging zurück. Das würde ein Großeinsatz werden.

Frau Gerbske hatte die Klasse von Frau Abdallah übernommen und sich im Klassenraum mit ihrer 7ten Klasse in Sicherheit gebracht. Nach mehrmaligem Klopfen und

Flüstern hatte sie ihnen die Tür geöffnet und sie hereingelassen. Zwei Schüsse fielen.

»Zaida! Um Gottes Willen, was ist denn mit euch passiert? Was ist los?«, rief Frau Gerbske.

»Was ist passiert, Frau Abdallah?«, wollte Leonie aus der ersten Reihe wissen. Beim Anblick der Blutflecke auf ihrer Haut und Kleidung fingen einige ihrer Schüler an zu weinen.

»Kinder, es ist alles gut. Ronja, pssst. Alles ist gut, ich habe mich nur gekratzt. Und Jannis auch«, log sie.

»Naira, kümmerst du dich bitte einmal kurz um Jannis, während ich mich mit Frau Gerbske unterhalte? Der Rest dreht leise die Tische mit den Tischplatten nach vorne um, wie ihr es gelernt habt. Dann die Stühle.« Sie wartete kurz, bis ihre Schüler begannen, aus Tischen und Stühlen eine Barrikade zu errichten. Offenbar spürten sie den Ernst der Lage. Frau Abdallah bedeutete Frau Gerbske mit einem Blick, sich in die Ecke an der Tür zurückzuziehen. Sie schloss die Tür von innen zu und schob das Lehrerpult vor die Tür.

»Das ist kein gewöhnlicher Amoklauf, Vera. Das ist Marcel. Er hat Herrn Goldmundt, Jannis und mich gebissen. Aber er ist nicht er selbst, er ist ... ein völlig anderer«, erklärte sie ihrer Kollegin.

»Meinst du, das war eine dieser neuen Drogen? Die, die so aggressiv machen?«

Zaida Abdallah sah an sich herab, sah die immer noch leicht blutende Bisswunde in ihrem Unterarm, die schmerzende Stelle an der Schulter. Sie fühlte sich mit einem Mal unendlich schwach, setzte sich auf das Pult und stützte sich mit einem Arm von der Tür ab.

»Ich weiß es wirklich nicht.«

»Und die Schüsse?«

»Keine Ahnung, vielleicht ist die Polizei schon da. Du, ich muss mich kurz hinlegen, ja?« Sie hatte das Gefühl, ihr Kreislauf würde zusammenbrechen. Sie schob zwei Tische in der Ecke zusammen und legte sich sofort darauf. Keine Sekunde zu spät.

»Alles gut?«, fragte Vera Gerbske besorgt.

»Warte. Ja, bestimmt. Warte nur einen Moment. Nur kurz liegen, ja?« Zaida schloss die Augen.

»Frau Gerbske! Ich glaube, Jannis ist schlecht!«, sagte Naira. Vera Gerbske wandte sich um und sah gerade noch, wie Jannis den Mund öffnete und sich auf den Tisch erbrach.

»Ach Gott, Jannis!« Ihr Blick suchte im Klassenraum nach irgendeiner Möglichkeit, das Malheur zu bereinigen. Jannis rutschte vom Stuhl und legte sich auf den Fußboden.

»Zaida?«, wollte sie sich Unterstützung bei ihrer Kollegin holen. Zaida schwieg. Da! In einem Regal fand sie ein altes Handtuch.

»Jannis! Alles in Ordnung? Wie geht es dir?« Sie eilte zu Jannis und noch bevor sie das Erbrochene aufwischte, legte sie ihm eine Jacke unter den Kopf.

»Ich glaube, es geht. Mir ist nur ein bisschen schlecht«, antwortete er tapfer. »Aber Liegen ist ganz gut.« Er sah sie an, sie strich ihm durch das Haar und nickte. »Dann ist ja gut, Jannis«, tröstete sie ihn. Jannis schloss die Augen, seufzte.

»Zaida?«, fragte Vera noch einmal und sah sich um. Zaida schlief. Oder? Sie ging zu ihrer Kollegin, beugte sich über sie und lauschte ihren Atemzügen nach. Tief und fest. Ihre Wunde am Arm hatte aufgehört, zu bluten. Vera ging wieder zum Tisch, wischte das Erbrochene auf, entsorgte es in einem Papierkorb.

»Was ist mit den beiden?«, wollte Maurice wissen.

»Ich denke, sie haben so etwas wie einen Schock. Aber es scheint nicht allzu schlimm zu sein. Frau Abdallah schläft jetzt, Jannis auch, und wir sollten sie auch schlafen lassen.«

Die Klasse sah sie an und einige begannen zu grinsen, ehe sich Gelächter breit machte. Offenbar spielte sich etwas Komisches in ihrem Rücken ab. Vera Gerbske drehte sich um und sah Zaida, wie sie sich ungelenk erhob. Es erinnerte sie an alte Vampirfilme in schwarz-weiß. Diplomatisch lachte sie mit und spielte übertrieben überrascht.

»Zaida? Was ist denn mit dir los?« Sie hatte keine Ahnung, warum ihre Kollegin dieses Schauspiel aufführte. Besonders pädagogisch fand sie es angesichts der bedrohlichen Lage nicht. Zaida drehte sich zur Seite, so dass ihre Beine über die Kante rutschten und sie sich hinstellen konnte. Sie wankte, neigte den Kopf, stöhnte kehlig und öffnete ihre Augen. Das Gelächter verstummte.

»Zaida?« Entweder ihre Kollegin schlug mit ihrer Darbietung gewaltig über die Stränge oder aber sie hatte ein medizinisches Problem. Einen Zuckerschock oder ähnliches. Zaida reagierte nicht. Sie wankte zur ersten Reihe, Vera sah Unsicherheit in den Blicken der Kinder.

»Zaida!« Ihr Ton wurde schärfer. Zaida erreichte Jasmins Tisch, streckte die Arme aus und langte nach der Schülerin. Nur das Vertrauen in ihre Klassenlehrerin ließ Jasmin nicht schnell genug zurückweichen. Zaida bekam ihre Haare zu fassen und riss sie zu sich. Jasmin schrie auf, Vera eilte ihr zur Hilfe und riss an Zaidas Arm.

»Hör auf!«, schrie Vera und stockte. Sie konnte den Griff nicht lösen, nicht einmal lockern. Zaida zog die schreiende Jasmin an den Haaren zu sich heran und biss ihr ins Gesicht. Einen Augenblick lang herrschte Stille, sogar Jasmin raubte das Geräusch zerreißenden Fleisches die Stimme. Blut spritzte, dann schrie Jasmin, und alle Schülerinnen und Schüler stimmten ein. Und schließlich auch Vera.

»Za… Za…«, stammelte sie dann und ließ deren Arm los. Zaida wandte sich ihr zu, beugte sich vor und biss ihr in die Schulter. Die Kinder riefen um Hilfe, den Namen der beiden Lehrerinnen, Ideen zur Flucht, alles wild durcheinander. Einige stießen ihre Stühle um, rannten zur verbarrikadierten Tür und schoben das Lehrerpult zur Seite, nur um festzustellen, dass die Tür von innen abgeschlossen war.

Vera Gerbske kreischte vor Schmerzen, wand sich in der Umklammerung, aber konnte sich nicht befreien. Zaida wurde gieriger, biss ihr ins Gesicht, in den Hals. Panik brach aus. Jannis hob seinen Kopf, öffnete seine Augen und stöhnte. Um ihn herum roch es nach Fleisch.

»Yo, Dirk, hör auf, die ganze Scheiße zu filmen, hilf mal!«, wies K-Yo seinen Kumpel an. Dirk und er eilten zu Sabrina, versuchten sie aus Ace Griff zu befreien.

»Er hat mich, er hat mich gebissen«, stammelte sie. K-Yo stieß Ace zurück, zog Sabrina hinter sich, Herr Goldmundt drängte sich an Ace vorbei, packte Dirk am Arm.

»Ey, Herr Goldmundt!«, rief Dirk, wollte seinen Arm aus dem Griff ziehen, konnte mit der anderen Hand aber selbst nicht greifen, weil er in ihr sein Handy hielt und fallen lassen wollte er es nicht. Herr Goldmundt biss ihm in die Hand.

»Dirk, komm jetzt!«, rief K-Yo und richtete die Pistole auf Ace, der auf sie zu wankte.

»Alter, verdammt!«, schrie Dirk, zerrte und zog, aber Herr Goldmundt hatte sich in seine linke Hand festgebissen. Angst und Panik zogen wie ein Unwetter auf und vertrieben den Schmerz. Dirk schlug seinem Lehrer mit dem Smartphone ins Gesicht. Mehrmals. Jeden Schlag begleitete er mit einem schrillen Schrei, bis Herr Goldmundt von ihm abließ und zurück taumelte.

»Komm! Schnell!«

Dirk hielt sich die Hand, umrundete Ace und stellte sich zu K-Yo und Sabrina. Er filmte weiter.

»Was jetzt, Digga?«

K-Yo zuckte mit den Schultern, wollte antworten, als sie die Schulsekretärin Frau Schuster und Direktor Beckmann durch die Glastür treten sahen. Ihr Gang war unsicher, staksig, ihre Körper blutend und von Bisswunden übersät. Herr Beckmann war nicht mehr an seinem Gesicht, sondern nur noch an seinem Anzug zu erkennen. Ace und Herr Goldmundt taumelten mit ausgestreckten Armen auf K-Yo und seine Freunde zu.

»Raus!«, schlug Sabrina vor. Sie wichen zurück, sahen hinaus. Jetzt standen schon drei Streifenwagen dort, Polizisten unterhielten sich, einer zeigte ständig in ihre Richtung, während er seine Kollegen informierte. K-Yo sah auf die Waffe in seiner Hand.

»Nein, geht nicht, yo. Ich hab Waffe!«

»Dann rauf in die Klasse!« Dirk eilte zum Treppenaufgang.

»Nicht rauf. Durch den Fahrradkeller raus«, bestimmte K-Yo und sie liefen los. Ace, Herr Goldmundt, Frau Schuster und Rektor Beckmann wankten, orientierten sich unbeholfen und folgten ihnen.

»Sie waren die ersten hier? Wie ist die Lage?«, fragte der Einsatzleiter. Der Polizist nickte, ehe er antwortete. »Ein Amoklauf. Wir haben einen Schüler beobachten können, wie er zwei Mal in die Luft geschossen hat. Viele Lehrer haben sich nach Anweisung in ihre Klassenräume in Sicherheit gebracht.«

»Nach Anweisung?«

»Die Schule hat ein Training mitgemacht.«

Der Einsatzleiter lachte trocken auf und sah sich um.

»Verletzte?«

»Wir stehen mit einer Lehrerin per Telefon in Kontakt. Sie sagt, es hätte im Sekretariat Verletzte gegeben. Eine Kollegin und einen Schüler. Aber sie sind nicht angeschossen worden.« Der Einsatzleiter gab drei Polizisten per Handzeichen den Befehl, den Schulhof zu räumen. Nicht mehr lange, und die ersten Schmeißfliegen von der Presse würden auftauchen. Die können dann auch gleich draußen warten.

»Nicht angeschossen? Wie sind sie dann verletzt worden?« Er legte sich eine Schussweste an.

»Ähm, angeblich gebissen worden.«

Der Einsatzleiter verharrte in der Bewegung und sah den Polizisten an. Prüfte dessen Worte.

»Gebissen«, wiederholte er. »Die Kids sind echt krank geworden in den letzten Jahren.« Er zog den Bauch ein, um die Weste zu schließen und musste sich dabei anstrengen. »Na ja«, presste er hervor, »Amoklauf ist Amoklauf. Wir werden behutsam vorgehen. Geduldig. Weiß man, wo der Schütze sich aufhält?«

»Er ist im Treppenaufgang verschwunden. Aber nicht allein. Bei ihm waren zwei weitere Schüler. Und dann sind ihm vier weitere Personen gefolgt. Aber so genau konnten wir das nicht beobachten. Und …« Der Polizist überlegte und schüttelte dann den Kopf.

»Was ›Und‹?«, hakte der Einsatzleiter nach.

»Also, … die anderen vier, die den Schützen verfolgt haben, die sind sonderbar gegangen. So, als wenn sie was getrunken hätten vielleicht. Langsam, wankend.«

»Verstehe. Keine Schüsse, sondern Bisse und die Angegriffenen verfolgen wankend die Täter.« Er sah dem Polizisten in die Augen, der verlegen den Blick senkte.

»Nichts für ungut, ich glaube Ihnen. Hab schon viel Scheiß erlebt und die Kids sind wirklich … ach, das habe ich ja schon gesagt. Auf jeden Fall hört es sich nicht normal an. Holen Sie mir die Lehrerin mit dem Kontakt in die Schule.« Er schlug dem Polizisten auf die Schulter und wandte sich an seine Einheit. »Jungs, bringt euch in Position! Es wird ein langer Tag werden.«

Im Treppenaufgang musste Sabrina eine Pause einlegen, hielt sich die Bisswunde an der Schulter und stützte sich an der Wand ab. K-Yo spähte ins Foyer.

»Fuck, yo, die folgen uns! Schnell, runter!« Er drängte Sabrina weiter, Dirk steckte sein Handy weg und stützte sie. An der Tür zum Keller musste Sabrina sich anlehnen, besser wäre, sie könnte sich kurz hinlegen.

»Geht's?«, flüsterte Dirk. Er fühlte sich auch etwas schwindelig, presste seine Hand an den Oberkörper, um die Blutung zu stoppen.

»Psst!«, zischte K-Yo, der noch auf der Treppe stand, ging in die Hocke, drückte sich eng an die Wand und linste nach oben. Schritte. Stöhnen. Stille. Die Stille ließ sie erschauern, es war, als würden die da oben *wittern*. Dann hörten sie wieder Schritte, K-Yo sah ihre Schatten an der Wand die Treppe hinauf gehen, nickte Dirk und Sabrina zu. Als er Ace und die anderen nicht mehr hören konnte, schlich er zu Sabrina und Dirk.

»Was geht mit euch?« Die beiden sahen nicht gut aus. Blass, erschöpft, irgendwie krank. Wie … sie erinnerten ihn an jemanden, aber er kam jetzt nicht darauf.

»Ich muss mich vielleicht nur mal kurz hinlegen«, antwortete Sabrina.

»Jetzt? Hier?« K-Yo zeigte um sich herum auf den nackten und Graffiti-verzierten Beton.

»Vielleicht im Keller. In der Bib«, schlug Dirk vor und meinte die Schülerbibliothek.

»Ja. Aufs Sofa.« Sabrina lockte die Vorstellung.

»Okay, chillen wir!« K-Yo öffnete ihnen die Tür in den Keller und folgte ihnen. Im Schein der flackernden Neonröhren und aktuellen Erlebnisse folgte ihnen die Angst auf Schritt und Tritt bis zur Bibliothek, einem spärlich eingerichteten Raum, der aber über eine Lese-Sofa-Ecke verfügte. Sabrina ließ sich auf das Sofa fallen, Dirk setzte sich in den Sessel, holte sein Handy heraus und sah sich die Aufnahmen von eben an.

»Lass ma´ beeilen mit dem Chillen, yo!« K-Yo stand in der Tür und behielt den Gang im Blick, sein linkes Bein folgte einem schnellen Rhythmus, den nur er hören konnte.

»Klar«, antwortete Dirk. Er wurde immer müder, konnte kaum noch seinen Kopf aufrecht halten. Er legte das Handy auf die Sofalehne, drehte sich auf die Seite und zog die Beine an. K-Yo sah zu Sabrina und Dirk, die beide tief atmeten und chillten. Er stöhnte, holte sich Dirks Handy, um den Clip zu sehen, steckte sich einen Kopfhörer ins Ohr und gab sich Fard. An wen erinnerten ihn Dirk und Sabrina? Diese Frage geisterte immer noch in seinem Kopf herum, fast, als wolle sie ihm irgendetwas sagen. Bloß was?

Kapitel 5 – Ein dreckiger Tag

Es liegt nicht an der Wissenschaft und Technologie, sondern am Menschen. Wir sind wahnsinnig stolz drauf, Computer erfunden zu haben, aber mit uns selbst kommen wir am allerwenigsten klar. (...) Aber eines weiß ich genau. Wir sind alle mitschuldig an dieser Entwicklung.
» Großangriff der Zombies«; 1980

Ein Tag, der dreckig beginnt, endet auch dreckig, hat sein alter Herr immer gesagt und er hat Recht behalten. Beim Rasieren geschnitten, beim Kaffeekochen die Hand verbrüht und sein Magen schmerzte. Und jetzt das!

»Verdammt, geh ran, du alte Planschkuh«, schimpfte er, warf einen wiederholten Blick auf das Dossier seines Staatssekretärs und rieb sich den Bauch.

Eine vermeintliche Flugzeugentführung. Die Maschine aus Hamburg stand auf dem Rollfeld des Frankfurter Flughafens, sie hatten Kontakt zu den Piloten, die abgeschottet im Cockpit saßen und einer durchgeknallten Stewardess, die sich auf einem Klo eingeschlossen hatte. Die faselte von Kannibalen an Bord der Maschine, alle seien übereinander hergefallen und hätten sich totgebissen. Er hatte schon häufiger das Gefühl gehabt, dass Stewardessen einen gewaltigen Hackenschuss hatten, und das hier bestätigte ihn nur mal wieder. Aber dennoch, irgendetwas ging dort vor und wollte ihm seinen Tag und seine aufstrebende Karriere versauen. Vermutlich waren es Terroristen und in seiner Amtszeit als Ministerpräsident war es seine erste Erfahrung mit so etwas. Die Hamburger Innensenatorin ging immer noch nicht ran und ließ ihn warten. Dann ein Bild. Ihr Gesicht. Auf einer Länderkonferenz im Herbst letzten Jahres waren sie mächtig aneinander geraten, ihre reservierte Begrüßung zeigte ihm, dass sie sich daran erinnerte.

»Frau Doktor Kallmann, wir haben hier ein Problem mit einer aus Hamburg kommenden Maschine, die hier vor zwanzig Minuten gelandet ist. Haben Sie Hinweise, die Sie mir geben können?«, fragte er.

»Herr Förster, unsere Behörden tauschen sich doch untereinander aus. Ich wüsste nicht …«

»Hören Sie, Frau Kallmann!« Ihr Gesicht verzog sich, weil er ihren Doktortitel unterschlagen hatte. Treffer, dachte er. »Ich wende mich direkt an Sie, weil ich vermeiden will, dass uns beiden die Geschichte um die Ohren fliegt. Je eher wir die Kuh vom Eis haben, desto besser. Wir haben drei Passagiere mit arabischem Hintergrund auf der Passagierliste. Sind diese Namen Ihrer Behörde bekannt? Inoffiziell, meine ich.« Er sah, wie sie überlegte. War sie nervös? Förster gewann in den verstreichenden Sekunden mehr und mehr den Eindruck. Irgendetwas stimmte nicht. War dreckig. Sofort zog sich sein Magen zusammen.

»Herr Förster, kann ich vertraulich mit Ihnen sprechen?«, fragte sie und sah ihn eindringlich an. Seine politische Routine legte ihm schon eine Phrase auf die Zunge, er zögerte und wägte ihr Angebot ab.

»Erzählen Sie!« Aufrichtig.

»Wir haben bei uns in Hamburg, aber auch in Schleswig-Holstein, ein aktuelles und nicht erklärbares … Phänomen«, begann sie zaghaft.

»Ein nicht erklärbares … Phänomen?«, hakte er nach. Diese Erklärung barg mehr Fragen als Antworten.

»Genau. Es ist nicht einfach zu erklären. Es könnte eine Art Krankheit sein, das prüfen wir derzeit noch. Wir haben es gerade mit mehreren Übergriffen von Personen zu tun, die nicht ansprechbar sind und nicht mit standardpolizeilichen Mitteln aufzuhalten sind.«

»Terroristen! Also, doch!«, schnaubte er und rieb sich die Stirn.

»Nein!«, widersprach sie. »Keine Terroristen. Die Täter … weisen keine Vitalparameter auf. Nach allen medizinischen Erkenntnissen sind sie tot.« Ein weiteres Schmerzenswelle zog durch seinen Bauch, er sah, wie sie ihn taxierte, warf einen Blick zu Alfred, seinem Staatssekretär, der hilflos mit den Schultern zuckte, und setzte sich. Er musste sich umsehen und vergewissern, dass er tatsächlich in seinem Büro saß. Was hatte ihm Kallmann gerade erzählt?

»Könnten Sie das bitte wiederholen, Frau Dr. …«

»Die Täter sind nach medizinischen Erkenntnissen Tote, Herr Förster. Sie atmen nicht, sie haben keinen Herzschlag, keine eigene Körpertemperatur. Kurzum …«

»Sie verarschen mich gerade, oder?«, platzte es aus ihm heraus und er fuhr wieder aus seinem Stuhl empor.

»Nein!«

Er hielt sich den Bauch, atmete tief durch.

»Sie wollen sagen, an Bord der Maschine, die hier bei mir auf dem Flughafen steht, befinden sich Tote, die andere Passagiere und das Personal angreifen?« Er erinnerte sich an die durchgeknallte Stewardess und fragte sich, ob Kallmann während ihres Studiums vielleicht auch als Stewardess gejobbt hatte.

»Wir nehmen gerade mehrere solcher Fälle wahr. Die Bundesregierung ist informiert«, antwortete sie.

»Mehrere Fälle von was? Von Toten, die andere angreifen? Und die Bundesregierung weiß schon davon?« Förster hatte Mühe, seine Stimme zu beherrschen. Per Handzeichen gab er zu verstehen, dass vor zwei Minuten ein Kaffee auf seinem Tisch zu stehen gehabt hätte. Kallmann wollte antworten, aber er sah auf dem Monitor, dass es nun Bilder aus der Maschine gab.

»Einen Augenblick bitte!« Er spielte den Stream auf einem zweiten Monitor ab, nickte ihr zu.

»Wir hatten in Schleswig-Holstein einen Polizisten, der von einem Seniorenpaar gebissen wurde. Der Polizist verstarb auf dem Weg ins Krankenhaus und erwachte am nächsten Morgen wieder in der Rechtsmedizin, wo er das Personal angegriffen hat«, fuhr Dr. Kallmann fort, während er mit einem Auge über eine Endoskop-Kamera über das Dach in das Flugzeuginnere reiste. Offenbar waren die SEK-Beamten schon unbeschadet auf das Dach gelangt. Parallel dazu wurde ihm die Verbindung zu den Flugzeugkapitänen, der durchgeknallten Stewardess und dem Einsatzleiter vor Ort zugeschaltet. Er fuchtelte mit den Armen herum, bis die hysterische Stimme der Stewardess von einem Mitarbeiter auf ein Minimum heruntergeregelt worden war.

»Was hat Ihr Polizist mit meiner Maschine zu tun?«

»Der Angriff auf den Polizisten fand in Schleswig-Holstein statt, dort mehren sich ähnliche Vorfälle derzeit. In Hamburg ebenso. Es ist gut möglich, dass sich jemand Infiziertes in dem Flieger befand. Wir prüfen das gerade, aber das wird nicht einfach. Und vor allem dauert es und Zeit haben wir nicht.«

»Infiziertes …«, wiederholte Förster und rieb sich das Kinn. »Was sagt Mutti zu dem Ganzen?« Dr. Kallmann überhörte den Kosenamen der Kanzlerin. »Es wird eine Sondereinheit zusammengestellt, die an den betreffenden Orten operieren soll. Weiterhin wird ein Bundeswehreinsatz überlegt, da heißt es aber aus dem Kanzlerhaus, das würde zu viel Staub aufwirbeln.«

»Die Bundeswehr?« Er war entsetzt. Wer kam denn auf so eine bescheuerte Idee? Mittlerweile hatte die Kamera den Innenraum des Flugzeugs erreicht und zeigte die ersten Bilder aus dem Kabinentrakt. Schlagartig wechselte seine gesamte Aufmerksamkeit dorthin, er hörte Kallmann nicht weiter zu. Auf den ersten Blick hatte es friedlich ausgesehen. Verstörend irgendwie, aber friedlich dabei. Viele Passagiere saßen nahezu regungslos auf ihren Sitzen, der Rest bewegt sich apathisch im Mittelgang. Später fielen ihm ihre Bewegungen auf. Sie wirkten eingeschränkt. Verlangsamt. Dann nahm er ihre Verletzungen wahr. Als hätte sein Bewusstsein ihn vor diesem Anblick schützen wollen. Die aufgerissenen Gesichter, die offenen Wunden an Armen und Beinen, ein vollständig zerfetztes Kind auf einer Sitzreihe. Förster mutmaßte, dass es ein Kind war. Aufgrund der Größe.

»Diese Schweine«, presste er hervor.

»Hören Sie mir überhaupt noch zu?« Dr. Kallmann. Förster tauchte wieder in die Wirklichkeit auf, beherrschte sich.

»Wir haben gerade die ersten Bilder von dem SEK aus dem Innenraum der Maschine erhalten«, erklärte er. »Vielen Dank für ihre Informationen.« Er nickte ihr zu und beendete das Gespräch. Jetzt gab es Wichtigeres zu tun. Er musste handeln.

»Sehen Sie das auch?«, fragte er den Einsatzleiter.

»Ja.«

»Und wie ist die Lage?«

»Wir haben drei Einheiten auf dem Dach. Bereit zum Einstieg. Die Maschine ist strategisch umstellt. Die Piloten können außerhalb eines Schusswechsels über einen Notausstieg evakuiert werden. Die Stewardess aber nicht.« Die Stewardess! Auch wenn er von ihr genervt war, wollte er ihre Sicherheit nicht gefährden. Sie musste da raus. So viel war klar. Außerdem nagte der Gedanke an ihm, sie könne Recht haben. Er stellte die Verbindung zu ihr wieder etwas lauter, im Augenblick schwieg sie.

»Haben Sie so etwas schon mal gesehen?«, fragte er den Einsatzleiter und prägte sich die Kamerabilder ein. Das Schweigen dauerte ungewöhnlich lange.

»Nein«, antwortete der Mann dann. »Nicht so, nicht in dieser Größenordnung. Bei einem kleineren, beteiligten Personenkreis hätte ich auf einen üblen Drogenrausch getippt, aber das hier ...« Weitere Bilder wurden aufgeschaltet, auch die anderen beiden Teams waren mit ihren Kameras drin. Die Bilder glichen sich. Ein Massaker. Mit vielen apathischen Schwerverletzten. Verdammt, die Stewardess war wohl doch nicht verrückt, irgendetwas stank hier gewaltig. Kaum, dass er an sie gedacht hatte, meldete sie sich mit belanglosen Fragen. Er stellte sie stumm.

»Und? Würden Sie reingehen?«, fragte er den Einsatzleiter.

Wieder folgte eine längere Pause.

»Ich weiß es nicht. Die Entscheidung liegt bei Ihnen«, antwortete der Einsatzleiter. Förster sah zu seinem Staatssekretär, der den Kopf schüttelte. In den meisten Fällen folgte er seinem Berater. In diesem aber nicht. Wahrscheinlich war das auch der Grund, weswegen er Ministerpräsident war und der andere nicht.

»Wir gehen rein!«, gab er den Befehl.

»Wir gehen rein!«, gab der Einsatzleiter das Kommando. Mehmet und Paul sahen sich an, Paul hob die Platte an und legte sie lautlos auf das Flugzeugdach.

»Du als Erster, Kanake!«, sagte Mehmet. Ein alter Witz zwischen ihnen. Paul trat die Plastikverkleidung ein, sprang in den Mittelgang des Flugzeugs, während Mehmet durch die Öffnung Feuerschutz gab und nach bewaffneten Gegnern Ausschau hielt. Nichts. Die Situation war völlig untypisch und entsprach nichts, was sie aus ihrer Ausbildung oder der Praxis hätten kennen können. Sie wurden angestarrt, Köpfe reckten sich zu ihnen um, Passagiere wandten sich um, unbeholfen und langsam. Ein Mann mit einer Halswunde, groß und tief wie eine Faust, fiel dabei zu Boden, schlug mit dem Gesicht auf und arbeitete sich wieder hoch.

»Rot, negativ. Wiederhole, Rot negativ!«, meldete Paul die Abwesenheit bewaffneter Terroristen. »Frischwasser, zahlreich, rot.« Viele schwerverletzte Zivilisten. Auch Team 2 und 3 hatten keinen Feindkontakt. Mit dem Sturmgewehr vor der Brust sprang Mehmet hinunter und sicherte den Gang in Richtung Cockpit ab. Er ließ seinen Blick durch die Kabine schweifen.

Unmöglich.

Die verletzten Zivilisten verhielten sich seltsam, nicht der Situation angemessen, nicht ihren Verletzungen angemessen. Einer dickeren Frau fehlte das halbe Gesicht, er konnte den heraushängenden Sehnerv eines fehlenden Auges sehen, dennoch zerrte sie lautlos und beharrlich an ihrem Gurt. Sie hätte schreien sollen. Schreien MÜSSEN. Mehmet wurde unbehaglich. Etwas lief hier falsch. Er wollte sich gerade zu Paul umdrehen, als er zwischen zwei Sitzreihen zuckende Beine bemerkte. Er trat einen Schritt nach vorn, beugte sich vor und spähte dorthin. Eine Stewardess und eine ältere Frau knieten über den Beinen eines Mannes und fraßen diese. Der Mann lebte.

»Helfen Sie mir!«, flehte er, als er Mehmet bemerkte, die Hände um das Metall der Sitze geklammert. Mehmet sah, er wollte um sich treten, doch es fehlte ihm die Muskulatur dafür. Seine Oberschenkel waren abgenagt.

»Sie fressen ihn auf«, flüsterte Mehmet ins Headset. Dann hörte er Paul schreien und Schüsse fielen im Heck des Flugzeugs.

»Sie sind drin«, meldete der Einsatzleiter und Förster entspannte sich ein wenig. Er atmete die angestaute Luft aus, sah aus dem Fenster und registrierte erst jetzt, wie er sich den Bauch rieb. Aus der Schreibtischschublade holte er sich eine Magentablette und spülte sie mit drei Schluck Wasser runter.

»Keine bewaffneten Attentäter, viele Verletzte, auch schwer Verletzte. Die Piloten sind raus. Wir holen jetzt nach und nach …« Förster hörte ein Rauschen, hektische Stimmen, undeutlich verzerrt, und … Schüsse.

»Das waren Schüsse, oder?« Er sah zu seinem Sekretär, dem die Sorgen auch ins Gesicht geschrieben standen.

»Was ist da los bei Ihnen?«

Förster bekam keine Antwort, hörte stattdessen den Einsatzleiter so laut Kommandos schreien, dass er sie nicht verstehen konnte und etwas, dass sich anhörte wie Schüsse, die man aus einem Fernseher oder aus Lautsprechern hörte. Das alles klang gar nicht gut. Überhaupt nicht.

»Verdammt, was ist da bei Ihnen los? Antworten Sie!«, schnauzte er, sein Sekretär bedeutete ihm mit winkenden Händen, sich zu beruhigen. Förster ignorierte ihn. Klick. Der Einsatzleiter hatte die Verbindung unterbrochen. Förster rieb sich die Stirn, bemühte sich um Selbstbeherrschung. Er schwitzte und sammelte sich.

»Das hört sich ganz schön dreckig an, was?«, wandte er sich an seinen Sekretär.

»Sie hätten noch weitere Informationen von Dr. Kallmann einholen sollen«, sagte dieser. Förster schüttelte den Kopf. Immer dieses analytische Nachtreten. Die Leitung öffnete sich wieder, der Einsatzleiter.

»Herr Ministerpräsident, wir haben Probleme. Zivilisten sind nicht weiter von den Tätern zu unterscheiden. Erbitte erweiterten Feuerbefehl.« Was zur Hölle war ein erweiterter Feuerbefehl?

»Reden Sie Klartext mit mir. Was heißt das?«

»Ich bitte Sie darum, auch auf mögliche Zivilisten das Feuer eröffnen zu dürfen.« Förster musste sich setzen. Er nahm noch eine Magentablette.

Paul hatte gedacht, die Verletzten hätten sich an ihm abstützen wollen. Das war nicht der Fall. Sie waren nicht beeinträchtigt, sie bedurften keiner Hilfe, denn sie griffen ihn an. Zwei Männer auf dem Gang, eine Frau kam zwischen zwei Sitzreihen auf ihn zu. Statt sich an ihm abzustützen, wollten sie ihn zu sich ziehen, wollten ihn beißen. Er stieß den vorderen mit dem Gewehrkolben weg, schlug dem anderen mit dem Ellenbogen ins Gesicht, aber außer der Wucht seiner Schläge, richtete er keinen nachhaltigen Schaden an, wie er erwartet hätte. Sie taumelten zurück, schwankten und kamen wieder auf ihn zu. Zwei weitere folgten ihnen. Die ältere Frau zwischen den Sitzreihen klammerte sich an seinen Arm, hing an ihm und biss zu. Er spürte den Biss trotz der Panzerung in seinem Oberarm.

»Verdammt!« Er riss sich von ihr los, überwand seine Hemmungen und schlug ihr mit der Faust mitten ins Gesicht. Und noch einmal. Das sollte reichen und sie niederstrecken. Ihr Kopf ruckte zurück, einen Augenblick glaubte er, sie würde zwischen die Sitze fallen, aber sie steckte beide Treffer weg, fing sich und kam wieder mit ausgestreckten Armen auf ihn zu. Und die beiden anderen von vorne. Und die beiden dahinter. Es waren nur Sekunden seit ihrem Einstieg vergangen. Er begann, zu schreien.

»Paul!«, rief Mehmet, sah wie drei Passagiere an seinem Kameraden rissen und zerrten, hörte eine Salve von Team 3 am Ende der Maschine.

»Feindkontakt«, meldete er. »Verletzte Zivilisten greifen uns an.« Es ließ sich nicht länger codiert beschreiben. Er bemerkte, wie ein Jugendlicher mit Kopfhörern und blutgetränktem Jack-and-Jones-Sweater und ein älterer Mann mit offener Halswunde auf ihn zukamen. Der Mann hielt eine Zeitung in seiner Hand umklammert, als würde er sie gleich lesen wollen und dennoch … Mehmet war sich sicher, dass er eigentlich auf die Intensivstation gehörte. Oder hätte tot sein müssen. Stattdessen … Stattdessen wankten sie auf ihn zu und Mehmet spürte in diesem Moment, dass von ihnen etwas Böses ausging. Dass sie böse waren.

»Erweiterter Feuerbefehl!«, schrie Mehmet ins Headset, hielt sein Gewehr wie einen Speer, nahm zwei Schritte Anlauf und schlug mit dem Kolben auf den Hinterkopf des Mannes, der sich an Paul festgeklammert hatte und ihn beißen wollte. Dessen Kopf flog zur Seite, aber er hielt sich mit aller Kraft an Paul fest, sodass er nicht umfiel. Nicht nur das, er zog sich wieder an Paul hoch und Paul ging dabei in die Knie. »Rückzug«, bellte der Einsatzleiter. Mehmet warf einen Blick auf den Ausstieg im Dach. Er würde es schaffen können, aber Paul? »Brauche den Feuerbefehl. Massiver Angriff!«

»Rückzug!«, war die knappe Antwort. Scheiße! Mehmet drehte sich um, verschaffte sich einen Überblick. Maximal zehn Sekunden hatte er, ehe die beiden hinter ihm ihn erreicht haben würden. Zehn Sekunden, um Paul da raus zu holen. Wie ein Berserker ging er auf den ersten los, schlug mit dem Gewehrkolben wieder und wieder auf dessen Kopf. Bis er von Paul abließ. Und liegen blieb. Aber der andere und die Frau lagen auf Paul und zwei weitere standen zu Pauls Füßen, noch untätig, weil sie ihn bisher nicht erreichen konnten. »Hau ab!«, schrie Paul, es galt ihm. Mehmet vergrub seine Hand in dem Haarschopf der Frau, riss ihren Kopf hoch, riss ihr eine Handvoll Haare mitsamt Kopfhaut aus. Jeder normale Mensch hätte geschrien, hätte nachgegeben. Dreck! Wenn er jetzt mit dem Gewehr zuschlug, konnte er Paul treffen. Dieser bäumte sich auf, schlug und trat um sich, soweit es seine Gegner und seine Lage eben zuließen. Dabei verlor er seinen Handschuh und als würden sie es riechen oder wittern können, stürzten sich seine Angreifer auf die ungeschützte Hand und versuchten, zu beißen. Der Mann schnappte zu, Paul schrie vor Schmerzen auf und ließ sein Gewehr fallen, zog den Revolver und widersetzte sich dem Befehl seines Einsatzleiters. Er schoss der Frau seitlich in den Oberkörper und dann geschahen zwei Dinge gleichzeitig.

Es hatte keinen Zweck. Sie redete, redete und redete und niemand meldete sich bei ihr, niemand antwortete. Anfangs hatten sie noch jede erdenkliche Information von ihr erfragt, jetzt herrschte Funkstille. Dann waren die Schreie verebbt, bis sie nur noch vereinzeltes Stöhnen hörte. Dann auch das nicht mehr und die Stille hatte an ihr genagt. Und jetzt konnte sie die Geräusche nicht mehr einordnen. Wieder und wieder flüsterte sie ihre Fragen ins Handy und erhielt doch keine Antwort. Waren da welche in dem Flieger? Wurden die *Anderen* unruhig? Manuela, die Stewardess, glaubte ein Anschwellen des Stöhnens zu hören. So als wären die … *Anderen* in Aufruhr geraten. Und die beiden vor ihrer Tür? Waren die noch da? Das Schaben und Kratzen an der Tür hatte aufgehört, oder? Das hieß vielleicht, der Weg zum Notausgang wäre frei. Bei dem Gedanken bekam sie sofort Herzklopfen. Die Vorstellung, sie müsse da jetzt raus, da, hinter die Tür, wo die *Anderen* warteten, bereitete ihr Angst. Fürchterliche Angst. Sie hielt das Handy ans Ohr. »Hallo? Hallo, ist jetzt irgendwer reingekommen? Ist da jemand? Hallo? Hallo!« Keine Antwort. Konnte es passieren, dass man bei einem Einsatz einfach vergessen wurde? Sie hatte keine Ahnung. Oder, und dieser Gedanke beschäftigte sie seit sie alleine in dieser Toilettenkabine hockte, dass das, was auf ihrem Flug passiert war, also der Mann, der die anderen gebissen hatte, die sich dann verwandelt und wieder andere angegriffen hatten, dass das kein Einzelfall war. Dass das auch in anderen Städten passierte, während sie in der Luft waren. Was dann? Dann würde ihr niemand helfen können. Dann wäre sie auf sich allein gestellt. Sie lauschte konzentriert, während in ihr ein Krieg tobte. Und Schlachten hin und her wogten, auch, weil sie Angst vor einer Entscheidung hatte. Dann wieder Geräusche. Besser ließ es sich nicht beschreiben, denn sie konnte sich nicht festlegen, ob sie von den *Anderen* stammten oder ob noch jemand in der Maschine war. Aber als sie einen Schuss hörte, traf sie eine Entscheidung. Sie stieß die Tür auf und rannte hinaus.

44

Die Frau fiel zur Seite, Mehmet bekam Paul zu fassen, konnte ihn hochziehen, hinter ihm schlug die Tür auf und die Stewardess stürmte aus der Toilette, direkt auf die Notausgangstür zu. Verdammt, warum machte sie das? »Die Stewardess«, keuchte Mehmet ins Headset, während er sich umdrehte und die beiden hinter sich auf Abstand hielt, indem er dem Jugendlichen in den Bauch trat, dass dieser zurückwankte und den älteren Herren mit sich zu Boden riss. »Raus, Paul, raus!«, schrie er seinen Kameraden an. »Die Stewardess. Sie ist am Ausgang hinter dem Cockpit«, meldete er seinem Einsatzleiter. Paul konnte sich nicht alleine hochziehen. Mehmet stützte ihn, schob ihn hoch und wurde von der Frau angegriffen. Das letzte Mosaiksteinchen auf dem Weg zum Wahnsinn. Sie hätte tot sein MÜSSEN! Ein aufgesetzter Schuss in die Herzseite … sie durfte ihn einfach nicht angreifen. Mehmet stellte sämtliche Bedenken ein und schoss ihr ins Gesicht. Ihr halber Kopf verteilte sich über die Sitze und über den Boden, sie sackte zusammen.

»Team 1. Keiner der Angreifer darf das Flugzeug verlassen.«

»Negativ«, antwortete Mehmet. »Die Stewardess ist kein Angreifer.«

»Die Angreifer dürfen nicht aus dem Flugzeug gelangen. Jede Luke muss geschlossen bleiben! Verstanden?«

»Verstanden!« *Fuck!*, fluchte er innerlich. Er sah zum Dachausstieg, wo Paul auf ihn wartete, ihm seine gesunde Hand zur Hilfe entgegenstreckte.

»Zwei und Drei sind raus, Team 1, sie kommen jetzt alle nach vorne. Bewegt eure Ärsche auf's Dach, die haben uns gebissen«, hörte er Waldi aus Team 2. Und sah, was dieser meinte. Durch den Gang schoben sich die … Passagiere in Richtung Cockpit. Waren sie vor ein paar

Augenblicken noch träge und apathisch, so bewegten sie sich nun zwar immer noch unbeholfen aber wesentlich hektischer. Gierig. »Bleib oben!«, wies er Paul an und suchte nach dem schnellsten Weg zur Stewardess, ohne dabei in Kämpfe zu geraten. Über die Sitze! Er wich dem Jugendlichen, der wieder auf ihn zukam, zwischen die Sitzreihen aus, nahm Schwung und sprang über die erste Reihe. Und die nächste. Und weiter, bis er in etwas Weiches trat, er ein schwaches Wimmern und ein zweistimmiges Knurren hörte. Verdammt! Die hatte er vergessen! Er war dem Schwerverletzten, der zwischen den Sitzreihen lag und angefressen wurde, mitten in den Bauch gesprungen und hatte somit das Festmahl der älteren Frau und der Stewardess gestört. Keine Zeit! Weiter! Er wollte über die nächste Sitzreihe springen, aber die Stewardess hatte ihn an seinem Fuß gepackt. Mit einer Kraft, die er nicht vermutet hätte. Sie brachte ihn zum Stolpern. Die ältere Frau streckte ihre Hände nach ihm aus, griff nach ihm. Und die anderen kamen auf dem Mittelgang auf ihn zu getaumelt. Stöhnten. Bluteten. Viele von ihnen durften eigentlich gar nicht am Leben sein. Er trat aus, schlug der Stewardess mit dem Revolver ins Gesicht. Ohne nachhaltige Wirkung. Dieses Mal musste er sich nicht erst überwinden, denn er hatte Todesangst. Er schoss der alten Dame, die ihm jetzt in den Stiefel biss, von oben in den Kopf und der Stewardess mitten ins Gesicht. Beide kippten zur Seite und regten sich nicht mehr.

»Was sind das für Schüsse?«, hörte er den Einsatzleiter. Keine Zeit. Er folgte der Stewardess. Der richtigen. An der Toilettenkabine vorbei, dann blieb er stehen. Wie erstarrt. Er sah noch, wie sie sich mit Wucht gegen die Tür warf, diese nachgab und das Tageslicht eines kalten Wintervormittags hineinbrach.

»Nein!«, schrie er und schüttelte den Kopf. Sah ihr Gesicht, ihre Verzweiflung und die Angst darin, die er jetzt verstehen konnte, weil er sie teilte. Dann verschwand sie über eine Notrutsche, es sah aus, als wäre sie aus einem Fenster gesprungen. Unten sah er seine Kameraden und Rettungskräfte um das Flugzeug herum stehen und in diesem Augenblick wurde ihm bewusst, dass nichts mehr nach Plan lief. Dass es keinen Plan für so etwas gab. Die Rettungskräfte stürmten nach vorne, wurden wieder zurück gerufen, die Scharfschützen richteten ihre Gewehre aus und senkten sie wieder. Über sein Headset explodierten Befehle, er wollte die Tür wieder zu ziehen, als ihn Hände packten und vom Eingang zurückzogen. Und noch mehr Hände, die an ihm zerrten, Leiber, die sich an ihm vorbei drängten, ihn zu Boden stießen, auf ihm trampelten, ihn beißen wollten. Er spürte Ellenbogen, Knie und Hände auf sich, aber jene, die ihn angriffen, wirklich angriffen, ließen auch schnell wieder von ihm ab. Die geöffnete Tür wirkte verlockender auf sie. Weckte ihre Neugier. Weckte ihre Gier. Die, die an der offenen Tür standen, wirkten erst überrascht, wenn man ihnen so etwas wie Empfindungen zuschreiben wollte, ehe sie von den hinteren hinausgedrängt wurden und entweder über die Rettungsrutsche den Weg nach unten fanden oder einfach auf das Rollfeld stürzten. Irgendwann wurde Mehmet nicht mehr gebissen und getreten und niemand lag mehr auf ihm drauf. Der Spuk war vorbei. Er stand auf und sah hinaus. Er glaubte, das Ende der Welt zu sehen. »Schießt ihnen in den Kopf«, schrie er in sein Headset. Er hatte aber wenig Hoffnung, dass man ihn hören würde, denn unten fielen die ersten Schüsse.

Auf Zivilisten schießen! Förster fiel auf seinen Stuhl. Sein Staatssekretär sah hilflos zu ihm herüber, offenbar war auch er mit seinem Latein am Ende.

»Ich bitte Sie darum, mir den Befehl zu erteilen!« Die Stimme des Einsatzleiters hatte eindeutig an Schärfe gewonnen und Förster musste zu einer Entscheidung finden. Zu wenig. Er hatte zu wenige Informationen, um darüber entscheiden zu können. Er machte dem Einsatzleiter keinen Vorwurf, der hatte die konkrete Situation, seine Männer vor Augen. Für sie war es wohl das Beste, Kollateralschäden in Kauf zu nehmen. Aber er hatte sie später zu verantworten. Vor den Angehörigen, vor der Presse, vor seinen Wählern und, und, und. Das war eine Entscheidung, die sein ganzes Leben beeinflussen konnte. Seine Karriere.

»Ich kann Ihnen den Befehl nicht ohne Weiteres erteilen. Erklären Sie mir, warum es nötig ist, auf vermeintliche Zivilisten zu schießen!«, antwortete er. Sein Staatssekretär nickte ihm zustimmend zu.

»Meine Männer im Flugzeug haben Feindkontakt, obwohl es keine Attentäter oder Terroristen gibt. Sie werden von schwer verletzten Zivilisten gebissen, die eigentlich …« Kurze Pause. »Die eigentlich nicht in dem Zustand sein dürften, um herumzulaufen.«

Also hatte Dr. Kallmann Recht. Und auch die Stewardess. Aber solange sie nicht wussten, worum es sich dabei handelte, konnte er erschossene Zivilisten nicht verantworten. Vor allem nicht in solch einer Größenordnung. Die Kartoffel, die er schlucken sollte, war zu groß und zu heiß.

»Alles auf Grün. Rückzug. Wir machen den Flieger wieder dicht, niemand darf da rauskommen«, gab er den Befehl.

»Verstanden.«

»Gute Entscheidung«, lobte der Staatssekretär und gönnte sich einen Blick aus dem Fenster.

»Ich muss dahin. Ich muss vor Ort sein«, entschied Förster und stemmte sich hoch. »Was habe ich heute noch für Termine?«

»Herr Ministerpräsident! Bitte verfallen Sie nicht in blinden Aktionismus. Sie sind hier wesentlich wertvoller«, riet ihm sein Staatssekretär, rieb sich kurz über seine Glatze. »Nur der Symposiumtermin mit den Bankiers heute Abend sollte wahrgenommen werden«, ergänzte er nach kurzer Überlegung. Förster fluchte, lief hinter seinem Arbeitstisch auf und ab, hoffte, die Situation würde sich beruhigen. Wäre er ein gläubiger Mensch gewesen, hätte er jetzt gebetet. Der Gedanke ließ ihn auflachen. *Ich schaffe das schon*, machte er sich Mut. *Ein Tag, der dreckig beginnt, endet auch dreckig*, antwortete ihm sofort die Stimme seines Vaters.

»Herr Ministerpräsident!« Der Einsatzleiter. Sein Ton gefiel ihm nicht, die militärische Souveränität bröckelte, Angst schwang in diesem Timbre mit. Es versetzte Förster in höchste Alarmbereitschaft.

»Ja«, antwortete er. Kaute auf seiner Unterlippe.

»Die vermeintlichen Zivilisten befinden sich jetzt auf dem Rollfeld und greifen die Einsatzkräfte an. Sie beißen sie tot!«

Gerald Wilster, Einsatzleiter und von seinen Jungs privat Gerry genannt, hatte als Kopf eines SEKs schon einiges gesehen und erlebt. In bierseligen Momenten behauptete er oft, es gäbe nichts, was ihn an Bösartigkeit noch überraschen würde. Der Mensch konnte sehr schnell zum Tier werden und er hatte es nun mal mit der animalischen

Seite der Menschheit zu tun. Gewissensloser Dreck und Abschaum, dem moralische Grundsätze völlig fremd waren. Das war zumindest seine Sicht der Dinge. Aber als die teils schwer verletzten Passagiere aus dem Flugzeug stürzten und die Rettungskräfte angriffen, wurde ihm bewusst, eine neue Dimension des Schreckens kennengelernt zu haben. Crack rauchende Kriminelle waren ein Witz gegen ungefähr zehnjährige Kinder, die einer Rettungssanitäterin den Kiefer auseinander brachen und deren Zunge fraßen, ein Witz gegen ein Seniorenpärchen, das einen Feuerwehrmann mit bloßen Händen ausweidete. Einhundertvierundzwanzig Passagiere waren an Bord der Maschine gewesen und sie kamen wie eine Welle des Grauens über sie. Wie ein trojanisches Pferd wirkten ihre Verletzungen. Hilfsbedürftig, unter Schock stehend, so wurden sie gesehen, doch es waren wilde Tiere. Nein, schlimmer als Tiere. Auch im Nachhinein konnte er nicht sagen, warum es eskalierte. Die Stewardess war auf sie zu gerannt, hatte geschrien, sie gewarnt. Mehmet, das hatte er aus seinem Kommandowagen sehen können, hatte die Tür schließen wollen, doch dann hatten sie ihn einfach überrannt. Rutschten unbeholfen hinunter oder fielen einfach aus über drei Meter Höhe auf das Rollfeld. Doch anstatt schwer verletzt liegen zu bleiben, erhoben sie sich, wankten weiter auf sie zu. Er hatte keine Ahnung, was sie *überhaupt* erwartet hatten. Zumindest aber, dass sich Schwerverletzte wie Schwerverletzte benahmen. Die ersten Rettungskräfte eilten schon auf sie zu, ohne dass er sich zu einem anderslautenden Befehl durchringen konnte, auch wenn er ein schlechtes Gefühl hatte. Dann griffen sie an. Zuerst die Zwillingskinder und das Seniorenpärchen. Es schien, als würde die Zeit festgehal-

50

ten oder gedehnt werden. Sie alle sahen, wie die anscheinend Schwerverletzten über die Sanitäterin und den Feuerwehrmann herfielen, sie zu Boden rangen, sie ... verwundeten. Jedes Detail konnten sie sehen. Wie in Zeitlupe. Und dennoch liefen ihre Handlungen wie vorher geplant weiter. Als wäre eine Blockade in ihren Köpfen, die sie dazu zwang, das Gesehene zu leugnen. Was nicht sein darf, kann auch nicht sein. Gerald Wilster durchbrach als erster diesen Zustand.

»Herr Ministerpräsident!«

»Ja.«

»Die vermeintlichen Zivilisten befinden sich jetzt auf dem Rollfeld und greifen die Einsatzkräfte an. Sie beißen sie tot!«

Er fahndete nach einem Kommando, aber das Chaos breitete sich weiter aus. Die Einsatzkräfte liefen ungeordnet umher, einige zogen sich zurück, andere rannten zu den »Verletzten«.

»Ihr müsst ihnen in den Kopf schießen!«, hörte er Mehmet auf dem Headset.

»Herr Ministerpräsident! Ich brauche sofort die Erlaubnis, das Feuer zu eröffnen. Sofort!« Die ersten Schüsse fielen. Auf Zivilisten, die einen Kameraden unter sich begruben und weitere hinter ein Einsatzfahrzeug zurückdrängten. Gerald Wilster blickte hinter das Einsatzfahrzeug, schluckte trocken. Es gab kein engmaschiges Netz um das Flugzeug herum, keinen äußeren Kreis, kein schweres Geschütz, kein Aufgebot eines Großeinsatzes. Dahinter, hinter den gepanzerten Mannschaftswagen, lief ungehindert der Flugbetrieb weiter und fünfzig- bis siebzigtausend Menschen eilten geschäftig hinter den das fahle Sonnenlicht reflektierende Glasfassaden entlang.

Gerald Wilster würde sie nicht schützen können, wenn die Anderen ihre Absperrung durchbrachen. Er sah hoch zu Mehmet.

»Herr Ministerpräsident. Ich erbitte den Befehl, den Angreifern gezielt in den Kopf schießen zu dürfen. Jetzt. Sonst gibt es eine Katastrophe!«

Kapitel 6 – Von Kindern und Bienen

»What do you want from us?«
»We don´t know.«
»Why are you here?«
»To be destroyed!«

»*Ein Kind zu töten*«, 1976

Harald Schöttke hatte es in seinen 17 Jahren als ranghöchster Polizeibeamter der Gemeinde Henstedt-Ulzburg bisher ganz gut getroffen. Die Gemeinde war zu groß, um es langweilig werden zu lassen, aber doch auch ländlich genug, um von dem großen Dreck verschont zu bleiben. Manchmal war es schlimmer, dann hatte er den Eindruck, die Nähe zu Hamburg würde den ganzen Abschaum hierhin spülen, dann ebbte es wieder für lange Zeit ab. Es war beinahe zyklisch, seine Frau sagte dann, der Herbst würde wieder kommen, wenn sich die Einsätze in ihrer Häufig- und Heftigkeit zum Schlimmeren entwickelten. Aber bis auf ermordete und entführte Kinder Anfang der 80er Jahre war die Gemeinde seines Wissens bisher von brutalen Verbrechen verschont geblieben und es durfte gerne so weitergehen, denn er freute sich schon auf seine anstehende Pensionszeit. Auf die Zeit mit seiner zweiten Leidenschaft, neben seiner Frau und seinen Kindern, die Imkerei. Aber dann kam dieser Einsatz im Wakendorfer Kindergarten, der, dem Anruf einer Erzieherin nach, »angegriffen« wurde. Den Kindern gehe es gut, aber dann wurde die Verbindung unterbrochen. Und als sie anrufen wollten, war nur noch das Besetztzeichen zu hören gewesen. Vor Ort waren sie einer verletzten Erzieherin begegnet, die vor dem Kindergarten auf dem Fußballplatz umherirrte und offensichtlich unter Schock stand. Statt sich helfen zu lassen, hatte sie einen Kollegen schwer verletzt, ihn ins Gesicht gebissen. Sie konnten sie nicht überwältigen, also schossen sie auf sie. Schossen ihr in die Schulter. Sie stand wieder auf. Ins Bein. Sie fiel um, stand wieder auf, wankte auf sie zu. Vor den Augen seiner Kollegen und einiger Eltern, die ihre Kinder abholen wollten. In diesem Moment waren seine Bienenvölker und sein eigener Honig in weite Ferne gerückt und die Idylle seines bisherigen Polizistenlebens hatte Risse bekommen. Tiefe Risse.

»Einer ist rein«, hörte er Horst über Funk. Horst und Steffen versteckten sich hinter der Turnhalle in der Nähe des Eingangs, sollten ihn sichern, bis die Verstärkung da war.

»Ihr Pappnasen solltet nicht nur aufpassen, wenn einer rauskommt, und melden, was die da machen, die da draußen rumlaufen, sondern auch aufpassen, dass keiner rein kommt!«

»Der war zu schnell, Harry. Der ist hinten aus dem Gebüsch gekommen. Wahrscheinlich ein Vater. Wir sind einfach zu weit weg.«

»Verstanden«, beendete er das Gespräch mit seinen Kollegen. Es wurde wirklich Zeit, dass die Verstärkung aus Segeberg eintraf.

»Zurück! Zurück! Alle zurück!« Er drängte die Eltern zurück, die angeschossene Erzieherin taumelte auf sie zu, kam in ihre Reichweite.

»Oh, Gott, Frau Westermann!«, schrie eine Mutter, Harald Schöttke sah, dass den Eltern der Anblick der angeschossenen und veränderten Erzieherin nahe ging. Frau Westermann drehte langsam ihren Kopf zu der Mutter. Es wirkte, als müsste sie ein, zwei Mal nachjustieren, ehe sie sie sehen konnte. Sie streckte ihre Arme nach vorn und stolperte auf die Mutter zu.

»Torben, pass auf!«, warnte er seinen Kollegen, der die Mutter zurück schubste und vor der Erzieherin bis zu den Treppen zum Parkplatz zurück wich.

»Harry! Hier kommen Eltern um die Turnhalle. Von hinten, von dem Sportplatz!«

»Haltet sie auf, ja! Die dürfen da nicht hin!« Frau Westermann stürzte sich auf seinen Kollegen Torben, der sie an der Schulter packte und zur Seite warf. Mit zu viel Schwung, sie fiel die Treppen hinab, schlug unten auf, Eltern schrien und wichen zurück. Von dem Sturz unbeeindruckt kam Frau Westermann wieder auf die Beine, ihr linker Unterarm stand in einem unnatürlichen Winkel ab, als wäre er zweifach gebrochen. Der Anblick sorgte für ein weiteres Aufstöhnen unter der Elternschaft.

Sirenen. Das musste die Verstärkung sein!

»Gehen Sie zurück!«, befahl er den Eltern, lief durch das Beet auf den Parkplatz zu, sprang von dort mitten in die Menge hinein. Frau Westermann war schon wieder auf dem Weg zu einem neuen Opfer, eine ältere Frau, offenbar die Großmutter eines der Kinder.

»Harry! Ein Vater und eine Mutter laufen auf die Kinder vor dem Kindergarten zu. Wir konnten sie nicht zurückhalten. Verdammt Harry, die haben sie gebissen! Harry, hörst du?«, klang es verzerrt aus seinem Funkgerät. Harald Schöttke antwortete nicht, denn Frau Westermann hatte die Frau an den Haaren gepackt, zog sie zu sich heran. Ein Vater wollte dazwischen gehen, konnte die beiden aber nicht voneinander lösen, seine Bemühungen waren zu zaghaft. Frau Westermann vergrub ihre Zähne im Gesicht ihres Opfers. Schreie und noch mehr

Schreie. Harald Schöttke erreichte die beiden, riss mit seinem gesamten Körpergewicht an der Erzieherin, rang sie zu Boden, wo sie ihm in den Handrücken biss und weiter um sich schnappte. Er presste beide Knie auf ihre Oberarme und setzte sich auf sie. Sie wehrte sich, stemmte sich nach oben und er musste kämpfen. Verdammt, was hatte die Kräfte!

»Torben, hilf mir!« Aus den Augenwinkeln sah Harald, wie sich um die ältere Frau gekümmert wurde. Sein Kollege eilte hinzu, zu zweit rangen sie sie nieder, drehten sie auf den Rücken und legten ihr Handschellen an.

»Oh, nein, das ist Milan!«, schrie eine Mutter. »MILAN!« Harald Schöttke sah auf. Auf dem Weg, der sich zum Eingang des Kindergartens schlängelte, stand ein höchstens vierjähriger Junge. Seine linke Schädelseite war eine einzige offene Wunde, ebenso war seine Strumpfhose zerfetzt und verbarg gerade so viel, dass es umso beängstigender war, die Wunde nicht zu sehen. Er schleifte einen »Winnie Puuh«-Stoffbären hinter sich her.

»MILAN!« Die besorgte Mutter stürzte die Treppen hoch, rannte zu ihrem Sohn, kniete sich hin und nahm ihr verletztes Kind in die Arme. Milan ließ es geschehen, es schien, als wäre er von der Geschwindigkeit der Ereignisse überrascht worden. Doch jetzt, im Arm seiner Mutter, fing er sich, neigte sein Köpfchen und biss seiner Mutter in den Hals. Die Mutter schrie. Und Schüsse fielen.

Kapitel 7 – Von Lust und Fleisch

»Was war denn los, Mama? Warum sind denn alle weggelaufen?«

»Jäger! Jäger waren im Wald.«

»Bambi«; 1942

Stell dir vor, all die Lust, die Gier, die Leidenschaft, die Freude, das Gefühl, das in einem glüht, wenn man auf einer Wiese liegt und in den Himmel schaut, Wolken vorüber ziehen, wie getupfte weiße Flecken auf Hellblau und wenn es dann dunkel wird, man immer noch liegt und die Sterne einem zeigen, was Unendlichkeit bedeutet, all die Liebe, all das Leben, wenn all das mit einem Atemzug aus einem strömt und dann nichts mehr ist. Nichts. Und dieses Nichts füllt sich, wie sich ein Fußabdruck am Sandstrand mit Wasser füllt. Nur füllt es sich nicht mit Wasser, sondern das Nichts füllt sich mit nichts als Hass. Mit Hass, Verzweiflung, Wut, Zerstörung und ein Wunsch bildet sich, der Wunsch nach etwas, was vergangen ist, was einem nun, wo nichts als Hass ist, endlich so wertvoll erscheint, wie es ist: Leben. Und wenn man davon gekostet hat, wird sein Verlust zur Gewissheit. Unwiderruflich ist es fort und der Wunsch danach ist ebenso wenig zu beschwichtigen, wie der Hass auf alles.

Der ehemalige Gerichtsmediziner, der erste seiner Art, weil er Lust empfand, seinesgleichen zu essen, wankte durch den Nebel über den torfigen Boden des Wakendorfer Moores. Es war kalt, ein kalter Dezembertag und er verließ sich auf seinen Instinkt, der ihm riet, versteckt zu bleiben. Trotz der Gier nach Leben. Dieser Instinkt

57

war neu. Frisch erwacht, denn eigentlich hätten ihn die Beamten, das BLUT, das LEBEN, anlocken sollen, stattdessen hielt er sich versteckt, drang tiefer ins Dickicht und stieß auf Begleitung. Die Vogelfrau. Sein drittes Opfer. Ihr Fernglas hing vor ihrer Brust, ein Atavismus ihres vorherigen Lebens, das Werkzeug ihrer Leidenschaft, Vögel zu beobachten. Zeichen ihres neuen Daseins: die klaffenden, verkrusteten Wunden, der blutverschmierte Mund, Beweis einer erfolgreichen Jagd. Sie kam aus dem Dickicht, angelockt durch den Geruch von Leben, Menschen, Frischfleisch, hätte ihn beinahe umgerannt. Erst stöhnte sie aggressiv, dann witterte sie. Witterte ihn, wie auch er seinen Kopf anhob und mit offenen Mund roch. Unbeholfen drehte sie sich im Unterholz und schloss sich ihm an.

Später scheuchten sie einen Rehsprung auf, das durch das Dickicht stob. Ein junges Tier verfing sich dabei mit einem Hinterlauf in einer verwitterten Rolle Maschendrahts, die von welkem Gestrüpp überwuchert war, zerrte und zog daran, um sich zu befreien, während die anderen Tiere in sicherer Entfernung warteten. Der Gerichtsmediziner verharrte und erspürte den Geruch von Wild, fand zielsicher den Weg durch das Unterholz zum gefangenen und verletzten Reh. Das Tier wand sich, trat aus, stärker und panischer, als es das bei gewöhnlichen Raubtieren tun würde. Die Vogelfrau stürzte an dem Gerichtsmediziner vorbei, er stieß sie um und knurrte. Wütend. Mit ein paar Schritten war er bei dem Tier, ließ sich darauf fallen und raubte ihm das Leben. Langsam. Bewusst. Anschließend fraß er und überließ dann der Vogelfrau den restlichen Kadaver.

Kapitel 8 – Der Polizist und der Wolf

»Ernest Hemingway hat mal geschrieben: ›Die Welt ist so schön, und wert, dass man um sie kämpft‹. Dem zweiten Teil stimme ich zu.«

Die beiden Anzugträger aus der Innenbehörde waren, nachdem sie sich bei ihm nach dem Journalisten erkundigt hatten, die Treppe wieder hinauf gerannt. Als ob es gerade nichts Wichtigeres gab, als einen Journalisten, dachte er. Er hatte ihnen unfreundlich geantwortet. Wahrscheinlich wegen seiner angeschlagenen Gemütsverfassung. Das eben Erlebte war nicht einfach zu verarbeiten, er konnte noch immer das Adrenalin in seinem Körper spüren. Er sah seine Kameraden und obwohl sie wie er vollständig gepanzert waren und einen Helm trugen, wusste er, dass sie ähnlich empfanden. Sogar bei Lars, der den ehemaligen Polizisten durch einen Kopfschuss getötet hatte, konnte er es an dessen Haltung erkennen. Die fehlende Körperspannung, die hängenden Schultern. Lars war fertig mit den Nerven. Johann, ihr Einsatzleiter meldete sich, berichtete von weiteren Angreifern im Gebäude. Einer im Seziersaal II, zwei weitere bei den Umkleideräumen des Personals. Aber sie würden jeden Moment durch ein *geheimes* Sonderkommando abgelöst werden, hatte er von oberster Stelle erfahren. »Alex, wenn sie bei dir sind, instruierst du sie, verstanden?«, wies Johann ihn an. »Verstanden«, antwortete er, bemerkte den sorgenvollen Blick des Arztes, der neben Markus saß.

»Was ist?«, fragte Alex. Markus sah bleich und fiebrig aus, zitterte und sah ihn aus glasigen Augen an. Alex wusste nicht, ob sein Kollege ihn überhaupt noch hören konnte.

»Ehrlich gesagt, ich weiß es nicht. Ich vermute, sein Kreislauf bricht gerade zusammen. Kann ich ihn raus, auf die Krankenstation nebenan bringen?«, fragte der Arzt.

»Ich kann das nicht entscheiden, ich frage kurz nach.« Alex gab die Frage weiter, sah, wie das geheime Sonderkommando durch das Treppenhaus herunter gerannt kam und Lars und Jürgen wieder den anderen Raum sicherten und dahinter dann aus seinem Sichtfeld verschwanden. Johann gab derweil sein Einverständnis, Markus ins Krankenhaus zu schaffen und Alex nickte dem Arzt zu. Die Tür wurde aufgestoßen, ein stämmiger, untersetzter Mann mit Barett auf kahlem Schädel und ganz in Schwarz gekleidet, trat auf ihn zu.

»Sie können mich Wolf nennen, Polizist. Ab jetzt übernehme ich das Kommando«, stellte er klar, ließ seinen Blick über die Gegebenheiten schweifen. Der Arzt zog eine der Bahren heran und bat Alex darum, Markus hinauf zu hieven.

»Einen Augenblick!«, unterbrach Wolf. »Erzählen Sie, was geschehen ist, Polizist!«, forderte er Alex auf.

»Mein Kamerad ist verletzt und braucht dringend medizinischer Versorgung, Herr Wolf«, widersprach Alex, der Widerworte eigentlich nicht gewohnt war, aber die Situation erinnerte ihn gerade an einen Hollywood-Militär-Streifen, Wolf fehlte darin nur noch die heruntergebrannte Zigarre im Mundwinkel. Es war skurril.

»Ihr Kamerad bleibt, bis ich entscheide, dass er geht, Polizist. Und nun verplempern Sie nicht unnötig unsere Zeit und erzählen mir einfach, was vorgefallen ist. Kurz und prägnant.«

60

Alex war sprachlos, sah erst zu dem Arzt, dann zu dem neuen Einsatzleiter.

»Ist Ihr Kamerad gebissen worden, Polizist?«, fragte Wolf. Alex nickte, der Arzt antwortete ausführlicher. »Ja. Die Wunde ist notdürftig geklammert worden und war nicht allzu schwerwiegend. Aber nun rast und flattert sein Puls, der Blutdruck …«

»Ist er von jemandem gebissen worden, der allem Anschein nach schwer verletzt oder sogar … tot war?«, unterbrach Wolf. Der Arzt nickte. »Ein Polizist, der gestern frisch verstorben eingeliefert wurde, also fälschlicherweise verstorben, hat ihn wohl gebissen. Oder?« Der Arzt wandte sich an Alex, da er es nicht genau wusste. »Ja«, antwortete dieser. »Und der Polizist ist soeben getötet worden«, ergänzte er. »Getötet?«, fragte Wolf, Alex deutete auf den verglasten Seziersaal. Wolf trat an die Glasscheibe und überzeugte sich von dieser Aussage. Der Polizist Steinfatt lag nach wie vor regungslos und blutüberströmt mit offenem Schädel auf den Fliesen. »Was hat ihn ausgeschaltet?«, wollte Wolf wissen.

»Ein Kopfschuss. Lars hat ihm in den Kopf geschossen«, antwortete Alex mit belegter Stimme.

»Gut. Sehr gut. Wann ist Ihr Kamerad gebissen worden?« Wolf schob mit seiner lederbehandschuhten Hand seinen Pullover ein Stück hoch und sah auf eine massive Armbanduhr.

»Das … ich … äh, ungefähr vor einer halben Stunde«, erinnerte sich Alex.

»Eine halbe Stunde«, wiederholte Wolf, sah prüfend zum Verletzten. »Und Sie? Sind Sie auch gebissen worden, Doktor?« Wolf sah auf den frischen Verband.

»Ja. Aber es ist nichts Schlimmes. Nur oberflächlich, auch, wenn es stark geblutet hat.«

»Von dem scheinbar toten Polizisten?«

»Nein von einem Angestellten, der hier arbeitet. Er sollte den Polizisten herrichten, wurde dann durch diesen schwer verletzt … sehr schwer verletzt und stand offenbar unter Schock, als er mich angegriffen hat. Ich bin dann vor ihm geflohen«, antwortete der Arzt.

»Wann ungefähr war das?«

Der Arzt überlegte. »Bestimmt eine dreiviertel Stunde davor, also so vor höchstens anderthalb Stunden.«

»Und wie fühlen Sie sich?«

»Den Umständen entsprechend. Aber warum fragen Sie das alles?«

»Warten wir es ab«, antwortete Wolf knapp. »Dann haben wir also noch drei da drin, ja?«, wandte er sich wieder an Alex.

»Korrekt.«

»Wo?«

»Hier links im Gebäudetrakt. Einer im Seziersaal II, zwei weitere in den Umkleideräumen der Angestellten«, antwortete Alex.

»Gut. Sperren Sie die Räume zu, wo die drin sind und holen Sie Ihre Leute raus. Alle. Alle hierher.«

»Herr Wolf, ich kann das nicht …«

»Doch, Sie können, Polizist. Beeilen Sie sich.« Wolf wandte sich wieder an den Arzt. »Und?«

»Es wird schlimmer. Wenn er nicht bald medizinisch versorgt wird, dann stirbt er. Die Sorge des Mediziners wuchs zur Panik um seinen Patienten an, der Vorwurf an Wolf war unüberhörbar. Markus' Augenlider flatterten, gelegentlich zuckte sein ganzer Körper, Schaumbläschen bildeten sich in seinen Mundwinkeln. Wolf schwieg, beobachtete das Leiden des Verletzten aufmerksam, während Alex seine Kameraden zurückbeorderte und Johann darüber informierte. Alle drei Teams erschienen daraufhin vor den Fahrstühlen. Wolf nickte jedem einzelnen Polizisten zu. »Seid ihr verletzt worden, Männer?«, fragte er sie, schritt sie der Reihe nach ab und inspizierte jeden einzelnen mit sorgsamem Blick. »Gebissen worden?«, fragte er weiter. Sie schüttelten den Kopf, wirkten durch sein Auftreten genauso irritiert wie Alex zuvor. »Gut. Gehen Sie. Alle. Und Sie, Polizist, bleiben hier«, forderte er Alex auf und hielt ihn an seinem Unterarm zurück. Alex Kameraden und die Techniker in Schutzanzügen verließen die Rechtsmedizin durch das Treppenhaus, drängten sich an Wolfs Einheit vorbei.

»Ich möchte, dass Sie sich um Ihren verletzten Kameraden kümmern. Ihn beobachten. Ihm aus sicherer Entfernung beistehen.« Wolf sah Alex eindringlich an. Alex vermutete, Wolf wolle ihm eine versteckte Botschaft dadurch mitteilen, doch er erkannte sie nicht. »Verstanden«, antwortete er, sah zu Markus und seine Sorge wuchs. Der Arzt hatte ihn in die stabile Seitenlage gebracht, kniete vor ihm und lauschte anscheinend den Atemzügen nach. Per Handzeichen durch die Glastür dirigierte Wolf seinen Trupp durch die Tür, weitere knappe Gesten gaben das Kommando zum Angriff. Nahezu lautlos schlichen die gerüsteten Kämpfer durch die Rechtsmedizin, verschwanden genauso schnell aus Alex' Blickfeld, wie sie aus dem Treppenhaus gekommen waren, doch etwas verwunderte ihn. Statt Gewehren hielt jeweils einer aus einem Team eine Apparatur in den Händen, die ihn vage an einen Kescher zum Fischen erinnerte. An der Spitze einer langen, massiven Stange war ein Netz befestigt.

»Hundefänger«, quittierte Wolf seinen neugierigen Blick. Zwei seiner Männer, einer ebenfalls mit einem Fänger bewaffnet, blieben in unmittelbarer Nähe zu

Markus und dem Arzt, zwei weitere konnte Alex noch im Treppenhaus sehen.

»Wir fangen sie *lebend,* soweit dieser Begriff überhaupt zulässig ist.« Alex nahm seinen Mut zusammen und fragte Wolf etwas. »Und dann?« Wolf sah ihn an. »Nehmen Sie Ihren Helm ab, Polizist, damit ich Ihr Gesicht sehen kann.« Alex nahm seinen Helm ab, klemmte ihn sich unter den Arm.

»Was Sie gerade erlebt haben und was Sie jetzt sehen, dürfen Sie eigentlich gar nicht sehen, weil es streng geheim ist, Polizist. Verstehen Sie, was ich Ihnen sage?« Wieder lauerte eine unausgesprochene Information hinter dem Gesagten, aber so sehr Alex sich auch anstrengte, er bekam sie nicht zu greifen. Er nickte stumm.

»Sie sind nur noch hier, weil Sie einem Ihrer Kameraden in seinem Todeskampf auf einem Einsatz Beistand leisten, richtig?«

Markus? Todeskampf? Das überforderte Alex, er schwieg.

»Deswegen, und nur deswegen sind Sie Teil dieser geheimen Operation. Und selbstverständlich werden Sie niemanden etwas verraten. Niemanden w-a-r-n-e-n.«

»Er ist gestorben«, unterbrach der Arzt Wolf. Fassungslos sah er zum Kommandeur hoch. »Sie haben ihn sterben lassen. Einfach sterben lassen!« Der Arzt schüttelte den Kopf, richtete, immer noch vor Markus kniend, seinen Oberkörper auf, so dass es flehend und anklagend aussah.

»Gehen Sie zur Seite, Doktor, Sie werden gleich ein Wunder erleben«, antwortete Wolf zynisch, behielt Markus im Auge und nickte seinen Männern zu, die sich mit dem Hundefänger am Kopfende des Verstorbenen in Position brachten. Der Arzt sah Wolf fragend an, dieser schwieg, schien Markus nur durch seinen Blick am Boden festnageln zu wollen. »Jetzt«, flüsterte er. Ein kaum wahrnehmbares Zucken durchlief Markus linkes Bein, kündigte ein langsames Erwachen an. Markus schlug die Augen auf, Wolfs Männer wollten eingreifen, doch dieser hob seine Hand, bedeutete ihnen, abzuwarten.

»Na, Doktor, was sagen Sie jetzt?«, fragte Wolf. Nüchtern, ohne sich an dem Entsetzen des Mediziners weiden zu wollen. Es war eher aufrichtige Neugier, gepaart mit sich wiederholendem Erstaunen über etwas, was eigentlich unmöglich war und dennoch geschah.

»Das … das kann nicht sein!«, widersprach der. Von dem sich langsam aufrichtenden Markus sah er zu Wolf auf. »Er hatte keinen Herzschlag mehr, keine Atmung, keinen Puls, wahrscheinlich hätte er sogar schon hirntot sein müssen«, rechtfertigte er sich.

»War er wahrscheinlich auch, Doktor, war er auch.« Jetzt gab Wolf das Handzeichen. Seine Männer stülpten Markus das Netz über den Oberkörper, zogen es zu, sodass der Erwachte nur eingeschränkt laufen konnte.

»Wie kann … wie kann das sein?« Der Arzt schluckte, ließ sich matt auf die Seite fallen. Er war sichtlich erschöpft. Wolf sah ihn an. Mitleid lag in seinem Blick. »Das weiß noch niemand, Doktor, aber eins ist klar. Er ist von jemandem gebissen worden, der sich in einem identischen Zustand befunden hat.« Die Worte hingen bleischwer in der Luft, tropften zähflüssig ins Bewusstsein. Alex glaubte, sich verhört zu haben, sich in einem Albtraum zu befinden, der Arzt aber erfasste seine Lage sofort.

»Ich bin gebissen worden«, sagte er.

Wolf nickte. »Es tut mir leid.« Der Arzt lehnte sich mit dem Oberkörper an die Wand, sämtliche Farbe war ihm aus dem Gesicht gewichen. »Wie lange? Wie lange habe ich noch?«, fragte er und Alex bewunderte die Fassung, die er sich in dieser Situation bewahrte.

»Das weiß ich nicht«, antwortete Wolf, sah auf, weil seine Männer ihre Mission beendet hatten und ihre sich wehrenden Gefangenen vor sich her in dem Raum trieben.

»Es hängt vermutlich mit der Schwere der Verletzung, der Konstitution und mir noch unbekannten Dingen zusammen. Fühlen Sie schon etwas?« Der Arzt nickte. »Kann ich telefonieren?«, fragte er.

»Selbstverständlich! Jungs, führt sie in die Fahrzeuge, Polizist, Sie und Norman werden den Toten einsargen«, verteilte Wolf die Aufgaben, nickte dem Arzt zu, nachdem sich der Raum geleert hatte. Wolf selbst zog sich ins Treppenhaus zurück und gesellte sich, ohne den Arzt ganz aus den Augen zu lassen, in den Treppenaufgang zu seinen beiden letzten wartenden Männern zurück. Er beobachtete den Mediziner, wie er mit seiner Frau telefonierte, sich von ihr verabschiedete (sie würde ihm wahrscheinlich nicht glauben), wie er weinte, wie er starb. Und wie er erwachte. Anschließend ließ Wolf aufräumen.

Alex und Norman hatten bereits aufgeräumt. Norman hatte seinen Helm auf den Seziertisch abgelegt, seine Handschuhe ausgezogen und hielt Alex eine Zigarette hin. Alex rauchte nicht, dennoch griff er zu. Gab es einen besseren Augenblick, um damit anzufangen? Er glaubte nicht. Norman gab sich beiden Feuer, inhalierte tief und betrachtete Alex von der Seite. »Und? Was meinst du?«, fragte er. Alex sog an seiner Zigarette, hustete und schlug sich auf die Brust. Er schüttelte den Kopf. »Ich … kann das alles nicht glauben«, antwortete er.

Norman nickte, rauchte. »Einer meiner Freunde ist Pilot, weißt du. Ich könnte abhauen. Noch geht das wohl.« Norman schnippte seine Asche auf den Boden. »Denk besser darüber nach, wo DU hinkannst. Hast du Familie?«

Alex zeigte ihm ein Bild von seiner Frau und seinen beiden Söhnen, das er in seiner Brusttasche immer bei Einsätzen mit sich trug.

»Hübsch. Überleg ernsthaft, wohin du mit ihnen verschwinden kannst. Die werden das nicht in den Griff bekommen. Meine Meinung«, riet ihm Norman.

»Seit wann ist das so?«

»Seit gestern erst. Aber seitdem hat sich die Welt verändert. Sieh dir mal an, was gerade überall passiert. Und dann zähl' eins und eins zusammen.« Wolf klopfte von außen an die Scheibe, drehte mit seinem Zeigefinger in der Luft herum.

»Abflug«, kommentierte Norman die Geste, nahm seinen Helm und die Handschuhe. »War nett, dich kennengelernt zu haben. Hau ab, wenn du kannst!« Sie drückten ihre Zigaretten aus, gingen nach oben und dort trennten sich ihre Wege. Alex würde sich später noch oft an diese Worte erinnern.

Kapitel 9 – Tims Blog

»Ich versuche deinen Verstand zu befreien, Neo. Aber ich kann dir nur die Tür zeigen. Hindurchgehen musst du alleine.«

»Matrix«; 1999

Unfassbar! Tim fand diese Geste bisher äußerst lächerlich und unbrauchbar, aber aus reiner Hilflosigkeit kniff er sich in den Unterarm, um sich zu vergewissern, dass er nicht geträumt hatte. Und spätestens, als er vom eiskalten Spritzwasser des Busses erfasst wurde, weil er gedankenversunken in unmittelbarer Nähe einer Pfütze auf diesen gewartet hatte, wurde ihm klar, es war echt. Alles war echt. Und wie von der Kälte des Wassers war er auch von dieser Einsicht geschockt. Die vergangenen Ereignisse waren echt. Einige davon hatte er als Film gebannt. Im Bus setzte er sich in die letzte Reihe und sah ihn sich an. Wahnsinn! Damit meinte er nicht die Qualität, sondern das Ereignis. Er lehnte sich zurück, sah nach draußen, ließ Häuser, Autos und Menschen passieren und spürte Hitzewallungen, die ihn erfassten. Und Übelkeit. Es machte ihn wirklich fertig. Er sammelte sich und analysierte. Erstens: er hatte gesehen wie ein ehemaliger Polizist, der von gut ausgebildeten Ärzten für tot erklärt worden war und auch tot aussah, angeschossen wurde und ihn die Verletzungen, obwohl sie bestimmt tödlich waren, nicht beeinträchtigten. Erst ein Kopfschuss hatte zu einem Ende geführt. Zweitens: Liam hatte ihm erzählt, wie dieser Polizist bei ihm im Moor von an ähnlichen Symptomen leidenden *Menschen* gebissen worden war. Drittens: Auch in der Rechtsmedizin war wer gebissen worden. Mindestens ein weiterer Polizist und ein

Arzt. Viertens: Sämtliche mit diesen Phänomenen in Kontakt tretende Akteure waren überfordert. Verständlich, wie Tim fand, auch er war überfordert. Aber er trug keine Verantwortung über andere. Zumindest nicht so, dass er sie durch sein Handeln oder Nichthandeln in unmittelbare Gefahr bringen konnte. Wie Polizisten und Politiker zum Beispiel. Fünftens: Es sollte verschwiegen werden. Sowohl die Geschehnisse in Wakendorf II beim Wohnhaus des Rechtsmediziners, wie auch diese hier im rechtsmedizinischen Institut sollten nicht an die Öffentlichkeit gelangen. Warum? Tim schätzte, Zeit war die richtige Antwort auf diese Frage. Sie, also alle, die in den Behörden von diesem Phänomen wussten, brauchten Zeit, um es einordnen zu können. Tim merkte, wie ihm seine Gedankenspiele gut taten, ihn beruhigten. Bei Hoheluft stieg er aus dem Bus und trieb mit dem Strom zur U-Bahn. Sirenen. Fielen sie ihm heute nur so deutlich auf, oder jaulten sie tatsächlich wesentlich zahlreicher als sonst? Sofort kehrte seine Angst zurück. *Ruhig, Tim, ruhig.* Seine Bahn würde in drei Minuten kommen, er rief Liam an, bekam aber nur die Ansage seiner Mailbox zu hören. Tim drehte sich von den Wartenden weg. »Li, Mann, geh ran«, flüsterte er. »Ich glaube, du hattest tatsächlich Recht. Ich schicke dir einen Film als App. Melde dich, wir müssen sofort reden.« Liam würde jetzt wahrscheinlich als letztes an sein Handy denken. Er würde wahrscheinlich schon Vorräte kaufen und mit Jack verschwinden. Vielleicht nicht die schlechteste Idee, aber sein Freund war ein hoffnungsloser Pessimist. Tim hingegen hatte Hoffnung, man musste es nur richtig angehen. Die Bahn fuhr ein und zusammen mit vielen anderen drängte er sich in den Waggon. Husten, Schnäuzen, beschlagene Scheiben, Weihnachtseinkäufe. Tim fuhr eigentlich sehr gerne Bahn und beobachtete seine Mitreisenden. Heute aber empfand er Bahn fahren als bedrohlich. Die Enge. Die Vorstellung, dass jeder nur durch eine Wunde (vielleicht reichte ja auch schon eine Tröpfcheninfektion) … Stopp! Wieder musste er gegen seine aufbrandende Angst antreten. Wäre es eine Krankheit, die sich zum Beispiel durch einfaches Husten übertragen würde, dann würde jetzt schon ein heilloses Chaos herrschen. Oder? Oder nicht? Er wusste es einfach nicht und diese Unwissenheit setzte ihm über die Maßen zu. Andererseits hatte er einen Punkt gefunden, den es unbedingt zu bedenken galt. Wie verbreitete es sich? Sicher war, dass es sich durch Bisse übertrug. Erst zum Tode führte, zum vermeintlichen Tod, und man dann wieder aufwachte und andere Menschen angriff. Und außer durch Kopfschüsse anscheinend nicht zu töten war.

Wer?

Wer also hatte es alles?

Der Rechtsmediziner - mit ihm hatte alles angefangen. Tim holte seinen Notizblock aus seiner Innentasche und machte sich Notizen. Danach das ältere Ehepaar, die Schröters, die Liam im Moor beobachtet hatte. Wahrscheinlich Nachbarn. Der Polizist. Die Vogelfrau, die vermisst wurde. Sie wahrscheinlich auch. Sie hatte man auch noch nicht gefunden und den Rechtsmediziner auch nicht. Und die beiden in der Rechtsmedizin. Und dort vielleicht auch noch weitere. Sieben. Sieben mindestens. Waren das alle? Alle, die sich mit etwas Unbekannten infiziert hatten? Die Bahn hielt, er musste aussteigen. Er stand auf, las den aktuellen Newsticker der Regionalnachrichten für Hamburg. Amoklauf an der Gesamtschule Heidberg. Wenn es nur das ist, dachte Tim zynisch und stieg aus.

70

Später auf dem Weg zu seiner Wohnung fasste Tim den Entschluss, es umgehend öffentlich zu machen. In seiner Straße ging es ruhig zu, ehemalige Eisenbahnerwohnungen einer kinderreichen Siedlung, die an einem nicht mehr befahrenem Gleisbett lagen. Kinder konnte er von einem Spielplatz hören, der Verkehrslärm von der Hauptstraße ebbte langsam ab, also rief Tim den Chefredakteur eines großen Online-Magazins an. Eines verdammt großen Online-Magazins. Reiner, der Chefredakteur, meldete sich. »Reiner, ich bin es, Tim. Ich brauche drei Minuten deiner Zeit. Jetzt sofort!«

»Ich höre zu.«

»Ich weiß, dass du für das aktuelle Tagesgeschehen nur eigene Mitarbeiter aus eurer Redaktion einsetzt und ich will mir hiermit keine Gunst durch Erpressung erschleichen. Ich denke, das weißt du auch. Aber die Geschichte, an der ich gerade dran bin, muss so schnell wie möglich und so weit wie möglich verbreitet werden.«

»Was ist es?«

Tim musste innerlich auflachen. Er hatte gehofft, durch diese ehrliche Eröffnung diese Spielchen vermeiden zu können, aber Reiners Tonfall verriet ihm alles. Würde er es jetzt verraten, würden sie ein eigenes Team darauf ansetzen und recherchieren.

»Nein, Reiner. Sag mir bitte einfach, bis wann ihr es bringen könntet? Wenn ich jetzt gleich etwas schicke?«

»Wir müssen es prüfen, Tim. Wir alle, auch ich, würden eine Menge Ärger bekommen, wenn wir es anders täten. Außerdem ist es kaum vorstellbar, dass wir nicht doch schon dran sind. Glaub mir, Tim. Spätestens Morgen Nachmittag könnte es raus.«

»Okay. Dank dir.« Tim glaubte an eine ehrliche Antwort. »Vielleicht schicke ich dir heute noch etwas zu«, antwortete er.

»Wenn es etwas ist, was wir noch nicht haben, lade ich dich zum Essen ein, Tim. Bis dann«, verabschiedete sich Reiner.

Auch bei einem großen Hamburger Tagesblatt fiel die Reaktion ähnlich aus. Gut. Immerhin konnte er beiden Chefredakteuren etwas zuschicken. Aber reichte ein vages Morgen? Oder war es Morgen schon zu spät? Tim schloss die Tür zum Treppenhaus auf, sah im Briefkasten nach Post und lief die zwei Stockwerke zu seiner Wohnung hoch. Dort angekommen fuhr er seinen Laptop hoch, setzte sich einen Kaffee auf und verschob den Film von seinem Handy auf den Rechner. Und jetzt? Jetzt musste er sich entscheiden. Er versuchte noch einmal, Liam zu erreichen. Nichts. Er ging nicht ran. Mit einem Kaffee setzte er sich an seinen Arbeitsplatz vor dem Fenster, überlegte. Die Tasse Kaffee sollte seine Frist sein. Hatte er sie ausgetrunken, fällte er eine Entscheidung. Entweder bereitete er das gesamte Material auf und verschickte es an namhafte Medien in der Hoffnung, dass sie es morgen brachten oder aber er stellte es auf seinen Blog, verschickte es als Newsletter, teilte es auf Facebook und WhatsApp und twitterte was das Zeug hielt. Und hoffte darauf, dass es wie eine Bombe einschlug. Dass die Informationen durch ihre Brisanz und Glaubwürdigkeit gestreut wurden. Er schwenkte den Inhalt seines Bechers wie Wein, die Hälfte hatte er schon getrunken. Für die erste Möglichkeit sprach die enorme Reichweite aus dem Stand. Wurde es dort platziert, wusste es nur etwas später die ganze Welt. Dagegen sprach der eine Tag und die Möglichkeit eines Neins. Ein letzter Schluck bedeckte noch den Boden. Er trank ihn aus und entschied sich. Er schrieb einen Text für seinen Blog.

Unbekannte Krankheit breitet sich rasend schnell aus; ~~Behörden haben die Kontrolle~~ Behörden verlieren Kontrolle über die Lage.

Gestern wurde im Wakendorfer Moor nahe ~~Norderstedt~~ Hamburg ein Polizist von einem älteren Ehepaar gebissen. Ein harmloser Biss, dennoch verstarb er kurz darauf. Meinen Recherchen zufolge wurde das Ehepaar zuvor durch einen Rechtsmediziner infiziert, der am rechtsmedizinischen Institut in Hamburg tätig ist. Sein Wohnhaus wurde in der gestrigen Nacht gesperrt und versiegelt, er steht im Verdacht, infiziertes Menschenfleisch verzehrt zu haben. Nachfragen dazu blieben von Behördenseite bisher unbeantwortet. Ein heutiger Interviewtermin mit dem Leiter des Instituts wurde abgesagt, weil die Situation vor Ort eskalierte. Der vermeintlich verstorbene Polizist griff Institutsmitarbeiter an und wurde von den Beamten eines Sondereinsatzkommandos durch einen Kopfschuss ~~getötet~~ zur Strecke gebracht. Einen Film dazu findet ihr HIER. Bitte teilt diesen Artikel, es MUSS darüber aufgeklärt werden.

Tim las sich seinen Text durch und war nicht zufrieden. Zu lasch waren die Beweise. Der Film ja, der war aussagekräftig, aber was hatte er sonst? Aber vermutlich würde es reichen. Erst einmal. Er stellte seinen Beitrag samt Film ins Netz und wollte sofort einen längeren Artikel ausarbeiten. Dazu breitete er all seine Notizen dazu auf dem Tisch aus, betrachtete sie, ordnete sie immer wieder neu, sah aus dem Fenster auf die Straße und überlegte. *Pling, Pling, Pling* hörte er die ersten Reaktionen auf Facebook. Anstatt sie zu ignorieren, wie er es sonst bei der Arbeit tat, sah er sich die Antworten an.

»Das ist ein Fake, oder?«

»Lieber Herr Fabian, setzen Sie bitte nicht durch solche Spiele Ihre Seriosität auf das Spiel.«

»Tim, alles i.O. bei dir?«

Er antwortete.

»Kein Fake, meine Seriosität ist mein Kapital. Die im Film gezeigte Szene spielte sich eben gerade so ab. Nein, Frank, mir geht es nicht gut. Deswegen. Bitte nicht nur liken, sondern teilen. Es ist richtig und wichtig!«

Danach widmete er sich wieder seiner Verschriftlichung, überlegte, wie er den Text informativ und dennoch spannend hinbekam. Die Aufmerksamkeitsspanne im Netz war bekanntlich nicht allzu lang.

Er bemerkte die dunkle Limousine erst, nachdem er sie eine Zeit lang angestarrt hatte. Langsam fuhr sie die kopfsteingepflasterte Straße entlang, stoppte direkt vor seiner Haustür zwischen den parkenden Autos und fuhr dann ein Stück weiter, um in einer Lücke einzuparken. Tim klaubte seine Notizen zusammen, fuhr den Laptop runter, nur aus einer Intuition heraus. Zwei Männer stiegen aus dem Wagen, Anzugträger. Sie öffneten die Türen zum Fond, zogen sich Mäntel über und schritten den Bürgersteig auf seinen Eingang zu. Groß gewachsen und athletisch. Tim stopfte seinen Laptop und seine Notizen in eine Tasche, warf sich in seine Jacke, tastete, während er die beiden weiter beobachtete, an sich, ob er alles Wichtiges bei sich trug. Auf der Hälfte des Weges sahen die beiden Männer hoch und wie sie es taten, ließ Tim wissen, dass es Profis waren und sie wollten zu ihm. Gerade noch rechtzeitig zog er seinen Kopf zurück, griff sich seine Sachen, rannte aus der Tür, lief die Treppe herunter. Im ersten Stock hörte er, wie es bei ihm schellte. Im Erdgeschoss, wie sich jemand von außen an dem Schloss zu schaffen machte. Mit einem Sprung landete Tim auf einer Stufe der Kellertreppe, als sich die Tür öffnete und die beiden Anzugträger eintraten und sich umsahen. Tim schlich zum Treppenende, verbarg sich im Schatten und lauschte.

»Fabian. Zweiter Stock«, hörte er den einen sagen. Es raschelte, als würden sie etwas aus ihren Mänteln holen, dann ein zweifaches Klicken, ehe sie nahezu lautlos die Treppen hochstiegen. Das Rascheln und Klicken. Tim kannte das Geräusch aus etlichen Kriminalfilmen, sah die Szene vor seinem inneren Auge, wie die Polizisten vor einer Tür standen, ihre Waffen zogen und diese entsicherten. Er überlegte, einfach raus zu gehen, wenn sie oben vor seiner Tür standen, entschied sich dann aber anders, weil er nicht wusste, ob irgendwo in seiner Straße nicht vielleicht nicht doch noch weitere Polizisten postiert waren. Er öffnete die Kellertür und durchquerte vorbei an etlichen Kellerverschlägen Wohneinheit für Wohneinheit, das Kellergeschoss lief einmal unter dem gesamten Block entlang. Im übernächsten Haus brach er die Tür zum Treppenaufgang mit Gewalt auf, verließ das Haus und ging zu seinem Auto. Hatte er Blaulicht gesehen? In seinem Wagen spähte er in den Spiegel und startete den Motor. Er brauchte dringend einen Platz, wo er weiter bloggen konnte, denn eines war klar: Sie waren hinter ihm her und wollten ihn daran hindern. Er steuerte ein Café an.

Kapitel 10 – Sandra

»Sieh´s mal so: Alles, was wir zu verlieren hatten, ist schon weg.«

»Thelma&Louise«; 1991

Sandra schnallte Lina im Maxicosi an, schloss leise die Autotür und verschnaufte. Lehnte sich mit dem Rücken an den Wagen und sah zum Lotto-und Zeitschriftenladen zwischen den beiden Supermärkten. Früher, vor Jack, ihrem älteren Sohn und Lina, hätte sie jetzt eine Zigarette geraucht. Meldete sich gerade ihre alte Sucht wieder? Sie glaubte nicht. Eher fühlte sie Stolz in sich, darauf, es geschafft zu haben. Sie nahm sich den Pappbecher Kaffee vom Autodach und gönnte sich ohne Zigarette eine Pause.

Die letzte Zeit war anstrengend gewesen. Die Trennung von Li. Jack und sogar Lina litten darunter. Aber so war es besser. Erst einmal, denn nachdem sie ihm eine Chance gewährt hatte, fiel ihm nichts Besseres ein, als sie mit einer ehemaligen Schulfreundin zu betrügen. Nein, so war es besser, glaubte sie.

Nein, glaubte sie doch nicht.

Ein älterer Mann schob seinen gefüllten Einkaufswagen zu seinem SUV an ihr vorbei, lächelte ihr zu, hob den Blick und sah sofort wieder weg. Ihre schlechte Laune hätte sie ebenso wenig wie einen tollwütigen Kampfhund neben sich verbergen können. Sie nippte an dem Becher und bemühte sich, keine weiteren Leute zu erschrecken. Ihr Handy klingelte. Ihre Mutter.

»Ja?«

»Sandra? Hast du das mit dem Kindergarten gehört? Aus Wakendorf?«, verzichtete ihre Mutter auf eine Begrüßung.

»Nein, ich weiß von nichts. Beruhige dich erst einmal«, empfahl Sandra ihr. Ihre Mutter konnte aus einem Wespenstich einen Notfall herbeirufen und alle mit ihrer Hysterie anstecken. Und das konnte Sandra gar nicht gebrauchen. Sie warf einen Blick auf die Uhr, Li hätte sich bestimmt bei ihr gemeldet, wenn etwas im Kindergarten passiert wäre. Wahrscheinlich hatte er Jack sogar schon abgeholt. Obwohl … sie hatte ihr Handy auf lautlos gestellt, nachdem Lina eingeschlafen war.

»Da muss etwas Schlimmes passiert sein, die Polizei ist da und sie lassen die Eltern nicht ihre Kinder abholen. Stell dir das mal vor. Du, Liam wird doch wohl schon da gewesen sein?«, fragte ihre Mutter und selbst in diesem einen Satz schlug Sandra die Verachtung gegenüber Liam entgegen.

»Er hätte sich schon gemeldet«, antwortete sie, während sie ins Gesprächsprotokoll ihres Handys navigierte. Liam! Er hatte doch angerufen. »Du, Mama, er hat sich gemeldet, ich hab ihn nicht gehört. Ich ruf dich gleich zurück.« Sandra beendete das Gespräch, warf einen Blick auf Lina, die weiterhin selig schlief und rief ihre Mailbox an. Wieder fiel ihr Blick auf den Kiosk und ahnte die Zigaretten, die sich hinter der Kasse aneinander reihten. JETZT wünschte sie sich doch eine Zigarette. Liam begann auf der Mailbox zu sprechen.

»Sandra.«

Sandra hörte, dass Liam geweint hatte. Und noch etwas hörte sie in diesem einen Wort. Ein Unglück. Sorge. *Da muss etwas Schlimmes passiert sein.* Oh Gott, hoffentlich ging es Jack gut.

»Ich liebe dich.«

Li hatte Schmerzen, im Hintergrund war ein Stöhnen oder Knurren, als sei er im Kino und würde sich einen seiner Horrorfilme anschauen.

»WIR lieben dich. Jack ist bei mir und … aber … Ich habe die ganze Zeit Recht gehabt, Sandra. Und mich nur nicht getraut, dir die Wahrheit zu sagen, weil ich dachte, du würdest mich dann vollends für verrückt erklären. Wo ich doch schon verrückt genug war … Sandra, du musst mit Lina abhauen, ja. Versprich mir das! Fahr nicht nach Hause, nicht in den Kindergarten! Nimm deine Mutter mit, kaufe Vorräte so viele es geht und verschwinde! Ruf Tim an, der kann dir …« Liam stöhnte, er musste sehr schwer verletzt sein. Während sie ihm zuhörte, suchten ihre Hände nach einer Zigarettenschachtel im Handschuhfach, die Ulli angeblich nach einem Konzertbesuch dort vergessen hatte, wie Li ihr gesagt hatte. Da. Zumindest ein Feuerzeug. Da MÜSSEN dann auch Zigaretten sein.

»… erzählen, was passiert ist, Sandra. Sandra …« Liam atmete schwer, jemand schrie im Hintergrund.

»… Jack und ich werden tot sein, wenn du das hier hörst. Nein. Nein, nicht einfach … es ist viel schlimmer … Sandra. Hau ab jetzt! So schnell es geht! Hier …« PIEP. Die Aufzeichnung war beendet.

Jack und ich werden tot sein. Sie musste zum Kindergarten fahren, auch wenn Liam ihr Versprechen wollte, genau das nicht zu tun. Sie musste sich die Nachricht noch einmal anhören. Sie musste RAUCHEN. Okay, Sandra, Beruhige dich! Noch mal die Mailbox. Sie ging ihre Nachrichten durch. Stopp. Nein, sie rief Liam besser einfach an. Sie wählte seinen Kontakt und wartete. Wenn … wenn das ein Scherz war, dann wusste sie wirklich nicht mehr weiter. Und doch wünschte sie sich, es wäre einer. Liam befand sich zwar, seit sie auf dem Land lebten, in einer Art vorgezogener Midlifekrise, aber etwas derart Geschmackloses konnte sie sich leider nicht vorstellen.

»Geh ran!«, zischte sie, ließ es klingeln, bis sich seine Mailbox meldete.

»Liam, ruf mich an, bitte! Sofort! Ich mache mir wirklich Sorgen und hoffe, dass da alles nicht wahr ist. Ich fahre jetzt los zum Kindergarten. Hörst du?« Danach fiel ihr nichts mehr ein, sie beendete den Kontakt, pegelte die Lautstärke ihres Klingeltons hoch und starrte eine Zeit lang auf ihr Handy. Kein Klingeln, kein Anruf. Sie hatte selten so gespannt auf etwas gewartet, etwas so sehr erhofft, wie jetzt. Aber Liam rief nicht zurück und ihr blieb nichts anderes übrig, als zum Kindergarten zu fahren, wenn sie wissen wollte, was los war. Sie musste schlucken. Verflogen war ihre Wut auf ihn. »Ich verzeihe dir«, flüsterte sie und wünschte sich, es würde nicht das eintreten, was ihr Bauchgefühl erwartete. Sie erinnerte sich, wie Lina auf ihrem Bauch lag, Jack sich an ihre eine Seite kuschelte und Liam auf der anderen lag, sein Kopf in ihrer Armbeuge. Familie. Sie unterdrückte Tränen. »Nein!«, sagte sie entschlossen. Sie sah zum Kiosk, sah die Zigaretten, spürte das Feuerzeug in ihrer Hosentasche, trat ihrer Sucht kräftig in den Arsch. »Nein!« sagte sie noch einmal. Sie sprang in den Wagen, startete den Motor und fuhr los.

Kapitel 11 – Die Hesse kommen

»Get its head up. Get its head up. Roger, get its head up, man!«

»Zombie«; 1978

»Was ist los?« Die Stewardess schloss hinter sich die Tür, sah zu den Piloten, die sie haben kommen lassen. Eben hatten sie sich noch im Landeanflug auf Frankfurt befunden, jetzt waren sie wieder auf dreitausend Meter Höhe gestiegen.

»Tja«, antwortete Jochen, der Kopilot und sah zu ihr auf. »Wenn wir dir das sagen könnten … Wir kriegen vom Tower keine Landeerlaubnis, und auch keine Auskunft. Wir sollen bis auf weiteres Warteschleifen fliegen.« Christina nickte. Das bedeutete: vertrösten. Auf langer Strecke war das nicht ganz so einfach, die Geduld der aus Bangkok kommenden Gäste würde sich schnell erschöpfen.

»Habt ihr denn eine Ahnung, was passiert sein könnte?«, hakte sie nach. Je mehr sie wusste, desto besser konnte sie es erklären. Jochen schüttelte den Kopf. »Ich glaube, die wissen es selbst nicht so genau«, antwortete er.

»Wir sind nicht die einzigen hier oben«, meldete sich Wolfgang, der Kapitän. Christina stöhnte. »Also gut, kurze Verzögerung, Warteschleifen, wir werden Sie informieren, blablabla«, sagte sie. Jochen grinste, sie ging zurück in den Passagiertrakt und gab die Durchsage an ihre Kollegen weiter.

»Liebe Fluggäste«, meldete sie sich über den Bordfunk.

»In den Kopf schießen?« schrie Förster. »In den Kopf schießen«, wiederholte er in Richtung seines Sekretärs und schlug sich auf die Stirn. »Die schießen da doch schon, oder? Das hören Sie doch auch, oder?« Sein Sekretär nickte und sein Gesicht nahm den bleichen Ton der Wandfarbe hinter sich an. *Jetzt ist er raus*, dachte Förster kurz. »Die schießen da schon, doh! Und ich sag dem Pisser NICHT schießen! JA, SAG MAL SPINNT DER DENN?« Der Ministerpräsident wischte mit einer Armbewegung sein Büromaterial von der Schreibtischplatte und schleuderte seinen Drehstuhl gegen die Schrankwand.

Es reichte aber nicht. Sein Kaffeebecher flog hinterher und zerschellte an der Wand.

»Machen Sie mir jetzt verdammt noch mal den Wagen klar und ersparen Sie mir Ihre unnützen Ratschläge. Am besten halten Sie einfach Ihr Maul!«, fuhr er seinen Sekretär an. Dieser nickte nur und wies den Fahrer an, bereit zu stehen.

»Nein, verdammt«, schrie er den Einsatzleiter an. »Ich erteile Ihnen nicht die Erlaubnis, den Angreifern gezielt in den Kopf zu schießen, verstanden?«

Keine Antwort.

»Ob Sie mich verstanden haben?« Sie bekommen von mir keine Erlaubnis! Antworten Sie, Sie verfluchtes Arschloch!«

Wilster hörte den Ministerpräsident kaum noch. Er hatte sich oft ausgemalt, wie es wohl nach einem Sprengstoffattentat zuging. Wie es wäre, solch ein sinnloses Massaker erleben zu müssen, zu überleben und dann die schreienden, blutenden und zerfetzten Opfer sehen zu müssen. Er hatte, dadurch dass er sich damit beschäftigte, vermutet, er wäre darauf vorbereitet. Aber das war er nicht. Als er das Leid mit ansehen musste, als er sah, wie diese … Menschen über die Rettungskräfte herfielen und sie mit bloßen Händen zerrissen, wie sie seine Männer angriffen, angeschossen wurden, wieder aufstanden, weiter angriffen, bis sie einen zu Fall brachten und ihn unter sich begruben. Bis sie den ersten seiner Männer hatten. Richtig hatten, indem sie ihm den Helm vom Kopf rissen, da erkannte Wilster schon, dass sie Tommy irgendetwas gebrochen hatten. Und was dann folgte, war für ihn schlimmer als eine Granate. Sie schlachteten Tommy. Sie brachen durch die Absperrungen, strömten über das Rollfeld.

»Antworten Sie, Sie verfluchtes Arschloch!«, hörte er und fasste einen Entschluss.

»Ich werden meinen Männern jetzt den Befehl erteilen, den Angreifern in den Kopf zu schießen, Herr Ministerpräsident. Schießt ihnen in die Köpfe. Wiederhole. Schießt ihnen in die Köpfe«, wies er seine Einheit an. Die ersten Augenblicke reagierten seine Männer nicht auf seine Anweisung, aber als Julius und Björn von den anderen zerfleischt wurden, fiel der erste gezielte Kopfschuss. Ein Geschäftsmann ging zu Boden. Und blieb liegen. Ein kleiner Hoffnungsschimmer.

»Guck mal, Mama, die spielen Polizei!«, sagte Paula und zog an der Hand ihrer Mutter.

»Paula, wir haben jetzt keine Zeit für solche …« Die Mutter warf einen Blick auf das Rollfeld, auf die abseits stehende Maschine, die von etlichen Rettungs-Feuerwehr-und Polizeifahrzeugen umstellt war, auf die hin und herlaufenden Menschen dort. Wurde dort geschossen? Sie sah es aus den Gewehren aufblitzen, sah wie Menschen hinfielen. Sie blieb stehen und mit ihr auch andere, die eilig ihr Gepäck hinter sich herzogen, um den Transitbereich zu erreichen.

»Stimmt doch, Mama, oder? Ich hab doch Recht?«, freute sich Paula, ihrer Mutter etwas Spannendes gezeigt zu haben. Ja, ihre Tochter hatte Recht und ein ungutes Gefühl breitete sich in ihr und um sie aus. Man sah sich einander an, staunend, erschrocken, ängstlich und lief dann gemeinsam zum Transitbereich. Es war, als wollten alle gemeinsam vor einer großen Gefahr flüchten. Einer sehr großen Gefahr.

Förster war bekannt dafür, Situationen schnell zu erfassen und entsprechend darauf zu reagieren. Aber jetzt stand ihm der Mund offen.

»Was? Was haben Sie gerade gesagt?«, fragte er nach, ohne eine Antwort zu erwarten. Seine Kinder durften ihm widersprechen, weil sie klein waren, die Kanzlerin, weil sie sein Chef war, aber alles andere fasste er als Beleidigung auf.

»Was macht der Wagen?«, fragte er seinen Sekretär.

»Er steht bereit, Herr Ministerpräsident.«

Förster nahm seinen Mantel vom Haken, schoss zur Tür, als sein wichtiges Handy klingelte. Er fingerte es aus seiner Tasche, schritt durch die Tür, die ihm sein Sekretär offen hielt, wollte nur kurz auf das Display sehen und blieb stehen. Die Kanzlerin! Nicht auch das noch!

»Frau Dr. Merkel«, begrüßte er sie. Die Kanzlerin erwiderte den Gruß, war über die Situation auf dem Frankfurter Flughafen informiert und gab ihm eine präzise Anweisung. Dann beendete sie das Gespräch und Förster stand zum zweiten Mal an diesem Tag der Mund offen.

Man kann sagen, wenn etwas an diesem Ort ungewöhnlich war, dann war es die Stille. Während der normalen Dienstzeit ging es laut und hektisch im Tower zu. Es galt, über 1.300 Flüge pro Tag sicher in die Luft zu bringen und aus der Luft zu holen, da wurde immer gesprochen, manchmal auch lauter. Doch jetzt herrschte Stille, nachdem der Schichtleiter eben eine neue Anweisung gegeben hatte. Eine Anweisung, die sie noch nie gehört hatten. Es war, als würden sich die Worte erst unter der Decke sammeln, ehe sie von dort in die Köpfe der Fluglotsen tropften.

»Das ist Ihr Ernst?«, fragte einer nach gefühlten Jahrzehnten nach. Der Schichtleiter nickte. »Ja, das ist mein Ernst«, antwortete. »Sie haben es gehört. Evakuieren Sie den Frankfurter Flughafen, leiten Sie alle Flüge um«, wiederholte er die Anweisung, die er soeben erhalten hatte. Und sah in ihren Gesichtern dieselbe Frage, die auch ihn quälte. Sicher, da stand eine Maschine abseits des Rollfelds 3c, mit der es Probleme gab und wo auch geschossen wurde, aber sie verfügten über ausreichend Möglichkeiten, die Maschine weit genug entfernt von dort landen und abheben zu lassen. Er zuckte mit den Schultern. »Ich weiß auch nicht, was das soll«, gestand er ein. In diesem Moment konnten sie hinter ihm durch die breite Glasfront mehrere Punkte am Himmel sehen, die in ihrer Größe schnell anwuchsen. Hubschrauber. Militärhubschrauber. Ein Dutzend. Sie verlängerten um weitere Sekunden die Stille im Tower, ehe sie wie auf ein Kommando die in der Luft wartenden Maschinen zu anderen Flughäfen lotsten.

Kapitel 12 – Menschenfresserschuldirektor

»Die Kraft Jesu Christi bezwingt dich! Die Kraft Jesu
Christi bezwingt dich!«

»Der Exorzist«; 1973

»Yo, heftig, Digga!«, kommentierte K-Yo zum wiederholten Mal den Clip, den er sich von Dirk auf sein Handy
gezogen hatte. Nebenher rappte Summer Cem über
Kopfhörer, er wippte im Takt und sah zu Sabrina und
Dirk, die immer noch auf den Sofas chillten. Wahrscheinlich schliefen sie sogar schon und K-Yo hatte immer noch keinen Schimmer, an wen ihn die beiden
erinnerten. Krasser Scheiß, das Ganze. Sollte er Dirk und
Sabrina besser wecken und zu einem Arzt begleiten? So
heftig waren die Wunden nicht, aber vielleicht war es was
mit dem Kreislauf. Später. Er nickte, sah sich den Clip
noch einmal an. »Krass, Herr Goldmundt«, flüsterte er
und musste entscheiden, ob er ihn jetzt hochladen sollte
oder ob er auf Dirk warten wollte und sie dann gemeinsam entschieden. Heftiger Clip, yo! Wenn er ihn alleine
unter seinem Namen brachte, würde es ohne Ende Fame
geben, dessen war er sich sicher. Er sah auf. Links in den
Kellergang. Das eine Oberlicht flackerte und er glaubte,
da hinten an der Ecke einen Schatten gesehen zu haben.
Er nahm den Kopfhörer ab und lauschte.

Nichts.

»Yo, Dirk, wollen wir weiter, Mann?«, fragte er seinen
Kumpel. Dirk antwortete nicht. Schlief.

»Yo, Dirk, ich bring ma' den Clip an' Start, yo?« Keine
Antwort war auch eine Antwort. Zumindest hatte K-Yo
gefragt. Kopfhörer auf. *Küsschen geben wie ein Kanakk,*
sang er mit. Summer Cem war auch krass, yo.

Den Schatten, der sich entlang der Rohre auf ihn zu bewegte, bemerkte er nicht, weil er den Clip auf youtube hoch lud. Auch die schwankende Gestalt, die den Schatten warf, sah er nicht und hörte auch nicht dessen Stöhnen. Sie wankte den Kellergang entlang direkt auf die Schülerbibliothek auf K-Yo zu. K-Yo headbangte und sah sich den Clip jetzt auf youtube an. Das war noch mal eine Nummer fetter, nur mit seinem Titel *Menschenfresserschuldirektor* war er irgendwie nicht zufrieden. Er war zu lang. Dann stand eine Gestalt vor ihm und K-Yo ließ vor Schreck das Handy aus der Hand fallen und konnte es gerade noch auffangen. Hausmeister Gregorian stand vor ihm und redete auf ihn ein. K-Yo nahm die Kopfhörer ab. »Yo, Hausmeister Gregorian, was geht?«, begrüßte er den Mann. Viele seiner Mitschüler fanden Gregorian kacke, nicht K-Yo, denn Gregorian hatte ihn damals in der Siebten nicht verpfiffen, als er beim Ball vom Dach holen aus Übermut eine Scheibe zur Werkstatt eingetreten hatte. Der Hausmeister hatte ihn die ganze Zeit beobachtet, mit dem Kopf geschüttelt, die Scheibe ersetzt und seine Tat nicht gemeldet. K-Yo hatte es ihm hoch angerechnet und seitdem nie wieder auf dem Schulgelände randaliert und auch andere davon abgehalten.

»Was machst du hier unten, Junge? Ist Schule, jetzt!« Gregorian erinnerte K-Yo immer an Yoda. K-Yo wollte antworten, stellte aber fest, dass es gar nicht so einfach war, darauf kurz und knapp etwas zu sagen. Er dachte nach. Gregorian sah an ihm vorbei, sah Dirk von dem einen Sofa aufstehen und Sabrina auf dem anderen liegen.

»Yo, oben ist alles voller Bullen, der Direktor ist voll durchgedreht …, Ace …« K-Yo hielt Hausmeister Gregorian das Handy hin und spielte den Clip ab. Hausmeister Gregorian schüttelte den Kopf, wollte das nicht sehen.

»Was ist mit deinem Freund? Er krank?«

K-Yo sah zu Dirk und Sabrina und schrie auf. Jetzt wusste er, an wen ihn Dirk und Sabrina die ganze Zeit erinnert hatten. An Ace natürlich! Doch es war zu spät. Dirk packte K-Yo am Handgelenk, vergrub seine Zähne in seinem Oberarm und riss ein Stück Fleisch heraus. Noch bevor K-Yo reagieren konnte, warf sich der viel kleinere Hausmeister dazwischen und drängte Dirk in den Kellerraum zurück.

»Was ist hier los, Junge? Was für Spiel?«, schimpfte der Hausmeister laut, behielt Dirk im Blick, der wieder auf ihn zukam. Aber Sabrina nicht, die in seinem Rücken aufstand und auf ihn zu schritt. K-Yo starrte auf seinen Oberarm, sah das Blut sprudeln, sah zu Sabrina, zu Dirk, seinen Freunden, zumindest bis eben.

»Hausmeister Gregorian!«, wollte K-Yo ihn warnen, doch Sabrina war schneller. Sie stürzte sich auf Gregorian, biss ihm in die Schulter. Dirk packte dessen Hand, biss ihm Ring-Mittel-und Zeigefinger ab. Und Dirk hatte noch nicht genug, setzte nach und rang den Hausmeister zu Boden. K-Yo stand neben sich. Mit offenem Mund sah er zu, wie Dirk und Sabrina mit dem Hausmeister ein Massaker veranstalteten, hörte dessen Schreie und Hilferufe und konnte nicht auf seine Freunde schießen. Nein, er *dachte* noch nicht einmal daran, dass er eine Waffe dabei hatte. Er wandte seinen Blick ab, hielt sich die Wunde und rannte weg. Er wollte nur noch nach Hause. Nach Hause zu seiner Mutter.

Am frühen Nachmittag traf Mike ein und begrüßte den Einsatzleiter vor Ort mit einem Kopfnicken. Mike war ein Spezialist, ein Verhandlungsführer, der bei Geiselnahmen das Gespräch führte. Hier galt es festzustellen, ob er helfen konnte. Aber als Verhandlungsführer focht man den ersten Kampf mit dem Einsatzleiter vor Ort. Unwissenheit, Kompetenzgerangel, Sturheit oder auch nur ein gebrauchter Tag konnten die Ursache dafür sein.

»Ich bin Mike und, verstehen Sie sich mich nicht falsch, wir beide werden jetzt heiraten und in dieser Partnerschaft werde ich die Frau sein«, begann er das Gespräch. Der andere zeigte sich wie erwartet überrascht, lächelte. Mike schätzte, der Einsatzleiter vor ihm war umgänglich und wollte noch vor jeder Möglichkeit auf eine Beförderung die Sache hier glatt über die Bühne bringen.

»Verstehe. Und was mache ich so als Mann?«, ließ er sich auf das Bildnis ein.

»Sie gehen arbeiten. Wie es in vielen Beziehungen immer noch klassisch aufgeteilt ist. Aber wie in *allen* Beziehungen sagt die Frau, wo es lang geht. Sie ist der Kapitän, der das Schiff durch alle Stürme steuert. Stimmen Sie mir zu?« Der Einsatzleiter nickte.

»Geht klar. Und wenn es nicht so läuft, wie sie es will, wird sie zum Drachen, richtig?«

»Ich sehe, wir werden gut miteinander auskommen. Also, erzählen Sie. Wie ist die Lage bisher?«

»Also, erst mal: Ich bin Dietmar.« Der Einsatzleiter hielt ihm die Hand hin und Mike ergriff sie. Anschließend berichtete Dietmar über die Lage, über die Anzahl der Polizisten, über die Eigenheiten des Schulgebäudes.

»Aber jetzt, Mike, kommt, was mich verwundert. Es heißt, einer der Schüler hätte eine Waffe, aber wir haben bisher keine Schüsse gehört. Und keine Schussverletzten. Zeugen sagen, die Opfer seien gebissen worden.« Mike hob die Augenbrauen. »Okay.« Er sah zum Schuleingang und dachte nach. »Weiß man, wo sich der Schüler mit der Waffe aufhält?« Dietmar schüttelte den Kopf.

»Wo ist er denn das letzte Mal gesehen worden?«

»Direkt im Eingangsbereich. Dort hat er angeblich zwei Mal geschossen und Verletzte wurden auch gesehen.«

»Weiß man, wie der Täter aussah?«

»Groß, schlank, trägt einen dunklen Kapuzenpulli, dunkle Jeans und Turnschuhe. Mehr ist nicht bekannt.«

»Gibt es Kontakt nach drinnen? Lehrer? Schüler?«

»Schon, aber nichts von Bedeutung. Vor einer halben Stunde wurden Schreie aus einem Klassenraum im ersten Stock vernommen, aber wieder keine Schüsse. Seitdem ist es ruhig.«

»Mhm.« Der Fall hob sich von seinen bisherigen Fällen ab. Ein klassischer Amoklauf wurde meist in kürzerer Zeit beendet, entweder durch den Freitod des Attentäters oder aber er wurde durch eine Einsatzkraft außer Gefecht gesetzt. Ein Geiselnehmer sucht früher oder später Kontakt. Dieser Fall hier hatte von beidem etwas. Die Dauer einer Geiselnahme und die Verletzten eines Amoklaufs. Dass die Opfer gebissen worden waren, verwirrte Mike zusätzlich. Wofür standen Bisse? Für überaus große und unkontrollierte Wut. Für Hass. Aber auch dafür, dass sich Opfer und Täter nahestanden, denn die Opfer hatten den Täter an sich heran gelassen.

»Gibt es möglicherweise mehrere Täter?«, wollte Mike wissen.

»Ich weiß es nicht. Ehrlich gesagt, bin ich bisher nur von einem Täter ausgegangen«, gestand Dietmar.

»Mich wundern die Bissverletzten. Sie passen in kein bisheriges Schema. Was vermutest du, Dietmar?« Dietmar blies die Backen auf und überlegte.

»Ich tippe auf eine neue Droge, die die Kids ausprobiert und unterschätzt haben. Wir hatten letztes Jahr diesen Cloud-Fall, weiß nicht, ob du den kennst, Mike?«

»Ja. Ja, doch, der ist mir bekannt. Wäre möglich. Tja …« Mike überlegte weiter, ließ sich Zeit mit einer Beurteilung der Lage.

»Also gut, …«, begann er, als er sich entschieden hatte. »Wir gehen mit einem kleinen Team rein. Du, ich und sechs Mann, die leise sein können. Niemand, der ein Handy dabei hat, niemand mit Schnupfen, der vielleicht niesen könnte, klar?« Dietmar nickte. »Zwei zusätzliche lässt du nach uns am Eingang stehen, sie sichern die Treppenaufgänge und das gesamte Foyer. Wenn sie was sehen, melden sie sich.« Er sah Dietmar an, Dietmar hatte verstanden. »Okay. Normalerweise läuft es so, dass ich Kontakt aufnehme, die Person anspreche und versuche, so schnell wie möglich eine persönliche Ebene zu erreichen. Wenn derjenige mir seinen Namen verrät, ist viel geschafft und du kannst dich etwas entspannen, aber vorher gilt: Vollste Aufmerksamkeit! Fragen?«

»Nein.«

»Gut. Dann legen wir los. Ich gehe an zweiter Position, bis wir Kontakt haben. Dann ziehst du dich unauffällig zurück, bis ich weitere Anweisungen gebe.«

Fünf Minuten später öffneten zwei voll gerüstete Polizisten die Haupteingangstür, sicherten in alle Richtungen ab, betraten die Eingangshalle. Nichts. Sie rannten zur gegenüberliegenden Wand, sicherten wieder in jede Richtung ab und gaben das Zeichen zum Nachrücken.

Dietmar und Mike betraten die Schule, ihre Sinne glichen hochsensiblen Seismografen, sie nahmen jede noch so winzige Veränderung wahr. Zuallererst eine Stille, die in dem Gebäude zur Schulzeit völlig fremd sein musste. Dann sahen sie vor dem Sekretariatstrakt Blut auf dem Boden, eine Spur, die zu einem Treppenaufgang führte.

»Das muss uns zwar nicht zum Täter führen, aber wir folgen dieser Spur«, flüsterte Mike. Sie schlichen zum Treppenaufgang, die beiden Polizisten als Nachhut nahmen hinter einem Pflanzenkübel Deckung, zwei Polizisten betraten den Treppenaufgang und spurteten sofort die Stufen hoch, um nach oben abzusichern. Die Blutspuren teilten sich auf. Das gelb gestrichene Geländer wies Schlieren auf seinem Weg ins Kellergeschoss auf. »Hier ist wer nach unten gegangen«, mutmaßte Mike, folgte mit einer Hand in einigen Zentimetern Abstand der Spur wie ein Dirigent, der eine Melodie im Ohr hat. »Doch. Das sieht man. Nach unten«, war Mike sich sicher.

»Aber die meisten führen nach oben.« Dietmar sah zu seinem Partner auf. »Und einige gerinnen, während andere noch ganz frisch sind. Hier, hier sieht man es gut.« Er deutete auf zwei kleine Flecken nebeneinander.

»Gut. Wir lassen einen hier, der nach unten absichert. Wir gehen weiter nach oben.« Mike folgte den beiden Polizisten nach oben, während Dietmar einen seiner Männer instruierte. Die Blutspuren führten in den ersten Stock. Bevor sie die Etage betraten, lauschten sie. Ein Geräusch, als würden in einem der hinteren Klassenräume Möbel verrückt werden und etwas schlug dort in unregelmäßigen Abständen gegen eine Tür.

»Vielleicht verbarrikadiert sich eine Schulklasse«, schlug Dietmar vor. Mike zweifelte. In den anderen Klassenräumen war es zu still. Eher hatte in dem Klassenraum ein Kampf stattgefunden oder tobte sogar immer noch. Das könnte die ängstliche Stille erklären. Dann hörten sie ein Stöhnen aus dem Gang. Und Schritte. Nein, keine gewöhnlichen Schritte, vielmehr als würden die Gehenden ein Bein nachziehen und durch eine Beeinträchtigung nur langsam vorwärts kommen. *Verletzte*, schoss es Mike durch den Kopf. Er gab das Zeichen in den Gang zu sehen und folgte den beiden vorderen Polizisten augenblicklich. Was er sah, konnte er nicht einordnen. Das war schlecht, denn Situationen schnell beurteilen zu können, war eine wichtige Voraussetzung für seinen Job. Er sah vier Verletzte, einen Jugendlichen und drei Erwachsene. Mindestens zwei von ihnen hätten aufgrund der Schwere ihrer Verletzung nicht herumlaufen dürfen. Das sah er selbst aus der Distanz, sie waren vier Klassenzimmer von ihm entfernt. Sie stöhnten, Mike auch. Er war die Frau, er sagte, wo es lang ging. Da keiner von ihnen eine Waffe trug und der Flur ansonsten menschenleer war, trat er mit offenen Handflächen in den Gang.

»Entschuldigen Sie bitte!«, sagte er. »Wenn Sie verletzt sind, kommen Sie bitte schnell zu uns, wir können Ihnen helfen.«

Die Verletzten reagierten, indem sie hektisch wurden, aber sie antworteten ihm nicht. Hätten sie laufen können, wären sie auf ihn zu gerannt, zumindest ließ das ihre Entschlossenheit erkennen. Aber sie konnten nicht. Als wären ihre Gelenke steif. *Als wären sie schon tot*, sprang ihn ein Gedanke an und biss sich in ihm fest. Zwei weitere Klassenräume noch, dann würden sie ihn erreicht haben. Sie hielten die Arme vor sich ausgestreckt. Eine sonderbare Haltung, wie Mike fand. So lief man nicht. *So hoffte man, etwas packen zu können.* Mike sah in ihre Ge-

92

sichter. Die der beiden Männer waren zerstört, das der Frau war bleich und intakt, das des Jungen war unversehrt und dennoch blutverschmiert. Die Mundpartie. Er sah aus wie tot *und* als hätte er jemanden gebissen. Fürchterlich gebissen. Nur noch wenige Meter und der Jugendliche hatte ihn als erster erreicht. Er war die Frau, er sagte, wo es lang ging.

»Dietmar!«, wandte er sich an seinen Kollegen. »Wir überwältigen sie ohne Waffengewalt. Hände auf den Rücken und fixieren, klar?« Dietmar reckte ihm einen Daumen entgegen, gab den Befehl an seine Männer weiter. Ehe die Heranwankenden Mike erreicht hatte, sprangen die Polizisten auf den Gang und stürzten sich auf sie. Der Jugendliche und der eine Mann im Anzug wurden schnell überwältigt, weil sie überrascht waren. Jeweils zu dritt rangen sie sie zu Boden, warfen sie auf den Bauch und legten ihre Hände auf dem Rücken in Handschellen. Routine. Der andere Mann und die Frau aber wehrten sich mit einer Stärke, die den Polizisten widernatürlich schien. Selbst Mike musste helfen, die Frau am Boden zu halten, sie bäumte sich auf, schnappte um sich. Er drückte ihr sein Knie in den Rücken, sah ihre Wunden in Hals und Schulter. Sah das offene Fleisch. Diese Frau … war kein Mensch mehr. Aber darum sollten sich anschließend andere kümmern. Dietmar legte ihr Handschellen an. Trotz dieser Maßnahme versuchten die vier unbeirrt auf die Beine zu kommen, blieben beharrlich aggressiv.

»Was machen wir?«, fragte Dietmar.

»Hol von draußen mindestens vier Mann hoch. Unauffällig. Sie sollen sie abführen, am besten nehmen wir sie in einer Gefangenenwanne in Gewahrsam. Ich habe den Eindruck, die werden so schnell nicht aufhören.« Sie sahen sich an, Mike sah im Blick des anderen dieselbe

Frage, die auch ihn quälte. *Was zum Teufel ging hier vor?* Dann öffnete sich vor ihnen eine Klassentür.

Den Weg nach Hause lief an K-Yo wie ein Musikclip vorbei. Der Hinterausgang aus dem Fahrradkeller, der Sprung über die Mauer, durch mehrere Gärten, durch das Wäldchen, durch den Block am Center vorbei bis zum Hochhaus, der hier Affenfelsen genannt wurde. Sein Zuhause. Schweißüberströmt stand er im Fahrstuhl und heulte immer noch Rotz und Wasser. Sah immer noch, wie Dirk und Sabrina Hausmeister Gregorian zerfetzt hatten. Und das war kein Spiel gewesen, yo! YO! Im dritten Stock ging die Fahrstuhltür auf und Onkel Wassjew stieg hinzu. K-Yo wischte sich den Rotz aus dem Gesicht, schwieg und gemeinsam fuhren sie hoch in den Siebten. Onkel Wassjew klopfte ihm aufmunternd auf die Schulter, als er ausstieg, sah ihm besorgt nach. K-Yo schloss die Wohnungstür auf, es roch nach Borschtsch, den seine Mutter selbst kochte. Er fiel ihr im Flur in den Arm, brach zusammen, kniete vor ihr, hielt sie umklammert, vergrub sein Gesicht in ihrer Schürze und weinte. Sie tröstete ihn, verscheuchte die Sorge, die sich in ihrem Herz einnistete, streichelte seinen Kopf und bemusterte ihn aufmerksam. Sein Oberarm blutete! Ein Kampf. Es hatte einen Kampf in der Schule gegeben! Sie redete Russisch mit ihrem Jungen.

»Alexander! Was ist passiert? War das eine Messerstecherei in der Schule?« Sie hielt seinen verletzten Arm hoch. Ihr Sohn hob den Kopf, sah zu ihr hoch, öffnete seinen Mund und ... schrie! Dann erzählte er zusammenhangslos, schluchzte, erzählte ... auf Deutsch. *Dirk, Sabrina* und *Yo* konnte sie verstehen, aber leider das wirklich Wichtige nicht.

»Alexander, was ist passiert?« Sie nahm seinen Kopf in ihre Hände, zwang seinen Blick zu ihr. »Alexander, sag. Was ist passiert?« Wieder setzte K-Yo zum Sprechen an und wieder war die Sprachbarriere nicht zu überbrücken. Er hielt ihr das Handy hin, spielte den Clip ab, beruhigte sich, bekam wieder Luft. Sie setzte sich ihre Brille auf, die sie in einem Etui um den Hals trug und sah sich den Film an.

»Direktor Beckmann«, erkannte sie ihn an seinem Anzug. Und Herrn Goldmundt, den Vertrauenslehrer und Frau Schuster, die Sekretärin konnte sie auch erkennen. Und diesen anderen Jungen. Ace. Sie mochte ihn nicht. Nachdem sie den Film gesehen hatte, verstand sie nicht.

»Das … Alexander, ich verstehe nicht. Du spielst *Theater*?«, fragte sie in dem Glauben eine Vorführung, eine sehr *blutige* Vorführung, gesehen zu haben.

»Kein Theater, kein THEATER!«, brüllte er, schob sie weg, schlug um sich und beruhigte sich wieder. Er stand auf, wollte in sein Zimmer gehen und fiel einfach um.

Zu viert standen sie in der kleinen Küche, in der es nach Borschtsch roch und sahen sich den Film auf dem Smartphone an. Wassjew, Dimitri und Jelenka. Wodka stand auf dem Tisch, Dimitri rauchte und alle vier fanden keine Worte.

»Er muss zum Arzt!«, teilte Dimitri ihnen seine Meinung mit.

»Jetzt muss er schlafen«, widersprach die Mutter. »Aber, was ist das? Was ist das bloß, wenn es kein Theater ist?«, fragte sie und sah sie alle an. Wassjew kippte seinen Wodka hinunter, schenkte sich nach, Jelenka zuckte mit den Schultern.

Dimitri hustete, ehe er eine Antwort fand. »Der Teufel wohnt in ihnen. Sieh dir ihre Augen an. Da wohnt der Teufel drin.« Er nickte sich bestätigend zu und schenkte sich auch einen Wodka ein. Jetzt war raus, was alle ahnten. Die Mutter sah zum Jesus Christus, der an der Wand hing, Wassjew und Jelenka bekreuzigten sich.

»Wenn Alexander ...«, begann Dimitri und nahm noch einen Schluck. Ohne den Satz beendet zu haben, wussten sie um die Bedeutung und ihre Sorge wuchs.

»Wir holen Onkel Sascha. Er wird helfen«, schlug Dimitri vor. Die Mutter nickte und dieses Einverständnis reichte aus. Dimitri und Wassjew zogen ihre Jacken an und machten sie auf den Weg zu dem befreundeten Priester ihrer russischen Gemeinde.

Nicht viel später standen sie um Alexanders Bett herum. Alexander/K-Yo schlief. Onkel Sascha zeigte immer ein sorgenvolles Gesicht, doch nachdem er sich alles angehört und das Video angesehen hatte, sah es in seiner Miene aus, als würde der Weltuntergang nahe sein. Vielleicht hatte er Recht. Entschlossen sah er sich um, holte sein *Werkzeug* aus seiner Ledertasche. Eine Marienfigur, ein Holzkreuz, eine Phiole geweihten Wassers aus St. Petersburg. Er zog ein Tuch aus seiner Jackentasche, tunkte es in die Phiole.

»Er wacht auf«, sagte Alexanders Mutter. Onkel Sascha nickte, wandte sich um. Alexander/K-Yo öffnete die Augen, stöhnte. Aus seinen Augen schaute, wie sie erwartet hatten, der Teufel. Auch wenn sie es sich nicht erklären konnten, wie es passiert war, sie konnten es annehmen. Denn für sie alle gab es den Teufel. Und er lag gerade vor ihnen in dem Körper eines Jungen. Onkel Sascha nickte Wassjew und Dimitri zu, die Alexanders Arme greifen wollten, um ihn im Bett zu halten. Doch Alexander wollte nicht. Er stemmte sich hoch, überraschte die beiden Männer mit seiner Stärke und biss Wassjew in die Hand.

»Vorsicht! Das ist nicht er! Das ist die Stärke des Dämons!«, warnte Onkel Sascha. Er sah ein, dass er helfen musste, dass sie alle helfen mussten. »Fasst mit an! Schnell! Er ist schon in ihn gefahren!« Zu fünft rangen sie mit ihm, achteten auf seine Bisse, denn nach Wassjew verletzte er sogar seine eigene Mutter.

»Bindet ihn ans Bett, bindet seine Hände zusammen«, schnaufte Onkel Sascha. Jelenka kam mit einem Bademantelgürtel herbeigeeilt, mit dem sie Alexander/K-Yo an den Händen fesselten. Danach wurde es einfacher, ihn zu kontrollieren. »Nur ein Kratzer«, sagte Wassjew, lutschte sich das Blut aus der Wunde, auch die Verletzung der Mutter war nicht tief. Onkel Sascha wischte sich eine Haarsträhne aus dem Gesicht, setzte sich wieder seinen Hut auf und verschnaufte, während Dimitri, Jelenka und Wassjew Alexander auf dem Bett festhielten. »Ich werde Freunde holen, es wird etwas dauern und … hier ist es nicht gut«, sagte er und sah sich bedeutungsvoll in Alexanders Zimmer um. »Hier in der Wohnung«, ergänzte er. »Es könnte laut werden.« Das Bett quietschte laut durch Alexanders vehemente Befreiungsversuche, während sie überlegten.

»Wir können meinen Keller nehmen«, bot Wassjew an. Eigentlich sein ganzer Stolz, eine Stereoanlage mit selbst gebauten Boxen, ein Ohrensessel, sowie seine Plattensammlung standen dort. Miles Davis. Ausschließlich. Aber für Freunde wollte er ihn hergeben. Gemeinsam schafften sie Alexander in den Keller, banden ihn an den Plattenschrank. Onkel Sascha musste los, Freunde zur

Hilfe holen. Wassjew und Dimitri wollten eine Matratze und ein Bettgestell holen, Jelenka blieb bei Alexanders Mutter im Keller. Die Mutter sah ihren Sohn und erkannte ihn nicht mehr wieder. »Alexander! Alexander!«, flehte sie ihn an, sie zu erhören, doch er stöhnte nur und riss an seinen Fesseln. Irgendwann gab sie auf, setzte sich in den Sessel. Aber nicht nur aus Verzweiflung, denn mit einem Mal ging es ihr nicht gut. Sie schloss die Augen und ruhte sich etwas aus.

Ein Mann sah zu ihnen, schaute sich um.

»Können wir raus kommen?«, flüsterte er ihnen zu. Mike stellte sich ihm ins Blickfeld, ging zu ihm.

»Gehen Sie zurück in den Klassenraum, bitte. Wahrscheinlich dauert es nicht mehr lange, und hier ist alles überstanden.« Nebenher verfolgte er mit einem Blick die Blutspur, die weiter den Flur entlang führte und deren Ziel für ihn nicht absehbar war.

»Gut! Kinder, habt ihr gehört?«, wandte der Mann sich zu seiner Klasse um. »Es dauert nicht mehr lang, die Polizei ist schon hier.« Dann drehte er sich wieder zu Mike. »Aus der 7 c war vorhin fürchterliches Geschrei zu hören. Ich hoffe, da ist nichts Schlimmes passiert«, warnte er ihn.

»Ja, Danke schön.« Mike schob langsam die Tür zu, wartete, bis sie von innen wieder verschlossen war und stimmte sich mit Dietmar ab.

»Aus der 7c kamen die Schreie. Wann sind Ihre Männer hier oben?«

»Gleich. Sie sind schon auf der Treppe.« Sie sahen auf die in Gewahrsam genommenen *Verletzten* und schwiegen, hingen ihren Gedanken nach. Erleichtert atmeten beide auf, als Dietmars Männer kamen und diese abführ-

98

ten. Mike war sich sicher, den heutigen Einsatz würde er sowieso nicht so schnell vergessen können. »Gut, weiter«, übernahm er wieder das Kommando. An der Körpersprache der Polizisten konnte er erkennen, dass dieser Einsatz auch an ihnen nicht spurlos vorübergehen würde. Er deutete auf die Blutspuren. Zwei Polizisten folgten ihnen und sicherten mit Gewehren ab. Sie führten direkt vor die Tür der 7 c. Von hier kamen auch das Stöhnen und das unrhythmische Schlagen. Irgendwer oder irgendetwas stieß von innen an die Tür. Mike konnte aus dem Klassenzimmer keinerlei Stimmen hören, doch je länger er lauschte, desto unheilvoller wurde das Gehörte. Das Stöhnen. Es war kein einzelnes Stöhnen, sondern ein mehrstimmiges, welches wie ein einziger Wehlaut klang. Mike erinnerte es an Kriegsfilme, wenn die Handlung in einem notdürftigen Lazarett spielte.

»Ich weiß wirklich nicht, was dahinter vor sich geht«, flüsterte er zu Dietmar und kaute auf seiner Unterlippe.

»Du bist die Frau, Mike.«

»Ja, ich weiß.«

»Wie schnell kriegt ihr die Tür auf, wenn abgeschlossen ist?«, wollte Mike wissen.

»Ein Schuss, Tür auf«, antwortete Dietmar. Mike drückte vorsichtig den Türgriff runter, zog an der Tür. Verschlossen. Er nickte Dietmar zu. Beide zogen sich zurück, zwei der Polizisten stellten sich an die Tür. Ein Schuss, ein Ruck, die Tür war auf. Zuerst schwoll das Stöhnen an und Arme und Hände streckten sich ihnen entgegen. Kinderhände. Zwei Tische und Stühle wurden aus dem Klassenzimmer gedrängt, fielen um, Kinder stolperten, stürzten und wurden von den anderen niedergetreten. Aus einem ersten Impuls heraus wollte Mike helfen, doch sein zweiter Blick auf die Situation warnte ihn. Die Kinder! Sie verhielten sich nicht wie verletzte Kinder, wie blutüberströmte, zerfetzte Kinder sich hätte verhalten sollten, selbst wenn sie stöhnten. Diese Kinder waren *gierig*. Und er sollte ihr Opfer sein.

»Tür zu!«, schrie Mike. »Tür zu!« Doch die Polizisten folgten dem ersten Impuls, halfen gestürzten Kindern auf. Wurden dann von ihnen gepackt, umringt und herunter gezogen. Der erste Polizist stolperte, fiel zu Boden und wurde von zahlreichen Kindern begraben, die an ihm zerrten, ihn bissen.

»Dietmar! Ich rufe Verstärkung!« Mike zog seine Pistole aus dem Halfter und zielte. Verhandlungen würden hier nichts mehr bringen. Ein junges Mädchen wankte auf ihn zu. Stöhnte. Er wollte ihr in das Bein schießen, konnte sich aber nicht überwinden. Das Mädchen biss ihm in die Hand. Erst da kam die Erkenntnis. *Diese Kinder waren tot.* »Zentrale, wir werden angegriffen. Keine Amokläufer, sondern …« Weitere Kinder zogen an ihm, er ging auf die Knie, schoss, ohne Wirkung. »Von Kindern. Schülern der … 7c.« Er spürte einen Schmerz im Gesicht, auf seinem Kopf, überall. Blut lief ihm ins Gesicht, in den Mund. »Sie beißen! Sie beißen uns tot!« Damit behielt er Recht. Sie bissen ihn tot.

Kapitel 13 – Unangenehmer Beifahrer

»Das einzige, das für mich wirklich zählt, ist dieser Truck!«

»Over the top«; 1987

Seit Frankfurt saß sein unangenehmes Gefühl neben ihm auf dem Beifahrersitz, grinste ihn an und wartete.

»Schön aufpassen!«, sagte Ronnie, während er einen belgischen Sattelschlepper überholte und rieb sich seine Bartstoppeln. Kurz nach Hamburg wollte er noch eine Rast einlegen, eine hatte er schon in Göttingen gehabt.

»Ronnie?«, meldete sich sein CB-Funk. »Bist du das da eben mit dem silbernen Zylinder am Arsch gewesen?«

»Tony? Mann, ja. Mist, ich hab dich jetzt gar nicht gesehen auf der anderen Seite. Aber der silberne Zylinder am Arsch war ich.«

»Was hast´ n drin?«

»Du, das kann ich noch nicht mal buchstabieren, was da drin ist. Ich weiß nur, dass es extrem brennbar ist. Und du?«

»Zwei Container aus´m Hafen. Elektroschrott aus China, vermute ich mal.«

»Und wie ist es in Hamburg?«, wollte Ronnie wissen. Tony lachte.

»Als ich da war, war es noch gut. Aber der Elbtunnel, Ronnie. Eine Röhre war dicht, eine haben sie wegen Problemen mit der Höhenkontrolle eben geschlossen. Glaub mir, ab 17 Uhr geht da gar nichts mehr.«

So etwas hatte Ronnie vermutet. Mit dem Feierabendverkehr wurde Hamburg regelmäßig voll. Nein. Hamburg war *immer* ein einziger Stau.

»Na, das sollte ich schaffen«, antwortete er und gab Tony noch die Lage für den Großraum Frankfurt durch, erzählte von der Maschine auf dem Flughafen. Tony antwortete lange Zeit nicht, so dass Ronnie schon skeptisch seine Funkanlage ansah.

»Tony?«, fragte er nach.

»Tja, Ronnie, das ist alles schon komisch. Das mit Frankfurt habe ich auch schon gehört, aber in Hamburg ist auch irgendwas im Busch. Überall Polizei, sogar mit Hubschraubern und auch auf der Autobahn sind mir schon etliche Einsatzwagen nach Hamburg begegnet. Jenny meinte auch in der Innenstadt sei das so, aber in den Nachrichten habe ich noch nichts gehört. Komisch, oder? Wahrscheinlich sind mal wieder irgendwelche Verrückten ausgebrochen.« Ronnies Beifahrer grinste ihn an und klopfte ihm auf die Schulter. Er schaltete das Radio an und wünschte der Tag wäre schon zu Ende und er läge an der dänischen Grenze in seiner Koje.

Kapitel 14 – Z is in the air

»The howl of yours would wake a dead man.«
»*Wolfman Jack*«; *unbekannt*

Aus der Redaktion bekam Kesh für ihre Schicht die nächsten Nachrichten, ehe sie sich langsam auf den Feierabend vorbereiten konnte. Kein Amoklauf im Wakendorfer Kindergarten, hatte Paddel ihr mitgeteilt, stattdessen einer in der Gesamtschule Am Heidberg in Hamburg. Mittlerweile glaubte Kesh, sich geirrt zu haben. Restalkohol, Beziehungsstress. Sie war froh, ihren Arbeitstag bald hinter sich zu haben und würde sich zuhause sofort schlafen legen. Am besten gleich bis Morgen. Auf dem Radio-Gamma-Facebookaccount gab sie das Heft schon mal an Sina weiter, checkte noch einmal kurz ihren Privataccount. Und blieb bei einem Link hängen, den ihr ein Bekannter empfohlen hatte. *Wenn das wahr ist, würde es doch schon in den Nachrichten sein, oder?*, schrieb er ihr. Der Link führte auf *Tims Blog*, die Seite eines freien Journalisten. Okay, würde sie sich gleich einmal kurz anschauen, jetzt musste sie erst einmal on air.

»Leute, Leute, ich hab bald Feierabend und habe heute hier noch nicht einmal richtig die Sonne gesehen. Ich verspreche euch schon mal fürchterlichen Nebel ab Spätnachmittag, bestes Wetter also, um es sich schön gemütlich zu machen. Jetzt bringe ich die *Rival Sons* mit dem Voll-in-die-Fresse-Song *pressure and time*. Die Jungs werden auch im Sommer auf der Radio-Gamma-Bühne stehen und richtig rocken. Ab dafür!« 3:25 Minuten blieben ihr, Kesh sah Sina durch das Glasfenster schon in der Redaktion herum laufen. Kesh packte ihre Sachen zusammen, las währenddessen die News auf Tims Blog, bis ihre Bewegungen erlahmten, und sie der Website ihre ganze Aufmerksamkeit widmete. Sie spielte den angehängten Clip ab. Und saß sprachlos vor ihren Monitoren. Sina klopfte an die Scheibe, winkte ihr zu, Kesh erschrak, sah auf, zwang sich zu einem Lächeln und reckte den Daumen hoch. Sie sah den aktuellen Newsticker durch, von einem Vorfall in der Hamburger Rechtsmedizin wurde nicht berichtet. Noch mal der Clip, sie kroch beinahe in den Bildschirm hinein, fahndete nach Hinweisen auf eine mögliche Fälschung. Tim Fabian. Schien ein seriöser Journalist zu sein. Sein Facebook-Profil. Auch dort hatte er dazu aufgerufen, den Link zu teilen, um die Informationen zu verbreiten. Seine virtuellen Freunde fragten ihn, ob diese Nachricht ein Fake war, Tim Fabian verneinte. Danach meldeten sich weitere Bekannte, aber er hatte ihre Einträge anschließend nicht mehr kommentiert. Wieder klopfte es an die Scheibe, Kesh riss sich zusammen, sah Stephan, den Chefredakteur und lächelte. Er schlug mehrmals auf sein Handgelenk. Verdammt! Sie klickte die Seiten runter und die Minussekunden sprangen ihr knallrot ins Gesicht. -14, -15, -16. Fuck! Sie hatte ihren Einsatz verpasst.

»Bei den Rival Sons bin ich immer total weg, wie ihr wohl gerade bemerkt habt. Jay Buchanan hat eine Hammer-Stimme. So, Leute, jetzt verlosen wir zwei Tickets für …« Sie spulte ihr Programm wie im Autopilot ab, versuchte dabei die restlichen Kommentare auf Tims Blog zu lesen. Über 150 waren es bereits, das würde sie in der kurzen Zeit gar nicht schaffen können. Okay, sie würde zuhause lesen und doch nicht sofort schlafen. Der Cursor bewegte sich bereits auf das weiße Kreuz auf rotem Grund zu, als ihr ein einzelner Kommentar ins Auge sprang. *Dasselbe in der Heidberg-Schule?*, fragte der Schatten eines Glatzkopfes mit Hut namens *Jessie Redman* und verwies auf einen aktuellen Youtube-Clip mit dem bescheuerten Titel *Menschenfresserschuldirektor*. Auch diesen Clip sah Kesh sich an. Und noch einmal. Sie glaubte, sie befände sich in einem falschen Film. Auf der einen Seite. Auf der anderen Seite hatte sie noch nie in ihrem Leben ein solch journalistisches Kribbeln im Bauch gespürt. Nicht einmal, als sie die Jungs von *Kings of Leon* im Studio hatte. Das hier spielte in einer ganz anderen Liga. Wenn es wahr wäre … was dann? Und was, wenn nicht? Wenn nicht, dann konnte sie hier einpacken. Stopp! Von ihrer Intuition überrannt, musste sie erst einmal einen Gang zurück schalten und sich selbst fragen, warum sie dann einpacken musste. Weil sie es verbreiten wollte. Ein einziger Click auf Facebook, ein kurzer Satz in den Nachrichten. Hop oder Top, win or loose. 30 Sekunden vor dem nächsten On Air tauchte Stephan wieder vor der Scheibe auf und wiederholte seine dämliche Geste.

»Ja, ja.« Sie nickte und zeigte ihm den Mittelfinger, eine Reaktion, mit der er nicht klar kam. Er schüttelte den Kopf und verschwand wieder in der Redaktion. Sie öffnete ein Schreibprogramm und schrieb ihre Facobookmeldung vor. Höchstens fünf Sätze sollten es sein. Sollte sie die Redaktion und vor allem Stephan um Erlaubnis fragen? Nein. Denn dann würde es nicht gebracht werden. Die Redaktion würde sich übergangen fühlen, der Mut würde fehlen. Sie kopierte den Text in ihren Radio-Gamma-Status, schickte ihn aber noch nicht ab. Viertel vor. On air.

»Moin, hier ist Kesh am frühen Nachmittag, bald kommt Sina mit *Wünsch dir was* und ihr bekommt jetzt meine letzten Nachrichten von Steffi auf die Ohren. Und by the way, schaut euch mal Tims Blog an. Wenn es wahr ist, was er schreibt, dann ist da echt krasser Scheiß am Köcheln. Tims Blog, der Link ist jetzt (Klick) auch auf unserer Facebookseite zu finden. Und wenn es nicht wahr ist, dann ist es immer noch der krasseste …« Stephan riss die Tür auf, fuhr sich mit seinem Zeigefinger über den Hals. »… Zombiefake, den ich jemals gesehen habe.« Off air. Und sie war bereit für Ärger.

Kapitel 15 – Der Adler und der Eulenwald

»Du meinst doch nicht etwa, dass ich in diesen Kindergarten zurückgehe? Ein glückliches Leben mit der täglichen Droge, und eines Tages bin ich so ausgetrocknet wie die anderen Kids!«

»Akira«; 1988

Als Sandra in Henstedt auf die Landstraße nach Wakendorf II biegen wollte, trat sie auf die Bremse, schaltete die Warnblinkanlage an und ließ das Fenster runter. Die Straße wurde von zwei nebeneinanderstehenden Polizeiwagen abgesperrt. Hinter ihr hupte es, ein Beamter näherte sich.

»Fahren Sie bitte weiter. Sie sehen doch, dass die Straße gesperrt ist.«

»Ich muss aber meinen Sohn aus dem Kindergarten in Wakendorf abholen. Wie komme ich denn …« Anstatt zu antworten wies der Polizist seine Kollegin an, den Wagen zurückzusetzen und winkte sie durch. Als hätte sie ein geheimes Codewort genannt.

»Ist irgendetwas mit dem Kindergarten?«, rief sie dem Beamten zu.

»Fahren Sie jetzt bitte«, überhörte er sie. Sandra fuhr durch die Lücke der Straßensperre und sah im Rückspiegel, wie die Straße nach ihr wieder blockiert wurde.

»Oh Gott, Jack!«, flüsterte sie. Auf dem Weg nach Wakendorf begegnete ihr kein anderes Fahrzeug, die Straße war verwaist. In ihrem Kopf hingegen rasten die Gedanken durcheinander. Haben sie die Strecke wegen des Vorfalls im Kindergarten gesperrt? Wenn ja, welche Ausmaße hatten die Ereignisse dort dann? Mittlerweile hatte sie auch keine Idee mehr, was passiert sein *könnte*? Sie stocherte mit jeder Vermutung nur vage im Nebel herum. *Tim!* Sie musste Tim anrufen, denn Liam hatte gesagt, er wüsste Bescheid. Aber sie hatte Tim nicht unter ihren Kontakten abgespeichert. Vielleicht hatte Liam dessen Nummer in ihr gemeinsames Telefonbüchlein notiert, aber das lag auf dem Schuhschrank in Wakendorf. Sie fragte bei der Auskunft nach, erhielt eine Festnetznummer und ließ sich sofort verbinden. Nach dem dritten klingeln nahm jemand ab. »Ja?«, meldete sich ein Mann.

»Ich möchte Tim sprechen«, sagte sie und konnte eine Spur Hysterie in ihrer Stimme nicht verbergen.

»Wer sind Sie?«

»Eine Freundin. Na ja, die Freundin eines Freundes. Tim ist mit Liam befreundet, ich bin dessen Partnerin.«

»Warum?« Erst jetzt bemerkte Sandra den sonderbaren Gesprächsverlauf. Es wirkte wie ein Verhör.

»Sagen Sie, mit wem spreche ich da eigentlich?«, stellte sie eine Gegenfrage. Der andere legte auf. Sandra starrte auf ihr Handy, schüttelte den Kopf. Was sollte das denn jetzt schon wieder bedeuten? Sie beschlich das Gefühl, die ihr bekannte Welt würde sich allmählich verabschieden. Sie passierte kurz vor Wakendorf den Campingplatz, der auf einer kleinen Anhöhe stand, drosselte dann das Tempo, weil eine lang gezogene Kurve ins Dorf führte. Und bremste bis auf Schritttempo ab. Am Dorfeingang sah sie Blaulichter, unzählige Polizei-, Rettungs- und Feuerwehrfahrzeuge blockierten die Straße. Das Aufgebot an Fahrzeugen und Personal ließ auf einen Großeinsatz schließen, erinnerte Sandra an Bilder aus den Nachrichten nach Massenkarambolagen auf Autobahnen. Vor einer rot-weißen Absperrung hielt sie an, stieg aus und eilte, ohne den Blick von der Szenerie abzuwenden, auf zwei Polizeibeamte zu.

»Sind Sie die Mutter, die ihr Kind aus dem Kindergarten abholen möchte?«, begrüßte sie der ältere Polizist. In Sandra schrillten Alarmglocken, als sie etwas wie Mitleid in seiner Stimme feststellte. »Was ist passiert?«, fragte sie, sah ihn erst an, als sie direkt vor ihm stand. Er nickte. »Fahren Sie bitte in den Ort hinein und biegen dann gleich rechts dort auf den Platz, wo sie die Lastwagenanhänger sehen. Dort wird man Ihnen weiteres sagen können.«

»Was – ist – passiert?«, wiederholte sie ihre Frage. Der Mann sackte zusammen, als hätte man aus ihm Luft heraus gelassen.

»Ich ... ich weiß es wirklich nicht. Bitte. Fahren Sie dorthin, da wird Ihnen geholfen.« Sandra stieg wieder in ihren Wagen, durchquerte auch diese Sperre und fuhr im Schritttempo auf die Dorfeinfahrt zu. Linkerhand am Dorfeingang erwarteten einen das Kulturzentrum, die Turnhalle, die Feuerwehr, der Sportverein in einem großen Gebäude, dahinter stand der Kindergarten. Sie konnte sehen, wie auf dem Fußballplatz Zelte errichtet wurden und Fahrzeuge parkten. Dahinter, auf den angrenzenden Feldern, wo sich vom Eulenwald schon langsam der Nebel sammelte, ... waren das zwei Hubschrauber gewesen, die dort standen? Ein Polizist winkte sie mit einer Kelle auf den Parkplatz eines Fuhrunternehmers, der am Dorfeingang lebte. Auch hier wurden Zelte aufgebaut, liefen Einsatzkräfte umher und unter einem Pavillonzelt hatten sich die Eltern und Angehörigen aller Kinder, die mit Jack im Kindergarten betreut wurden, versammelt. Sandra stellte den Wagen ab, entschied sich, Lina kurz unbeaufsichtigt im Auto schlafen zu lassen und lief die wenigen Schritte zu den anderen Eltern, die miteinander redeten und denen die Sorge um ihre Kinder ins Gesicht geschrieben stand.

»Was ist passiert?«, platzte es aus ihr heraus und sie ließ sich über die bisherigen Ereignisse informieren. Danach wusste sie zwar, was bisher geschehen war, aber es konnte ihr niemand sagen, wie es ihren Kindern ging oder wo sie waren. Jedoch sollten sie in Kürze durch die Polizei informiert werden.

»Du, Sandra, ich habe deinen Mann vorhin hier gesehen und sein Wagen steht immer noch da. Weißt du, ob er es in den Kindergarten geschafft hat? Kannst du ihn fragen, was passiert ist?«, fragte Susanne, Antons Mutter. In ihrem Blick erkannte Sandra eine ähnlich tobende Panik, wie sie sie auch in sich bekämpfte.

»Magst du mit zu meinem Auto kommen? Ich habe Lina dabei.« Gemeinsam gingen sie zu ihrem Wagen, Susanne zündete sich eine Zigarette an, während Sandra kurz nach ihrer Tochter sah, die immer noch friedlich schlief. Sie widersetzte sich dem Wunsch, nach einer Zigarette zu fragen, holte tief Luft.

»Liam hat mich angerufen«, begann sie und musste sofort gegen die Tränen kämpfen. Sie verlor den Kampf. *Jack und ich werden tot sein.* Sie konnte nicht mehr weiter reden.

»Hey. Hey«, versuchte Sabine zu trösten und legte ihr einen Arm um die Schulter. Sandra schüttelte den Kopf, schnäuzte sich, rang um Fassung und gab schließlich auf. Sie reichte Sabine ihr Handy und ließ sie Liams Nachricht auf ihrer Mailbox hören. Sabine lauschte und gab ihr dann das Handy zurück. Nun kämpfte auch sie mit den Tränen und gegen einen Zusammenbruch.

»Mein Gott, was ist da passiert?«, fragte sie und inhalierte tief. »Hast du ihn denn danach erreicht?« Sandra schüttelte den Kopf, sah hinaus zu dem feinen Nebel, der auf den Äckern lag.

»Weißt du denn, was er gemeint haben kann? Hast du diesen Tim angerufen?«

Sandra sammelte sich. »Ich … Tim habe ich nicht erreicht. Und Liam und ich … wir haben in letzter Zeit wenig miteinander geredet, weißt du.« Sabine nahm sie in den Arm. »Und wieso …« Sabine musste überlegen. »Wann war denn der Anruf noch mal genau?« Sandra löste sich aus der Umarmung.

»Um kurz nach Eins«, antwortete sie. »Sieben nach«, erinnerte sie sich genauer. »Warum?« Sofort keimte Hoffnung in ihr auf und sofort klammerte sie sich an diesen Strohhalm.

»Weil Leons Vater Eltern gesehen hat, die mit ihren Kindern aus dem Kindergarten rausgekommen sind. Noch bevor geschossen wurde und alles abgesperrt war, weißt du. Da haben sie sich hinter die Turnhalle geschlichen.«

Sandra sah sich bei den Eltern um. »Leons Vater war der mit den roten Haaren, oder?«

»Ja, aber der ist nicht hier. Ihn und die beiden anderen Väter haben sie drüben behalten bei diesem neuen Einsatzleiter.« Sandra schloss und öffnete ihre Hände, sie wollte etwas tun, handeln, sah aber ein, dass sie zum Warten gezwungen war.

»Ich … ich weiß nicht, was ich machen soll. Ich weiß es wirklich nicht«, gestand sie sich und Sabine, sah zu Antons Mutter auf.

»Ich weiß. Mir ging es anfangs auch so. Bis Petra meinte, jemand hätte Anton in der Turnhalle bei Frau Kaiser gesehen. Aber diese Ungewissheit, die macht einen wirklich fertig. Du, da kommt er.« Sabine zeigte zur Straße, wo ein Mann auf die versammelten Eltern zusteuerte. Auffällig neben seiner Größe war seine Kleidung, mit der er sich von den anderen Einsatzkräften abhob. Er war an die zwei Meter groß und gänzlich in Schwarz gekleidet. Ein schwarzes Barett und schwarze Lederhandschuhe rundeten das Bild ab. Und wieder erinnerte es Sandra eher an einen Actionhelden aus einem Katastrophenfilm, den sie mit Liam gesehen hatte, denn an die Wirklichkeit. Der Mann bekam ein Megafon gereicht, schaltete es ein und rief Eltern und Angehörige unter dem großen Pavillonzelt zusammen. Sandra schnallte Lina in ihrem Maxicosi ab, holte eine Wolldecke aus dem Kofferraum und ging zu den anderen. Aus den Augenwinkeln konnte sie sehen, wie andere Väter von Polizisten über die Straße geleitet wurden. Leons Vater war auch darunter. Sandra mischte sich unauffällig dazu, stellte Lina neben ihm ab und warf ihm einen Blick zu. Er sah weg. Ein weiteres Mosaiksteinchen, das sich in das Bild ihres Chaos einfügte und weitere Bedrohung verhieß. Der Mann vorne hob die Hand, ließ einige Zeit verstreichen, bis Stille herrschte. Sie warf Leons Vater einen weiteren Blick zu, stieß ihn mit dem Fuß an, aber er reagierte nicht.

Der große Mann reichte das Megafon zurück und sprach alle Anwesenden ohne technische Verstärkung an.

»Sehr geehrte Eltern und Angehörige, ich heiße Sie zu dieser Informationsveranstaltung willkommen. Sie können mich Adler nennen. Ich habe hier bis auf Weiteres das Kommando.«

»Was ist mit unseren Kindern?«, rief eine Mutter dazwischen, ihre Stimme überschlug sich, wurde zu einem Kreischen. Adler schloss die Augen, wartete und nickte ihr zu.

112

»Ich werde Ihnen allen jetzt EINMAL ...« Er reckte einen Zeigefinger in die Luft. »... die Fakten erzählen. Ich werde mich nicht wiederholen, denn die Zeit habe ich nicht. Anschließend werden Sie sich meinen Anweisungen oder denen meiner Leute fügen und nicht aus der Reihe tanzen.« Er warf einen Blick in Sandras Richtung, wo auch die drei Väter standen. »Zu Ihrer Sicherheit und vor allem die Ihrer Kinder. Ich möchte Sie bitten, sich anschließend vor dieses Zelt dort ...« Er zeigte auf ein großes Zelt in Tarnfarben. »... einzureihen und dort den Namen Ihres Kindes und Ihre Daten eintragen. Im Anschluss werden wir Ihnen etwas über den aktuellen Zustand Ihres Kindes sagen können. ALLE Kinder bleiben bis auf weiteres in unserer Obhut, wir werden sie drüben in der Turnhalle, in Zelten auf dem Fußballplatz oder aber in Krankenhäusern unterbringen. Stellen Sie es sich wie eine Art Quarantäne vor. Jeder von Ihnen ...« Er ließ seinen Blick durch die Elternschaft wandern. »... wird informiert werden. SIE werden hier in Zelten untergebracht werden. Zelte, die wir noch errichten werden. Ich möchte Sie bitten, niemanden hierher zu ordern, denn wir werden das gesamte Dorf absperren und können Ihnen die Dauer für diese Operation nicht nennen. Sie dürfen gerne telefonieren. Sagen Sie besorgten Angehörigen, dass es sich um eine reine Vorsichtsmaßnahme handelt, vermeiden Sie es, Panik zu schüren.« Dann schwieg er und Sandra und viele andere hielten es für eine Pause, doch er nickte einem Polizisten zu und wollte gehen.

»Ja, aber was genau ist es denn jetzt?«, rief Sandra. Adler zögerte. Er wandte sich ihr zu, sah dabei über alle Anwesenden hinweg, da sie weit hinten stand.

»Wir wissen es noch nicht«, antwortete er und sah aus, als wüsste er, dass das als Antwort nicht reichen würde.

»Gehen Sie von einer möglichen Krankheit aus, die uns bisher unbekannt und deren Verlauf uns fremd ist. Damit können Sie sich auch den Aufwand erklären.« Er deutete mit einer ausladenden Geste um sich herum und Sandra fand, dass er *wirklich* groß war. »Als reine Vorsichtsmaßnahme«, ergänzte er und beendete damit die Veranstaltung. Er ging wieder rüber zum Kindergarten und ließ sämtliche weitere Fragen unbeantwortet.

»Bitte stellen Sie sich hier an!«, rief ein uniformierter Polizist und ließ eine Mutter ins Zelt treten.

»Antons Mutter sagte, Sie hätten Eltern gesehen, die mit ihren Kindern aus dem Kindergarten gekommen sind. Stimmt das?«, flüsterte Sandra Leons Vater zu. Er sah kurz hinter sich zu den Polizisten, die sich miteinander unterhielten, dann zu Sandra und sie erkannte, er musste noch viel mehr als nur das gesehen haben, denn seine Lippen zitterten und er rang um Fassung. Er rollte mit den Augen, zeigte mit einem Blick auf die Polizisten hinter ihnen. »War mein Mann unter ihnen? Und mein Sohn? Jonathan? Wo sind sie?«, hakte sie nach, lauter als gewollt.

»So, wir gehen wieder«, sagte einer der Polizisten zu den Vätern und wollte sie … abführen. Zumindest wirkte es so auf Sandra. Leons Vater sah zu ihr. »Eulenwald. Sie sind in den Eulenwald gegangen, aber …«

»So, das reicht jetzt, Herr Jacobi!«, unterbrach der Polizist, griff sich den Arm des rothaarigen Mannes und zog ihn mit sich.

»Gehen Sie zu den anderen Eltern!«, wurde sie von einem weiteren Beamten angewiesen.

»Sofort. Ich muss nur noch ein paar Dinge für meine Tochter aus dem Wagen holen.« Sie klemmte sich Lina unter den Arm, entfernte sich und ging zum Auto. Dort stellte sie den Maxicosi ab und musste sich erst einmal beruhigen. Es war zu viel. Es war einfach zu viel für sie. Es fühlte sich an, als hätte sie jemand aus ihrer heilen Welt gerissen und sie in einen von Liams Horrorfilmen gesteckt! Immerhin waren Liam und Jack dabei gesehen worden, wie sie in den Eulenwald gegangen waren. Es gab Hoffnung. Sie beobachtete, wie die anderen Eltern sich vor dem Zelt aufstellten, andere Zelte aufgebaut wurden und aus dem Dorf Laster des THW kamen und auf der Straße parkten. Hier sollte eine Siedlung für sie aufgebaut werden. Sie würde hier bleiben müssen. Sollte sie Liam und Jack im Eulenwald suchen wollen, musste sie jetzt versuchen, hier raus zu kommen. Mit der schlafenden Lina ging sie die Hofeinfahrt hinunter zur Straße. Zwei Feuerwehrmänner in gelben Warnwesten stellten sich ihr in den Weg. Den einen kannte sie sogar vom Sehen. Er begleitete immer das Laternelaufen des Kindergartens und machte Späße mit den Kindern. Leider wusste sie seinen Namen nicht, dennoch wandte sie sich an ihn.

»Kann ich noch einmal kurz rausfahren und ein paar Sachen holen?« Er schüttelte den Kopf, versperrte ihr den Weg.

»Nein, das ist leider nicht mehr möglich«, antwortete er.

»Aber Lina braucht ... Medikamente«, log Sandra. »Ich kann auch kurz zu Fuß nach Hause gehen, ich wohne ja gleich hier.« Sie sah die Feuerwehrmänner verzweifelt an, die sahen sich an und der eine nickte. Er legte ihr eine Hand auf die Schulter. »Wir dürfen das eigentlich nicht machen, das ist alles ziemlich streng hier. Aber Sie wohnen doch da beim Bürgermeister, oder?« Sandra nickte. »Ich begleite Sie bis auf die Straße. Dann sind wir nicht so verdächtig. Kommen Sie.« Er nahm sie am Arm, führte sie durch das geschäftige Treiben auf die Straße und begleitete sie weiter hinab ins Dorf, vorbei an den Rettungs-, Polizei- und Feuerwehrwagen. Drei Lastwagen des technischen Hilfswerks rangierten auf der Straße und bei den Mietshäusern vor dem Faustballplatz erreichten sie eine weitere Absperrung, die Schaulustige zurückhalten sollte, denn davon hatten sich hier schon zwei Dutzend versammelt, die sich vor drei Polizisten und zwei rot-weißen Absperrzäunen drängten. Bisher hatte Sandra mit dem Feuerwehrmann noch kein Wort wechseln können, mit ihren Blicken sog sie alles in sich auf. Den Aufwand, der nichts Gutes verhieß. Und hier war es plötzlich ruhig. Die Hälfte der Schaulustigen kannte sie zumindest vom Sehen, der Motorenlärm war nur noch gedämpft zu hören, niemand schrie, alles ging anscheinend gemächlich seinen Gang. Fragil.

Der Feuerwehrmann nickte einem der Polizisten zu, den sie auch schon beim Laternelaufen gesehen hatte, sie nickte einigen Wakendorfern zu, gemeinsam gingen sie hinter die Absperrung, hinter die Schaulustigen.

»Wenn Sie zurückkommen, sagen Sie nicht unbedingt, dass ich Sie ... rausgelassen habe, ja?« Er sah sie an, sie nickte.

»Was ist passiert?«, fragte sie. Er zuckte mit den Schultern.

»Ich weiß es nicht. Niemand weiß es. Beeilen Sie sich, bitte, ich muss zurück.«

Zumindest das hatte sie geschafft. Aber wie sollte sie jetzt Liam und Jack im Eulenwald suchen? Ihr Arm wurde schwer vom Tragen, ihr Auto war weg und Lina würde bald aufwachen und Hunger haben. *Jack und ich werden tot sein.* Die Angst trieb sie an. Die Angst um Liam, aber vor allem um Jack. Sie ging die Straße bis zum Wanderweg hinunter, bog auf diesen Richtung Nahe ein und verließ ihn bei der Treppe, die zum kleinen Spielplatz führte. Sie schwitzte und Lina hatte ein Auge schon aufgetan, meldete sich aber noch nicht. An der Sandbergsiedlung bog sie auf die kleine Straße »Am Sandberg«, die von der anderen Seite sowohl zum Kindergarten, als auch in den Eulenwald führte. Sie verlangsamte ihre Schritte und sah Richtung Kindergarten. Auch dort stand eine Absperrung, aber vor der waren keine Schaulustigen zu finden. Sie huschte über die Straße und lief ein paar Schritte auf den Feldweg, der am Eulenwald entlang führte. Als sie sich außer Sicht wähnte, stellte sie Lina ab, um zu verschnaufen, spähte in den Wald dichtstehender Tannen. Es war den ganzen Tag nicht richtig hell geworden und es schien Sandra beinahe, als würde es jetzt schon dämmern. Sie konnte kaum ein paar Schritte in das Gehölz sehen, sofort wurde das spärliche Licht verschluckt. Zusätzlich wallte hier bereits der Nebel auf und versprach eine Nacht mit Sichtweiten unter 10 Metern. Gerade wollte sie sich einen Weg hinein suchen, als sie das Rotorengeräusch mehrerer Hubschrauber hörte und in den diesigen Himmel blickte. Es wurde lauter, unangenehm laut und drei Hubschrauber standen schließlich über dem Sportplatz in der Luft, jeder von ihnen trug unter sich zusammengeschnürte Zaunteile. Langsam verloren sie an Höhe und Sandra das Interesse an ihnen. Bei dem Lärm würde sie im Wald aber kaum etwas hören können, nach den beiden rufen würde auch keinen Sinn machen. Sie nahm Lina in ihrem Maxicosi in den Arm und trat in den Wald. Zweige brachen unter ihren Schritten, andere streiften sie. Irgendwo hatten die Kindergartenkinder eine kleine Lichtung im Wald, zu der sie manchmal Ausflüge machten, aber Sandra wusste nicht genau wo. Vielleicht waren Liam und Jack dort. Sie sah zurück auf den Feldweg, aber selbst die wenigen Meter hatten gereicht, sie war vom Wald verschluckt worden. Sie schob sich und Lina weiter durch das morsche Geäst der Tannen, die erst einige Meter über ihr Nadeln aufwiesen. Lina machte sich bemerkbar und quengelte. »Verdammt«, zischte Sandra und sah ein, dass ihre Suche nicht besonders aussichtsreich startete. Sie nahm Lina aus dem Gestell auf den Arm.

»Schsch«, beruhigte sie ihre Tochter, die sich aber nicht beruhigen lassen wollte, sondern nun um so lauter ihr Stimmchen erhob und schrie.

»Lina, Kleines, was ist denn plötzlich los? Sch.« Sandra legte Linas Kopf in ihre Halsbeuge, streichelte sanft ihren Rücken. Nichts. Es half nichts. Lina schrie weiter. Sandra roch an der Windel, drückte ihrer Tochter sanft den Bauch, konnte aber keine Ursache für das jetzt beinahe panische Schreien erkennen.

»Lina!« Sie hielt ihre Tochter vor sich, pustete ihr ins Gesicht, wie sie in einem Ratgeber gelesen hatte. Lina schrie weiter. Sandra verharrte in dieser Position und dachte nach. Lina schrie … weil … sie hier nicht sein wollte. Nachdem sie diese Eingebung zu Ende gedacht hatte, nahm sie die sie umgebenden Bäume, die Geräuschkulisse, einfach alles um sich herum als Bedrohung wahr und überprüfte diese These mittels ihrer Intuition. Ihr Gefühl sagte ihr, Lina hatte Recht. Sie sollten nicht hier sein, denn hier war es gefährlich. Warum auch immer. Sie ging in die Hocke, wollte Lina wieder in den Maxicosi legen, behielt aber die Bäume im Auge.

»Ganz ruhig, Lina, wir gehen jetzt wieder ...« Eine Bewegung vor ihr. Zwischen zwei Bäumen war etwas entlang gehuscht. Sie lauschte, obwohl es unsinnig war. Sie behielt Lina im Arm, die mittlerweile nicht nur schrie, sondern auch strampelte und richtete sich vorsichtig auf. Da. Vor ihr. Zwei Gestalten, eine groß, eine klein, vielleicht ein Mann und ein Kind, vielleicht ... Liam und Jack.

»Liam?«, rief sie in den Wald. Keine Antwort, aber Sandra konnte erkennen, wie sich die beiden Gestalten mit Mühe durch das Unterholz in ihre Richtung kämpften. Beinahe hätte sie erkennen können, wer die beiden waren. Wirklich erkennen, denn sie ahnte und hoffte bisher nur, aber die beiden stolperten hinter den dicken Stamm einer Buche, die sich inmitten der Tannen behauptet hatte.

»Liam?«, bebte ihre Stimme vor Hoffnung. Die kleine Gestalt kam hinter dem Baum hervor, trug einen schwarzen Umhang, der Sandra bekannt vorkam. Jack! Jack in seinem Vampirkostüm, das sie ihm für die Verkleidungsparty im Kindergarten genäht hatte. Oh Gott, es war tatsächlich ihr Sohn und er lebte!

»Jack!« Sie weinte vor Freude, ihre gesamte Anspannung fiel von ihr ab. Dann tauchte Liam auf, folgte ihrem gemeinsamen Sohn und sie war bereit, ihm alles zu verzeihen. Sie wollte ihre beiden Jungs nur im Arm halten und nie wieder los lassen. »Li«, flüsterte sie, es ging aber in Linas Geschrei unter. Li und Jack stürzten mit ausgestreckten Armen auf sie zu, antworteten ihr nicht. Sie sah Blut in ihren Gesichtern. Am Hals. Lina schrie und wand sich in ihren Armen. Sekunden froren ein, Sekunden in denen Sandra von der Realität gepackt wurde, ihr Gefühl von überwältigender Freude zu entsetzlicher Angst umschlug, sie verstand, wovor Lina sich so fürchtete. Das waren nicht mehr Jack und Liam. Das waren … welche, die ihnen wehtun wollten, die Lina etwas Böses wollten und Lina gab ihrem naturgegebenen Instinkt nach, der sie warnte und dem sie näher stand, als ihre Mutter, die sich von Erinnerungen verleiten ließ. Ein Blick in die Gesichter ihrer beiden *Jungs* reichte nach allem, was bisher vorgefallen war, aus, um die animalische Gier, den Wunsch zu töten, zu erkennen, der ihre Züge zu Fratzen verzerrte. Liam und Jack hatten sich mit dieser Krankheit, von der Adler gesprochen hatte, infiziert. Vielleicht gab es Hoffnung, aber nicht jetzt. Nicht hier.

Kurz überlegte sie, sich nach der Babyschale zu bücken, aber diese Zeit blieb ihr nicht. Die beiden hatten sie fast erreicht, stöhnten, rissen ihre Münder auf, um sie zu beißen. Sandra schrie. Ein Schrei, der ihre Blockade löste, erfüllt von der Pein ihrer Erkenntnis, getragen vom Verlust. Sandra drehte sich um und rannte los. Liam taumelte hinter ihr her, erwischte ihren Mantel, wurde aber durch den überraschenden Schwung umgerissen und fiel auf den Waldboden. »Nein!«, keuchte Sandra, presste Lina an sich und bahnte sich einen Weg durch die widerspenstigen Zweige, die ihr ins Gesicht schlugen. Ihr *Sohn* folgte ihr, behänder als Liam, aber immer noch staksig. Er stolperte über Brombeersträucher und fiel aus ihrem Blickfeld.

»Wir – haben – es – gleich – geschafft«, versuchte sie Lina und sich zu beruhigen, lief um eine Tanne herum, stolperte in einer Mulde, knickte um und schlug hin. Sie ließ sich auf die Seite fallen, schützte Lina vor dem Aufprall und den Brombeerdornen, stieß sich den Ellenbogen an einem Baumstumpf. Der Schmerz war derart heftig, dass sie normalerweise liegen geblieben wäre. Vor Überraschung und Schmerz, aus Angst, sich etwas gebrochen zu haben. Diese Zeit hatte sie aber nicht. Schnell kam sie wieder auf die Beine, riss sich von den Ranken los, sah hinter sich, wo sie ihre Verfolger wähnte, lief los und … schrie. Liam kam hinter einem Baum hervorgeschossen, stürzte sich mit einem Stöhnen auf sie. Sandra tauchte unter seinen Händen hindurch, rammte ihn mit ihrer Schulter und wollte vor ihm flüchten, aber er konnte ihren Haarschopf packen und zerrte sie zu sich zurück. »Nein!«, schrie sie und: »Hilfe!«. Obwohl sie wusste, dass sie in diesem Wald auf sich allein gestellt war. Sie schlug mit einer Hand nach ihm, schrie und setzte all ihre Kraft ein, um sich aus seinem Griff zu befreien. Schmerzen! Liam gab nicht nach, sie auch nicht, ihre Haare und Teile der Kopfhaut rissen, dann war sie frei. Liam drehte sich durch den Schwung um seine eigene Achse, kam aus dem Gleichgewicht, fiel hin.

»Hilfe!«, schrie Sandra, konnte nicht aufhören zu schreien. Sie humpelte mit Lina von Baumstamm zu Baumstamm, hatte die Orientierung verloren.

»Hilfe!«

Da! Neben ihr, zwischen den Baumstämmen eine Bewegung. Sie blieb stehen, presste sich mit der schreienden Lina an einen Baum, sah sich um. Wo sollte sie hin, wenn sie nicht wusste, wo sie war? Sie musste weiter, musste es einfach versuchen. Sie drückte sich mit dem Rücken von der Tanne ab, entschied sich für eine Richtung, von der sie glaubte, sie würde zur Straße führen und lief direkt in eine große Gestalt, die sich vor ihr aufbaute. Sie schrie.

Kapitel 16 – Der Geruch von Leichen

Jeder Mensch ist mit etwas Besonderem gesegnet.
»Boogie nights«; 1998

Sören fühlte sich fix und fertig und schob es auf den Schock. Weil er mit ansehen musste, wie Matthes von diesem Polizisten, diesem Steinfatt, zerfetzt worden war. Weil er den Polizisten erst mit seinen Fäusten, dann mit einem Feuerlöscher mit voller Wucht geschlagen und es keine Wirkung gezeigt hatte. Noch jetzt hörte er das Geräusch brechender Knochen in seinen Ohren. Wahnsinn! Er hatte mit ansehen müssen, wie der Bulle seinen Kollegen Matthes fraß. Sülldorf hatte ihn dann nach Hause geschickt, nachdem die Polizei in der Rechtsmedizin angerückt war. Und bis eben war er total aufgedreht gewesen, als hätte er drei Tage Fusion auf Speed durchgemacht, ein Adrenalin-Kick, aber jetzt … Er wollte eigentlich direkt zu Chrissi nach Kiel, seine Freundin studierte dort und sie wollten heute Abend zu *Talco* in die Pumpe gehen. Aber das würde wohl nichts werden, so wie er sich fühlte. Er musste absagen. Er tastete nach seinem Handy, das in seiner Jackentasche auf dem Beifahrersitz lag, ohne dabei den Autobahnverkehr aus den Augen zu lassen. Anstrengend. Alles war anstrengend. Er schwitzte, wählte Chrissis Nummer, setzte den Blinker, um die Ausfahrt nach Kaltenkirchen zu nehmen. Mailbox. »Hey Chrissi. Ich komm heut nicht. Fühl mich scheiße gerade. Ich dreh gerade um und fahr zu mir. Meld dich mal.« Er warf das Handy auf den Beifahrersitz, fuhr in Kaltenkirchen raus, nur, um wieder auf die Autobahn in Richtung Hamburg fahren. So anstrengend. Der Schweiß ließ sein T-Shirt auf der Haut kleben und Sören fand, dass er nach Leiche roch. Er schnüffelte an seinem Unterarm und verdammt, er roch danach. Das war das Beschissene an seinem Beruf, dass er manchmal den Geruch nicht aus der Nase oder seinem Kopf bekam. Jetzt gerade war es heftig, obwohl es gar nicht sein konnte, hatte er doch noch vor dem Fahren in der Rechtsmedizin geduscht. Er roch noch einmal an sich, verzog das Gesicht, tastete hinter seinem Sitz nach der Sporttasche, wo sich sein Deo befand. Es hupte und er kam ins Schlingern. War er gerade kurz weggetreten? Wie war er denn auf die Überholspur geraten? Er schluckte trocken, entschuldigte sich per Handzeichen, sah ein Schild, das den Rastplatz Moorkaten ankündigte und entschied sich, dort für eine Pause rauszufahren. Er hielt den Wagen an, suchte in seiner Tasche nach dem Deo, weil der Verwesungsgeruch unerträglich wurde und sprühte sich komplett ein. Und hustete, weil das Spray den Innenraum vernebelte. Er öffnete das Fenster, wedelte den Nebel hinaus und fror. Ging es ihm dreckig. So schlecht hatte er sich noch nie gefühlt und langsam zweifelte er daran, dass es nur am Schock lag. Er saß eine Zeit lang ruhig hinter dem Steuer, seine Atmung beruhigte ihn etwas. Außer ihm rasteten hier nur ein Lastwagen am Ende des Parkplatzes und ein PKW bei dem Toilettenhäuschen, dahinter zog sich langsam der Nebel zusammen. Der Fahrer des PKW stand vor den Toiletten und rauchte eine Zigarette, sah immer wieder zu ihm herüber. Sören stöhnte. Der Gestank meldete sich wieder, ihm wurde übel davon. Er beugte sich vor, jammerte, weil ihm die Glieder schmerzten und sah an seiner Kleidung herab. Er hatte sich doch frische Sachen angezogen. Wasserleiche. Es stank nach Wasserleiche. *Er* stank danach. Das Pflaster an seinem Zeigefinger. Er hob seine Hand, wollte an dem

Pflaster riechen, das Sülldorf ihm gegeben hatte, weil er geblutet hatte. Wahrscheinlich, weil er wie ein Wahnsinniger dem Polizisten ins Gesicht geschlagen hatte. Da hatte er sich die Wunde zugezogen. Es puckerte darunter. Das Pflaster wölbte sich und fiel wieder in sich zusammen. Sören schrie auf, streckte seinen Arm aus, um seinem verletzten Finger nicht zu nahe zu sein. Fuck, was war das denn? Er beruhigte sich langsam wieder, war aber immer noch misstrauisch. Schnell führte er seine Hand an sein Gesicht, roch an seinem Finger und würgte augenblicklich. Er presste sich eine Hand vor den Mund, stieg aus dem Auto. Der Mann beobachtete Sören aufmerksam, sah auf seine Uhr und zündete sich eine weitere Zigarette an. Sören lief an ihm vorbei, stürzte in die Toilette und schaffte es nicht mehr auf die Klokabine. Er beugte sich über das Waschbecken und würgte. Und würgte. Aber außer Speichel behielt er alles in sich, vor allem auch die Übelkeit. Er stützte sich an dem Spiegel ab, keuchte. Würgte noch mal. Wieder nichts. Aber der Gestank … Der verbündete sich hier mit seinen Freunden abgestandene Pisse und Sprühstuhl, fusionierte zu etwas, das Sören den Verstand raubte. Es schlug ihm auf den Magen und nun drückte es auch weiter unten. Und wie. »Nein, nicht auch das noch«, keuchte er, kämpfte dagegen an, indem er sich Wasser in seine hohle Hand laufen ließ und sich damit das Gesicht kühlte. Auf dem Spiegel und auf der Wand fielen ihm hinterlassene Mobilnummern, Maßeinheiten und gezeichnete Schwänze auf. *Schwule Säue* stand über mehrere Telefonnummern geschrieben und trotz seines Zustands ahnte Sören, was hier auf dieser gottverlassenen Raststätte abging. Er stemmte sich hoch, zog die Tür einen Spalt weit auf und spähte hinaus. Der Mann vor dem Klohäuschen sah zu ihm, lächelte ihn an.

Fuck! Das hörte heute ja gar nicht mehr auf. Wieder pochte seine Wunde, ihm schwindelte und mit Macht drückte es in seinem Bauch. So heftig, dass er in die Kabine stürzte, sich die Hose runter riss und sich ohne weitere Vorkehrungen auf die urinbefleckte und kotverkrustete Metallumrandung des Klos fallen ließ. Er entleerte sich, stöhnte, brachte ein kehliges Lachen am Rande eines Zusammenbruchs zustande und tastete nach dem Klopapier ... Natürlich. Er hätte es sich denken können. Er stützte das Kinn auf seine Hände, die Ellenbogen auf seine Oberschenkel und überlegte, wie er sich aus dieser misslichen Lage befreien konnte. Dabei verlor er das Bewusstsein und starb.

Jochen sah erneut auf seine Uhr. Knapp 10 Minuten hielt sich der Typ jetzt schon auf der Toilette auf, es gab keinen Zweifel mehr, dass er es wollte. Scheiß auf seine Verabredung, die ihn hatte sitzen lassen. Er inhalierte drei Spritzer Mundspray, richtete sein Haar und schritt zum Toilettenhäuschen. Der andere war nervös gewesen. Ein Newbie in der Szene vielleicht. Jochen freute sich. Er stieß die Tür auf, sah zur einzigen Klokabine hinter dem Gruppenurinal. Die Tür stand auf. Der andere hatte sie offen stehen lassen. Jetzt war Jochen sich sicher. Vorsichtig näherte er sich. Schob die Kabinentür ganz auf, seinen Oberkörper hinein, seine Lippen zu einem Lächeln hoch. Es gefror augenblicklich. Der andere saß breitbeinig, mit herunter gelassenen Hosen auf der Schüssel, lehnte mit dem Oberkörper am Spülkasten, hatte die Augen geschlossen. *Ein Junkie.* Jochen maß den fremden Mann prüfend mit seinem Blick ab. Suchte nach Anzeichen für

eine Drogensucht. Der andere trug nur ein T-Shirt, seine
Arme hingen schlaff herunter, genau wie dessen Glied.
Dessen großes Glied. Ein hübscher Penis. Stopp! Die Arme. Er suchte an den Armen nach Einstichen, konnte
aber auf die Schnelle keine entdecken. Ziemlich durch-
trainiert sah er aus, nahm Jochen anerkennend dessen
definierte Bauchmuskeln wahr. Und dieser Schwanz. Unglaublich. Also, was sollte das jetzt hier? Sollte er den anderen ansprechen? Sollte er aktiv werden, weil es eine Art
Rollenspiel war? Vielleicht war er selbst ja der Newbie
und der andere ein erfahrener ... was auch immer. Gerade wollte Jochen etwas sagen, als der andere stöhnte. Aha.
Da war es doch, das Signal. Für Jochen hatte es sich lust-
voll angehört. Er leckte sich über die Lippen und überlegte, was er entgegnen sollte. Schmutzig. Das Ganze war
schmutzig, der andere wollte es schmutzig. Der andere
saß mit gespreizten Beinen vor ihm auf einem versifften
Klo, also konnte er es nur schmutzig wollen, schloss Jochen aus dem Setting. »Willst du, dass ich ...« Er musste
sich räuspern, weil seine Stimme versagte. »Verzeihung.
Willst du, dass ich dir einen blase? Dass ich ihn so richtig
in den Mund nehme?« Der andere stöhnte, neigte leicht
seinen Kopf. Alles klar. Er wollte. Jochen sah sich nach
etwas um, dass er als Unterlage benutzen konnte. Da es
nichts gab, überwand er seinen Ekel, ging zwischen den
Beinen des anderen auf die Knie, streichelte dessen
Oberschenkel – der erste Kontakt – und kam dann gleich
zur Sache, indem er dessen Glied (Wow!) in die Hand
nahm, sich nach vorne beugte, ihn mit seinen Lippen
umschloss und daran sog. Wieder stöhnte der andere und
Jochen bekam von 0 auf 100 eine Monstererektion. Der
andere regte sich, es schien ihm zu gefallen. Er legte eine
Hand auf Jochens Kopf, griff ihm ins Haar, zog daran.

126

Hart. Jetzt stöhnte Jochen. Weil es schmerzte. Weil es geil war. Er ertrug es, hielt hartnäckig den Schwanz in seinem Mund gefangen, auch wenn der andere sich umständlich aufrichtete, immer heftiger an ihm zerrte. Der andere hatte nicht nur einen enormen Penis, er war auch unheimlich stark. Da Jochen nicht auf dessen Ziehen und Zerren in den Haaren reagierte, packte der andere Jochen unterhalb seines Kiefers und drückte mit beiden Händen und mit aller Gewalt zu. Jochen gab einen erstickten Schrei von sich, wollte zurückweichen, aber es gelang ihm nicht. Der andere zerquetschte seine Mandeln, würde ihm den Kiefer brechen, Lust wurde zu Panik. Jochen wand sich, der andere ließ nicht locker, schnappte nach ihm, ohne ihn dort unten zwischen seinen Beinen erreichen zu können. Beide führten einen Tanz in der engen Klokabine auf, bis Jochen keine Wahl mehr hatte. Ehe er an dem Penis des anderen erstickte, biss er ihn ab in der Hoffnung, er würde endlich losgelassen werden. Stattdessen konnte ihn der andere jetzt mit einem Ruck hochreißen, Jochen verschluckte sich vor Schreck. Doch bevor er nun doch an dem Penis erstickte, wurde er durch Bisse getötet.

»Du verdammter Pisser!«, schrie sie dem LKW hinterher, reckte ihren Mittelfinger hoch. Der Lastwagen hupte, donnerte die Raststätte entlang und fädelte sich wieder in den Autobahnverkehr ein. Dieses kranke Schwein. Sie war froh, dass sie ihm entkommen war. Vincent, so hieß er. *Nenn mich einfach Vince.* Und dann dieses schmierige Lächeln. Dabei war er anfangs wirklich nett daher gekommen. Nicht dumm, man konnte sich mit ihm unterhalten. Aber der doppelläufige Dildo in seinem Handschuhfach brachte das Fass zum Überlaufen. *Magst du?*

Das hatte gereicht. Warum hatte das Ding eigentlich zwei … Sie führte den Gedanken besser nicht zu Ende, sondern sah sich auf der Raststätte um. Mitten im Nichts. Sie war mitten im Nichts gelandet und Vincent war schuld. Wie sollte sich jetzt rechtzeitig nach Göttingen kommen. Von hier? Am Ende des Parkplatzes stand ein LKW, vor einem rot geklinkerten Toilettenhaus zwei PKW. Aber keine Menschenseele. Sie sah wieder zu dem LKW, überlegte und verabschiedete sich erst einmal von dem Gedanken, diesen zu fragen. Auf Lastwagenfahrer hatte sie dank Vince keine Lust mehr. Sie schulterte ihren Rucksack, ging auf das Gebäude zu und blieb vor den beiden Türen stehen. Egal ob Mann oder Frau, so mussten sie an ihr vorbei kommen und sie hoffte, es würde nicht zu aufdringlich wirken. Jetzt musste sie nur noch an ihrem Lächeln feilen. Nach den Geschehnissen war das wohl der schwierigste Part. Es donnerte an der Tür zur Herrentoilette, sie zuckte zusammen. Die Nerven. *Lächeln, schön freundlich lächeln, komm schon.* Sie wartete darauf, dass sich die Tür öffnete, stattdessen schlug jemand erneut von innen dagegen. Und noch einmal. Unbehagen nistete sich in ihr ein. Sie sah zum LKW, schätzte die Entfernung dorthin ab. Sah zu den PKW. Gewöhnliche Fabrikate. Das war zwar nur ein Hinweis, auch Freaks konnten Allerweltsautos fahren, aber ein mattschwarzer Leichenwagen mit einem Aufkleber *Alles Fotzen außer Mutti* hätte sie beunruhigt. Ein weiterer Schlag gegen die Tür. Monoton. Stumpf. Sie entschied sich dafür, nichts zu sagen, einfach von außen die Tür aufzustoßen und dann wieder auf Abstand zu gehen. Sollte keiner wissen, dass da draußen eine einsame Frau stand. Mitten im Nichts. Wenn da Freaks waren, konnte sie dann hoffentlich immer noch stiften gehen. Sie war schnell. Also los. Sie stellte sich an die Tür, drückte die Klinke hinunter, wollte die Tür aufdrücken, spürte aber Widerstand … der dann aber nachließ. Die Tür ging einen Spalt weit auf, eine blutige Hand reckte sich hinaus, tastete umher, zog die Tür langsam auf. Jemand stöhnte dahinter. Sie auch und ging einen Schritt zurück. Sie wartete, hörte ihren eigenen Herzschlag. War da jemand schwer verletzt? Überfallen worden? Dann verschwand die Hand wieder hinter der Tür, die sich langsam schloss. Dann pochte es wieder.

»Hallo!«, rief sie, warf damit ihre Deckung über Bord. Wieder stöhnte jemand. Gut, da war jemand verletzt. Sie musste helfen. Sie drückte die Tür auf, versuchte den Widerstand zu überwinden, tastete mit ihrer Hand hinter die Tür.

»Ich bin gleich bei Ihnen!« Sie verstärkte ihren Druck mit der Hüfte, schob die Tür auf. Wieder erschien die blutige Hand, tastete umher, sie wich mit ihrem Kopf zurück.

»Bin – gleich – bei …« Ein Ruck und ein Schmerz in ihrer Hand. Sie schrie auf. Sie war gebissen worden! Wie krank war das denn? Etwas zog an ihr von innen, sie stemmte sich mit aller Kraft gegen die Tür, wand sich aus dem fremden Griff. Von der anderen Seite drückte jemand gegen die Tür, es wurde hektisch. Dann löste sich der Griff, sie stolperte ein paar Schritte rückwärts und fiel hin. Ihre Hand blutete, in ihrem Handballen klaffte eine Wunde. Sie starrte darauf, sah nicht, wie die Tür aufgezogen wurde und Jochen mit aufgerissener Gesichtshälfte, aufgerissenem Hals, durch die Tür nach draußen trat. Etwas Unansehnliches hing ihm aus seiner aufgerissenen Wange. Hinter ihm Sören, der durch seine heruntergelassenen Hosen beim Gehen beeinträchtigt wurde und eher vorwärts stolperte. Beide stöhnten. Sie sah auf. Starrte mit offenem Mund auf die verkleideten Männer, starrte auf ihre blutende Hand. Und schrie. »Hilfe!« Sie sprang auf, rannte zum Lastwagen. Die kranken Typen folgten ihr mit ausgestreckten Armen. Sie sah zu den Fahrstreifen, überlegte zur Not auf den Standstreifen zu laufen, wenn der Lastwagenfahrer ihr nicht helfen konnte. »Hilfe!« Die Tür des Lastwagens wurde geöffnet, ein bärtiger Mann wandte sich ihr zu und stieg in einer fließenden Bewegung aus. Er legte die Hand an die Stirn.

»Hilfe!«, schrie sie, sah sich nach ihren Verfolgern um. Sie hatte sie ein Stück weit hinter sich gelassen. Nichtsdestotrotz folgten sie ihr weiter.

»Bitte!«, schrie sie den Fahrer an, als sie ihn erreicht hatte. »Fahren Sie los! Bitte nehmen sie mich mit. Die haben mich GEBISSEN!« Der Fahrer wirkte mit dem überfordert, was er sah. Die beiden Kerle, die der jungen Frau folgten, die mit einer blutenden Hand vor ihr stand. Eigentlich nahm er niemanden mit. Aus Prinzip. Eigentlich hatte er noch Pause.

»Steig ein«, sagte er zu ihr, schwang sich auf seinen Sitz, beugte sich zur Seite, um ihr die Tür zu öffnen und startete seinen Truck. Sie rannte um den LKW herum zur Beifahrerseite, schmiss ihren Rucksack hinein, folgte ihm und schloss die Tür. Sicherheit!

»Scheiße, was waren das für Typen?«, sagte sie außer Atem und sah in den Seitenspiegel. Der Lastwagen fuhr an, die beiden Typen stolperten ihm hinterher, wurden im Rückspiegel kleiner. Sie sah ein anderes Fahrzeug auf den Rastplatz einbiegen.

Kapitel 17 – Wenn einer eine Reise tut

»Ich will nicht so sein. Ich bin einsam. Ich habe mich verirrt. Ich habe mich buchstäblich verirrt. In diesem Teil des Flughafens war ich noch nie.«

»Warm bodies«; 2013

»So?«, fragte er und hielt den Knopf gedrückt. Er hätte gedacht, es würde alles über eine Software gesteuert werden, aber wie bei dem legendären roten Knopf war es auch hier.

»Ja. Nein. Der hier muss gedrückt sein, und dann den gedrückt halten und sprechen. Der rastet nicht ein, verstehen Sie? Nicht, dass den jemand vergisst«, erklärte ihm der technische Leiter der Flughafensicherheit. Der Geschäftsführer der Flughafenbetreibergesellschaft nickte.

»Gut, kann es losgehen?«, fragte der Ingenieur, richtete ihm das Mikrofon aus und wollte den Knopf drücken.

»Augenblick.« Der Geschäftsführer räusperte sich zwei Mal, trank einen Schluck Wasser, atmete tief durch. »Jetzt«, wies er an. Der Knopf leuchtete rot auf. Er schielte auf den Zettel neben sich und begann von ihm abzulesen.

»Achtung, Achtung! Aus widrigen Umständen wird der Frankfurter Flughafen JETZT evakuiert werden. Sämtliche Flüge, die sich noch nicht in der Boarding-Phase befinden, sind gecancelt. Ankommende Flüge, die noch nicht gelandet sind, werden auf benachbarte Flughäfen umgeleitet. Abgehende Flüge, die sich nicht in der Boarding-Phase befinden, sind gecancelt. Passagiere, deren Flüge sich in der Boarding-Phase befinden, werden aufgerufen, sich umgehend am entsprechenden Gate einzufinden, die Last Boarding Time hat für alle Flüge begonnen.« Er nickte dem Ingenieur zu, der nahm seinen Finger vom Durchsage-Knopf. Noch ein Schluck Wasser, er lockerte seine Krawatte und gab wieder ein Zeichen, dass er bereit war. »Achtung, Achtung!« Er wiederholte seine Ansage.

»… hat für alle Flüge begonnen«, hallte es aus den Lautsprechern, als Emilia im Gate noch einmal auf die Toilette musste. Sophie, ihre Mutter, seufzte.

»Mon dieu, ich hab doch gesagt, du sollst nicht so viel trinken, Engelchen. Und das ausgerechnet jetzt!« Sie suchte an der Decke nach Hinweisschildern, wurde zwei Mal von drängelnden Deutschen angerempelt und fand ein Toilettensymbol. Sie nahm Emilia an die Hand, zog sie hinter sich her.

»Vite, vite, vite!« Ein paar Schritte hinter dem letzten Gate, von dem aus ihr Flug nach Paris noch abgehen sollte, führte eine angedockte Treppe nach unten. Der Treppenaufgang sah nach Flughafenbaustelle aus und genau so eine war das hier auch. Eine blau-uniformierte Frau rief alle Fluggäste ihres Fluges auf. »Engelchen, geh schon mal runter. Vite! Mama muss hier zuhören, da unten sind die Toiletten, ich warte hier, Schatz.« Zum Glück war es hier ruhiger und überschaubarer, durch die Glasfassade konnte sie draußen einen Toilettencontainer stehen sehen. Sie lauschte der unglaublich schnell sprechenden Deutschen und erwartete keine Wiederholung in ihrer Heimatsprache. Emilia war unten angekommen und bog aus ihrem Sichtfeld zu den Toiletten ab. Die Frau redete davon, dass der Flughafen *evakuiert* werden müsse, aber alle Gäste, die jetzt nicht fliegen sollten, würden hier bleiben müssen. Hatte sie das richtig verstanden? Was war denn bloß los hier? Serviceangestellte rannten an ihr vorbei, trugen Absperrelemente und stellten sie im Boardingbereich auf. Menschen drängten zum Gate, andere in die entgegengesetzte Richtung, Tumult. Sie reckte den Kopf, sah rüber zum Check-in und stellte fest, dass der Eingang zum Flugzeug geöffnet war und die Schlange der Passagiere schrumpfte. Keine Spur von Emilia. »Bah, Rabenmutter!«, sagte sie zu sich, versuchte sich dabei an einem rollenden R und stellte sie ihre auf der Toilette überforderte Tochter vor. Kein Klopapier, eine unbekannte Spülung ... Da sie die Anweisung sowieso nur zur Hälfte verstanden hatte und jetzt nichts mehr gesagt wurde, entschloss sie sich, ihrer Tochter zu helfen, nahm die ersten Stufen nach unten, als sie Schreie von dort hörte. Emilia! Ihr Herz blieb stehen, sie nahm zwei Stufen auf einmal. Dann kam eine Frau um die Ecke gebogen, ein Mädchen an der einen und Emilia an der anderen Hand. Sie liefen die Treppe hinauf, die beiden Mädchen schrien, Emilia blutete. »Engelchen, was ist passiert?«, schrie Sophie.

»Sie ist gebissen worden!«, fauchte die andere Mutter und übergab ihr Emilia. »Wie können Sie ihre Tochter da unten alleine hingehen lassen?«, wurde Sophie zurechtgewiesen. Auch das andere Mädchen blutete, wie sie erkennen konnte. Sie nahm Emilia in den Arm, überhörte den Vorwurf. »Gebissen?«, fragte sie. So etwas konnte auch nur in diesem verrückten Land passieren, dass Kinder auf einer Flughafentoilette gebissen wurden. Die Deutschen waren *fou.* »Ja. Ein ... verrückter Junge«, antwortete die Frau. Sie klang, als hätte sie sich von sich selbst entfernt, dabei sah sich um, Sophie lugte an ihr vorbei und tatsächlich stand da ein Junge und hinter ihm ein Mann. Sie sahen aus, als hätten sie sich etwas in ihre Gesichter geschmiert, bei diesem Licht konnte Sophie nicht erkennen, was es war.

»Da ist er«, flüsterte die andere Mutter, nahm ihre Tochter auf den Arm. »Verzeihen Sie«, verabschiedete sie sich und lief zum Ausgang. Sophie sah sich Emilias Hand an, Ring-und Mittelfinger bluteten. Ihre Tochter schluchzte, konnte vor Schreck kaum sprechen und bebte in ihrem Arm. »Junge ... Hand ... gebissen ... Angst«, stieß sie in Intervallen hervor. Der Junge und der Mann (sein Vater?), stiegen die Treppe hinauf. Der Mann stolperte auf der dritten Stufe, riss das Kind mit sich, beide stürzten die Treppe hinab. Und standen wortlos wieder auf. Das reichte Sophie. Auch noch betrunken. Sie wollte sie zur Rede stellen, hielt sich mit Emilia auf dem Arm am Geländer fest und ging die Treppe hinunter. Die beiden kamen ihr entgegen. Arme voran. Sagten keinen Ton. War das etwa Blut in deren Gesichtern? »Hören Sie!«, begann sie, noch ehe die beiden sie erreicht hatten und ärgerte sich über ihren französischen Einschlag, der sich immer meldete, wenn sie wütend war. »Sie können doch nicht einfach mein Kind beißen. Also, ihr Kind darf das nicht!« Die beiden sahen zu ihr auf. *Mon dieu, das ist Blut!* Sie hielt, ein paar Stufen trennten sie voneinander. »Nicht da hin!«, quengelte Emilia. Sophie stimmte ihr zu. Nicht da hin! Sie kehrte um und freute sich darauf, endlich in ihrem Flieger nach Paris zu sitzen und diese *fous*, dieses *fou*-Land zu verlassen.

»Tommy lebt!«, hörte Wilster über sein Takticom. »Björn auch, er steht gerade auf!« Eine weitere positive Meldung. Nagte bis eben noch pure Verzweiflung in ihm, versagt zu haben, weil diese *Passagiere* die Absperrung durchbrochen hatten und nun über das gesamte Rollfeld liefen, einige hatten schon die Flughafengebäude erreicht, erleichterte es ihn, zu sehen, wie Tommy aufstand. Auch er hatte gedacht, sie hätten Tommy zerfetzt, aber Tommy war schon immer hart im Nehmen gewesen. Schüsse mischten sich in den Lärm donnernder Rotoren, als mehrere Militärhubschrauber zur Landung ansetzten. Seine Ablösung. Ein geheimes Sonderkommando sollte übernehmen und er sah, wie ein schwarz gekleideter Mann mit ebensolchen Barett auf dem Kopf mit einem Gefolge mehrerer paramilitärischer Einheiten auf ihn zu lief. Ein überaus kräftiger Mann, dachte Wilster.

»Ich bin Bär!«, rief ihm der Mann durch den Lärm zu. »Und ich habe jetzt das Kommando. Berichten Sie! Wie ist der Stand?«

Wilster berichtete ihm von der Lage, befürchtete Bär würde ihm nicht glauben und nachfragen, aber der Kommandant hörte ihm zu, nickte mehrmals und sondierte mit seinem Blick die Lage auf dem Rollfeld.

»Dann dachte ich, ich hätte mehrere Männer verloren, … Herr Bär, aber die sind nur verletzt worden.«

»Wie, nur verletzt worden?«, hakte Bär nach.

»Sie rappeln sich gerade wieder auf.« Wilster deutete auf die Spuren des Massakers, direkt auf das Rollfeld um das Flugzeug herum, ohne genau sehen zu können, wo Tommy und Björn sich befanden. Aus dem Flugzeug kamen immer noch *Passagiere*, wenn auch nur noch vereinzelt.

»Sind Ihre Männer gebissen worden?«

»Was? Ich …«

»Verstehe. Ziehen Sie all Ihre Männer zurück. Hier auf das Rollfeld. Bleiben Sie zusammen und separieren Sie die Verletzten. Verteilen Sie die Verletzten auf die Mannschaftswagen. Nur die Verletzten, niemanden sonst, verstanden?«

»Warum …«

»Diskutieren Sie nicht. Ich muss hier eine Katastrophe verhindern und habe nur wenig Zeit dafür.«

Bär ließ Wilster stehen, sprach mit seinen Leuten, die sich daraufhin auf dem Rollfeld verteilten und systematisch den *Passagieren* nachstellten. Bär ließ sich ein Fernglas geben und spähte in jede Richtung. Er gab das Fernglas zurück, sein Gesichtsausdruck verhieß nichts Gutes.

»Der Flughafen wird evakuiert?«, fragte er seinen Verbindungsoffizier zur Zentrale.

»Ja.«

»Das reicht nicht.« Bär schüttelte den Kopf. »Wir müssen sie alle drinnen behalten. Jeden. Alle überprüfen. Gib durch, dass ich den ganzen Flughafen absperren lassen will. Sofort!«

Wilster entfernte sich von Bär, gab seinen Einheiten den Befehl zum Stellunghalten, um sich dann geordnet zurückziehen zu können, sobald Bärs Leute angerückt wären.

»Aber die Verwundeten werden zu Wagen 5 und 6 gebracht, bis weitere Anweisungen folgen.« Wilster verschaffte sich einen Überblick über die Situation. Immer noch fanden Gefechte am Flugzeug statt, dort schien die Lage aber unter Kontrolle. *Passagiere*, die aus dem Flugzeug kamen, wurden mehrfach angewiesen, sich hinzulegen. Kamen sie dieser Aufforderung nicht nach, wurden sie überwältigt und in Handschellen gelegt. Wenn das nicht funktionierte, wurde den *Passagieren* in den Kopf geschossen. Wilster spürte Hitze in sich aufwallen, als er die Leichen einiger Menschen rund um das Flugzeug liegen sah. Sein Befehl war das gewesen. Er würde die Verantwortung darüber tragen müssen. Hoffentlich hatte er sich nicht geirrt. Nein, hoffentlich hatte er sich geirrt, denn dann ließe sich noch etwas retten. Er spürte immer noch, wie die Ereignisse an den Grundfesten seiner Überzeugungen mit rasiermesserscharfen Zähnen nagten.

»Wagen 5 und 6?«, fragte Cornelius nach. Wilster sah sich nach ihm um, versuchte ihn in der Kampfzone auszumachen. Der Bereich zu den Flughafengebäuden war gesprengt worden, hier hatte es die ersten Übergriffe auf die Rettungskräfte gegeben, hier waren die *Passagiere* durchgebrochen. In erster Reihe standen die Fahrzeuge seiner Einheiten, dahinter die Löschfahrzeuge mit Zugang zum Flugzeug, dahinter die Rettungsfahrzeuge.

»Korrekt. 5 und 6«, antwortete er. »Wo seid ihr?«

»Wir haben Tommy, Björn und Julius zu den Rettungswagen gebracht. Sie leben! Sind schwer verletzt, stehen unter Schock, aber sie …« Wilster hörte Schreie über das Headset. »Cornelius?« Wilster lief an den Militärfahrzeugen vorbei, wich einem blutenden Feuerwehrmann aus, der auf ihn zu wankte. »Cornelius! Melde dich!«

»… greifen uns an. Gebissen!«, bekam Wilster als Antwort, weitere Schreie und Kampfgeräusche hörte er über seinen Kopfhörer. Er rannte durch eine Lücke zwischen den Löschfahrzeugen, einer seiner Männer stürmte an ihm vorbei, Wilster wollte ihm etwas hinterher rufen, als eine Frau in einem Kostüm und ein Rettungssanitäter mit Pferdeschwanz in ihn hineinliefen. Sofort griffen sie nach ihm und wollten ihn beißen. Wilster drehte sich zur Seite, wich der Frau aus, zog seine Pistole, aber der Rettungssanitäter packte seinen Arm und biss hinein. Wilster schoss zwei Mal, die Frau wurde getroffen, fiel um. Er hob den Arm, wollte sich aus dem Griff des Rettungssanitäters winden, aber zwei weitere *Passagiere* stießen durch die Lücke und fielen über ihn her. »Ich werde angegriffen«, gab er durch, stieß den einen mit einem Tritt um, drehte sich, ohne die Umklammerung an seinem Arm loszuwerden, und konnte den vierten mit seiner Schulter rempeln. Wilster hatte Glück, er sah einen seiner Männer dazukommen.

»In den Kopf«, keuchte er. »Das ist kein Sanitäter mehr«, ergänzte er, drückte mit seiner freien Hand dessen Kopf, soweit es der Biss zuließ, von sich. Doch sein Mann, an der Nummer auf dem Helm erkannte Wilster Tobias, schoss dem Sanitäter nicht in den Kopf, sondern streckte seine Arme aus, griff nach seinem Vorgesetzten und biss ihm ins Gesicht.

»Was ist da los?«, fragte Dr. Mönchsmacher und sah über seinen Brillenrand aus dem Fenster des Privatjets.

»Eine Maschine, mit der es Problem gab, Herr Doktor«, antwortete ihm seine Assistentin und zeigte ihm zwei Reihen perlweißer Zähne. *Probleme.* Diese *Probleme* wirkten auf Dr. Mönchsmacher ziemlich groß. Er sah mehrere Hubschrauber und eine Armada öffentlicher Fahrzeuge um ein Flugzeug stehen. Er beugte sich vor, um die Szenerie weiter beobachten zu können, während der Jet sich drehte. Wurde dort sogar gekämpft?

»Das sieht nach ganz schön großen Problemen aus, meinen Sie nicht?«, stellte er fest, lächelte, weil es ihn an *Das Gewissen* erinnerte, wie sie einen Afrika-Experten auf einem Wirtschaftssymposium hinter dessen Rücken genannt hatten. Erst gestern Abend musste er den Satz »Das Land wird ganz schön große Probleme bekommen« von *Das Gewissen* gefühlte Tausend Mal gehört haben und hatte einen vierstelligen Eurobetrag von Fietschen gewonnen, weil er mit seiner Schätzung am dichtesten dran war.

»Äh, ja, in der Tat. Der gesamte Flughafen wird gleich abgesperrt werden, wir hatten die Landeerlaubnis durch eine Sondergenehmigung des Ministerpräsidenten erwirken können.«

»So?«, antwortete er überrascht. »Was ist denn passiert? Warum werde ich darüber nicht informiert?«

»Weil Sie nicht gestört werden wollten, Dr. Mönchsmacher.« Er überlegte kurz, nickte dann. So war es und es hatte wirklich Wichtigeres gegeben. Das Bankierstreffen heute Abend. Sein Vortrag über das neue Produkt. Lebensmittelspekulationen mit hohen Renditen. *Das Land wird ganz schön große Probleme bekommen*, hörte er wieder *Das Gewissen*, schnallte sich ab, als der Jet zum Stehen kam, wartete. Erst verließen seine beiden Sicherheitsleute die Kabine, dann seine Assistentin mit dem hübschen Gebiss und schließlich stand er auf und ging zur Gangway. Beim Hinuntersteigen hörte er Schüsse, zuckte zusammen. Sie befanden sich auf einem abgelegenen Areal des Flughafens, das Protokoll sah vor, dass sie von hier aus ohne aufwendige Kontrollen den Flughafen über einen geheimen Zuweg verlassen sollten, nur ihre Limousine kam nicht wie verabredet vorgefahren, sondern stand mit geöffneter Fahrertür in einer offenen Halle, in der Gepäckwagen unterkamen und gewartet wurden.

»Der Fahrer meldet sich nicht, Herr Doktor«, teilte ihm der ältere der beiden Leibwächter mit.

»Ist das mein Problem?«

»Natürlich nicht.«

»Ich gehe vor zum Wagen, du bleibst bei dem Doktor und ihr kommt langsam nach«, wies der Ältere den Jüngeren an und lief vor. Immer noch konnten sie Schüsse vom Rollfeld hören, sahen dort Menschen hin- und herlaufen.

»Folgen Sie mir, Dr. Mönchsmacher«, wies ihn der jüngere Leibwächter an und ging los. Dr. Mönchsmacher seufzte. Der Mann war neu und das merkte man ihm an. Wie ein Soldat in einem Vietnamfilm, der durch hüfthohes Wasser waten musste, schritt der Mann vor ihm her. Mönchsmacher jonglierte seit 35 Jahren mit immer größer werdenden Geldbeträgen, sein Wirken konnte ganze Länder in die Knie zwingen, aber noch nie hatte er sich bedroht gefühlt. Auf der anderen Seite hatte er aber auch noch nie Schusswechsel auf dem Frankfurter Flughafen erlebt. Er schob alle Gedanken beiseite, konzentrierte sich wieder auf seinen Vortrag und trottete dem vermeintlichen John Rambo hinterher. Sie erreichten die Halle, der andere Leibwächter vor ihnen beugte sich in die Limousine hinein, als sie zwei uniformierte Polizisten einer Sondereinheit bemerkten, die auf sie zu kamen. Offenbar waren sie verletzt, denn sie konnten nur noch humpeln oder wanken.

»Runter, runter!«, befahl sein Leibwächter und Dr. Mönchsmacher und seine Assistentin duckten sich.

»Polizisten!«, gab der Leibwächter per Headset durch, zog vorsichtig seine Pistole.

»Gefahr?«, fragte er die beiden Polizisten. Keine Antwort. Stattdessen hörte Dr. Mönchsmacher Schritte hinter sich und drehte sich um. Ein Feuerwehrmann. Ebenfalls verletzt. Langsam begann es unheimlich zu werden, er stand auf.

»Brauchen Sie Hilfe?«, fragte er den Verletzten, der stark im Gesicht blutete. Brauchte dieser offenbar, denn er fiel ihm direkt in die Arme und Dr. Mönchsmacher ging bei dessen Gewicht in die Knie. Versuchte sich hochzustemmen und den anderen zu halten, doch als dieser ihm in die Hand biss, starb Dr. Mönchsmachers hilfsbereite Seite sofort. »Jean, Sean ...«, Er hatte den Namen des Leibwächters vergessen, das passierte ihm häufiger bei dem Bodenpersonal, jetzt rächte sich das. Dennoch war sein Leibwächter zur Stelle, stieß den Feuerwehrmann um, riss Dr. Mönchsmacher und dessen Sekretärin mit sich und rannte mit ihnen zum Wagen. Die beiden Polizisten und der Feuerwehrmann folgten ihnen, waren jedoch zu langsam. Mittlerweile hatte sich der Fahrer angefunden, der den Wagen verlassen hatte, um nachzusehen, was es mit den Schüssen auf dem Rollfeld auf sich hatte. Die Leibwächter verbrachten ihre wertvolle Fracht ins Auto, stiegen als letzte ein und der Wagen fuhr los.

»Der hat mich gebissen!«, war Dr. Mönchsmacher fassungslos und betrachtete seine Hand. Ein kleiner Kratzer auf dem Handrücken, zwei kleine Blutstropfen deuteten auf die Handverletzung.

»Ich kümmere mich darum, Herr Doktor«, sagte seine Assistentin und wollte nach seiner Hand greifen. Dr. Mönchsmacher zog sie zurück.

»Nein!«, widersprach er ihr schneidend. »Es geht nicht um die Verletzung, es geht um die Tatsache, dass man mich angreifen konnte.« Das würde Konsequenzen haben, beschloss er, sah über seinen Brillenrand die beiden Leibwächter und den Fahrer an. Für alle, dachte er. Dann passierten sie als letztes Fahrzeug den Frankfurter Flughafen und er widmete sich wieder dem Vortrag, den er bald zu halten hatte.

»Nein! Sie kommen hier nicht mehr raus! Bis auf weiteres ist der ganze Flughafen abgesperrt.« Sie wurde wieder geschubst, ihre Tochter weinte, Menschen riefen wild Fragen in Richtung der Polizisten, die in einer Doppelreihe die Ausgänge der Halle 1 absperrten. Eine weitere Welle drängelnder Menschen drückte sie in die erste Reihe, sie bekam keine Luft mehr und Panik brandete auf, die Hysterie erfasste auch ihre Tochter.

»Bitte! Meine Tochter blutet, sie ist verletzt worden!«, schrie sie, hielt die Hand ihrer Tochter hoch und zeigte sie dem Polizisten vor sich, der drängte sie wieder zurück. Er antwortete nicht, schüttelte den Kopf.

»BITTE!«

Er tauschte Blicke mit seinen Kollegen rechts und links in der Reihe, dann ließen sie ihr einen schmalen Durchgang, schoben sie hinter sich.

»Kommen Sie!« Ein älterer Polizeibeamter führte sie aus dem Tumult, sah sich die Wunde ihrer Tochter an.

»Danke. Vielen, vielen Dank!«, sagte sie zu ihm.

»Meinen Sie, es muss hier behandelt werden?«, fragte der Polizist.

»Nein, wir fahren gleich zum Arzt. Da hinten bei den Toiletten wurde sie und ein anderes Mädchen …«

»Dann gehen Sie jetzt besser schnell, denn jetzt riegeln wir alles ab. Kopf hoch, Kleine, das wird schon«, munterte er das Kind auf, begleitete sie zu den Schiebetüren und verschwand dann wieder im Inneren des Flughafens. Franziska nahm sich ein Taxi und gab die Adresse ihres Kinderarztes in Bad Vilbel an.

»Mir ist schlecht, Mama«, jammerte ihre Tochter und sah ganz schön bleich im Gesicht aus.

Kapitel 18 – Viral, illegal, scheißegal

»Das hier ist eine Chronik der Grausamkeit.«
»Diary of the dead«; 2007

Tim fand hinter dem Else-Rauch-Platz einen Parkplatz, setzte sich mit seinem Laptop ins *Café am Park* mit Blick auf den Platz und die Methfesselstraße an einen Tisch am Fenster. Er bestellte sich einen Espresso, um seine Nerven zu beruhigen und ein Glas Wasser für den Magen und kam langsam wieder runter. Nicht ganz, aber einigermaßen. Er hatte heute mehr erlebt, als in seinem gesamten bisherigen Leben. Er hatte Tote andere Menschen angreifen sehen, er wurde verfolgt, etwas, das er sich niemals hätte vorstellen können. Hatte er Angst? Ja. Und zwar begründet. Er fuhr seinen Rechner hoch, rief seine Dateien auf, wählte sich ins Internet ein und überlegte währenddessen, wie er weiter vorgehen sollte. Er legte sich mehrere Fenster an und prüfte zunächst seinen Blog, die Kommentare zu seinem Eintrag und wie viele Zugriffe er hatte. Das war schon ganz beachtlich, mehr als er in so kurzer Zeit je durch einen »gewöhnlichen« Artikel generiert hatte, dennoch würde es nicht reichen. Er musste eine solchen Hype auslösen, dass die großen Agenturen auf seine Nachrichten aufsprangen und sie selbst verbreiteten. Nur so konnte er innerhalb kürzester Zeit viele Menschen warnen und umfassend aufklären. Wobei Tim sich vorstellen konnte, dass umfassende Aufklärung von Behördenseite gar nicht gewünscht war.

Facebook. Viele Kommentare, mehrere Nachrichten, aber sein Eintrag wurde bisher nur 9 Mal geteilt. Er stöhnte auf. Gerade dort hatte er sich sehr viel mehr versprochen, aber es bestätigte seine Annahme, dass Facebook überschätzt wurde. Xing, Twitter, die anderen sozialen Netzwerke reagierten noch verhaltener. Er musste mehr tun. Viel mehr. Er legte sein Notizbuch neben sich, begann die Kommentare auf Facebook zu seiner Statusmeldung zu überfliegen. Viel Müll von Leuten, die er nicht kannte, er tippte auf jüngere User, die seinen Clip »episch« fanden. Johannes, ein befreundeter freier Journalist, meldete sich aus Frankfurt, wo er am Flughafen wegen Problemen mit einer Maschine aus Hamburg, festgehalten wurde. Er schilderte chaotische Zustände dort und hatte von dem Gerücht gehört, dass man beobachtet hatte, wie Menschen von anderen Menschen gebissen worden waren. Frankfurt. Maschine aus Hamburg. Menschen gebissen. Sofort antwortete Tim mit einer persönlichen Nachricht, ließ dabei sämtliche journalistische Geheimniskrämerei fahren und lieferte seinem Kollegen alle bisherigen Informationen aus. Tim bat ihn, ihn auf dem Laufenden zu halten, ihm die Flugnummer zu nennen. Johannes antwortete umgehend. *Flug LH 165. Ich halte dich auf dem Laufenden. Momentan werden ALLE auf dem Flughafen festgehalten. Tumulte. Schon unheimlich. Bis später.*

Tim schrieb zu dieser Information ein paar Zeilen in sein Heft, überlegte sofort ein Update zu liefern, sah sich dann aber erst seine 7 Nachrichten und die eine Freundschaftsanfrage an. GoreGoreGore wollte mit ihm befreundet sein und empfahl ihm einen Youtube-Link mit dem Titel *Menschenfresserschuldirektor*. Die anderen Nachrichten waren persönlicher Natur, seine Freunde wollten wissen, wie es ihm ging und, ob das alles wahr sei. Er antwortete ihnen schnell und kurz, wollte dann mit dem Schreiben beginnen, klickte davor jedoch aus reiner Neugier den Clip *Menschenfresserschuldirektor* an.

Tim glaubte nicht eine Sekunde an einen Fake, wie alle anderen, die den aktuellen Film gesehen hatten. Sein Herz raste, seine Innereien fühlten sich an, als würden sie sich im freien Fall befinden und seine Hände zitterten, wie er feststellte, als er den Film ein weiteres Mal sehen wollte und nicht richtig navigieren konnte. Er sah sich den Clip noch einmal an, trank sein Wasser aus, spielte nervös mit seinem Stift herum, ohne einen Buchstaben auf das Papier zu bringen. Er las die Kommentare unter dem Clip und ärgerte sich. Niemand nahm das Gesehene ernst, niemand sah die Gefahr. Er musste sich eingestehen, dass er seinem Freund Liam anfangs auch nicht hatte glauben wollen, nun konnte er ihn zumindest in seiner Wut verstehen. Er schob seine Gedanken beiseite und besann sich auf seine Arbeit. Einen Text brauchte er. Einen Text, den er gleich verbreiten wollte. Nicht auf den bisher bekannten Plattformen, sondern überall. In Foren, als Kommentar zu aktuellen Nachrichten, auf Provider-Seiten, überall. Er nahm seinen Ursprungstext als Grundlage und aktualisierte ihn. Die Ereignisse in Frankfurt, der Film aus der Schule Am Heidberg. Tim bestellte sich ein weiteres Wasser, begann nun seinen kurzen und reißerischen Text mit Blogverweis als Kommentar auf aktuelle Diskussionen im Netz zu hinterlassen. Web.de, yahoo.de, spiegel-online.de, Hamburger Morgenpost, überall. Zwölf Kommentare hatte er schon hinterlassen, als er es hörte. PING, PING, PING. Auf seinem Facebook-Account gingen Nachrichten ein. Jetzt schon? Wie konnte das sein? Hatte er virales Marketing bisher unterschätzt? Er prüfte seinen Account und sah eine Verlinkung zur Seite des Kieler Radiosenders Radio Gamma. Eine Moderatorin namens Kesh war auf seinen Blog aufmerksam geworden und bescherte ihm den regen

Traffic. Anstatt weiter ins Blaue zu kommentieren, wurde es jetzt Zeit, seinen Blog zu füttern. Für eine aufwendige Korrektur war keine Zeit, wollte er die Wucht der Welle verstärken, musste es schnell und dreckig sein.

Breaking News, schrieb er, obwohl er Anglizismen nicht gerne verwendete, aber er folgte seinem ersten Impuls.

Flug LH 165. Die Maschine aus Hamburg sorgt auf dem Frankfurter Flughafen für solche Probleme, dass momentan der gesamte Flughafen gesperrt wird. Alle Fluggäste werden festgehalten. Weil Menschen andere Menschen angreifen, sie beißen! Die Behörden schweigen auch hier zu den Vorfällen.

Klick.

Bevor er den Clip *Menschenfresserschuldirektor* brachte, wollte er zumindest einmal nachgefragt haben. Er besuchte die Seite der Gesamtschule Am Heidberg, wählte die angegebene Telefonnummer des Sekretariats. Niemand nahm ab. Noch einmal. Noch mal. Nichts. Er recherchierte, welche Polizeistation zuständig sein könnte und entschied sich für das Polizeirevier Norderstedt Ost.

»Guten Tag. Mein Name ist Peter Bollmann, mein Sohn geht auf die Gesamtschule Am Heidberg. Ich wollte mal nachfragen, was da an der Schule überhaupt los ist?« Es rauschte in der Leitung, ein Geräusch erklang, als würden Kieselsteine aneinander schlagen, dann erst hörte er die Antwort des Beamten.

»… die Schule?«

»Ja, genau«, antwortete Tim. »In die 8a bei Frau Grabowski«, log er ins Blaue hinein und wählte eine Lehrerin aus, die auf der Teamseite vorgestellt wurde.

»Einen Augenblick bitte«, bat ihn der Polizist. Einige Atemzüge später meldete sich eine andere Stimme.

»Busskopp. Guten Tag, Herr … «

»Bollmann«, las Tim von seinem Notizbuch ab. »Mein Sohn geht auf die Gesamtschule Am Heidberg in die 8a bei Frau Grabowski. Meine Frau hat gerade einen Anruf von ihrer Freundin erhalten, deren Sohn auch dort zur Schule geht und dabei erfahren, dass … da irgendetwas vor sich geht. Wir sind jetzt sehr besorgt und deshalb rufe ich Sie an«, erklärte sich Tim.

»Ja. Verstehe. Tatsächlich gab es einen Vorfall an der Schule und wir sind gerade dabei, alle Eltern zu informieren. Aber es besteht kein Grund zu übertriebener Sorge, Herr Bollmann, wir haben vor Ort alles unter Kontrolle und außer leichten Verletzungen scheint bisher kein Kind ernsthaft zu Schaden gekommen zu sein.«

Treffer. Tim hielt den Atem an. Es war unheimlich, wie sehr er in diesem Fall bisher immer ins Schwarze getroffen hatte. Auch wenn er nur wenige Beweise dafür hatte, Tim wusste, dass das alles mit diesem Rechtsmediziner und seinem Resthof in Wakendorf II zusammen hing. Die Frage war nur: Wie?

»Was ist denn genau passiert?«, setzte Tim nach, versuchte, sich in besorgte Eltern hineinzuversetzen.

»Na ja, es ist … im weitesten Sinn so etwas wie eine Geiselnahme. Lehrer sind bedroht worden. Ich möchte Sie bitten, nicht in blinden Aktionismus zu verfallen, auch wenn ich weiß, wie schwer das jetzt für Sie ist. Ich bin selbst Vater, müssen Sie wissen. Nach unseren Erkenntnissen geht es allen Kindern gut. Bleiben Sie ruhig, fahren Sie gerne unaufgeregt zur Schule, wo Sie weiter informiert werden und beruhigen Sie bitte auch andere Eltern, die bisher ahnungslos sind.« Tim überlegte, ob er noch weitere Informationen bekommen könnte, aber er vermutete, dieser Beamte wusste nicht mehr. Er fragte noch nach einer Handynummer des Einsatzleiters vor Ort, um seine Rolle zu spielen und bekam diese, wie erwartet, nicht. Er legte auf. Sah sich jetzt noch einmal den Clip an und verglich die Gesichter dort mit den Teambildern auf der Website der Schule. Er erkannte einen Lehrer und die Sekretärin wieder. Das Gesicht des dritten war stark zerstört, aber wegen des Clipnamens war Tim sich sicher, dass es der Direktor der Schule war. Alle drei bewegten sich wie der vermeintlich verstorbene Polizist in der Rechtsmedizin. Steinfatt. Alle drei wollten den Filmenden angreifen. Tim knackte mit den Fingern. Bevor er schrieb, sah er sich den aktuellen Traffic an. Johannes hatte ihm über WhatsApp eine Filmsequenz aus Frankfurt geschickt, die er sich zuallererst ansah. Er beurteilte den Film anschließend durch zweierlei *Brillen*. Als Betroffener war er erschüttert über die Ausmaße, die alles annahm. Man konnte den Behörden nicht vorwerfen, sie würden nichts unternehmen, nur wirkte es auf Tim wie gewollt, aber nicht gekonnt. Warum informierten sie nicht die Bevölkerung? Erklärten, dass man nicht wusste, worum es sich handelte, aber allerhöchste Vorsicht geboten war? Das alles machte ihm Angst. Aber als Journalist wähnte er sich im 7ten Himmel und dieses Gefühl überwog. Alles lief wie am Schnürchen, jedes Hütchen, das er aufdeckte, verbarg einen weiteren Hauptgewinn. Jetzt wurde es Zeit, nachzulegen.

An der Gesamtschule Am Heidberg werden derzeit alle Schüler aufgrund eines besorgniserregenden Vorfalls festgehalten. Nach Angaben der Polizei …

Sein Handy vibrierte. Seine Eltern.

»Ja, hier ist Tim«, meldete er sich. Und sofort sorgte er sich um sie. Seinem Vater setzten seine kaputten Knie zu und seine Mutter hatte ein schwaches Herz, dennoch gaben sie ihr Vieh und ihre Ferienwohnungen in der Lüneburger Heide nicht auf. Er hätte sie längst warnen müssen. Und seinen Bruder auch.

»Tim, Gunnars Mutter hat eben angerufen. Gunnar hat was in … diesem Internet von dir gefunden. So einen Film, Tim.«

»Das ist richtig, Mama, aber mach dir bitte um mich keine Sorgen, ja? Aber weißt du was? Am besten sagst du Papa und Michael, dass …« Er zögerte. Ja, was eigentlich? Was sollten sie machen? Sein Freund Liam hätte sich als erstes Vorräte angelegt, das riet er auch seiner Mutter, aber ihre besorgten Fragen konnte er ihr nicht alle am Telefon beantworten. Nicht so, dass sie es verstehen würde.

»Mama, ich komme euch nachher noch besuchen, ja? Heute Abend noch. Und versprich mir, wenn du Menschen triffst, die nicht ansprechbar sind, die verletzt aussehen und sonderbar gehen, dann gehst du sofort nach Hause, ja? Sofort, verstehst du? Machst dann alle Türen und Fenster zu und bleibst da.« Tim hörte sie schluchzen, versuchte sie zu beruhigen, was ihm nur mäßig gelang. Er vertröstete sie auf später und verabschiedete sich. Er sah kurz aus dem Fenster. Wie hatte er nur seine Familie vergessen können? Es war nicht das erste Mal, dass ihm das bei seiner Arbeit passierte. Er schüttelte den Kopf, vertrieb sein schlechtes Gewissen und konzentrierte sich wieder auf seinen Text.

Nach Angaben der Polizei handelt es sich um eine Art Geiselnahme und die Situation vor Ort sei unter Kontrolle. Wirklich? Dieses Video zeigt den Direktor der Schule vor nur wenigen Stunden. Die Sekretärin und einen weiteren Lehrer. Auch sie sind …

Tim überlegte. Was waren sie denn eigentlich? Krank? Tot? Halb tot? Infiziert? Infiziert hörte sich gut an. Solange niemand wusste, was es wirklich war, musste er halt entscheiden. Für etwas, dass ihm Aufmerksamkeit brachte.

Auch sie sind infiziert. Verfallen Sie nicht in Panik, aber legen Sie sich Vorräte an, holen Sie Ihre Familien, Verwandte und Freunde zusammen und verlassen vorerst am besten nicht das Haus. Ich werde Sie weiter informieren, bitte verbreiten Sie die Neuigkeiten. Im Sinne aller.

Klick, brachte er es ins World Wide Web und wartete auf Reaktionen. Als erstes wurde er eingeladen, eine Zombiegruppe zu liken. Er zischte verächtlich durch die Zähne. Für so einen Scheiß hatte er keine Zeit, außerdem raubten ihm diese Freaks seine Reputation. Ein Kommentar folgte. »Für den Fall, dass das alles wahr ist (ich hoffe das natürlich nicht!!!), wir sind vorbereitet. Survival-Tipps unter www.zombieboard.de.

»Verdammt!«, fluchte Tim, steuerte dennoch die Seite an und wurde versöhnt. Gleich die Startseite zeigte seine Nachrichten, empfahl seinen Blog und versprach aktuell zu informieren. Ein User des Boards berichtete schon über einen sonderbaren Zwischenfall am Frankfurter Flughafen. Zumindest waren sie schnell. Darunter war eine Rubrik des Boards mit dem Titel »Überlebenstipps«

rot und fett hervorgehoben. Sie nahmen ihn ernst. Über 500 Mitglieder. Das war gut. Tim wollte antworten, sah aber aus den Augenwinkeln zwei Männer in Anzügen die Methfesselstraße entlanggehen. Sie schauten sich um. Tim hatte sie erst vor kurzem vor seiner Wohnung gesehen. »Verdammt, verdammt!« Wie hatten sie ihn so schnell finden können? Er klappte seinen Laptop zusammen, stopfte alles in seine Tasche. Das Handy! Sie hatten ihn über sein Handy aufgespürt! Sollte er es hier lassen? Verdammt, da waren viele seiner Kontakte drauf, das konnte er nicht hierlassen. Er steckte es in seine Jackentasche, eilte zum Tresen, wo er einen 20-Euro-Schein hinlegte und verließ das Café, ohne das Wechselgeld abzuwarten. Er rannte um das Gebäude herum und war aus der Sichtweite der beiden Männer heraus, lief geduckt über eine Terrasse mit winterfesten Gartenmöbeln und von dort auf die kleine Kopfsteinpflasterstraße, wo sein Wagen vor einer Kneipe stand. Er schloss ihn auf, warf seine Sachen auf den Rücksitz, fuhr los und bog in die Hartwig-Hesse-Straße ein. Er rollte auf die Methfesselstraße zu, wollte rechts abbiegen, als die beiden Männer zu seiner linken Seite auf ihn zusteuerten. Der eine sah auf das Display eines Smartphones, der andere sah sich um, sah ihn im Auto sitzen, stieß seinen Kollegen an und beide rannten los. Tim gab Gas, nahm zu schnell seinen Fuß von der Kupplung und sein Wagen stotterte auf die Methfesselstraße, ehe er stehen blieb.

»Oh, Nein!« Tim drehte den Schlüssel im Zündschloss um, der Motor sprang an, er musste sich auf das Kuppeln und Gas geben konzentrieren, Autofahren war nicht seine Stärke. Im Seitenspiegel sah er, wie die beiden über die Hartwig-Hesse-Straße auf ihn zukamen.

»Komm schon, verdammt!« Er hätte das Lenkrad in seinen Händen zerquetschen können vor Aufregung. Der Wagen beschleunigte, er schaltete in den zweiten Gang, betete, dass die Ampel vor ihm an der Kreuzung jetzt nicht auf Rot umsprang.

Gelb. Er trat das Gaspedal durch, der Motor jaulte auf und kurz vor Rot bog er rechts auf die Müggenkampstraße ab. Seine Mutter würde sich freuen, wenn er sie früher besuchen kam. Dass es nicht so viel früher sein würde, stellte er fest, als er sich in Stellingen in den zäh fließenden Verkehr nach Süden einfädelte.

NACHT

Kapitel 19 – Ein Adler im Eulenwald

»Und von Anfang an wusste man, dass es anders war. Denn es geschah in kleinen Dörfern. Vororten. … Es war draußen auf der Straße. Es kam durch dein Fenster.«

»28 days later«; 2002

Adler presste seine Hand auf ihren Mund. »Seien Sie still, hier könnten noch mehr von denen sein!«, zischte er und schob sie hinter sich. Ein Soldat packte sie, zog sie zu sich heran. Lina schrie noch immer, wenn auch nicht mehr ganz so panisch. Vor ihr blieb Adler in der Deckung des Baumstammes, spähte ins Unterholz. Kaum ein spärlicher Lichtstrahl erreichte den Waldboden, über den der Nebel kroch, Schatten wurden länger und länger. Außer dem vereinzelten Knacken von Ästen konnte Adler nichts hören, eine unnatürliche Stille herrschte. *Sie* konnte er nicht sehen. »Rückzug«, zischte er, bedeutete dem Soldaten per Handzeichen, vorzugehen, während er selbst rückwärtsgehend folgte, ohne dabei den Wald aus den Augen zu lassen. »Wie viele waren es?«, fragte er Sandra. Sie rang um Fassung, zwar löste sich ihre Panik, allerdings gab sie nur den Raum für Trauer um Jack und Liam frei. »Zwei«, schluchzte sie. Adler schwieg, bis sie die Straße erreicht hatten, wo es mittlerweile nicht minder dunkel war. Die Straßenlaternen warfen fahles Licht, brachen dünne Lanzen in den Nebel, der aus dem Wald wallte und die angrenzenden Häuser am Waldrand um-

garnte. »Sie haben verdammt großes Glück gehabt, dass
Sie von der Straße aus beobachtet wurden. Verdammt
großes. Sind Sie gebissen worden?«, fragte Adler Sandra
und suchte mit seinem Blick nach Verletzungen an ihr.
Sie schüttelte den Kopf. »Man wird Sie dennoch untersuchen müssen, Sie und Ihr Baby. Wenn wir zurück sind.
Kommen Sie jetzt.« Sandra sah zu ihm auf. »Im Wald«,
sagte sie. »Das waren mein Mann … mein Freund und
mein Sohn.«

»Ich verstehe.« Er legte ihr eine Hand auf die Schulter.
»Kommen Sie. Wir müssen jetzt zurück.« Sandra drückte
Lina an sich, die nur noch schluchzte, folgte Adler und
dem anderen Soldaten. Sie erreichten die Straßensperre,
Adler wechselte ein paar Worte mit den wachhabenden
Polizisten, Sandra sah eine Frau, die sie gelegentlich beim
Bäcker getroffen hatte. Anschließend führte Adler sie
zum Kindergarten. Auf dem Weg dorthin wurde es mit
jedem Schritt hektischer. Zwei Hubschrauber stiegen
vom Fußballfeld auf, Hunde bellten, dunkle Transporter
bogen auf den Parkplatz zum Kindergarten ein und
kaum, dass Adler erkannt wurde, eilten Soldaten, Polizisten und Feuerwehrleute auf ihn zu und bedrängten ihn
mit Fragen. Entweder beantwortete er sie knapp oder
verwies an jemanden, der sie beantworten konnte. Als sie
den Parkplatz erreichten, waren sämtliche Fragesteller bedient, Adler führte sie die Treppen zum Kindergarten
und zur Turnhalle hinauf, Sandra stellte fest, dass der gesamte Gebäudekomplex umzäunt und bewacht war. Sie
passierten zwei bewaffnete Soldaten, steuerten auf den
Eingang der Turnhalle zu. »Ich bringe Sie jetzt zum Me-
dizin-Zelt da vorne. Da werden Sie durchgecheckt. Anschließend wird man Ihnen und Ihrem Kind einen Platz
in einem Quarantäne-Zelt zuweisen.«

»Mein Freund hat es die ganze Zeit gewusst«, sagte sie.

»Bitte?«, fragte er nach.

»Liam. Er hat es die ganze Zeit gewusst. Er hat es mir kurz vorher aus dem Kindergarten auf die Mailbox gesprochen.«

Adler verharrte, prüfte in sich, ob er dem Gehörten nachgehen sollte, oder ob es sich um verzweifelte Worte einer Trauernden handelte, die sich an eine vage Hoffnung klammerte.

»Wie kommen Sie darauf?« Aus den Augenwinkeln sah er seinen Verbindungsoffizier mit einem Klemmbrett auf sich zukommen. Adler musterte sie konzentriert, prüfte sie, wollte sie einschätzen. Sie seufzte. »Wir haben uns auseinandergelebt«, begann sie und augenblicklich erlosch sein Interesse an ihr. »Einen Augenblick«, unterbrach er sie, wandte sich an seinen Offizier, der inzwischen neben ihm stand, und nickte ihm auffordernd zu. Dieser begann: »Ich wollte den Status melden. Wir haben mit der Umzäunung begonnen. Sicherheitszone A wurde abgeschlossen, B ist in Arbeit, weitere Zaunelemente werden noch in den nächsten Stunden angeliefert. Wir arbeiten in beiden Richtungen mit mobilen Flutlichtstrahlern und ...«

Adler hob die Hand.

»Präzisieren Sie *in den nächsten Stunden*.« Der Verbindungsoffizier starrte auf sein Klemmbrett.

»Das konnten sie nicht genau ...«

»Kümmern Sie sich drum. So schnell wie möglich. Wir haben welche von *denen* dort im Wald. Eulenwald heißt der. Das Waldstück muss umzäunt werden. Heute noch.«

»Verstehe. In Ordnung. Die Lebensmittel und die Medikamente für die Bevölkerung kommen Morgen ... vor neun null null. Der Kindergarten ist sauber, der Abtransport befindet sich in Vorbereitung.

»Gut. Sehr gut.« Adler wollte sich Sandra wieder zuwenden.

»Da ist noch eine Sache.«

Adler verharrte. Den Schwingungen nach, schien es nichts Gutes zu sein. »Ja, gleich«, unterbrach er seinen Offizier. Er wollte die Frau loswerden und rief schon einmal einen seiner Männer zu sich, der sich ihrer annehmen konnte. »Sie haben sich also auseinandergelebt?«, setzte er ihre Unterhaltung fort, sein Tonfall verriet, er wünschte ein schnelles Ende. »Ja, aber das wollte ich Ihnen gar nicht erzählen. Nur dass Sie wissen, dass ich nicht alles weiß. Mein Freund Liam, er hat gesagt, er wisse, worum es geht. Ich solle unter keinen Umständen hierher kommen, sondern mit Lina verschwinden und seinen Freund fragen. Der wisse, was los ist. Der ist Journalist, wissen Sie?« Adler bedachte sie mit einem langen Blick, ließ den herbeigeeilten Soldaten stehen und änderte seine Meinung über sie. »Warten Sie bitte noch, wir unterhalten uns gleich weiter«, antwortete er ihr. »Sie können gehen«, kommandierte er den Soldasten wieder ab und wandte sich wieder an den Verbindungsoffizier.

»Also, raus mit der schlechten Nachricht.«

»Es sind zwei. Die Hundestaffel. Die Hunde weigern sich, eine Fährte aufzunehmen. Der Staffelführer sagt, er hätte so etwas noch nie erlebt, die Hunde seien regelrecht panisch, sobald sie eine Spur bekommen.«

»Verstehe. Weiter.«

»Journalisten. Trotz der Straßensperren ...« Ihr Gespräch wurde von lauten Rufen unterbrochen, die sich vom Kindergarten her näherten.

»Kommen Sie, kommen Sie!« Adler schob Sandra vom Weg zur Turnhallentür. Stark gerüstete Soldaten führten an langen Stangen in Schlingen gefangene Menschen vor sich her. Erwachsene, aber auch Kinder, die unbeholfen gingen, aber ihrer Gegenwehr nach zu urteilen sehr kräftig waren. Die Soldaten schritten angestrengt an ihnen vorbei, eine Prozession aus mehr als einem Dutzend passierte sie schweigend und verschwand um die Ecke im Dunkeln. Adler beobachtete Sandra aus den Augenwinkeln. Dieser Anblick hätte ihr erspart bleiben sollen. Aber immerhin wirkte sie im Augenblick stabil.

»Wie Journalisten?«, fuhr Adler den Verbindungsoffizier an, der zusammenzuckte.

»Die Straßensperren, die wir errichtet haben … die Journalisten sind über einen Feldweg gekommen, der …« Er sah auf einer Karte in seinem Klemmbrett nach. »… an einem Reiterhof namens Vogelsang …«

»Das ist mir scheißegal, wie dieser Reiterhof heißt, Mann! Wie konnten wir den Zuweg übersehen?«

»Die Polizisten meinten …«

»Ja, ja, die Polizisten mal wieder. Es wird doch wohl möglich sein, meinen Anweisungen zu folgen? Wenn ich sage, *ALLE* Zuwege sollen gesperrt werden, dann meine ich auch *ALLE!*«

»Verstanden! Was machen wir jetzt mit ihnen?« Beide Männer wurden lauter.

»Wir lassen sie erst einmal draußen. Ich kümmere mich später um sie.«

»Verstanden!« Der Offizier machte sich Notizen trat dann in Richtung Parkplatz ab. Adler sah Sandra an, in diesem Moment standen sie allein vor der Turnhalle, Generatoren dröhnten um sie herum, Rufe erschallten, aber dennoch war es eine private Situation. Sie waren für sich.

»Das …« Adler suchte nach Worten. »… waren welche, wie … Ihr Freund und Ihr Sohn«, erklärte er und sah, dass sie verstand. »Gibt es Hoffnung?«, wollte sie wissen. »Wir wissen es nicht. Sie werden untersucht.« Er sah hoch, fixierte einen Punkt im Nichts. »Ich glaube aber nicht, dass es Hoffnung gibt.« Er wollte sie nicht belügen, keine falschen Hoffnungen wecken. »Liam hat das gewusst, als er mich anrief. Er hat gesagt, wenn ich meine Mailbox abhöre, werden er und Jack schon tot sein.«

»Dieser Journalist … war Ihr Freund auch Journalist? Waren sie an einer Geschichte dran?«

»Nein, Liam war kein Journalist, aber er war sehr merkwürdig in den letzten Tagen. Ich glaube, er wollte sogar, dass wir uns … na ja trennen, dass ich nicht hier bin. Er war viel mit seinem Freund Tim unterwegs, dem Journalisten.«

»Tim weiter?«

»Tim Fabian.«

»Und? Haben Sie ihn bereits angerufen?« Sandra schüttelte den Kopf. »Ich habe seine Nummer nicht in meinem Handy und unter seiner Festnetznummer … da habe ich nur einen merkwürdigen Mann dran gehabt, der *mich* ausgefragt hat.« Adler stutzte. Man hatte ihm erzählt, dass dieses Phänomen in Wakendorf II wahrscheinlich seinen Ursprung hatte, dass hier die *Seuche* ausgebrochen wäre. Aber genaue Hintergründe waren ihm nicht bekannt.

»Gut. Wir werden uns darum kümmern. Ich habe auch Interesse zu erfahren, was genau hier eigentlich vor sich geht. Folgen Sie mir, ich bringe Sie jetzt zum Medizin-Check, werde anschließend diesen Tim Fabian aufspüren lassen und dann werden wir beide uns mit ihm unterhalten, in Ordnung?« Sandra nickte nur. Sie fühlte, dass sie Zeit für sich brauchte. Für sich und für Lina. »Was werden Sie mit Liam und Jack machen?«, wollte sie von Adler wissen. Adler überlegte. »Wir werden sie fangen. Heute noch, ganz sicher morgen.«

»Werde ich sie noch einmal sehen?«, fragte sie und die Frage klang fremd in ihren Ohren, so wie ihre Gefühle ihr fremd vorkamen. Jack! Ihr Sohn! Und sie fragte, werde ich sie noch einmal sehen! Als ob sie gefühlskalt wäre. Aber das war sie nicht. Wenn sie in sich hinein horchte, konnte sie ihrer Trauer noch keinen Raum lassen. Es war noch nicht überstanden. Vielmehr hatte sie den Eindruck, es fing alles erst an. Solange sie und Lina nicht sicher waren, trauerte sie nicht.

»Ich weiß es nicht. Sie werden ins Tropeninstitut nach Hamburg gebracht. Dort werden sie untersucht. Was dann passiert, weiß ich einfach nicht.«

»Dann möchte ich sie sehen, wenn Sie sie gefangen haben. Bitte!« Adler stöhnte auf. »Gut«, willigte er ein. »Wenn wir sie haben, lasse ich Sie holen. Und nun kommen Sie. Sie müssen sich ausruhen und ich habe noch viel zu tun. Es wird noch viel passieren diese Nacht.« Sandra ahnte, er würde Recht behalten. Es schien ihr, als würden sich in dem immer dichter werdenden Nebel, der nun auch die kleine Zeltsiedlung auf dem Fußballplatz eingehüllt hatte und das Flutlicht reflektierte, Dinge versammeln, die sie besser gar nicht sehen wollten. Und irgendwo da draußen waren auch Jack und Liam.

Kapitel 20 – Der Jäger, der Hexer aus Ghana und der Untote

»I´m not dead!«

»Die Schlange im Regenbogen«; 1988

»Tschüss, Robert!« Nadine steckte ihren Kopf durch den Türspalt, lächelte ihm zu. Professor Dr. Robert Jäger sah von einer zu korrigierenden Hausarbeit auf, winkte. »Bis Morgen«, antwortete er. Sie schloss die Tür hinter sich, ließ ihn allein in seinem Büro. Und jetzt vermutlich auch allein im gesamten Institut. Er sah zur Uhr, die über der Tür hing, wartete, bis er hörte, wie die Tür zum Institut zufiel und öffnete seine Schreibtischschublade. Er holte eine Pfeife, Tabak und einen Aschenbecher heraus, stopfte sich Tabak in den Pfeifenkopf. Rauchen war strengstens verboten im neuen Institutsgebäude am Dammtor. Er nannte es immer noch das neue Gebäude, obwohl sie schon vor Jahren hierher umgezogen waren. Aber damals, im Völkerkundemuseum, oder auch noch gegenüber in der Villa der Afrikanisten hatte es ihm besser gefallen, es hatte sich niemand an dem Pfeifengeruch gestört. Jetzt war alles neu, alles besser und gesünder … In dem Wissen etwas Verbotenes zu tun, zündete er sich seine Pfeife an und sog, bis sie gut zog. Das war seine Zeit. Wenn Stille einkehrte, er allein im Institut war. Pfeife rauchen und sich um die Arbeiten seiner Studenten kümmern, während nur noch der gedämpfte Feierabendverkehr vom Dammtor und das Ticken der Uhr zu hören waren. Er zog an der Pfeife, brummte vor Behaglichkeit und widmete sich der Arbeit einer Studentin, die über soziale Netzwerke im Internet in islamischen Ländern schrieb.

Zwei Seiten hatte er gerade gelesen, als er aufblickte. Die Tür des Bürotrakts wurde geöffnet und fiel nun wieder zu. Schritte hallten auf dem Gang, verstummten, und erklangen wieder. Jemand, der anhand der Beschilderung ein bestimmtes Büro suchte. Er klopfte die Asche in den Aschenbecher, zerstieb die Glut und ließ alle Rauchutensilien wieder in der Schreibtischschublade verschwinden. Es klopfte an seiner Tür, Jäger stöhnte missmutig, ehe er hereinbat. Zwei Männer traten ein. Ein älterer, der dem Aussehen nach auch im akademischen Bereich als Geisteswissenschaftler arbeiten könnte und ein jüngerer, der Jäger augenblicklich zu forsch war. Dieser war es auch, der sich vor seinem Schreibtisch aufbaute und fragte: »Robert Jäger?« Jäger sah über den Brillenrand zu ihm auf und nickte.

»Gut. Wir müssen mit Ihnen reden!«, sagte er, während der Ältere die Klassiker ethnologischer Fachliteratur in seinem Bücherregal an der Wand betrachtete. Jäger musterte beide eine Weile. »Dann müssen Sie sich einen Termin im Sekretariat holen. Ich bin beschäftigt.« Er versank wieder in der Hausarbeit, spürte, wie die beiden Blicke austauschten.

»Es ist aber wichtig!« Der Mann vor ihm sah auf Jäger hinab, stützte sich mit seinen Fäusten auf dem Schreibtisch ab. Der Ton war schärfer geworden. Jäger ließ sich nicht ablenken, notierte sich eine Frage am Rande des Textes. »Herr Dr. Jäger, bitte entschuldigen Sie, dass wir hier unangekündigt hereinplatzen«, meldete sich der Ältere zu Wort. »Mein Name ist Wilhelm Hütchen, das ist mein Kollege Sebastian Schwarz, wir arbeiten für das Bundesinnenministerium.« Jäger sah auf. »Angenehm. Bitte setzen Sie sich. Holen Sie sich doch die beiden Stühle dort vom Tisch.« Der jüngere zog zwei Stühle heran und sie setzten sich. Schwarz stierte Jäger an. Dieser holte seine Pfeife wieder aus der Schublade, stopfte sie in Ruhe neu und zündete sie sich an. Mein Büro, meine Regeln sollte das heißen. Schwarz hustete trocken. »Ich höre«, eröffnete Jäger ihre Unterhaltung. Bevor Schwarz etwas sagen konnte, sprach Hütchen. »Wenn Sie jemanden sehen, der keinen Herzschlag und keinen Puls hat, der nicht atmet und dessen Körpertemperatur der der Umgebung gleicht, wovon würden Sie bei dieser Person ausgehen?«

»Dass sie tot ist«, antwortete Jäger, ohne lange zu überlegen.

»Wenn Sie dann beobachten, dass diese Person mobil und überaus fremdaggressiv ist, was würden Sie dann davon halten?«

Jäger zog eine Augenbraue hoch. »Sie arbeiten für das Bundesinnenministerium, sagen Sie?« Hütchen nickte. »Darf ich bitte Ihre Ausweise sehen?« Die beiden zückten ihre Ausweise, die Jäger brummend studierte. Er sah wieder auf. »Ich würde wohl entweder annehmen, dass ich mit meinen Studenten in einem Kino sitze, oder aber, dass ich bewusstseinsverzerrende Substanzen zu mir genommen habe, die mir nicht wohlbekommen«, antwortete Jäger.

»Jetzt reicht es aber! Wir sind ...«, explodierte Schwarz. Hütchen hob seine linke Hand, sein Kollege verstummte. »Ja, davon sollte man eigentlich ausgehen. Aber nur mal angenommen, beide Möglichkeiten wären nicht zutreffend, was dann?« Jäger ließ sich in seinen Bürostuhl sinken, musterte erst Schwarz, dann Hütchen, zog an der Pfeife. »Sie meinen es durchaus ernst, oder?« Beide nickten stumm. Stumm und etwas ungläubig, wie

162

Jäger fand. Als wähnten sie sich selbst in einem Film, dessen Drehbuch sie nicht kannten.

»Und Sie möchten jetzt darauf aus ethnologischer Sicht eine Antwort bekommen?«

»So ist es«, entgegnete Hütchen. Jäger schaute aus dem Fenster in die anbrechende Nacht und überlegte eine Zeit lang. Dann wandte er sich den beiden Beamten zu, zog mehrmals an der Pfeife, rieb sich durch seinen Vollbart. »Ich will mit einer Geschichte antworten, die sich vor ein paar Jahren hier in Hamburg abgespielt hat«, begann Jäger, Schwarz verdrehte die Augen und erntete einen eisigen Blick von seinem Kollegen. »Zwei meiner Studenten forschten zu Raumkonzepten bei Bestattungen im interkulturellen Vergleich und hatten gute Kontakte zu einer ghanaischen Gemeinschaft aufgetan, die ihnen erlaubte, an ghanaischen Bestattungen auf dem Friedhof hier in Ohlsdorf teilzunehmen. Man kann sagen, im Laufe ihrer Forschung zu diesem Thema waren Freundschaften erwachsen, die auch heute noch Bestand haben. Und bevor ich Ihnen nun die eigentliche Geschichte erzähle, müssen Sie wissen, was es mit der Hexerei auf sich hat. Wir tun sie hier landläufig als Aberglauben ab, auch wenn nach wie vor, gerade in der älteren Generation noch, an sie geglaubt wird. Der Glaube daran ist in uns verwurzelt, nur ... er ist gewissermaßen außer Mode gekommen und wir erklären viele Phänomene durch das Wissenschaftsparadigma. In der ghanaischen Gemeinschaft aber ist Hexerei real. Auch wenn wir die physikalischen Auswirkungen der Zauberei nicht anerkennen, selbst wenn wir uns Phänomene naturwissenschaftlich nicht erklären können, so ist sie zumindest für uns Wissenschaftler sozial real, denn Menschen sterben, wenn sie verhext werden. Das ist sicher und nachweisbar. In dieser ghanaischen Gemeinschaft, so vertrauten mir meine beiden Studenten an, die ihre Magisterarbeit über ihre Forschungen schreiben wollten, ging eine ungeheure Angst um, denn ein gefürchteter Hexer aus der Brong-Ahafo-Region war nach Hamburg übergesiedelt. Sein Einfluss hatte schon vorher hierher gereicht, aber niemand hatte offen darüber gesprochen. Jetzt wurden sie direkt von ihm tyrannisiert. Man kann sagen, es bildeten sich beinahe kriminelle Strukturen, die Macht seiner Hexenkünste war legendär und er nutzte sie, um sein Regime zu stützen. Menschen starben. Durch Unfälle oder sie wurden in den Tod getrieben. Jeder Todesfall zementierte seine Macht nur noch mehr, wie Sie sich denken können. Ebu David Opoku, jener Hexer, von dem hier die Rede ist, starb im Sommer 2008 auf ungewöhnliche Weise. Beim Baden in einem See wurde er von einem Blitz erschlagen.« Jäger legte seine Pfeife auf dem Schreibtisch ab, beugte sich vor und verschränkte die Hände ineinander. »Sie müssen wissen, jemand, der vom Blitz erschlagen worden ist, galt und gilt noch immer in vielen Kulturen als böser Mensch. Der Blitzschlag wird als göttliche Strafe gesehen, die jemanden richtet. Selbst wer vorher sein ganzes Leben lang nur durch gute Taten von sich reden machte, ein Blitzschlag gilt als höheres, wahrhaftiges Urteil. Selbst im Christentum war das früher so. Vom Blitz Erschlagene durften lange Zeit nicht auf einem Gottesanger bestattet werden, sondern sie waren Verfemte. Wie Selbstmörder und Räuber, deren Seelen nicht ins Himmelsreich kamen. Somit bestätigte sich, was alle schon wussten. Ebu David Opoku war ein böser Mann, jetzt war offensichtlich, dass auch Gott es wusste. Man verweigerte ihm eine Bestattung in ghanaischer Heimaterde, wie es sein Wunsch und der einiger Angehöriger in Ghana war, indem man sich einfach nicht um eine Rückführung kümmerte und einen hamburgischen Bestatter beauftragte. Aber dann verschwand die Leiche.« Jäger schnaufte kurz durch die Nase, leerte seine Pfeife in den Aschenbecher und reinigte sie.

»Und dann? Also, was wollen sie damit sagen?«, unterbrach Schwarz das Schweigen.

»Wovon gehen Sie aus?«, fragte Jäger.

»Jemand hat die Leiche gestohlen«, antwortete Hütchen. Jäger nickte. »Exakt. Davon waren alle ausgegangen, aber meine Studenten und schließlich auch ich, wir wussten, niemand hatte die Leiche gestohlen. Denn alle hatten viel zu große Angst vor Ebu David Opoku gehabt. Niemand hatte ihn waschen oder ankleiden wollen, niemand hatte die Kapelle besucht, in der er aufgebahrt war. Und wissen Sie was? Die Angst unter den ghanaischen Menschen war nach dem Verschwinden des Leichnams zwar um ein Vielfaches größer, aber … sie waren gefasst. Sie hatten das erwartet. Denn böse Menschen, die vom Blitz erschlagen werden, werden zu Wiedergängern. Sie weihten uns in dieses Wissen ein, während parallel die Behörden in der Sache ermittelten. Sie können sich sicher vorstellen, was passierte?« Hütchen räusperte sich.

»Nein«, antwortete er.

»Man glaubte ihnen nicht. Man glaubte uns nicht. Für uns gab es auch keine plausible Erklärung, aber wir … hatten keine Alternative. Der Fall wurde damals nicht geklärt. Wissen Sie, was ich Ihnen damit sagen will, ist folgendes: Bevor Sie sich an uns wenden, sollten Sie alle anderen Möglichkeiten ausgeschöpft haben, denn unsere Antworten müssen sich nicht mit den Grundfesten Ihrer Überzeugungen decken«, beendete Jäger seine Erzählung. Und stopfte sich eine weitere Pfeife, die er sich anzündete. Hütchen schlug seine Beine übereinander. »Ich weiß, was Sie uns damit sagen wollen. Aber … die Sache ist die … die Lage ist viel zu beunruhigend, als dass wir erst eine Antwort abwarten können, um dann vielleicht die nächste Frage an andere zu richten. Aktuell wird ein hoher Aufwand betrieben und wir sehen uns in alle Richtungen um.« Die Antwort irritierte Jäger. »Was ist denn passiert?«, fragte er und überlegte, wann er das letzte Mal Nachrichten gehört hatte. Heute Morgen? Gestern? »Wie bereits gesagt, wir haben es mit einem anscheinend toten Menschen zu tun. Nein …«, widersprach Hütchen sich selbst. »Nicht anscheinend. Nach allen wissenschaftlichen Kriterien haben wir es mit einem Toten zu tun, der sich bewegt und andere angreift. Er will andere beißen.«

Jäger hatte schon allerhand Anfragen erhalten, die so kurios waren, wie die Fachrichtung offenbar gesehen wurde. Der Fachbereich musste sich Spionageanwerbungen erwehren, bekam beinahe täglich Anfragen von Medienvertretern, die einmal kurz ausführlich über z. B. die Tuva in Südsibirien informiert werden wollten und allerhand andere Anfragen, aber keine hatte ihm bisher die Sprache verschlagen. Diese aber tat es. Jäger räusperte sich, trank einen Schluck Wasser und sah wieder aus dem Fenster, um sich zu sammeln. »Sie wollen sagen, Sie haben einen Wiedergänger?«

»Wenn Sie ihn so nennen, ja.«

»Also, gut. Nehmen wir an, es wäre so …«, begann er und sann seiner Stimme nach. »Dann wäre es das Böse, dass sich in dieser Welt manifestiert hat. Es gibt in einigen Regionen, die auch mir bekannt sind, besondere Bestattungsrituale, besondere Gräber oder sogar Friedhöfe für potenzielle Wiedergänger. Weltweit, aber am bekanntesten sind sie mir aus dem südostasiatischen Raum.

Normalerweise werden diese Toten dort bestattet und nach Ablauf einer gewissen Zeit, meist sind es exakt 42 Tage, einer Zweitbestattung unterzogen, der sogenannten weißen oder auch Knochenbestattung. Na ja, das hängt auch von den jeweiligen klimatischen Bedingungen ab, in manchen Fälle müssen die Gebeine erst noch durch die Angehörigen abgenagt …« Jäger sah auf, stellte fest, dass er seine Gedanken wie einen Vortrag wiedergab. »Verzeihen Sie, manchmal packt mich die Begeisterung. Also, eine Lösung wäre es den Wiedergänger an einem besonderen Ort zu bestatten.«

»Und wenn er das nicht will?«

»Sie meinen also tatsächlich, er ist *lebendig* und wehrt sich?«

»Ja«, hauchte Hütchen.

»Dann muss man ihn töten. Verbrennen, am besten«, antwortete Jäger und fahndete im Geist nach Beispielen, nach Feldforschungen, die darüber berichtet hatten, Filmmaterial, er bereiste gedanklich die gesamte Welt. »Also, wenn Sie mir Zeit geben, kann ich es Ihnen belegen. Meine Antworten sind also erst einmal nicht 100 Prozent abgesichert, will ich damit sagen, aber das ist es, was *man* in den meisten Fällen mit Wiedergängern macht, wobei aber vorher ein enormer Aufwand betrieben wird, genau diesen Status im Vorfeld zu vermeiden. Zum Beispiel wird oft von mehr als nur einer Seele ausgegangen und einige Ethnien binden ihre Seelen, die äußerst reiselustig sind, was sehr gefährlich ist, mittels bunter Bänder aus Palmenfasern …« Hütchen hustete und Jäger unterbrach seinen Gedankenflug. »Und wenn es mehr als einer ist?«, fragte Hütchen und seine Frage verursachte eine bedrückende Stille, die sich im Raum zu einer schweigenden Bedrohung verdichtete. »Sie meinen mehrere Wiedergänger?«, fragte Jäger ungläubig. Hütchen und Schwarz nickten, Schwarz kratzte sich am Ohr. Jäger verneinte. »Das … äh, das kann gar nicht möglich sein. Also, das ist sehr unwahrscheinlich, das würde ja bedeuten, es wären mehrere Personen von einem Blitzschlag getroffen worden. Da müsste ich genauer recherchieren, ob …«

»Nein, so meine ich das nicht«, widersprach Hütchen. »Ich meine eher, was passiert, wenn es … ansteckend ist?«, präzisierte er seine Frage.

»Das Böse? Ansteckend? Nein«, lachte Jäger und schüttelte den Kopf. »Das Böse wird so nicht im Plural gedacht. Es wäre für eine Ethnie ja schadhaft in einer dauernden Bedrohungskulisse zu leben, so dass sie sich wohl eher aufgeben würde. Mit der Zeit, meine ich. Das Böse, das *mehrfach* Böse existiert meistens nur in einer Schöpfungsmythologie oder aber in einem Mythos über das Weltenende, wobei dieses meist fern und vage in der Zukunft liegt und nicht die jetzige Gemeinschaft einer Gruppe betrifft«, entgegnete Jäger.

»Haben Sie jetzt Zeit für einen kurzen Ausflug mit uns?«, fragte Hütchen.

»Was?« Jäger glaubte, sich verhört zu haben.

»Wenn Sie Zeit haben und uns begleiten, kann ich Ihnen zeigen, dass das *Böse* ansteckend ist.«

»Wohin?«

»Ins Bernhard-Nocht-Institut für Tropenmedizin. Dort werde ich Ihnen Wiedergänger zeigen.« Sprachlos nickte Jäger. Kurze Zeit später schon waren sie im Auto auf dem Weg nach St. Pauli.

Kapitel 21 – Unbekannt

»Ist das nicht komisch? Man hört ein Telefon klingeln, es könnte jeder sein. Und ein klingelndes Telefon muss man abheben, nicht wahr?«

»Nicht auflegen!«; 2002

Tim fluchte, als er den Linksabbieger auf die Autobahn verpasste und so weiter nach Lokstedt fahren musste. Warum hatte er den einen auch vorgelassen? Und das bei seinen Fahrkünsten … Er musste lange weiterfahren, bis er links auf den Parkplatz eines Supermarktes und Kinderspieleparadieses einbiegen und anhalten konnte, um die beschlagenen Scheiben, wie auch seine Gedanken frei zu bekommen. Orteten sie ihn über sein Handy? Das war sicherlich die wichtigste Frage, die es zu klären galt. Tim vermutete es, suchte nur aus Faulheit nach Gegenargumenten, um sich kein neues Handy besorgen zu müssen. Aber er fand keins. Das hieß, er brauchte eine neue SIM-Karte, am besten eine, mit der er sofort telefonieren konnte. Vorher würde er dann eine SMS an seine Kontakte mit der neuen Nummer schicken. Das war ein Plan. Er fuhr wieder auf die Straße und hielt Ausschau nach einem Laden, wo er ein Handy kaufen konnte. Langsam fuhr er auf der rechten Spur, inspizierte, während er lenkte, die Ladenzeile. Er wurde angehupt. »Ja. Ja, doch!« Er hob eine Hand zur Entschuldigung, konnte bei den vielen Lichtern, dem leichten Regen und vor allem durch seine Nachtblindheit kaum etwas erkennen. Schritttempo. War das da hinten ein Mc Paper? War der nicht eigentlich auf der anderen Seite? Er schwitzte, konzentrierte sich und wieder beschlugen die Scheiben, so dass er die Lüftung anstellen und sein Fenster herunterlassen musste. Er hatte das Schild aus den Augen verloren, drosselte noch einmal das Tempo, erntete weiteres Hupen und erschrak, als sein Handy auf dem Beifahrersitz klingelte. Umständlich lenkte er, langte nach dem Handy und sah auf das Display. Unbekannt. »Ja?«, meldete er sich.

»Herr Fabian?«

»Ja. Mit wem spreche ich?«

»Herr Fabian, nehmen Sie bitte Vernunft an und kooperieren Sie mit uns.« Tim stellte die Lüftung wieder aus, um den anderen besser verstehen zu können, es hupte wieder hinter ihm und Fernlicht blendete auf. Autofahren würde ihn noch ins Grab bringen. Immerhin lenkte ihn das von der Wut ab, die langsam in ihm aufzog.

»Hören Sie, solange ich keine Antworten auf meine Fragen erhalte und man Jagd auf mich macht, werde ich nicht …« Verdammt. Jetzt hatte er die Einfahrt zum Laden verpasst, wenn dieser es denn war. »Scheiße!«, fluchte er, bremste und wurde durch wütende Autofahrer vorangetrieben, die neben ihm anhielten und ihn beschimpften und bedrohten. Er fuhr weiter. »… Antworten von uns bekommen. Wenn wir sie haben«, hörte er die Antwort des anderen.

»Wer sind Sie überhaupt? Und warum warnen Sie nicht die Bevölkerung, sondern halten alles geheim? Das macht alles nur schlimmer, hören Sie. Warten Sie bitte.« Tim legte das Handy wieder auf den Beifahrersitz, weil er auf den Autobahnzubringer fuhr und sich dann in den zäh fließenden Verkehr Richtung Süden einfädelte. Dann nahm er wieder das Handy zur Hand.

»Hallo?«

Nichts.

»Hallo!«

Die Verbindung war unterbrochen. War das eine Falle? Sofort sah er in den Rückspiegel und zur Seite, ob er verfolgt wurde. Er kniff die Augen zusammen, doch weil ihn die Lichter blendeten, konnte er nichts erkennen. Nach der Abfahrt Volkspark floss der Verkehr schneller, Tim nahm auf der Mittel- und der linken Spur waghalsige Überholmanöver wahr und beschloss auf der rechten Spur hinter einem LKW zu bleiben. Ab Bahrenfeld verlangsamte sich der Verkehr wieder zu zähflüssigem Honig, ab Othmarschen lag er im Sterben. Nur noch schrittweise ging es vorwärts, etwas, Papier oder Taschentuch, flog aus dem LKW vor ihm und landete auf seiner Windschutzscheibe, wurde von den Scheibenwischern erfasst, verhedderte sich erst und wurde dann doch zur Seite geschleudert. Tim bereitete sich innerlich darauf vor, die Spur zu wechseln, um aus der Armada stehender Lastwagen auszubrechen, als der LKW vor ihm ausscherte und beschleunigte. Ohne zu überlegen schloss Tim sich ihm an. Wieder hupte es. Tim hatte sich daran gewöhnt. »Ja, doch, ja«, sagte er gebetsmühlenartig, hob eine Hand und folgte dem Lastwagen. Den Wagen, der hinter ihm die Spur wechselte, bemerkte er nicht.

Kapitel 22 – Blut ist dicker als Urin

»Die Schlampe hat mich gebissen!«

»Resident Evil«; 2002

»Scheiße, Mädchen, was war das denn?«, schrie der Lastwagenfahrer, während er hoch schaltete und beschleunigte.

»Fahren Sie! Bitte fahren Sie!«, schrie sie zurück, presste sich die verletzte Hand in die Achselhöhle und öffnete umständlich ihren Rucksack, um daraus ein Handtuch hervorzuholen.

»Mädchen, komm! Was ist passiert? Soll ich die Polizei rufen? Einen Krankenwagen?« Er sah zu ihr rüber, dann in den Seitenspiegel, als er von dem Beschleunigungsstreifen auf die Fahrspur wechselte.

»Ich … ich weiß nicht. Ja … Nein … das war einfach nur krank!«, ließ sie ihren Gefühlen freien Lauf. »Verzeihung«, entschuldigte sie sich sofort, legt das Handtuch auf ihren Schoß und darauf die gebissene Hand. Gebissen! Sie konnte es immer noch nicht fassen. Ihre Hand sah nicht gut aus. Gar nicht gut. »Das sieht gar nicht gut aus«, verlieh der Fahrer ihrer Sorge eine Stimme, lenkte mit links, während er mit der Rechten etwas unter seinem Sitz suchte. »Hier.« Er reichte ihr einen Erste-Hilfe-Koffer. »Sollen wir nicht doch lieber in ein Krankenhaus fahren? Was meinst du, Mädchen?«

»Ich heiße Lene«, antwortete sie, öffnete den Koffer, suchte sich eine Kompresse und einen Verband heraus. »Ist da auch ein Desinfektionsmittel drin?«, fragte sie. »Kein Ahnung, ich schau da nie rein. Ich bin Wolle«, antwortete und nickte auf eine LED-Anzeige hinter der

Windschutzscheibe, die seinen Namen in blau-weißem Licht erstrahlen ließ.

»Danke, dass Sie … dass du mich mitgenommen hast. Ich weiß gar nicht, was da passiert ist. Ob die irgendwie krank waren oder … na, das waren die bestimmt. Aber was die da wollten. Ich meine, die haben mich GEBIS-SEN!« Wieder überschlug sich ihre Stimme und sie zeigte ihm seine Hand, die wirklich nicht gut aussah. Eher nach Krankenhaus. Sie presste das Handtuch auf die beiden Bisswunden, versuchte die Blutung zu stillen. »Fahren Sie bis nach Göttingen?«, fragte Lene. »Also, das wollte ich bis heute Nacht schon noch schaffen, wenn der Stau nicht …«, antwortete Wolle.

»Kein Krankenhaus«, entschied sie. »Ich lasse das in Göttingen behandeln.« Es klang entschlossener, als sie sich fühlte. Jetzt, in Sicherheit, spürte sie, wie ihr das alles zugesetzt hatte, spürte den Schock. Ihr war übel, heiß und etwas schwindelig. Sie trank einen Schluck Wasser aus ihrer Plastikflasche.

»Wenn du meinst. Und was ist mit der Polizei? Ich habe zwei Männer gesehen, die hinter dir her waren.«

»Ja, Polizei ist gut. Wo rufe ich da denn an? 110?«, fragte sie ihn. Die eine Wunde wollte nicht aufhören zu bluten, ein ausgestanzter Halbkreis zwischen Daumen und Zeigefinger klaffte ihr entgegen. In einem Seiten-täschchen des Koffers fand Lene ein Antiseptikum und sprühte es sich auf die Wunden.

»Das finde ich raus.« Er tippte auf das Display neben seinem Lenkrad und suchte nach der Nummer der zu-ständigen Autobahnpolizei. »Besser *du* sprichst mit de-nen«, sagte er, drehte den Bildschirm so, dass sie die Telefonnummer ablesen konnte. Erst presste sie sich noch mehrere Kompressen auf die Wunde, dann rief sie die

Autobahnpolizei an und gab die Geschehnisse mit sicherer Stimme durch. Zwei Männer als Zombies verkleidet, die sie angegriffen hatten. Der Polizist nahm alles auf, auch ihre Kontaktdaten, riet ihr, die Verletzungen medizinisch versorgen zu lassen, sich auf Hepatitis und Aids testen zu lassen und versprach, umgehend einen Streifenwagen hinzuschicken. Eine Anzeige könne sie auch später aus Göttingen erstatten und zum Abschied erzählte er ihr, dass auf dieser Raststätte häufig die sonderbarsten Dinge geschahen, sie galt als einer der Top 10-Schwulentreffpunkte Deutschlands und randalierende, nackte Männer um Mitternacht waren da keine Seltenheit.

»Das wusste ich nicht! Wirklich nicht!«, meldete sich Wolle sofort zu Wort, nachdem das Gespräch beendet war, sie nickte halbherzig, der Gedanke an Aids oder Hepatitis wühlte sie auf.

»Das habe ich wirklich nicht gewusst. So was …« stammelte Wolle vor sich hin, sah angestrengt auf die Autobahn und versuchte sich an seltsame Begebenheiten auf der Raststätte zu erinnern. Schweigend fuhren sie weiter, noch vor Schnellsen-Nord kam es zum Stop-and-Go. Es war dunkel geworden, Nebel wallte auf den flachen Feldern links und rechts neben der Autobahn, streckte erste Finger aus, die noch zerstoben, Bremslichter flammten unentwegt auf. Lene legte sich einen Verband an. *Aids.* Das Wort geisterte unentwegt in ihrem Kopf herum. Noch nie war sie mit einer unmittelbaren Bedrohung durch die Krankheit konfrontiert gewesen, hatte niemanden im Bekanntenkreis, der Aids hatte oder auch nur jemanden kannte, der infiziert war. Ihre Übelkeit nahm zu, sie schwitzte und zog sich die Jacke aus. »Zu warm?«, fragte Wolle. Sie schüttelte den Kopf. »Nein.

Nein, alles gut. Ich glaube nur, jetzt setzt so etwas wie ein Schock ein. Ich muss mich nur mal kurz ausruhen.« Sie trank aus der Flasche, lehnte ihren Kopf an die Scheibe und starrte nach draußen. Wolle sah zu ihr herüber, wieder auf den Verkehr vor sich und ließ sie sich ausruhen.

Sie ging auf das Toilettenhäuschen zu. In diesem Moment stellte sie fest, dass sie träumte. Sehr real träumte. Sie spürte das Gewicht des Rucksacks auf ihrem Rücken, die Kälte in ihrem Gesicht, roch den Gestank vergorenen Urins, während sie sich dem Gebäude näherte. Es klopfte von innen an die Tür, sie sah, wie sie bei jedem Schlag leicht erzitterte. Aus einem Impuls heraus wollte sie umdrehen. Weglaufen. Sie konnte nicht. Wie gesteuert ging sie auf die Tür zu, sah ihre Hand sich nach dem Türgriff ausstrecken. Nein! Sie wollte das nicht! Ihre Hand legte sich auf die Klinke, drückte sie hinunter und schob die Tür auf. Sie spürte einen Widerstand hinter der Tür, der dann aber nachgab. Die Tür öffnete sich einen Spalt breit. Eine Hand schoss hervor, tastete auf ihrer Seite der Tür herum, erinnerte sie, je länger sie sie beobachtete, an kuriose Tiefseekreaturen aus Dokumentarfilmen, wie sie sich hin und her bewegte. Die Tür wurde zugedrückt, der Arm eingeklemmt, die Hand tastete davon ungerührt weiter herum. Ihr Blick fokussierte sich auf sie, nahm einzelne Poren, Falten und Risse in den Fingernägeln wahr. Und Blut. Blut klebte auf dem Handrücken. Blut. Sie konnte es sogar riechen. Ein stärkerer Geruch noch als der abgestandene Brodem aus den Männerpissoirs. Sie näherte sich der Hand, fühlte eine perverse Neugier in sich, die ihren Herzschlag beschleunigte und ihr heiß durch den Körper strömte. Adern auf dem Handrücken.

Bläulich. Kräftig. Ganz nah war sie jetzt der Hand, sie streckte ihre Hände aus, griff zu, zog die Hand zu sich ans Gesicht und biss zu. So lange, bis sie Blut schmeckte.

Sie schlug die Augen auf. War völlig verwirrt, schweißüberströmt und ihr Herz raste.

»Was?«, schrie sie, sah sich um, sah Wolle, wie er sie erschrocken anstarrte. »Alles in Ordnung?«, fragte er. »Ich … ich weiß nicht.« Es roch nach Blut, sie hatte den Geruch aus dem Traum mitgenommen und suchte nach ihm. Und nein, nichts war in Ordnung. Ihre Wunde brannte, sie hatte das Gefühl ihr Fleisch würde sich unter dem Verband *bewegen*. Sie wickelte den Verband ab, schnallte sich ab, ließ das Fenster runter, um nicht zu verbrennen. »Hey Mädchen! Lene! Sag was!«, forderte Wolle sie auf, spähte auf die Autobahn, um noch eine Ausfahrt nehmen zu können, aber Othmarschen, die letzte Abfahrt vor dem Elbtunnel lag hinter ihnen. Er musste mit dem Mädchen raus. Mit ihr stimmte etwas nicht. Würde er jetzt auf der LKW-Spur bleiben, würde es Stunden dauern, bis sie den Tunnel durchquert hätten. Lene warf den Verband aus dem Fenster, lutschte an der Wunde. »Besser. Jetzt geht es besser«, stammelte sie, saugte und schluckte Blut. Wolle fand nicht, dass es besser aussah. Und wurde in seiner Meinung bestätigt, als Lene sich wie eine Verrückte den Pullover und ihr T-Shirt vom Leib riss. Heiß. So heiß, dass sie zu verbrennen drohte.

»Mädchen. Mädchen, komm, jetzt reicht es, wir müssen …« Er sah im Seitenspiegel wie sich eine Lücke auftat, seine letzte Möglichkeit vor dem Tunnel, die Spur zu wechseln. Er setzte den Blinker, sein Wagen bockte, weil er so schnell beschleunigte und fuhr in die Mittelröhre des Elbtunnels, wo ihm der Verkehr aus der anderen Richtung entgegen kam. Immerhin ging es zügiger voran. »Lene?« Lene saß nur noch mit einem BH bekleidet auf dem Beifahrersitz, hatte ihren Kopf in den Nacken gelegt und starrte ins Nichts. »Lene!?« Lebte sie noch? Er stieß sie an, sie stöhnte. »Ja?«, fragte sie wie von weit weg. Gut. Das war gut. Er würde jetzt den Notruf kontaktieren und hoffte, sich nach dem Tunnel mit einem Rettungswagen auf der Autobahn treffen zu können. Oder nach der ersten Abfahrt. Jetzt wurde auch ihm heiß.

Kapitel 23 – Fahrn, fahrn, fahrn auf der Autobahn

»Hey, wenn Sie keinen Bock auf den Tunnel haben, fahren wir, wie Sie wollen.«

Er war müde. Kurz hinter den Harburger Bergen hatte der Verkehr begonnen, immer zähflüssiger zu werden, jetzt stand er schon seit einer Stunde mit allen anderen auf der rechten Spur, sah die Köhlbrandbrücke, für ihn das Wahrzeichen der Hansestadt, und fieberte dem Elbtunnel wie ein Verdurstender in der Wüste einer Oase entgegen. Es nieselte leicht, Abgase vermischten sich mit dem Nebel, aus dem ihn wie glühende Augen Bremslichter anstrahlten. Alle anderen Spuren waren gesperrt, die Lichtschranke der Höhenkontrolle war ausgelöst worden, die neongelben Warnwesten einiger Männer leuchteten auf den abgesperrten Spuren auf. Und neben ihm saß nach wie vor das ungute Gefühl. Nein, wirklich. Es saß wirklich jemand neben ihm, Ronnie konnte ihn aus den Augenwinkeln sehen, immer wenn er sich ihm dann zuwandte, war er allerdings verschwunden. Zeit, dass er in die Koje kam. Das kannte er von langen Fahrten. Aber dieses Gefühl, so erinnerte er sich, hatte ihn immer vor Katastrophen erfasst. Der 11. September, der Tsunami, Fukushima. Immer war er vorher unruhig geworden, hatte nicht schlafen können. Seit dem Urlaub auf Montenegro mit seinen Eltern, damals, als er noch ein Kind gewesen war. Er hatte einen Aufstand veranstaltet und sie hatten den Busausflug nicht mitmachen können. Der Bus war verunglückt, es hatte Tote gegeben. Seitdem achteten seine Eltern auf sein *Gefühl,* wie sie es nannten. Und er auch. Aber was konnte er jetzt machen, außer vorsichtig sein? Er konnte nirgendwo rechts ran fahren, er konnte nicht einfach stehen bleiben. Das ungute Gefühl neben ihm nickte ihm zu. Hämisch. Es ging ein paar Meter voran, er konnte Blaulichter sehen, die sich näherten. Ein Polizeifahrzeug hielt beinahe neben ihm auf der abgesperrten Spur, zwei Polizisten stiegen aus, gelbe Warnwesten gesellten sich dazu, räumten rot-weiße Absperrzäune zur Seite. Ein Polizist hob eine Kelle, kam auf ihn zu. Er ließ die Scheibe hinunter. Der Polizist sah an seinem LKW entlang, als wolle er prüfen, wie lang der Stau war, aber der Nebel war zu dicht. Der Polizist wandte sich an Ronnie. »Bitte wechseln Sie die Spur, dieser Tunnel ist jetzt in beide Richtungen geöffnet.« Er wies Ronnie an, loszufahren, winkte ihn auf die linke Spur. Ronnie hob die Hand zum Abschiedsgruß, ließ die Scheibe wieder hochfahren und rollte an. Das würde Zeit bringen. Er lachte, rieb sich das Kinn und fuhr in den Elbtunnel.

Kapitel 24 – Tims Tunnelblick

»Der Tunnel ist eine Arterie. Die Stadt blutet.«
»Daylight«; 1996

Tim folgte dem LKW und hing weiter seinen Gedanken nach. Liam. Liam konnte ihm helfen. Er ließ einen ausreichenden Sicherheitsabstand, schielte mit einem Auge auf sein Handydisplay und navigierte zu Liams Nummer. Er klemmte sich das Telefon zwischen Kinn und Schulter, bekam ein Freizeichen, sah wieder auf die Straße und erschrak. Im ersten Moment dachte er, er hätte die Kontrolle über seinen Wagen verloren, aber es war der LKW vor ihm dessen Anhänger schlingerte. Tim bremste ab und sofort hupte es hinter ihm. Im Rückspiegel sah er ein dunkles Auto dicht auffahren, die Lichthupe blendete mehrmals auf, dann scherte er links aus. Tim hatte ihn offenbar verärgert, er beschleunigte etwas, behielt seinen Vordermann genau im Auge, der jetzt wieder die Spur hielt und beschleunigte. Liam ging immer noch nicht ran. Gleich würden sie den tiefsten Punkt des Tunnels erreicht haben, für ein klaustrophobisches Gefühl, dass sich sonst immer an diesem Ort bei ihm einstellte, blieb gerade keine Zeit. Vielleicht wusste Sandra, wo Liam steckte, überlegte er, wusste aber nicht, ob er ihre Nummer gespeichert hatte. Er navigierte zum Anfangsbuchstaben S und ging seine Kontakte durch. Sandra war nicht darunter. Wieder hupte es, neben ihm, Tim sah auf und dachte, es wäre der Moment gekommen an dem er sterben musste und *Mist* wäre sein ziemlich unspektakulärer letzter Gedanke gewesen. Links hatte ihn sein Hintermann überholt, fuhr nun auf gleicher Höhe mit ihm, reckte drohend seine Faust hinüber. Vor ihm war der LKW wieder ins Schlingern geraten, jetzt so stark, dass auch der Triebwagen nach links und rechts ausscherte, auf die Gegenfahrbahn kam, mit Schwung wieder auf die andere Seite pendelte und die Tunnelwand streifte, dass Funken flogen. Dann verkeilte sich der Triebwagen, stellte sich quer, der Containeranhänger brach in die entgegengesetzte Richtung aus, schob den Triebwagen über beide Fahrspuren vor sich her. Immer noch hallte Tims ewig langer letzter Gedanke nach, er bremste, riss das Lenkrad herum, weil vor ihm zwei Menschen wie Geschosse durch den Tunnel flogen. Dann wurde der LKW vor ihm von einem glänzenden Monster aus Chrom zerrissen und auf ihn zugeschoben. Tim riss das Lenkrad herum, nun war es sein Wagen, der sich drehte, ein gewaltiger Ruck von hinten schleuderte ihn nach vorne, etwas Großes flog an ihm vorbei, ein Knall auf dem Dach, ein weiterer auf der Frontscheibe, die zerbarst, noch ein Stoß von hinten, dann kam er zum Stehen. Es folgte Stille.

Kapitel 25 – Essen auf Rädern

»Also das hier schmeckt irgendwie nach Menschen-fleisch!«

»Ich habe hier einen Notfall!«, begann Wolle das Ge-spräch und wartete eine Antwort gar nicht erst ab. »Ich habe ein Mädchen, eine junge Frau mitgenommen, sie ist bei mir im Wagen. Sie sagt, sie ist gebissen worden, schon ´ne Weile her, in die Hand. Sah übel aus, richtig übel, aber sie hat alles verbunden und so. Jetzt ist ihr ganz heiß, sie atmet kaum noch … oder auch doch, auf jeden Fall ist sie nicht mehr ansprechbar«, erzählte er hektisch und warf einen Blick auf Lene, die unverändert halb nackt und scheinbar auch halb tot auf dem Beifahrersitz saß.

»Atmet sie? Können Sie ihren Herzschlag, ihren Puls fühlen?«, wurde er gefragt.

»Ich fahre gerade mit meinem LKW durch den Elb-tunnel«, antwortete er und stellte fest, wie dämlich seine Antwort klang. Sie klang nicht nur so, dachte er, sie war es auch. Warum hatte er sich nicht um sie gekümmert? Einfach angehalten, sie in die stabile Seitenlage gebracht, wie er es in einem Erste-Hilfe-Kurs gelernt hatte.

»Sie können doch anhalten. Wenn das Leben der Frau auf dem Spiel steht, müssen Sie das sogar!«, folgte die Antwort, die er erwartet hatte. »Lene?« Er stieß sie an. »Mädchen! Komm, sag was!« Er schnallte sich ab, beugte sich zu ihr hinüber, während er mit einer Hand weiter lenkte. Er drehte ihr Gesicht zu sich herum, hielt seine Hand vor ihren Mund. Dabei verriss er das Lenkrad, kam gefährlich ins Schlingern, brachte seinen Bock aber wieder in die Spur. Atmete sie noch? Sie reagierte nicht und er spürte keinen warmen Luftzug aus Mund oder Nase. Vielleicht auch, weil er zu hektisch war, hoffte er. Er beschloss zu halten um mithilfe des Arztes in der Leitung Erste Hilfe zu leisten, als Lene sich bewegte und die Augen aufschlug. Sein Herz tat einen Sprung vor Erleichterung. »Mein Gott, Mädchen, mach keinen Scheiß! Du hast mir gerade einen Schrecken eingejagt!« Vergessen war der fehlende Atem. »Es ist alles in Ordnung, vielen Dank, sie ist wieder da! Danke!«, meldete er sich zurück und beendete das Gespräch. Lene griff nach seiner Schulter, zog sich an ihn heran. Er lächelte sie an, dachte, sie wolle sich bedanken, aber die plötzliche Nähe war ihm doch unangenehm. »Hey, ist schon gut«, sagte er, wollte ihre Hand von seiner Schulter streifen. Ihr Griff wurde fester, sie rutschte näher. »Hey, Mädchen, hey, lass das jetzt! Hör auf damit!« Sie hörte nicht auf. Stattdessen stützte sie sich mit ihren Knien ab, griff ihm in die Arme, vergrub ihren Kopf in seiner Armbeuge und biss zu. »Was?!«, stammelte er, wollte den Kopf des Mädchens wegdrücken, doch trotz aller Kraft, die er aufbrachte, war er ihr nicht gewachsen. »Nein!« schrie er sie an, schlug sie erst mit der flachen Hand und eher zaghaft, dann mit der Faust und aller Gewalt auf ihren Hinterkopf, je stärker der Schmerz in seinem Arm pochte. Sie setzte nach, weitere Schmerzen flammten auf. Mit einem Ruck zog er seinen Arm aus ihrer Umklammerung, verlor dabei die Kontrolle über den Wagen. Sein Arm war frei, Lene vergrub ihr Gesicht in seinem Schoß, Schmerzen schossen durch seinen Oberschenkel. Er sah seinen Arm, ein Stück Hemd war aus dem Ärmel gerissen, Blut tränkte ihn. Sie hatte nicht nur aus dem Ärmel ein Stück herausgerissen! Wieder wurde er von Schmerz gepeinigt, er schrie auf, riss ihren Kopf an den Haaren hoch. Ein kurzer Augenblick, in dem sie sich ansahen. Ein Blick, der ausreichte, ihn in Panik zu versetzen. Sie fraß ihn! Er hatte sein Hemd und sein *Fleisch* in ihrem Mund gesehen. Stofffetzen seiner grauen Trainingshose, die er auf langen Fahrten trug. Er schrie unkontrolliert, riss und zerrte an der Bestie und verlor gänzlich die Kontrolle über den Lastwagen und seine Blase, während er, statt zu bremsen, das Gaspedal durchtrat und den Wagen vor sich rammte. Er öffnete die Fahrertür und wollte sich nach draußen fallen lassen, allerdings kam er nicht weit. Lene hatte sich an ihn geklammert, hielt ihn fest, folgte seiner Bewegung. Beide fielen aus der Fahrerkabine, schlugen auf den Asphalt. Lene wurde von einem Hinterrad des Anhängers erfasst, und beide wurden wie Puppen durch die Luft geschleudert. Gemeinsam kamen sie wieder auf, überschlugen sich mehrfach, bevor sie liegen blieben.

Stille.

Kapitel 26 – Der Unfall

»Sie haben gerade einen Verkehrsunfall.«

»I, Robot«; 2004

Kaum dass er in den Tunnel gefahren war, verebbte seine Freude über die gewonnene Zeit und sein immer unheimlicherer Begleiter setzte ihm wieder zu. Auf der Gegenspur kamen ihm Wagen um Wagen entgegen, er hingegen durfte jungfräulich die Röhre befahren. Kein Stau, freie Fahrt. Warum also das Unbehagen? Wo lauerte die Gefahr? Ronnie sah auf das Tacho, drosselte etwas die Geschwindigkeit und blieb bei Strich 60 Km/h. Vielleicht sollte er sich einfach entspannen. Er entschied sich für etwas Musik, suchte in seiner CD- und DVD-Box nach Johnny Cash. Vielleicht eine seiner jüngeren Scheiben, die eher ruhig war. Er zog eine CD heraus, aber die *At St. Quentin* wollte er nicht hören. Wo war denn die CD, die er meinte? Blick auf die Straße, Blick zur Box. Er langte tiefer hinein, holte einen Stapel hervor. Da war sie. Er legte sie obenauf, öffnete sie, holte sie mit Daumen und Zeigefinger aus dem Inlet und schrie auf. »Scheiße, verfluchte!« Er hatte beinahe den Scheitelpunkt des Tunnels erreicht, als auf der Gegenspur ein Lastwagen einen Kleinwagen rammte, ins Schlingern kam, sich querstellte und auf ihn zu raste.

Stille.

Als er zu sich kam, fehlte ihm sein linker Arm. Abgetrennt kurz unter dem Schultergelenk. Ein Karosserieblech hatte sich wie eine Sense in die Fahrerkabine

geschnitten. *Raus! Feuer!* Seine ersten Gedanken. Es durfte kein Feuer geben! Er schnallte sich ab, stemmte sich
gegen seine Tür. Eingeklemmt. Gedämpft, wie unter einer Glocke, vernahm er ein Hupen und Schreie. Er
musste raus. Schnell raus. Er robbte zur Beifahrertür, sah
einen Arm auf dem Fahrersitz liegen. Seinen Arm. Er
prüfte die Stelle, an die der Scheiß-Arm eigentlich gehört
hätte, aber dort zuckte nur ein zerfetzter Stumpf. Die
Hand auf dem Sitz zuckte auch, die Finger schlossen sich
zur Faust und öffneten sich wieder. Wieso hatte er keine
Schmerzen? *Feuer!*, schoss es ihm durch den Kopf. Er
griff nach seinem Arm, zog ihn zu sich heran, öffnete die
Beifahrertür. Einarmig war es nicht so einfach hinunter
zu steigen, er musste sich anstrengen. Unten angekommen schwankte er, musste sich festhalten und verschnaufen. Dann zog er seinen abgerissenen Arm aus der
Kabine. »Kein Feuer!«, flüsterte er, sah sich um. Nach
Menschen, die er warnen musste. Oder die ihm mit seinem Arm helfen konnten. Er konnte allerdings kaum etwas erkennen, alles sah er verwackelt und zudem noch
verschwommen. »Kein Feuer, bitte!«, rief er. »Weg,
schnell weg!«, warnte er ins Ungewisse und beherzigte
seinen eigenen Rat, indem er weiter vorwärts stolperte.
Schritt für Schritt taumelte er weg von seinem LKW, von
dem Zeug in seinem Tank, dessen Namen er nicht buchstabieren konnte. Jemand kam auf ihn zu. Schälte sich
aus dem verwaschenen Grau, eine Silhouette, mehr
konnte er nicht erkennen. »Kein Feuer! Mein Arm«,
stammelte er, hielt der Person seinen abgerissenen Arm
entgegen. Der Arm wurde ihm abgenommen, er wartete
auf Hilfe, wurde jedoch zu Boden gerissen. Jemand
machte sich an ihm zu schaffen. *Wurde einem so geholfen,
wenn einem der Arm abgerissen war?*, wunderte er sich,

dann spürte er, wie ihm jemand in den Hals biss. Wie
ihm die Luft wegblieb, obwohl er sich anstrengte, welche
zu bekommen. Das letzte, was er sah, war ein Leuchten.
Dort, wo sein Wagen stehen musste. »Kein Feuer!«, waren seine letzten Worte.

Kapitel 27 – Tim wird verfolgt

»Ich bin feuerfest. Du nicht!«

»Hellboy«; 2004

Ich lebe! Das war Tims erster Gedanke in dieser Stille, die ihm unendlich vorkam. Die Alarmanlage eines Autos schrillte, Schreie und Rufe ertönten. Tim zog seine Tasche zu sich, steckte sein Handy ein und versuchte die Fahrertür zu öffnen, stemmte sich dagegen. Er musste raus hier! Autos konnten nach Unfällen Feuer fangen! Die Tür klemmte. Noch einmal. Und noch einmal. Endlich gab sie quietschend nach und ließ sich öffnen. Tim wollte aussteigen, war aber noch angeschnallt. Blut. Er blutete im Gesicht und an der Hand. Das war die gesplitterte Scheibe gewesen. Tim lachte. Nicht nur diese kranke Geschichte mit dem *untoten* Gerichtsmediziner, nein, jetzt musste er auch noch in einen Unfall im Elbtunnel geraten und hier feststecken. Sollte irgendeine Schicksalsmacht seine Geschicke leiten, würde er sich gerne einmal mit ihr unterhalten. Tim schnallte sich ab, stieg aus. Er war wacklig auf den Beinen, stützte sich mit einer Hand am Autodach ab und holte seine Tasche aus dem Wagen. Er sah sich um. Wie er stiegen auch andere aus ihren Fahrzeugen, ungläubige Blicke wurden über den Autodächern ausgetauscht, jeder versuchte sich dieses Unglück zu erklären. »Hilfe!«, rief jemand. Es war zu weiteren Auffahrunfällen gekommen. Tim hatte verdammtes Glück gehabt, beide Lastwagen waren ineinander gefahren, vor ihm war ein Wagen zwischen dem LKW und der Tunnelwand zerquetscht worden. Der Wagen, der ihn hatte überholen wollen, lag hinter ihm in Trümmern. Irgendwie war Tim einigermaßen unversehrt zwischen die beiden LKW hindurchgefahren. »Hilfe!« Das kam von hinten, aus der Nähe des zertrümmerten Wagens. Zwei Schemen, die hinter einem Auto verschwanden, dann tauchte eine junge Frau auf. Blutend, nur mit einem BH bekleidet. Sie wankte auf den Tanklastwagen zu. Es wäre besser, sie würde dort verschwinden. Tim schloss die Autotür hinter sich, wollte ihr eine Warnung zurufen, als er einen Mann sah, der hinter dem LKW-Wrack hervor taumelte, etwas in der Hand hielt, dass Tim nicht … Einen Arm! Der Mann trug seinen abgerissenen Arm! Tim wollte seinen Blick abwenden, konnte es aber nicht, starrte auf den Stumpf, dann wieder auf den abgetrennten Arm. So musste es Kriegsberichterstattern gehen. Die halb nackte Frau wankte auf den Verletzten zu, es sah so aus, als würden sie sich kennen. Sie nahm ihm seinen Arm ab und biss hinein.

»Nein!«, flüsterte Tim, starrte die beiden mit offenem Mund an, während seine Gedanken Achterbahn fuhren und in ein finsteres Chaos stürzten. Er holte sein Smartphone aus der Tasche, ging langsam auf sie zu. Fühlte sich, wie ein Passagier in einem fremden Körper. Die Frau biss noch einmal zu, kaute und ließ den Arm fallen. Der Einarmige stammelte etwas, das Tim nicht verstehen konnte, die Frau stürzte sich auf ihn, rang ihn zu Boden. Tim begann zu filmen. Schwierige Lichtverhältnisse, direkt an der Unfallstelle waren mehrere Oberlichter ausgefallen, einige flackerten, »Kein Feuer, bitte!«, hörte er den Mann sagen. Die Frau biss ihm in den Hals. Mein Gott! Tim ging näher heran, hörte nichts, nicht die aufbrandenden Rufe und Schreie, nicht das Hupen, sah die Menschen nicht, die sich der Unglücksstelle näherten, sah nur noch die Frau auf seinem Display, die sich über den Mann beugte. Vier Meter war er nur noch entfernt, auf seinem Display erkannte er, wie sie ihn *fraß*. Obwohl … ein Gedanke beschlich ihn, der noch schlimmer war, als das Gesehene. Doch ehe er ihn zu Ende denken konnte, wurde sein Name gerufen. »Herr Tim Fabian?« Tim drehte sich kurz um, ahnte wer hinter ihm stehen würde, und behielt Recht. Die beiden Männer, die ihn schon die ganze Zeit verfolgten.

»Bitte kommen Sie mit! Wir müssen mit Ihnen reden.« Der eine hielt ihm einen Ausweis entgegen, der andere hatte eine Pistole gezogen, die er aber so abschirmte, dass nur Tim sie sehen konnte.

»Gleich«, antwortete Tim, filmte weiter und versuchte den Gedanken zu greifen, der ihm so bedeutsam schien. Mittlerweile hatte die Frau ihren Kopf erhoben, starrte Tim direkt aus seinem Display an.

»Nein! Sie kommen jetzt mit, Herr Fabian!«, hatte sich der Ton in seinem Rücken verschärft. Tim reagierte nicht.

»Kein Feuer!«, stöhnte der Einarmige. Die Frau hockte wie ein Raubtier auf ihm, wartete, als würde sie wittern, biss erneut zu. In den Hals und Tim hatte den Gedanken. Sie wollte den Mann nicht *fressen*, sie wollte ihn *töten*.

»Herr Fabian!«

Tim hörte Schreie hinter dem umgekippten Lastwagen. »Nein! Nein! Bitte nicht! Helft mir!« Der andere Schemen! Es gab noch einen zweiten Untoten auf der anderen Seite!

»Warten Sie! Ich helfe Ihnen«, hörte er eine Stimme. Ein älterer Mann näherte sich ihm, sah ihn an, dann die Frau und den Einarmigen.

»Nein! Nein, gehen Sie nicht da hin!«, warnte Tim. Die Frau erhob sich, ihr Kopf schwankte hin und her, sie taumelte auf Tim und den Mann zu.

»Der Mann hat einen Arm verloren!«, entgegnete der Ältere, ging an ihm vorbei. Tim stürzte vor, riss ihn zu sich herum. »Verdammt, hauen Sie ab jetzt!«, schrie er den Mann an, der zusammenzuckte, aber stehen blieb.

»Herr Fabian, das reicht jetzt!« Tim erkannte, dass sich ihm der bewaffnete Mann näherte. Es lief gegen ihn. Er wusste nicht, wie er sie alle von der drohenden Gefahr überzeugen konnte. Der Einarmige *erwachte*. Erhob sich, die Frau erreichte den älteren Mann, klammerte sich an ihm fest und biss ihm in den Oberarm. Tim ließ diesen los. Zu spät! Die Gesichtszüge der schon verunstalteten Frau verzerrten sich zu einer Maske des Hasses. Kaum, dass der Mann aufschrie und ungläubig auf seinen Arm starrte, fiel sie über ihn her, biss ihm in die Brust, in die Nase, in die Wange, rang ihn zu Boden. Nun näherte sich ihnen der Einarmige.

»Herr Fabian?« Die Stimme hinter ihm wurde unsicher, brüchig. Er wandte sich um. »Wir müssen verschwinden. Schnell! Wir müssen aus dem Tunnel raus und Sie müssen ihn absperren lassen. Verstehen Sie mich?« Der Mann konnte den Blick nicht von der Frau lassen, die den Mann zerfleischte, sein Kollege wollte helfen, aber Tim stellte sich dazwischen. »Nein! Das ist zu spät. Er wird auch einer von denen. Und auf der anderen Seite sind auch schon welche.«

Tim erkannte immer mehr Menschen, die sich der Unfallstelle näherten, ihre Hälse reckten. »Brauchen Sie Hilfe?«, hörte er jemanden über die Autodächer rufen. »Verschwinden Sie alle von hier! Bringen Sie sich in Sicherheit! Schnell!«, warnte Tim, fuchtelte mit den Händen in der Luft herum. Der Einarmige hatte sie erreicht, griff den Anzugträger mit der gezogenen Waffe an. Der konnte ausweichen, ließ den Angreifer ins Leere laufen. »Weg! Wir müssen hier weg. Alle!«, schrie Tim wie von Sinnen, die verständnislosen Blicke seiner beiden Verfolger und die der Schaulustigen und Helfer trieben ihn in den Wahnsinn. Die Frau ließ von ihrem Opfer ab, sah sich um. Der ältere Mann erhob sich mit blutenden Wunden und leerem Blick. Mein Gott, ging das schnell! Sie wollte töten, um sie zu verwandeln! Auch wenn diese Kreatur an sich dumm war, so schien es Tim, sie verfolgte ein darwinistisches Ziel. Vermehrung. Der Einarmige griff wieder an, wurde zu Boden geschubst, die Frau und der *neue* Untote wankten den Tunnel entlang zu den Menschen, die auf die Unfallstelle zuströmten. Schreie hinter Tim, von der anderen Seite. »Sie haben ihn totgebissen!«, schrie dort jemand.

»Herr Fabian, wir müssen mit Ihnen reden«, begann sein einer Verfolger wieder, klammerte sich an seinem Text fest. »Wir müssen nicht reden, wir müssen von hier verschwinden, ehe …« Ein Motor dröhnte, das Geräusch näherte sich, bis ein Motorrad zwischen den Autowracks auftauchte, beschleunigte und auf sie zuraste. Tim brachte sich mit einem Sprung in Sicherheit, das Motorrad schoss an ihm vorbei auf die beiden Untoten zu. Die wichen nicht aus. Der Motorradfahrer fuhr in sie hinein, beide hielten sich an ihm fest, rissen und zerrten, wurden aus Tims Blickfeld geschleift. Tim hörte, wie die Maschine aufheulte, dann ein Krachen. Schreie. »Ehe wir hier alle in der Falle sitzen. Das wird eine Katastrophe, Mann!«

»Wir nehmen Sie mit uns, Hauptsache Sie …«

»Mama? Papa?« Ein Junge stand verloren zwischen zwei Fahrzeugen. Nur ein Wagen befand sich zwischen ihm und den beiden Untoten. »Junge, komm da weg! Schnell, komm her!«, rief Tim. Der Junge zuckte zurück, überlegte und lief dann zwischen den Autos vor ihnen weg. Der Einarmige kam wieder auf die Beine, wankte auf einen der Anzugträger zu. Tim sah sich zwischen den Fahrzeugen nach einer Fluchtmöglichkeit um. Der Notausgang! In Abständen von mehreren Hundert Metern waren Notausgangstüren in der Tunnelwand. Wenn sie sich beeilten… Tim suchte an der Wand nach einem Schild. Die nächste Tür befand sich demnach hundertfünfundzwanzig Meter von ihnen entfernt, wenn sie den Tunnel Richtung Süden folgten.

»Jetzt reicht es aber!«, hörte er hinter sich einen der Anzugträger, dazu das Geräusch eines auf den Betonboden aufschlagenden Körpers.

»Herr Fabian!«, rief ihn der andere. Tim drehte sich wieder um, bemerkte zwischen den beiden verkeilten Lastwagen einen weiteren Untoten, der auf sie zu taumelte. Der Fahrer, der ihn vorhin überholen wollte. Tim schüttelte den Kopf.

»Wir nehmen den Notausgang, in die Richtung. Kommen Sie jetzt! Da kommt noch einer. Es werden immer mehr.« Tim ging los, an einem Autowrack vorbei, bis er die Tunnelwand erreicht hatte.

»Herr Fabian!«

Tim war es egal. Sollten sie doch auf ihn schießen. Das wäre immer noch besser, als totgebissen zu werden und einer von denen zu werden.

»Verschwinden Sie! Hauen Sie alle ab!«, brüllte er den Menschen entgegen, die ihre Autos verlassen hatten und sich der Unfallstelle näherten, den Verletzten helfen wollten. Autos hupten. Tim erkannte vor sich eine dreiköpfige Familie, die ebenfalls auf den Notausgang zusteuerte. Schreie hinter ihm, Tim drehte sich um. Hinter den beiden Anzugträgern, die ihm folgten, konnte Tim erkennen, dass aus dem Motorblock eines PKW Flammen schlugen, ganz in der Nähe des Lkws. Zwei Männer versuchten dem Brand mit Feuerlöschern beizukommen, einer schlug mit einer Decke darauf.

Kein Feuer, bitte!, schoss es Tim durch den Kopf. Sein Blick wanderte zu dem chromglänzenden Tanklastzug, der schräg hinter dem brennenden Auto stand, das Heck in seine Richtung. Das orangefarbene Warnschild mit der symbolischen Flamme darauf. Sofort duckte sich Tim, presste seine Laptoptasche an die Brust. Er spürte einen Windzug, als würde eine Turbine Luft ansaugen, direkt darauf folgte mit einem Knall die Explosion, die alles in unmittelbarer Umgebung durch die Luft schleuderte und in Flammen hüllte. Eine Druckwelle riss Tim zu Boden, heiß wehte es in sein Gesicht, Schreie, kreischendes Metall, weitere Explosionen. Ein Regen aus Wrack- und Körperteilen und glühenden Karosserieelementen schoss über Tim hinweg. Zerfetzte Autos und Menschen schleuderten an die Tunnelwand. Tim schrie, kroch weiter zum Notausgang, zog seine Tasche hinter sich her, suchte hinter einem Wohnwagen Deckung. Eine weitere Explosion erschütterte den Tunnel, stärker noch als die erste. Sie erschütterte alles. Der Wohnwagen wurde vor Tims Augen in die Luft gehoben, ein Motorrad flog über Tim hinweg und krachte in einen Transporter, Menschen flogen wie Puppen über die Autodächer, der Wohnwagen landete wieder, direkt vor Tim. Der Sauerstoff wurde knapp, die Hitze unerträglich.

»Meine Augen! Ich kann nicht mehr sehen!«, schrie jemand neben Tim. Dieser versuchte zu erkennen, woher die Schreie kamen, aber über ihm wallte schwarzer, dichter Rauch, Licht spendeten nur noch die kniehohen Notleuchten an den Tunnelwänden.

»Herr Fabian …«, hustete jemand hinter ihm.

»Hier!«, rief Tim, sah unter dem Wohnwagen ein umherirrendes Beinpaar und direkt vor sich einen verkohlten Leichnam. Nein. Keine Leiche, denn der verbrannte Körper rollte sich zur Seite. Die Frau! Die Frau, die eben noch den Motorradfahrer angegriffen hatte. Ihr halbes Gesicht war entstellt, ein Auge fehlte. Sie langte nach Tim, schnappte mit ihrem nun freiliegenden Gebiss nach ihm, wollte unter dem Wohnwagen hindurch zu ihm kriechen. »Meine Augen!« Der Verletzte trat auf die Beine der Frau, die sofort reagierte und nach dem Umherirrenden griff. Tim kam auf die Beine, schwankte geduckt zur Tunnelwand. Um ihn herum tobte ein Inferno, alle Tonarten menschlichen Leids drangen an sein Ohr, er bekam kaum noch Luft. Einer der Anzugträger taumelte auf ihn zu, hustete.

»Wir … müssen … hier … raus!«, keuchte Tim, presste sich an die Tunnelwand und schob sich Meter für Meter vor. Kleinere Explosionen folgten, das verheerende Feuer griff weiter um sich. Tim sah die Notausgangstür vor sich, wurde von einem Hustenanfall geschüttelt, kämpfte sich zum Türgriff und zog sie endlich auf.

»Kommen Sie!«, keuchte er, zog seinen Verfolger mit sich in den Notausgang, wurde selbst von helfenden Händen hineingezogen.

»Schnell, machen Sie die Tür wieder zu! Der Rauch!«, wies ihn eine Stimme an und Tim schloss sie hinter sich, verbannte damit auch die Schreie. Der Anzugträger ließ sich fallen, hustete und erbrach sich. Tim japste nach Luft, sah sich um. Nur die Taschenlampe eines Handys spendete Licht, ein bärtiger Mann hielt es in den Händen. Der Familienvater, den Tim gesehen hatte. Seine Tochter weinte.

»Sind Sie gebissen worden?«, fragte Tim. Seine Frage galt sowohl dem Familienvater, als auch seinem Verfolger.

»Was? Nein. Wie kommen Sie darauf? Was soll die Frage?«, entgegnete der Vater, sein Verfolger erhob sich langsam, schnäuzte sich die Nase und schüttelte den Kopf.

»Gut. Wir müssen hier raus. Sie sollten auch so schnell es geht verschwinden. Da draußen greift eine Art Krankheit um sich, die die Menschen aggressiv macht. Sie fallen übereinander her. Wahrscheinlich ist es so auch zur Katastrophe gekommen«, erklärte Tim, wobei letzteres nur eine Vermutung war.

»Was reden Sie da für einen Blödsinn! Sie machen meiner Tochter Angst!«, fuhr ihn der aufgebrachte Vater an. Der Anzugträger legte diesem eine Hand auf die Schulter, sah ihn an. »Der Mann hat leider Recht. Am besten, Sie folgen uns. Ich arbeite für die Innenbehörde.« Er hielt einen Ausweis ins fahle Licht, hustete erneut. Tim war von dieser Wendung überrascht. Jemand glaubte ihm! Aber anstatt sich auf ein längeres Gespräch einzulassen, schaute er sich um. Er konnte nur wenige Meter vor sich erkennen. Nach Süden hin öffnete sich eine weitere Tür und Stimmen und Rufe drangen durch den Gang. Aus der anderen Richtung war noch nichts zu hören. Da Tim nicht wusste, in welche Richtung es kürzer oder länger zum Ausgang war, entschied er sich für den Norden. Er holte sein Smartphone aus der Tasche und beleuchtete mit dem Display den Weg. Ein einfacher Gang lag vor ihm, irgendwo am Ende konnte er Licht ausmachen. Wahrscheinlich war nur an der Unfallstelle die Beleuchtung ausgefallen. Er ging los, die anderen folgten ihm. Sie hatten erst einige Meter zurückgelegt, als mehrere Detonationen den Tunnel erschütterten. Tim strauchelte, konnte das Gleichgewicht nicht halten und fiel hin. Hinter ihm schrie das Mädchen der Familie, der Vater mahnte sie zur Ruhe. Kauernd überstanden sie die Explosionen, Tim erinnerte sich an die Erzählungen seiner Oma, von den Bombenangriffen aus dem zweiten Weltkrieg und konnte jetzt die Angst in ihrem Blick verstehen. Sie blieben nach dem letzten Zittern noch einige Sekunden unten, dann erhob Tim sich. Gedämpft hörte er Stimmen aus dem Notausgang, hörte das panische Atmen des Kindes hinter sich und ein … Geräusch. Nein! Er leuchtete in die Richtung, aus der es zu kommen schien, stürzte ein paar Schritte nach vorn und der Strahl seiner Lampe erfasste es. Wasser! Ein Riss zeigte sich in der Kachelwand, Wasser floss. Kein klares Wasser, sondern Flusswasser! Die Elbe über ihnen!

»Scheiße!«, stöhnte er. Die anderen schlossen zu ihm auf. Das Geräusch fließenden Wassers nahm zu, drang aus unterschiedlichen Richtungen aus der Dunkelheit an Tims Ohr.

»Das … das glaube ich jetzt nicht«, stammelte der Beamte, tauchte, wie um sich von der Realität zu überzeugen, seine Hand in den Strom.

»Es wird mehr«, flüsterte der Familienvater und hatte Recht. Das austretende Wasser schoss schon kräftiger aus dem Spalt. Tim nickte, sah in die Runde. »Also schnell, ja!« Sie rannten los.

Kapitel 28 – Letzte Meldung

»Gooooood morning, Vieeeetnaaammm!«
»*Good morning, Vietnam*«; 1987

Draußen war es dunkel und richtig nebelig geworden. Statt um 18 Uhr, sollte Sina jetzt früher beginnen und Kesh sollte früher nach Hause gehen. Stephan war wie erwartet außer sich gewesen, hatte sie zusammengeschissen und ihr die nächsten Nachrichten entzogen. Knapp 10 Minuten hatte sie nur noch auf der Uhr und gerade lief Flo Mega. Eine letzte Verkehrsmeldung, Sina kam ins Studio, lächelte mitfühlend und ließ sich auf das Sofa fallen. Kesh unterbrach sofort das Lied.

»Sorry, Leute, kurze Unterbrechung. Auf der A7 Richtung Hamburg sind auf der Höhe Raststätte Moorkaten Menschen auf der Fahrbahn, es ist zu Unfällen und … « Sie stockte beim Lesen. »… Angriffen gekommen. Die Polizei ist schon vor Ort. Fahrt vorsichtig bitte!« Sie spielte den Song weiter, las die Verkehrsnachricht noch einmal, sah sich um. Langsam war sie bereit, an einen üblen Streich zu glauben. Gleich würde der blonde Moderator ins Studio kommen und ihr die versteckte Kamera zeigen. Sie nahm den Hörer ab und rief noch einmal Paddel an.

»Paddel, die Verkehrsnachricht, ja? Kannst du da Genaueres zu finden? Wer greift denn da wen an?«

Paddel atmete tief ein.

»Komm schon, Kesh! Reicht das heute nicht an Stress?«

»Paddel! Bitte!«, bettelte sie. »Und schick mir die nächsten News mit, ja? Nur zum Draufschauen.« Paddel stöhnte.

»Ja. Jaaa!« Er legte auf, nach *Hinter dem Burnout* bekam Kesh eine Mail von ihm.

»Was war da eigentlich los mit Stephan?«, wollte Sina wissen.

»Erzähl ich dir später«, vertröstete Kesh sie und las sich die Mail durch. Fußgänger waren von dem Rastplatz auf die Fahrbahn gelaufen, es war zu mehreren Unfällen gekommen und Autofahrer waren *angefallen* worden. Angefallen? Kesh stutzte und behielt die Formulierung im Hinterkopf. Sie überflog die Nachrichten, die Sina gleich verlesen sollte. Amoklauf in der Heidberg-Schule, Frankfurter Flughafen gesperrt. Frankfurter Flughafen gesperrt? Sie suchte nach einer Begründung, fand aber keine.

»Krass«, sagte Kesh und schüttelte den Kopf.

»Was denn?«

»Deine Nachrichten. Da wird der Frankfurter Flughafen gesperrt und es gibt keine Begründung.« Aus einem Impuls heraus besuchte sie Tims Blog und las die Breaking News zum Frankfurter Flughafen. Sie stöhnte auf. Also gut, dieser Tim Fabian hatte einiges zusammengetragen, aber zu dem Vorfall auf der Autobahn fand sie nichts auf seinem Blog. Das war ihre Spur.

»Was ist denn?« Sina stand auf, kam zu ihr herüber, aber Kesh klickte Tims Blog weg. »Ach, das mit dem Flughafen ist krass. Wie willst du das denn ansagen?« Sina zuckte mit den Schultern. »Ich lass mir was einfallen.« Stephan klopfte an die Scheibe, Kesh nickte. »So, jetzt bist du dran in diesem Irrenhaus«, sagte sie, ging auf Sendung und übergab das weitere Programm an Sina. »Schönen Feierabend, Süße«, wünschte Sina ihr, während sie die Plätze tauschten. Kesh verharrte und überlegte. »Ich werde noch hierbleiben«, entschied sie.

»Was?«

»In der Redaktion. Ich werde mich da noch ein wenig
an den Rechner setzen.« Sina schüttelte den Kopf, zog die
Schultern hoch, setzte sich die Kopfhörer auf. Sie winkten sich zum Abschied zu, Kesh ging ins Foyer, zog sich
eine Cola und begab sich ins Redaktionsbüro. Ein Groß-
raumbüro mit etlichen Computerplätzen, das sich mehrere hier ansässige Sender miteinander teilten. Paddel sah
überrascht zu ihr auf: »Du hast doch frei, oder?« Sie setzte
sich auf einen leeren Stuhl neben ihn.

»Jetzt nicht mehr«, antwortete sie und fuhr den Rechner hoch.

Kapitel 29 – Hier kommt Alex

»Also, ihr Süßen, ihr habt gehört, was der Chef gesagt hat, kneift die Arschbacken zusammen und macht euch an die Arbeit.«

»Aliens - Die Rückkehr«; 1986

Es war laut in der Umkleide. Alex hatte seine Kleidung in den Spind gehängt, saß nach dem Duschen noch eine Weile auf der Pritsche und sann seinem letzten Einsatz im rechtsmedizinischen Institut nach. Das war sein bisher sonderbarster und auch härtester Einsatz. So hart, dass er Lust hatte, gleich saufen zu gehen. Außerdem hätte er gerne gewusst, was mit Markus und dem Arzt geschehen war, aber sein Einsatzleiter hatte ihnen keine Antwort gegeben. Er lehnte sich an den Spind, schloss die Augen. Heute war verdammt viel los. Etliche Kollegen aus anderen Bundesländern waren zur Unterstützung eingetroffen, es ging heiß her in der Stadt. Zum Glück hatte er seine Zeiten überschritten. Doppelschicht.

»Alex?«

Johann, sein Einsatzleiter stand vor ihm. Alex sah zu ihm auf.

»Ja?«

»Du hast noch einen Einsatz. Bis auf weiteres müssen alle Schicht fahren«, erklärte Johann und setzte sich zu ihm. Alex sah ihn fragend an. Das war in seiner gesamten Laufbahn noch nie vorgekommen. Allein aus gewerkschaftlichen Gründen durfte er nicht mehr arbeiten.

»Ich bin schon weit über ...«, setzte er zu einer Antwort an. »Ich weiß«, unterbrach Johann. »Andere auch. Aber es geht nicht anders. Es hat eine Katastrophe im

Elbtunnel gegeben. Wir müssen sofort ausrücken.« Johann schlug Alex auf den Oberschenkel, erhob sich und suchte nach weiteren Kollegen, die in den Feierabend gehen wollten. Eine Katastrophe im Elbtunnel. Alex schlug mit seinem Hinterkopf gegen die Spindtür und stöhnte. Ganz kurz kam ihm der Gedanke einfach abzuhauen, wie es ihm dieser Norman aus dem anderen SEK geraten hatte, dann aber verwarf er den Gedanken wieder, zog sich schnell an und war zehn Minuten später wieder auf dem Weg zu seinem nächsten Einsatz. Zum Glück war es nur ein heftiger Verkehrsunfall, wie Johann ihnen erklärte.

Kapitel 30 – Neues aus Wakendorf

»Uns droht eine ungewöhnliche Gefahr. Und jeder von uns kann davon betroffen werden. Mehr kann ich Ihnen im Augenblick nicht sagen. Versuchen wir alle, nicht die Nerven zu verlieren.«

»Blob, Schrecken ohne Namen«; 1958

»Die drehen wirklich durch!«, keuchte Torsten, der Kameramann, von vorne. Obwohl er am meisten schleppte, war er auch der Schnellste von ihnen und kämpfte sich über den aufgeweichten Ackerboden durch den dichten Nebel.

»Sally sagt, alle die jetzt da sind, werden erst mal die einzigen sein. Niemand kommt mehr rein. Keine Akkreditierung, keine Konferenz. Nada. Alles abgesperrt«, schnaufte Melli von hinten.

»Wahnsinn, das alles!« Torsten konnte es nicht fassen. Und dann dieser Adler. Wie er sie abserviert hatte. Keine Informationen, keine Interviews. Sie durften nur von außen filmen und dann ließ er das gesamte Dorf umzäunen.

»Das ganze Dorf!«, ließ er seiner Verwunderung freien Lauf, zerschnitt mit einer ausladenden Geste den Nebel, sein Stativ schlug gegen seinen Akkucase.

»Und wenn sie das ganze Dorf abriegeln, meint ihr dann nicht, dass es gefährlich ist, was wir hier machen?«, meldete sich Mario, der Mann für alles und Bedenkenträger der Gruppe. Torsten blieb abrupt stehen.

»Mann, geht die Scheiße schon wieder los, Mario?« Sie standen beisammen, versuchten den jeweils anderen nicht mit ihrer Lampe zu blenden. Mario nickte. Ja, es ging schon wieder los.

»Wir haben hier die einmalige Chance, etwas Großem nachzugehen, Alter! Das spürst du doch auch!« Torsten überragte Mario um zwei Köpfe an Höhe und wegen dessen Breite konnte Mario sich gänzlich hinter seinem Kollegen verstecken. Der Lichtstrahl von Torstens Stirnlampe tanzte über Marios Kopf hinweg im Nebel. Doch Mario blieb standhaft.

»DU weißt nicht, warum sie alles absperren!«, entgegnete er.

»Die bauen einen Zaun rum, na und? Da kann jeder durch, der da wirklich durch will«, argumentierte Torsten.

»Jungs, hört auf zu streiten. Ich will weiter. Ich will hier nicht die ganze Nacht in der Suppe rumlaufen müssen, klar?« Melli fasste beiden an die Schulter und schob sie voran.

»Also weiter«, brummte Torsten und auch Mario ging voran. Sie waren jetzt seit ungefähr einer Viertelstunde unterwegs, aufgebrochen vom sogenannten Basecamp am Wakendorfer Kulturzentrum, wo sie Bilder von LKW-Konvois und schwer gerüsteten Einheiten aufgenommen hatten. Inzwischen war jeglicher Lärm in diesem Nichts, durch das sie liefen, verschluckt worden. Sie hörten ihre Schritte, das Klappern ihrer Ausrüstung, ihre Atemgeräusche und wenn sie pausierten, um sich zu orientieren, hörten sie den Nebel, wie er von Büschen und Sträuchern tropfte. Aber sonst nichts. Keine Rufe, keine Motoren, es war beinahe unvorstellbar, dass nur wenige Hundert Meter entfernt eine Zeltstadt in diesem Dorf hochgezogen wurde.

»Die waren verdammt schnell«, bemerkte Melli, als sie endlich auf den Zaun stießen. Sie waren bewusst erst aus dem Dorf herausgegangen, um dann querfeldein einen Weg hinein zu finden.

»Muss da jetzt nicht der komische Wald liegen oder sind wir zu weit gegangen?«, fragte Torsten und sah sich hilflos im Nebel um.

»Ich glaube, der kommt noch«, antworte Mario. Sie lauschten, ob sie die Arbeiter hören konnten, die den Zaun aufstellten, aber es war weiterhin still. Torsten prüfte die Verbindungen zwischen den Zaunelementen, sie waren eingehängt und mit Kabelbindern verbunden. Sie gingen weiter. Schwiegen und lauschten. Sie hätten beinahe den Wald wegen des Nebels nicht erkannt, es war der Geruch von Nadelholz, der sie anhalten und vorsichtig werden ließ. Erst Torstens Stirnlampe schälte die Silhouetten der in Nebel und Dunkelheit liegenden Bäume heraus. »Okay.« Torsten holte eine Zange aus seinem Rucksack, trennte die Kabelbinder auf und zog die beiden Zaunstücke auseinander. Melli filmte ihn dabei mit einer kleinen Handkamera. Verwackelt, ohne Gegenschnitt.

»Mann, was machen wir hier eigentlich?«, fragte sich Mario und versuchte den Nebel vor sich auseinander zu treiben. Gespenstergleiche Fetzen stoben auf und davon. »Halts Maul, Mario, du könntest wenigstens leuchten!«, fuhr Melli ihn an. »Zaun ist auf, wir können rein.« Torsten grinste in die Kamera, verbeugte sich und wartete bis Melli und Mario hindurch geschlüpft waren. Dann folgte er, zog den Zaun wieder bis auf einen Spalt zusammen. »Alles klar. Was meinst du, Melli? Ich würde gerne ein paar Szenen im Wald haben. Nicht viel, nur was für die Atmo.«

»Licht?«, fragte sie.

»Kamera und zwei Handakkus von Mario. Und du solltest was dazu sagen.«

»Hier?« Melli flüsterte.

»Wir gehen ein Stück rein und suchen eine Stelle, die spooky aussieht.« Torsten schulterte seine Kamera, knipste das Licht ein und sah durch den Sucher, als er den Wald betrat. Morsche Tannenzweige zerbrachen unter seinen Schritten, im Wald lichtete sich der Nebel etwas, haftete eher an den Bäumen und im Dickicht. Das Tropfen kondensierten Wassers war zu hören, der eigene Atem und knackendes Holz.

»Das ist so schon gruselig, Torsten!«, flüsterte Melli und erschrak, als ein Ast unter ihrem Tritt zerbrach.

»Warte!« Er hatte eine Stelle gefunden, beschrieb mit der Kamera einen Halbkreis, um zu sehen, wie es im Film rüberkommen würde. Das könnte etwas werden. Einige Birken sorgten inmitten der Tannen für Abwechslung und durch die Maserung ihrer Stämme wirkte die Szenerie bei diesem Licht und Nebel gleich doppelt gespenstisch. Torsten veränderte das Licht, modifizierte die Aufnahmeeinstellungen und ging noch einmal mit der Kamera auf Fahrt. »Licht auf die Birken, Mario. Am besten schräg von unten hoch leuchten.« Mario holte die Handleuchten aus seinem Rucksack, setzte die Akkus auf. Torsten erweiterte seinen Halbkreis um ein Paar junge Tannen, in denen sich der Nebel schaurig verfangen hatte. »Verdammt, ist das gut. Melli, du kannst schon ...« Was war das? Er schwenkte zurück. Da war ein Schatten gewesen, eine Bewegung vielleicht. Jetzt war da nichts mehr. Er hielt die Kamera wie ein Sturmgewehr, leuchtete vor sich in den Wald und sah nicht mehr durch den Sucher. Nichts. »Torsten? Alles in Ordnung?«, wollte Melli wissen, sah von ihrem Skriptbuch auf, in das sie sich Notizen für ihren Text schrieb. »Ich dachte, ich hätte was gesehen«, antwortete er und spähte wieder durch die Kamera. Noch mal den Halbkreis. Die beiden jungen Tannen, dann der Schwenk über das atmosphärische, natürliche Arrangement aus Birken, Tannen und Nebel für den Ballhaus-Effekt und dann gleich im Anschluss das Ganze noch einmal ausgeleuchtet. »Mario, jetzt ...« Und dann verschlug es ihm die Sprache. Seine Kamera erfasste einen Jungen, der zwischen zwei Birken stand und ihn anstarrte. Bleich, wie der Nebel, Blut um den Mund herum, ein schwarzer Umhang. »Fuck!«, stieß Torsten hervor, nahm die Kamera herunter und wurde von einem Mann angegriffen, der zwischen den beiden Jungtannen hervor auf ihn zustürzte. Torsten kam ins Stolpern, der Mann drängte ihn zurück, beide stürzten zu Boden, Torsten fiel die Kamera aus den Händen und der Mann landete auf ihm. Melli schrie. Sie hatte nur kurz im Licht den bleichen Jungen gesehen, Mario hingegen hatte gar nichts gesehen. »Was? Was ist los?«, brüllte er, leuchtete mit seinem Handy in den Wald und auf Torsten. »Scheiße! Typ, hau ab, das gibt Ärger!« Torsten wollte den Kerl von sich stoßen und ihm dann eine auf's Maul hauen, aber der Angreifer hielt seinen Oberarm mit einer Kraft fest, die er ihm nicht zugetraut hätte. Eigentlich hätte er niemandem diese Kraft zugetraut. »Scheiße! Was ...« Er versuchte, sich zur Seite zu rollen, aber der andere zog sich an ihm hoch und biss ihm ins Gesicht. In die linke Augenbraue. Ein Ruck und er hatte sie ihm abgebissen. Torsten erstarrte, bis ihn ein weiterer Schmerz knapp über dem Jochbein wieder aus dem Schockzustand holte. Er stemmte sich gegen den Angreifer, der andere aber drückte ihn hinunter, wurde gieriger, stärker. »Ein Kind! Hier ist ein komisches Kind im Wald!«, schrie Melli. Ma-

rio schrie auch, er wurde von einer blutüberströmten
Frau angegriffen, die hinter zwei Tannen auf ihn zu ge-
wankt kam. Torsten wand sich, drückte sich durch und
den anderen an dessen Kinn nach oben. Das grüne Licht
der Kamera fiel ihm dabei irrwitzigerweise auf. Er filmte!
Was für ein Glück, das würden Wahnsinnsaufnahmen
werden! Schmerzen in der linken Hand, danach in der
rechten. Der andere biss sich einfach durch die Deckung
hindurch. Torsten zog ein Knie hoch, schnellte mit dem
Kopf vor, um eine Kopfnuss auszuteilen, in der Hoffnung, den anderen so schmerzhaft zu treffen, dass dieser
von ihm ablassen würde. Aber das tat der andere nicht.
»Hilfe!«, schrie Torsten. »Hilfe!«, schrie auch Mario, der
die Frau nicht loswurde, die ihn zu Boden gerissen und
sich in seinem Oberschenkel verbissen hatte. Torsten
spürte, wie seine Kräfte schwanden, Blut lief ihm ins Auge und etwas, von dem er annahm, dass es sein eigener
Finger sein könnte, landete in seinem Gesicht. Sein Angreifer hatte sich jetzt in seinem Handgelenk verbissen,
warf den Kopf hin und her und zerriss ihm eine Schlag-
ader. Torsten machte sich steif wie ein Brett, mobilisierte
alle Kräfte, er wusste, es ging um sein Leben und versuchte, den anderen von sich zu stoßen. Es gelang ihm
nicht. Sein Leben lag in der Hand des anderen, sein Widerstand erstarb. Er hörte Melli kreischen und schreien,
nur was sie schrie, verstand er nicht mehr. Er war zu weit
weg. Er starrte in seine Kamera, die nur eine Armeslänge
von ihm entfernt lag. Er hatte sich immer gewünscht,
hinter der Kamera zu sterben. Nie hätte er sich träumen
lassen, vor der Kamera zu sterben. Das war sein letzter
Gedanke.

Nur etwas später fanden mehrere durch den Nebel unsicher gehende Gestalten einen Weg durch den Zaun auf die andere Seite. Die größte Gestalt ging voran, leuchtete mit einer Stirnlampe durch den Nebel. Sie marschierten über zwei Felder, passierten die unbefahrene Straße und hielten auf einen Campingplatz zu, der zwischen Götzberg und Wakendorf lag. Es war, als würde die Gruppe dort etwas erwarten, als hätte sie ein Ziel.

»Gehen Sie jetzt bitte zurück in ihre Häuser und schließen Sie sämtliche Fenster und Türen. Sie werden später durch Flugblätter informiert werden.« Der Mann, der seinen Spitz an der Leine führte, die beiden älteren Frauen und die drei Jugendlichen musterten den vollgerüsteten Polizisten oder Soldaten argwöhnisch, der ihnen durch einen Schlitz in seinem Helmvisier die Anweisungen gab. »Sie können mir nicht verbieten …«, wollte sich der Mann auflehnen. Der Bewaffnete trat einen Schritt auf den Mann zu, gab ein Handzeichen und zwei weitere Soldaten oder Polizisten nahmen den Mann in ihre Mitte. »Bitte gehen Sie jetzt zurück in Ihr Haus oder wir werden Sie in Gewahrsam nehmen müssen.« Der Mann nickte, zog an der Leine und verschwand mit seinem Spitz im Nebel. Anschließend hatten es alle anderen auch eilig nach Hause zu kommen. Die drei bewaffneten Männer setzten ihren Weg durch Wakendorf II fort.

Noch später fuhren Militärjeeps durch das Dorf, Männer verteilten vor jeder Haustür Lebensmittelpakete, Medikamente und ein Informationsblatt. Die Bevölkerung wurde zur Mithilfe aufgefordert, man sollte sich unter einer angegebenen Rufnummer melden, sobald man verdächtige Personen beobachten würde. Nachdem sie alles sichtbar vor den Haustüren deponiert hatten, klingelten die Männer und zogen sich wieder in ihre Fahrzeuge zurück, ohne die Fragen der Einwohner abzuwarten.

Es kam zu kleineren Zwischenfällen, Bürger, die sich nicht an die Aufforderungen hielten, im Haus zu bleiben. Sie wurden aufgegriffen und zurück gebracht. Anschließend fuhren Militärfahrzeuge durch jede Straße des Dorfes und verkündeten die Anweisungen nochmals über Lautsprecher. Spätestens da war jedem Einwohner der Ernst der Lage bewusst.

»Bitte ziehen Sie sich aus«, forderte die Krankenschwester Sandra auf.

»Was soll … wie bitte?«

»Bitte ziehen Sie sich aus. Ganz«, wiederholte die Krankenschwester ihre Anweisung. Sandra schluckte, zog sich langsam aus. »Muss meine Tochter auch …«

»Ja, aber das kommt später«, antwortete die weibliche Stimme und Sandra vermeinte hinter dem getönten Helmvisier ein Lächeln zu erkennen. Schon auf dem Weg zu diesem nochmals umzäunten Bereich der wachsenden Zeltsiedlung auf dem Fußballplatz hatte sie erkannt, dass hier noch höhere Sicherheitsstandards herrschten. Sämtliches Personal trug weiße Schutzanzüge und ließ Sandra an Kosmonauten denken. Die Zelte waren allesamt miteinander verbunden, und konnten nur über Sicherheitsschleusen betreten werden.

»Was genau machen Sie mit uns?«, wollte Sandra wissen.

»Erst einmal werde ich Sie auf Verletzungen untersuchen. Blutende Wunden. Und seien sie noch so klein«, antwortete die Krankenschwester. Deshalb vorhin auch Adlers Frage, ob sie gebissen wurde. »Und dann?«, hakte

Sandra nach. Mittlerweile hatte sie ihre Scham überwunden und sich ausgezogen. Sie wurde in eine Zeltecke geführt. Die Krankenschwester schaltete mehrere Lichtstrahler an, die Sandras Körper ausleuchteten, setzte sich ein elektronisches Sichtgerät auf und suchte sie nach Wunden ab. »Mit diesem Licht und dem Sichtgerät können wir auch die geringsten Blutspuren erkennen, selbst kleinste Haarrisse«, wurde Sandra erklärt. »Haben Sie Ihre Periode?« Sofort presste Sandra ihre Beine zusammen.

»Ja, habe ich.«

»Keine Sorge, das braucht Ihnen nicht unangenehm sein. Ansonsten sind Sie zum Glück unversehrt. Das ist schon mal sehr erfreulich. Sie können sich wieder anziehen und dort auf dem Stuhl Platz nehmen.« Sandra sammelte sich und zog sich wieder an. »Und nach was suchen Sie genau? Von wo kommen Sie eigentlich?«, bohrte Sandra weiter. Die Krankenschwester schob einen Rolltisch zu ihr, auf dem mehrere Spritzen lagen, sowie ein Behälter für Blutproben. »Wir suchen nach einem Erreger«, antwortete eine Männerstimme hinter ihr, sie erschrak und drehte sich um. Ein weiterer Kosmonaut betrat das Zelt. »Ich bin Dr. Kaminsky«, stellte er sich nachträglich vor. »Und ich leite diese Operation hier.« Er setzte sich zu ihr, offenbar war seine Anwesenheit bei ihr von Bedeutung. »Hier?« Sandra glaubte an der Betonung herausgehört zu haben, dass es so eine Einrichtung auch anderswo gab. Treffer. Kaminsky und die Krankenschwester sahen sich einen Augenblick zu lange an, zögerten. »Wir arbeiten im Bernhard-Nocht-Institut für Tropenmedizin. Im Falle einer sich ausbreitenden Viruserkrankung sind wir weltweit im Einsatz. Momentan betreuen wir noch ein Camp in Guinea. Ebola. Wahrscheinlich haben Sie davon gehört.« Kaminsky nickte der Krankenschwester zu, die

Sandras Arm nahm und ihn über dem Ellenbogen abband. »Das heißt, das hier geschieht gerade weltweit?« Kaminsky räusperte sich. »Als ich eben meinte, ich würde diese Operation hier leiten, da ..., also ich wollte damit nicht sagen, dass ...« Er schüttelte den Kopf. »Wir sind noch in Frankfurt«, gestand er. Die Schwester setzte eine Kanüle. Sandra beobachtete, wie ihr Blut in das Röhrchen strömte. »Frankfurt?« Sie sah auf und spürte Angst wie Spinnenbeine ihren Rücken hinaufkriechen. Wenn dort Ähnliches geschah und ein ebensolcher Aufwand betrieben wurde .... Sie sah zu ihrer Tochter, die in einem Babybett schlief. Kaminsky brachte einen beschrifteten Aufkleber auf dem ersten Röhrchen an und hängte es in den Halter. »Wie ...« Sandra fahndete nach den richtigen Worten, während sich das zweite Röhrchen füllte. »Also gehen Sie davon aus, dass es ein Virus ist?« Kaminsky erstarrte in der Bewegung, sein Helm wandte sich zu ihr um. »Was soll es sonst sein?«, fragte er beinahe entrüstet. Sandra schluckte trocken, ihre Lippen bebten. »Ich ... glaube nicht, dass mein ... Mann und mein Sohn noch leben. Ich glaube, dass sie tot sind. Und dennoch sind sie da draußen im Wald. Laufen umher. Greifen vielleicht sogar andere Menschen an.« Sandra atmete tief und bebend ein, es herrschte einen gedehnten Moment lang Stille, ehe Kaminsky den Kopf schüttelte. »Sie können nicht tot sein«, widersprach er, aber Sandra hörte Zweifel in seiner Stimme. Wahrscheinlich hatte er schon andere *Menschen* hier mit identischen Symptomen untersucht und keine Erklärung dafür gefunden. Er beklebte die letzte Blutprobe, hängte sie neben die anderen Röhrchen, hob einen Koffer auf den Tisch und öffnete ihn, kalte Luft entwich. Er hob die Blutproben in den Koffer, verschloss diesen wieder. »So. Das war es erst einmal. Jetzt kümmern wir uns um Ihre Tochter«, wich er aus. »Und wenn nicht?« Sandra hielt ihn an seinem Arm fest, sämtliche Gefühle waren aus dieser Frage verbannt. »Wenn sie doch tot sind?« Kaminsky legte eine Hand auf den Griff des Koffers, wollte gehen. »Dann hält die Welt nichts mehr in ihrem Inneren zusammen«, antwortete er. Sandra wusste, dass er meinte, was er sagte.

Es war der erste Kaffee, den Adler heute trank. Das erste Getränk überhaupt. Sein Verbindungsoffizier saß vor ihm im Zelt, hatte sein Klemmbrett auf den Schoß gelegt und hielt seinen Stift wie eine Waffe in der Hand.

»Ihre Waffe, was?«, fragte Adler und schenkte ihm ein Lächeln. Der Offizier lächelte zurück und nickte.

»Wie lange arbeiten wir schon zusammen, Karsten?«, wollte Adler wissen. Das erste Mal, dass er in seiner Dienstzeit jemanden von niedrigeren Rang geduzt hatte. Sein Verbindungsoffizier riss dementsprechend die Augen auf, konnte seine Überraschung und sein Unbehagen nicht verbergen. »Acht Jahre, Herr …« Adler hob die Hand, bereute seinen Vorstoß aus reiner Sentimentalität heraus, wertete ihn als Fehler, aber die Umstände waren aus seiner Sicht auch noch nie so besorgniserregend gewesen. Er räusperte sich. »Und wie … schätzen Sie die Lage ein?«, fragte Adler mit der üblichen Distanz. Der Offizier blickte auf sein Klemmbrett, fuhr mit der Spitze seines Kugelschreibers über einzelne Punkte seiner Notizen. »Die Zivilbevölkerung ist informiert und versorgt worden. Es gab kleinere Zwischenfälle, aber jetzt haben wir die Lage im Dorf unter Kontrolle. Unsere Suche nach den Infizierten gestaltet sich aber bei dem Nebel und den Problemen mit der Hundestaffel als schwierig. Zumal wir auch mit den Wärmesichtgeräten kaum weiterkommen, weil die Infizierten nach einer Weile …«

»… keine erhöhte Körpertemperatur mehr aufweisen. Ja, ja, ich weiß das alles«, unterbrach Adler, winkte ab und seufzte. Er hatte das Gespräch in eine andere Richtung lenken wollen, aber sein Offizier dachte das Szenario rein militärisch. Vielleicht war das auch angebracht, aber an ihm nagte die Sorge und setzte ihm zu. Der Gedanke, einem bisher unerklärlichen Phänomen ausgesetzt zu sein, bei dem Tote herumliefen und andere Menschen angriffen, machte ihm Angst. Zu wissen, dass sich dieses Phänomen nicht mehr nur auf Wakendorf II beschränkte und zu ahnen, dass das Weltbild der Wissenschaftler vor Ort bei dem Gesehenen ins Wanken geriet, brachte ihn an den Rand der Panikzone. Ping. Eine Nachricht erreichte ihn auf seinem Laptop. Sein Kamerad Wolf. Dieser hatte seinen Einsatz im rechtsmedizinischen Institut in Hamburg beenden können, aber auch aus seinen wenigen Zeilen las Adler die Beklemmung heraus, die seinen Kameraden erfasst hatte. Eine weitere Nachricht kündigte sich an. Das angeforderte Exposé über diesen Tim Fabian. »Einen Augenblick, bitte«, entschuldigte sich Adler bei seinem Offizier und las. Klickte sich durch die angegebenen Quellenhinweise, überflog dessen Blog und die eingebetteten Filmbeiträge. Er klappte den Laptop zu. »Ich muss zu dieser Frau!«, sagte er. »Sandra«, ergänzte sein Offizier nach einem kurzen Blick in seine Notizen. »Genau. Sehr gute Arbeit«, lobte Adler stand auf, schlug dem Offizier auf die Schulter und verließ das Zelt.

Kapitel 31 – Blog ohne Blogger

»Die Seite hatte zweitausend Klicks in zweieinhalb Stunden?«
»Zweiundzwanzig.«
»Was?«
»Zweiundzwanzigtausend!«

Es wuchs. In der virtuellen Welt wurde es geteilt, geteilt, geteilt, geteilt … Jeder kennt Nachrichten, Bilder oder Clips, die mit einem Mal die Plattformen dominieren. Keine Kettenbriefe, sondern Informationen oder Aussagen, die Menschen berühren. Der neue Videoclip eines alternden Pop-Stars, der Poetry-Slam-Auftritt einer jungen Studentin. Sie schleichen sich langsam an, verbreiten sich dann rasend schnell und türmen sich zu einer Welle im Netz auf, die beinahe alles und jeden erfasst. Es gibt Wellen, getragen von Mitgefühl. Wenn ein Obdachloser eine verlorene Brieftasche zurückgibt, ein Polizist einem verarmten Kind Schuhe kauft, dann rührt das die Menschen. Wellen der Häme und Wut, wenn Prominente, die in der Öffentlichkeit ein moralisches Gewissen repräsentieren, fehltreten, betrügen, sich auf Kosten Schwächerer bereichern oder wenn am besten Verdienende auf Millionenabfindungen bestehen, nachdem sie ein Unternehmen an die Wand gefahren haben. Es gibt Wellen der Angst, getragen von der Sorge, einer höheren Macht hilflos ausgeliefert zu sein. Verkehrsunfälle, Umweltkatastrophen, Kernschmelzen in Atomreaktoren, Viren. Tims Blog und seine Einträge auf anderen Plattformen lockten Freaks an. Sie waren die ersten, die teilten und kommentierten. Menschenfresserschuldirektor. Allein der Name des Clips machte viele neugierig, begeisterte. Aber als die ersten ernsthaften Kommentare auftauchten, schlug das Komödiantische in Angst um. Und Angst schien über die Qualität zu verfügen, die eine Verbreitung der Nachricht potenzierte. Es waren die Meldungen aus Frankfurt, die die Verbreitung als erstes trugen. Nachdem der Flughafen abgesperrt worden war, erhielt der Blog Zulauf und auf Facebook meldeten sich die ersten Fluggäste, die festgehalten wurden. Erst wurden nur die katastrophalen Zustände beschrieben, wie Soldaten auf dem Rollfeld eine Maschine stürmten, dass Militärhubschrauber im Einsatz waren, dass man *eingesperrt* wurde. Es folgten Kommentare, die Angriffe in einem Kindergarten in Wakendorf II meldeten, Kommentare, die die beschriebene Lage in der Gesamtschule am Heidberg stützten. Aber dann stagnierte es. Die Meldungen wurden zwar weiter geteilt, aber die das Thema belebenden Kommentare blieben aus. Und dann, mit Einbruch der Dämmerung, lud Flo Ryan 77 auf Tims Facebookseite ein kurzes Video hoch. Es dämmerte. Aus einem langsam fahrenden Auto heraus wurde gefilmt, ein Mann wurde gezeigt, der auf einen auf dem Standstreifen einer Autobahn stehenden Wagen zuwankte. Aus dem stehenden Wagen stieg ein weiterer Mann aus. Groß. Kräftig. Der Taumelnde erreichte ihn, ließ sich in dessen Arme fallen. Die Kamera wackelte, die Bilder auch, so dass man erst spät erkennen konnte, dass es zu einem Kampf zwischen den beiden gekommen war. Der kleinere Mann biss den Größeren, drängte ihn an sein Auto, die filmende Person und die Fahrerin (erkannte man an der Stimme) diskutierten hysterisch. Ein Knall, ein Schrei, die Kamera schwenkte zur Fahrerseite, wo ein anderer Mann mit einer Maske oder einer schweren Gesichtsverletzung auf die Scheibe einschlug. Das

216

Auto beschleunigte ruckartig, Schreie, Ende. Kommentar zum Film: A7 Richtung Süden, Raststätte Moorkaten, Beißer greifen an. Mit diesem Video kündigte sich eine zweite Welle der Aufmerksamkeit an. Und sie war viel größer als die erste.

Kapitel 32 – Nachrichten

»Nur Polypen und schlechte Nachrichten klopfen nicht an.«

»Angel Heart«; 1987

DONG. *Hier ist das erste deutsche Fernsehen mit der Tagesschau.*

»Guten Abend.« Das Gesicht des Nachrichtensprechers war ebenso ernst, wie dessen Brille. Die neue Medienwand zeigte einen Flughafen, der Titel: »Frankfurt.«

»Der Frankfurter Flughafen wurde heute für den gesamten Flugverkehr gesperrt. Reisende werden derzeit auf dem Flughafen festgehalten, die Behörden gaben eine Quarantänewarnung heraus, eine Passagiermaschine aus Peking steht in Verdacht, das gefährliche Virus H5N1, bekannt als Vogelgrippe, eingeführt zu haben. Wir informieren direkt im Anschluss an die Tagesschau in einer Sondersendung zu diesem Thema.«
Über die Medienwand wurden Asiaten auf Tragen von Menschen in weißen Ganzkörperschutzanzügen zu Rettungsfahrzeugen geschoben.

»Hamburg.«
Ein Blick in die Kamera. Eine Luftbildaufnahme der Elbe direkt über der Autobahn, die durch Hamburg führt.

»Im Elbtunnel kam es heute zu einem schweren Unfall. Ein Gefahrguttransporter stieß in einer Tunnelröhre mit einem weiteren Schwertransporter zusammen, es kam zu mehreren Explosionen und einem verheerenden Feuer. Aktuell laufen die Rettungsarbeiten in beide Richtungen des Tunnels. Dieser ist voll gesperrt.«

Blaulichtgewitter im Dunkeln, hin- und hereilende Rettungskräfte.

»Die Behörden warnen vor austretenden, giftigen Gasen, die bei Menschen, sofern sie eingeatmet werden, zu fremdaggressivem Verhalten führen können. Die Bürger der Stadt Hamburg und dem Umland werden gebeten, in ihren Wohnungen zu bleiben, Fenster und Türen geschlossen zu halten und verdächtigen Personen aus dem Weg zu gehen und diese zu melden. Auch darüber wird in der anschließenden Sondersendung berichtet.«

Blickkontakt mit der Kamera. Ernstes Gesicht.

»Syrien.«

Kapitel 33 – Einer fehlt

»Der größte Trick, den der Teufel je gebracht hat, war die Welt glauben zu lassen, es gäbe ihn gar nicht.«
»Die üblichen Verdächtigen«; 1995

»Was ist denn das für ein Schwachsinn?«, entrüstete sich Hamburgs erster Bürgermeister in der virtuellen Ministerpräsidentenkonferenz. »Die Chinesen! Das glaubt uns doch keiner!«

»Das gibt uns Aufschub. Je mehr Zeit, desto besser«, erklärte der CSU-Mann aus Süddeutschland. »Außerdem haben sie es auch mal verdient«, witzelte ein benachbarter Kollege der Schwesterpartei.

»Das erklärt einiges«, sagte der Hamburger trocken. Die Kanzlerin schaltete sich dazu, schlagartig wurde es still.

»Entschuldigen Sie meine Verspätung, liebe Kolleginnen und Kollegen.«

»Wo ist denn der Herr Kollege aus Hessen?«, fragte Berlin.

»Wir erreichen ihn nicht. Er hätte teilnehmen müssen«, erklärte die Kanzlerin. Ihr Tonfall senkte die Temperatur um ein paar Grad und brachte die Pixel zum zittern. »Wir beginnen ohne ihn. Zur Lage in Frankfurt …« Die Kanzlerin beschrieb die aktuelle Situation in Frankfurt, in Hamburg und in Schleswig-Holstein, übertrug die Problematik auf die übergreifende Bundesebene, erwähnte die Schritte, die im Bundeskanzleramt geplant und teilweise auch schon umgesetzt worden waren.

»Was müssen wir als nächstes tun …«, begann sie den dritten Teil ihrer Ansprache und wurde aus Niedersachsen unterbrochen. »Die Zivilbevölkerung aufklären selbstverständlich!« Niemand antwortete, auch die Kanzlerin schwieg. »Natürlich, liebe Freunde«, pflichtete sie dem Vorschlag bei. »Aber ich empfehle, dies in Maßen zu tun. Wir müssen unbedingt eine Panik vermeiden, die auch unsere Wirtschaftsfreunde jenseits der Grenzen erfassen könnte. Wir müssen schlechte Nachrichten vermeiden. Deutschland ist sicher, meine lieben Freunde. Solange wir nicht wissen, was genau es ist, verlange ich von Ihnen, dass nur Experten vollumfassend informiert werden. Die Informationen, die weiterzugeben sind, lasse ich Ihnen allen als Datei zukommen, ebenso ein Organigramm, das veranschaulicht, welche Behördenstellen wie ausführlich informiert werden müssen. Und eine Pressemitteilung, die wir einheitlich an alle Vertreter herausgeben werden. Dabei ist es wichtig, dass die Ereignisse in keinen Zusammenhängen zueinander stehen. Die Vorkommnisse haben nichts miteinander zu tun.« Die Kanzlerin räusperte sich, nahm eine Haltung ein, die man von ihr aus den Medien kannte und man konnte sich die Raute, die ihre Hände bildeten, vorstellen, ohne sie zu sehen. »Ich will noch einen Punkt ansprechen, der sicher bei Ihnen zu Fragen führen wird. Es betrifft den finalen Kopfschuss, den unsere erfahrenen Einsatzleiter vor Ort in Gefahrensituation empfehlen. Ich vertraue unseren Experten da voll und ganz und bitte Sie eindringlich, darauf zu achten, dass diese Anweisung von den Einsatzkräften vor Ort zu ihrem eigenen Schutz angewendet wird.« In den Gesichtern der Landesherren und -frauen konnte man Überraschung bis Entsetzen ablesen. »Finaler Kopfschuss?«, fragte wieder Niedersachsen nach. Die Kanzlerin nickte. »Genaueres finden Sie in dem Leitfaden, den Sie in diesem Augenblick erhalten haben. Ich erkläre unser Zusammentreffen in Anbetracht der Dringlichkeit, mit der uns diese Aufgaben rufen, für beendet. Eine hoffentlich ruhige Nacht wünsche ich uns.« Das Bild der Kanzlerin verschwand, die Sitzung war beendet.

Kapitel 34 – Politik wird auf Toiletten gemacht

»Der Toilettensitz ist hochgeklappt, Mann!«
»The Big Lebowski«; 1998

Das geheime Finanztreffen, Eingeweihten unter dem Decknamen Malenter Symposium bekannt, fand im siebenunddreißigsten Stockwerk kurz vor der virtuellen Ministerpräsidentenkonferenz in einem Gebäude einer großen deutschen Bank statt. Dr. Mönchsmacher hielt vor den versammelten Experten aus der Finanzwelt seinen Vortrag, über ein neues System, das Gewinne versprach. Ja, es hatte moralische Einwände gegeben, Einwände, die es vor zehn, fünfzehn Jahren undenkbar gemacht hätten, aber er hatte sie entkräften können, hatte sie an ihrer Gier gepackt und jetzt schleifte er sie über afrikanischen Savannenboden, brach die fruchtbare Krume auf und förderte Schätze zutage. Doch dann wurde ihm mit einem Mal schwindelig, er verlor komplett den Faden und sah erst einige rote Schlieren vor Augen, ehe sich alles einfärbte.

»Verzeihen Sie mich bitte einen Augenblick«, sagte er zu den Teilnehmern, die sich über seine Wortwahl wunderten. Er zog an seiner Krawatte, stand auf und versuchte in Würde und mit Haltung den Konferenzsaal zu verlassen. Kaum, dass die Tür hinter ihm zugefallen war, stürzte er auf die Herrentoilette, dort in eine Kabine, erbrach sich über der Kloschüssel und verlor das Bewusstsein. Rot, war sein letzter Eindruck.

Ministerpräsident Förster schaute auf seine Uhr. Laut Programmpunkt hätte Dr. Mönchsmacher ihm danken und anschließend verabschieden sollen, denn wegen der Flughafengeschichte hatte seine Chefin ihn zu einer Konferenz zitiert. Allerdings verzögerte sich hier alles ein wenig und er stand wieder mal unter Dampf. Der Vortrag war bisher alles andere als souverän gewesen, er hatte Mönchsmacher bisher seine Vorträge immer professionell halten sehen, aber dieser hier … Mönchsmacher war unkonzentriert und fahrig. Aber vielleicht steckte in dessen überhasteten Abgang ja auch eine Botschaft. Vielleicht wollte er ein kurzes Vieraugengespräch mit ihm führen. Politik wurde nach Försters Meinung ohnehin am ehesten auf Toiletten und auf Fluren gemacht. Er hob seine Hand, stand auf, verlor ein paar Sätze an alle, verabschiedete sich und verließ das Symposium. Sein Sekretär folgte ihm. Förster sah sich auf dem Gang um, Mönchsmacher bog eilig in den Korridor zu den Toiletten ein. »Ich komme gleich nach, gehen Sie schon zum Wagen«, wies er seinen Sekretär an und wartete bis dieser einen Fahrstuhl gerufen hatte, einstieg und sich die Türen hinter ihm schlossen. Haltung. Es hatte immer etwas mit Haltung zu tun. Er folgte Mönchsmacher, bog ebenfalls in den Korridor, blieb stehen, straffte sich und seinen Anzug. Es ging um das Alles-im-Griff-haben-Gefühl, das er in seinem Amt ausstrahlen musste, trotz der Lage auf seinem Flughafen. Trotz des Kompetenzentzugs. Die Kanzlerin hatte ihm die Kontrolle entzogen und einem »Einsatzleiter« übertragen, der in einer Abteilung des Bundesinnenministeriums angestellt war. Einer Abteilung von der Förster noch nie zuvor gehört hatte. Alles im Griff. Er hatte dennoch alles im Griff. Halt! Töte das *Dennoch!* Du hast alles im Griff. Du hast alles im Griff! Jetzt hatte er es!

Ein paar energische Schritte auf die Toilettentür zu, mit
Schwung auf damit … leer. Er stellte sich diplomatisch
vor das Waschbecken und ließ Wasser laufen. Er lauschte.
Stille. Lange Zeit. Zu lange für ein Vieraugengespräch. Es
gab zwar keine festgeschriebenen Etikette dafür, aber
normalerweise traf man sich bei den Waschbecken und
kam *zufällig* ins Gespräch. Förster drehte den Hahn zu,
es klapperten ein Toilettendeckel und die Klokabinentür.
Nicht so, als ob sich jemand vielleicht umständlich erhob
und irgendwo versehentlich gegen stieß, sondern laut
und … roh. Unbeholfen. Förster sah in den Toiletten-
raum. Meine Fresse, musste er wieder denken, dass Ban-
ken immer so übertreiben mussten. Man hätte mit dem
Bus vom Pissoir zum Waschraum fahren können, so
protzig wurde hier mit Platz umgegangen. Förster wusste,
was hier ein Quadratmeter Grundstück kostete und
schätzte, viele mittelständische Einfamilienhäuser waren
weniger wert, als das Klo in diesem 37. Stockwerk. Die
hinterste Tür schlug auf und wieder zu, ein Mann, der
dort umständlich auf die Beine kam. Dr. Mönchsmacher.
Hemd und Anzug wiesen frisch Erbrochenes auf, sein
Blick war … gebrochen. Als hätte er Drogen genommen.
»Scheiße!«, fluchte Förster, ärgerte sich darüber, seinen
Sekretär schon voraus geschickt zu haben, besann sich
dann aber und überlegte, welche strategischen Vorteile es
ihm verschaffen würde, Dr. Mönchsmacher in dieser un-
pässlichen Lage anzutreffen. »Dr. Mönchsmacher!«,
sprach er ihn an. Nahm Mönchsmacher wirklich Drogen? Welche? Kokain? Heroin? Mönchsmacher streckte
die Arme aus, fiel hin, versuchte wieder aufzustehen. Der
Ministerpräsident wollte helfen, stockte dann aber. Die
Krankheit am Frankfurter Flughafen. Mönchsmacher war
gerade erst aus Afrika wiedergekommen. Förster zog seine

ausgestreckte Hand zurück, Mönchsmacher hatte diese
Hilfe auch gar nicht mehr nötig, er robbte ein Stück voran, umfasste Förster an dessen Knöchel, zog sich das letzte Stück zu ihm. »Dr. Mönchsmacher, ich hole Hilfe!«,
entschied Förster, wollte zurücktreten und andere diesen
Job machen lassen, aber Mönchsmacher ließ ihn nicht
los. »Jetzt reicht es aber, Mönchsmacher!«, schimpfte
Förster, wollte seine Beine aus dem Griff des Spitzen-
maklers frei schütteln. Dr. Mönchsmacher biss ihm durch
die Hose ins Schienbein, presste sich fest an ihn, fasste
nach. »Scheiße!«, fluchte Förster. Dr. Mönchsmacher war
einer von *denen* geworden! Von denen dieser widerspens-
tige Einsatzleiter heute Vormittag gesprochen hatte. Von
den Bissen. Von Schüssen in den Kopf. Förster wollte
Mönchsmacher wegtreten, aber dieser umfasste seine beiden Beine mit einer Kraft, dass Förster nicht einmal seine
Füße auseinander bekam. Angst wurde zur Panik, Panik
vertrug sein Herz nicht. Förster spürte einen stechenden
Schmerz links in seinem Brustkorb, beugte sich hinunter
um Mönchsmachers Griff und Biss zu lösen. Schmerzen,
Atemnot, schwarze Flecken vor den Augen. »Verdammt!«,
keuchte der Ministerpräsident, fiel vornüber und schlug
mit dem Kopf auf die Fliesen. Immerhin, das spürte er,
hatte er sich aus der Umklammerung gelöst. Förster trat
um sich, versuchte von dem verrückten Mönchsmacher
fortzukommen. Mönchsmacher erwischte ihn an der
Wade. Erst mit einem Griff, dann folgte der Biss. Fleisch
wurde aus dem Bein gerissen. Muskeln, Sehnen. Wie
Förster schon heute Morgen vermutet hatte: Ein Tag, der
beschissen begann, endete auch beschissen. Aber so beschissen? »Hilfe!«, schrie er, suchte sein Handy in seinem
Jackett. Ein weiterer Schmerz im Oberschenkel. Mönchs-

226

macher zog sich an ihm empor. »Hilfe!« *Scheiße, das Handy!* Ein Biss in sein Gesäß. Er schrie, schnappte nach Luft, riss seinen Mund weit auf, verdrehte die Augen, sein Kopf schlug wieder auf die Fliesen. Und sein Tag endete beschissen.

Die Türklinke wurde hinunter gedrückt, schnellte wieder nach oben. Noch einmal. Dann tasteten Finger durch den Türspalt, die Tür öffnete sich. Alle Blicke wandten sich dorthin, erwarteten Dr. Mönchsmacher, doch Ministerpräsident Förster steckte seinen Oberkörper durch den Spalt, versuchte unbeholfen hindurch zu kommen und wollte den Raum betreten. Mit seiner Schulter öffnete er die Tür zufällig zur Gänze, stolperte hinein. Dr. Mönchsmacher folgte ihm. Jetzt erst wurden die Symposiumsteilnehmer von Unruhe erfasst, denn Mönchsmachers Gesicht trug die Farbe des Lebens und zeugte von seinem letzten Mahl. Als Förster über den Chef einer Landesbank herfiel, ihm die halbe Nase abbiss, ertönten die ersten Schreie und gesellten sich zur um sich greifenden Panik. Zur Massenhysterie schwoll diese an, als auch Dr. Mönchsmacher einem Opfer nahe der Tür die Halsschlagader durchbiss. Man versuchte zu fliehen, doch der Konferenzsaal *Manhattan* verfügte nur über einen Ausgang und Hilfe ließ sich nicht holen, da sich alle Teilnehmer zu einer Geheimhaltungsklausel verpflichtet und ihre Handys unten am Empfang abgegeben hatten. Die, die hinten waren, drängten zum Ausgang und damit die vorderen direkt in die Arme Mönchsmachers und Försters. Als sich der erste totgebissene Bankier erhob und ihm kurze Zeit später der zweite folgte, gingen die Fluchtversuche in ein heilloses Chaos über. Ein in den Oberarm

gebissener Bankier, eher der sportliche Typ, trat seine
Flucht über den Balkon an und fiel 37 Stockwerke in die
Tiefe, wo er auf einem parkenden Taxi landete. Man holte Hilfe. Und mit ihr verbreitete es sich weiter in Frankfurt.

Kapitel 35 – Der Gerichtsmediziner und das Böse um ihn herum

»Nun, wir alle fürchten böse Menschen. Aber das Böse an sich hat viele Gesichter und eins davon ist für mich das fürchterlichste und das ist die Gleichgültigkeit guter Menschen.«

»Der blutige Pfad Gottes«; 1999

Es wuchs. Das Böse. Neben die Vogelfrau hatten sich auch Matthias, der Callcenteragent, die alleinstehende, ältere Frau aus dem Moor und die Geschäftsfrau aus Naherfurth zu dem Gerichtsmediziner gesellt. In der Dämmerung verließen sie das Dickicht des Wakendorfer Moores und überquerten einen brachliegenden Acker mit schwerem, tiefem Boden im Schutze des aufsteigenden Nebels. Gelegentlich stöhnten sie, manchmal stolperte einer, fiel hin und erhob sich umständlich, aber es schien, als folgten sie einer Bestimmung, als hätte einer von ihnen einen Plan. Der Gerichtsmediziner schritt voran. Beseelt von einer unstillbaren Gier nach Blut. Fleisch. Leben. Und noch etwas anderem. Einer Ahnung? Einer Gewissheit? Einem … Druck? Druck, überleben zu müssen? Druck, weiter zu gehen? Verborgen und versteckt. Druck, sich zu vervielfältigen? Mehr zu werden? Viele zu werden. Er … spürte es. Und spürte es auch nicht. Aber jeder, durch den sie mehr wurden, stärkte ihn. Jeder, durch den sie mehr wurden, verband sich mit ihm. Jeder war ein Teil von ihm, ein Kind. Aber es belastete ihn nicht, er dachte nicht darüber nach, er konnte noch nicht einmal denken. Es durchströmte ihn, leitete seine Schritte, sein Geschick. Er wurde langsamer, etwas in ihm wusste, dass SIE in der Nähe waren. Ihr Duft wurde durch jede Ritze ihrer Behausungen zu ihnen getragen. Ein erstes Dämmern tünchte den Nebel in milchig gelbes Licht, ein Hund schlug an.

Nahe. Natürlich fragte man sich in Nahe, was da los war in Wakendorf II, das nur zwei Kilometer entfernt lag. Aber zu dieser Stunde wussten es die Wakendorfer selbst noch nicht und so blieben auch Verwandte und Freunde im Ungewissen darüber, warum man die Straße zwischen beiden Dörfern gesperrt hatte. Das Interesse daran wurde an diesem Abend vertagt, denn es war Dezember und selbst für einen Tag im Dezember noch beschissen eisig. Der Nebel trug Kälte und Nässe bis in die Knochen und jeder in Nahe war auch ohne die Geschehnisse in Wakendorf II froh darüber, nach Hause zu kommen, die Tür hinter sich schließen, es sich gemütlich machen zu können. Einen Tee, ein Buch, einen Film oder ein Gesellschaftsspiel mit den Kindern, ehe sie zu Bett mussten. So war es auch bei Lukas, der bis eben mit seinem Vater auf der Wii *Lego Star Wars* gespielt hatte und jetzt mit der Zahnbürste im Mund den Flur durchquerte, um Fionas Nintendo, den sie im Badezimmer vergessen hatte, auf die Treppe zu legen. Draußen, vor der Haustür, sah er seine Mutter durch den Nebel zum Carport gehen. Lukas hielt inne, ließ die Zahnbürste in seinem Mund verweilen und spähte ihr hinterher. »Mama?«, fragte er zur Haustür gewandt. Die Wohnzimmertür hinter ihm war geschlossen, der Fernseher gedämpft zu hören. Lukas war verwirrt, trat einen Schritt näher an die verglaste Haustür. Die Zahnpasta brannte in seinem Mund. Was machte Mama dort draußen? Dann ging noch jemand an der Tür vorbei, Lukas erschrak. Frau Wohlers? Seine Mathelehrerin? Was wollte die denn hier? Kurz überlegte er, Papa im

230

Wohnzimmer zu fragen, aber er konnte das typische DONG der Sendung hören, die Papa immer um diese Zeit sah und bei der man ihn nicht stören durfte. Genau wie bei einer Fußballübertragung im Fernsehen. Lukas nahm die Zahnbürste aus dem Mund schluckte den scharfen Schaum hinunter, und schlich barfuß und im Pyjama zur Tür. Nur kurz nachschauen, denn wenn Mama ihn so vor der Tür entdeckte, würde es mächtig Ärger geben. Er drückte die Klinke hinunter, wunderte sich, denn die Tür war verschlossen, der Schlüssel steckte von innen. War Mama hinten durch den Garten rausgegangen, um Frau Wohlers zu treffen? Warum tat sie das? Ging es dabei um ihn? Lukas konnte sich die gesamten Geschehnisse nicht erklären, ein ungutes Gefühl beschlich ihn, er versuchte sich an jüngste Verfehlungen zu erinnern, die dieses geheime Treffen rechtfertigen könnten, aber ihm fiel nichts ein. Er presste die Stirn an die Scheibe, lauschte. Vielleicht hatte er sich geirrt, und Mama und Papa saßen vor dem Fernseher und sahen die Tagesschau. Normalerweise unterhielten sie sich dann auch. Aber nichts. Irgendetwas wurde von einem Flughafen erzählt, so viel konnte er verstehen. Lukas meinte, lange genug gelauscht zu haben, seine Mutter würde draußen sein. Er drehte den Schlüssel um und öffnete die Tür. Kälte schlug ihm entgegen und das Bellen mehrerer Hunde aus der Nachbarschaft. Bobo und Kasper konnte er heraushören, aber nicht Frau Wohlers und seine Mutter. Und auch sehen konnte er sie nicht. Doch dann hörte er ein Stöhnen hinter dem Carport. Und Schritte. Seine Neugier lockte ihn aus dem Türspalt, hinaus auf die Fußmatte. Aus dem Nebel zwischen Haus und Carport schälte sich eine Gestalt. Wankte. Ein Betrunkener!, schoss es Lukas durch den Kopf. Onkel Eduard schwankte immer so auf dem Osterfeuer. Aber was machte Mama mit einem Betrunkenen, womöglich Onkel Eduard, da draußen? Und Frau Wohlers?

»Was soll das? Habt ihr ein Fenster aufgemacht? Es zieht!«, hörte er seinen Vater aus dem Wohnzimmer rufen und erschrak. Lukas legte sich schon eine Antwort für seine Mutter zurecht, die bestimmt gleich aus dem Nebel kommen würde, um mit ihm zu schimpfen. Er hörte den Nachrichtensprecher nicht mehr, wahrscheinlich hatte sein Vater den Ton ausgestellt.

»Micha, nicht so laut, Fiona schläft schon«, hörte er seine Mutter aus dem Wohnzimmer antworten. Aus dem Wohnzimmer? Wer waren denn die beiden Frauen in ihrem Garten? Jetzt konnte Lukas eine von ihnen deutlicher sehen. Sie taumelte auf ihn zu. Das war nicht Frau Wohlers. Diese Frau machte ihm Angst, sie sah aus, als hätte sie im Gestrüpp gespielt und als wäre ihr sehr kalt. Lukas wollte schnell wieder ins Haus zurück und die Tür hinter sich schließen, als ihn von der anderen Seite jemand (ein Mann!) am Arm packte (ganz kalte Hände), ihn zu sich zog (stinkt, der Mann stinkt wie Bobo. Wie Bobo, wenn er …) und ihn in den Hals biss. Lukas schrie, wollte schreien, gurgelte aber nur, weil ihm Blut in die Luftröhre lief. »Lukas?« Das war Mama! *Mama, bitte hilf mir!*, flehte Lukas stumm, hustete, weil er keinen Ton mehr heraus bekam. Ein weiterer Biss nahm ihm das Leben, der Gerichtsmediziner ließ das Kind wie ein Spielzeug fallen, schob die Tür auf und fand sein zweites Opfer. Die Mutter. Dann den Vater, der sich lange wehrte und dem sie den Bauch aufrissen. Und zum Schluss dann gemeinsam Fiona. Oben. In ihrem Kinderzimmer.

232

Ein Fernseher flimmert. Überträgt im ersten deutschen Fernsehen einen Spielfilm mit Wotan Wilke Möhring. Niemand sieht zu. Die Haustür steht offen. Blut auf der Treppe. Draußen bellen Hunde. Mindestens jeder Vierte hält hier einen Hund. Weil die Häuser an ein freies Feld grenzen. Die Hunde bellen, weil sie Angst haben. Vor dem, was da im Nebel lauert.

Vor dem Bösen.

Der Gerichtsmediziner und sein Gefolge witterten ihr nächstes Opfer. Einen Hundebesitzer, der seinen wild gewordenen Hund im Garten zu züchtigen versuchte, wegen seiner kranken Frau, die sich schon schlafen gelegt hatte, Ruhe zum Erholen brauchte. Grippe. Er war so sehr mit Struppel beschäftigt, dass sie ihn überraschten. Ein schneller Tod, eine schnelle Wiederauferstehung. Seine Frau hatte es nicht so gut.

Wotan Wilke Möhring stellt als Lars fest, dass seine Frau ihren Selbstmord geplant hatte. Im Film würde er noch weitere Zeit haben, ihren Schritt zu verstehen. Hier aber rannte die Zeit, blieb kaum etwas von ihr übrig. In fünf Häusern hatten sie Opfer gefunden, Menschen getötet, sich von ihrem Fleisch genährt, sie zu ihresgleichen gemacht, als ein Wagen die Straße entlang fuhr und angegriffen wurde. Der Fahrer verständigte den Notruf, der Empfang war schlecht. Er wollte auf der Straße wenden, fuhr dabei aber vorwärts in einen Stromverteilerkasten, wurde von den Angreifern umringt, die auf seinen Wagen, auf die Scheiben einschlugen. Vielleicht hätten die Scheiben sogar gehalten, aber er geriet in Panik, wollte flüchten, während der Polizeibeamte in der Leitung immer wieder nach der Adresse fragte. Er nannte sie, sagte, dass sie ihn in seinem Wagen angriffen. Kaum hatte er einen Fuß aus der Tür gestreckt, wurde er gebissen und überwältigt. Seine Schreie blieben in der Nachbarschaft nicht ungehört, Menschen kamen vor die Türen, wollten helfen, riefen die Polizei.

Waldi und Christian fuhren mit Peter Zwo von der Itzstedter Wache aus los. Zusätzliche Verstärkung war angefordert worden, würde aber erst später eintreffen. Aus Henstedt-Ulzburg oder sogar aus Segeberg. Diese Nacht war der Teufel los. Alles drehte sich um diesen Großeinsatz in Wakendorf, von ihrer Wache waren Peter und Sabine dorthin abgestellt worden, aber niemand wusste, was da eigentlich vor sich ging.

»'Ne Krankheit«, mutmaßte Waldi. Sie fuhren ohne Blaulicht, es war wenig Verkehr auf der B 432, die Autos schlichen beinahe im Schritttempo, denn der Nebel hatte Itzstedt und Nahe verschluckt. »Schätze ich auch. Ob das in Wakendorf damit zusammenhängt?«, fragte Christian am Steuer, gedanklich bei ihrem Einsatz. Ein Verkehrsunfall in einem Wohngebiet in Nahe, ein Anrufer, der meinte, er würde angegriffen werden. Waldi zuckte mit den Schultern, das Leder seiner Jacke knirschte. »Jugendliche«, antwortete er. »Entweder ein Telefonstreich oder aber sie haben tatsächlich jemanden angegriffen. Dann sind sie aber auch besoffen.« Was sollten die Kids auf den Dörfern auch anderes machen? Es gab nicht einen einzigen Laden in den umliegenden Dörfern und Gemeinden, wo sie hätten abhängen können. Also zogen sie durch die Straßen, betranken sich, warfen manchmal Mülltonnen und gelbe Säcke um und machten Quatsch. Kein Grund, sich aufzuregen. Waldi hatte Verständnis für die Jugendlichen und dachte insgeheim, dass sie zu seiner Zeit viel heftigere Sachen angestellt hatten. »Scheiß Kids!«, fluchte

234

Christian, der selbst keine Kinder hatte. Waldi ignorierte ihn, sah mit wachsender Ehrfurcht in den Nebel. Sie erreichten in Nahe die Kreuzung, von der aus es in Richtung Wakendorf weiter ging. Ein Polizeiwagen sperrte die Zufahrt. Wie Waldi und Christian wussten, stand sogar noch einer direkt in der Ortseinfahrt Wakendorf. Sie ließen die Fenster herunter. »Mach Platz da, Dicker!«, sagte Waldi aus dem Wagen raus und grinste. »Du kommst hier net rein!«, antwortete der Kollege aus dem Nebel. Sie lachten. »Wir haben einen Einsatz«, sagte Christian ernst, einen Augenblick später fuhr der Polizeiwagen ein Stück vor und schuf ihnen eine Lücke. »Was denn?«, wollte der Kollege draußen wissen und beugte sich zu Waldi herunter. »Wahrscheinlich Randalekids und einen Unfall. Nix Schlimmes«, antwortete dieser. Sowohl Christian, als auch der Kollege blieben skeptisch, aber es beruhigte den Beamten an der Straßensperre. »Na dann.« Waldi tippte sich mit dem Zeigefinger an die Stirn, sie fuhren weiter.

»Scheiß Straße«, schimpfte Christian nachdem sie durch ein Schlagloch durchgeschüttelt worden waren. Waldi überlegte währenddessen, was das für eine Krankheit sein konnte, die dafür sorgte, dass ein gesamtes Dorf von der Außenwelt abgeschnitten werden musste. Ein Wagen kam ihnen entgegen, sie musterten ihn, versuchten einen Blick auf das Kennzeichen zu erhaschen. In den Sommer- und Herbstferien waren die Randgebiete Nahes von Einbruchserien heimgesucht worden, professionelle Banden aus Rumänien hatten immer, bevor sie zuschlugen die Gegend ausgekundschaftet. Meistens nachts, daher ihre Wachsamkeit. »Segeberger«, sagte Christian, sah dem Wagen im Rückspiegel nach, konnte aber nur noch die Nebelschlussleuchten erkennen. Bauernhöfe standen links und rechts an der Dorfstraße, die von dort abzweigenden Straßen führten in die Wohngebiete. »So eine Suppe!« Christian bog in die letzte Straße vor der Dorfausfahrt links und musste scharf abbremsen, weil vor ihm im Scheinwerferlicht Gestalten im Nebel auf der Straße herumtanzten. Und wieder im Nebel verschwanden. »Scheiße!« Christian sah zu Waldi. »Mach Blaulicht an«, empfahl dieser, schnallte sich ab und löste den Knopf seines Pistolenhalfters. Routine. Das Blaulicht flackerte auf, aber die nächtlichen Spaziergänger ließen sich nicht wieder blicken. »Ich glaub, da war auch ein Kind dabei«, meinte Christian. Waldi nickte. »Das werden alles noch Kinder sein. Der Unfall ist aber noch ein Stückchen weiter, du.« »Mhm, ja.« Christian wollte anfahren, als hinter ihnen etwas gegen oder auf den Wagen schlug. Waldi drehte sich um, Christian versuchte im Rückspiegel was zu erkennen. Ein weiterer Knall, dann tauchten sie vor ihnen aus dem Nebel auf, umringten den Polizeiwagen. »Was …«, stammelte Waldi, als die erste Gestalt so nah war, dass sie ihn erkennen konnte. Auf seiner Seite schlug ein Mann auf die Scheibe ein. Ein Mann, nur in Jogginghose und T-Shirt. Der sich hervorwölbende Bauch, der sich an seine Seite presste, war zerfetzt. Waldi konnte die Eingeweide erkennen, die an seine Scheibe schmierten, gequetscht wurden. Dahinter starrte ihn ein Junge im Pyjama an. Ein blutiges, kleines Gesicht mit fehlender Nase. Tot. Dessen war sich Waldi sicher, denn er hatte schon genug Tote gesehen, um das erkennen zu können.

»Da ist so ein langhaariger Bombenleger hinten!«, fluchte Christian, hatte die Situation vor sich noch nicht erfasst, weil er den Mann mit dem wirren Haar (Matthias/Callcenteragent) beobachtete, der weiter auf die Kofferraumklappe einschlug. Christian griff zu seiner Waffe, öffnete die Tür und stieg aus. »Christian, nein!«, schrie ihm Waldi hinterher. Zu spät. Die Erkenntnis kam zu spät. Das waren keine besoffenen Jugendlichen da draußen, keine harmlosen Spaziergänger. Er griff zur Funke, als er Christian schreien hörte. »Hier Wagen Zwo. Brauchen Verstärkung. Werden angegriffen von … werden angegriffen von mehreren Verdächtigen. Schnell!«, meldete er knapp. Ein weiterer Schlag, Glas knirschte und über seine Scheibe zog sich ein Spinnennetz kleiner Risse. »Christian?«, rief Waldi, aber sein Kollege antwortete nicht, er schrie. Wie jemand, der in höchster Not war und Todesängste litt. Waldi konnte ihn im Nebel nicht sehen. Er musste hier raus. Aber nicht auf seiner Seite, wo der zerschlitzte Mann weiter auf die Scheibe einschlug. Die Fahrerseite. Ein Knall, die Scheibe zerbarst, blutige, bis auf den Knochen zerfetzte Hände griffen nach ihm. Der Mann beugte sich durch die zerschlagene Scheibe zu ihm ins Innere, Splitter schnitten ihm ins Gesicht und in den Bauch, doch er schien keinen Schmerz zu spüren. Waldi zog seinen Revolver. »Lassen Sie das!«, warnte er den Mann. Der hörte nicht, langte nach Waldi, bekam ihn an der Schulter zu fassen, öffnete den Mund, als wolle er beißen und spie dabei einen Schwall Blut aus. Waldi zielte auf dessen Schulter und drückte ab. Sein fünfter Schuss auf einem Einsatz. Nach 17 Dienstjahren. Und der erste, der treffen sollte und sein Ziel traf. Durch die Wucht wurde der Oberkörper des Mannes zurück geworfen, der sich in der Fensteröffnung aufspießte und hängen blieb. Waldi konnte das Einschussloch sehen. Die Kugel hatte die Schulter zertrümmert, das Schlüsselbein zersplittert und freigelegt. Wahnsinn. Früher hatten sie in ihrer Ausbildung auf Schweinehälften geschossen, das hatte ihn damals schon beeindruckt. Aber das hier war der reinste Horror. Der Kerl grunzte nur und versuchte wieder zu ihm hereinzukommen. Waldi schoss noch einmal, dieses Mal zielte er auf das Gesicht des Mannes, wandte den Blick ab und versuchte sofort auf der anderen Seite aus dem Wagen zu kommen. Und stieß direkt gegen den Kopf eines weiteren Mannes, der durch die Fahrertür eingestiegen war. Der Gerichtsmediziner biss Waldi in die Hand. Mächtig, so dass Knochen knirschten und Waldi die Waffe fallen ließ. »Ahh, Scheiße!« Die Waffe war in den Fußraum gefallen, der Typ hatte sich in seiner Hand verbissen. Waldi verpasste ihm eine Kopfnuss, beugte sich in den Fußraum, um an die Waffe zu gelangen. Auf dem Kupplungspedal. Er hatte sie, wollte wieder hochkommen, aber der andere drückte ihn herunter. Dann spürte Waldi einen Schmerz in seinem Nacken, das Gewicht des anderen und etwas Warmes, das ihm den Hals entlang lief. Er versuchte sich in den Fußraum fallen zu lassen, versuchte irgendwie die Waffe in seiner rechten Hand auf den Gegner zu richten, aber was er auch tat, es war zu eng, seine Lage zu beschissen. Ein weiterer, reißender Schmerz. Sein Hals. Waldi bäumte sich unter Panik auf, steckte die Waffe unter sich hindurch, wollte mehrere Kugeln abfeuern und wusste schon bei der ersten, dass er sich selbst erwischt hatte. Der Bauchtreffer war tödlich. Zum Glück.

Jetzt waren sie mehr. Viele. Genügend. Sie warteten einen Augenblick auf der Straße im Nebel, der vom Blaulicht zerrissen wurde, bis die beiden Polizisten erwachten und sich ihm anschlossen. ES sagte ihm, dass es gut war, über die Felder zu gehen. Im Nebel zu verschwinden. Richtung Wakendorf. Sie gingen los.

Kapitel 36 – Liam und Jack gehen Zelten

»Hören Sie die Kinder der Nacht? Was für Musik sie machen?«

»Dracula«; 1931

Dennis zog an dem Joint, reichte ihn weiter an Roland, der den Kopf schüttelte, die Tüte aber an Krissy weiter reichte. In der Tonne knackte das Holz, Funken stiegen gelegentlich in einem Schwall auf und vorne war ihnen zu heiß und hinten zu kalt. »So einen Nebel hatten wir schon lange nicht mehr«, sinnierte Roland. Dennis sah im Nebel Gespenster, die, wenn sie den Flammen aus der Feuertonne zu nahe kamen, zerrissen und aus aufgerissenen Mündern schrien. Er kicherte. »Ich hätte gerne beobachtet, was da vor sich geht«, merkte Krissy an. Vorhin, als es noch hell und sie noch nicht so high waren, konnten sie von dieser Stelle des Campingplatzes aus beobachten, was da in Wakendorf vor sich ging. Wie Zelte aufgebaut wurden, mehr und mehr Einsatzkräfte und Gerätschaften ankamen, Hubschrauber landeten, alles. Aber der Nebel hatte alles verschluckt und ihre Faulheit hatte über ihre Neugier gesiegt. Na ja, und der Wunsch nach mehr zu kiffen, einem Feuer, Wärme. Sie waren Dauercamper auf dem Campingplatz zwischen Wakendorf und Götzberg, hatten sich entweder aus Idealismus gegen ein Haus oder eine Wohnung entschieden oder lebten aufgrund sozialer Engpässe hier. Zwei Dutzend waren sie wohl, die hier mit einer festen Meldeadresse überwinterten, aber heute Abend standen und saßen sie nur zu dritt ums Feuer. Tom, Carina und Gerry waren nach Wakendorf gegangen, sahen sich dort das Spektakel an. Gerry hatte kurz durchgerufen, als zwei Fernsehteams aufschlugen. Der Rest von ihnen hatte sich in die Wohnwagen verkrochen. Bei dem Nebel konnten sie von ihrer Laube aus noch nicht einmal Wolles Camper sehen, der nur ein paar Meter entfernt stand. »Ich auch«, gab Roland nach langer Gesprächspause zu, legte ein Stück Holz nach und stocherte mit einem Ast in der Glut herum. »Wisst ihr, was ich glaube?«, fragte Dennis nach einer weiteren Pause. Krissy und Roland antworteten nicht. »Das hat etwas mit den ganzen Müllhalden und den Sternschnuppen von letzter Woche zu tun«, ließ er die Katze aus dem Sack. »Müllhalden?« Krissy sprach das Wort gedehnt aus. Dennis nickte, nahm die Tüte von ihr entgegen und gab sich noch einmal Feuer. »Müllhalden«, antwortete er. »Früher gab es so was wie den Wege-Zweck-Verband noch nicht und die haben ihren ganzen Schrott einfach so in irgendwelche Kuhlen geschmissen. Echt jetzt! Ihr müsst hier nur mal mit offenen Augen rumgehen.« Dennis nahm einen tiefen Zug. Bis hierhin fanden Roland und Krissy Dennis′ Erklärung glaubhaft. Im Frühling sammelte Dennis tonnenweise Giersch und Bärlauch, im Herbst Pilze. Er war oft auf den Feldern, Wäldern und Wiesen unterwegs. »Und jetzt fliegt ihnen der ganze Scheiß um die Ohren. Da ist irgendwas mutiert.« »Mutiert?«, fragte Krissy nach. »Ist das wieder so eine Geschichte wie die mit den ID-Nummern in den Personalausweisen?« Roland war da kritischer. Dennis winkte ab. Aus den ID-Nummern ließ sich nicht wirklich der IQ des jeweiligen Besitzers ablesen, aber als er es damals erzählt hatte, war es ihm irgendwie richtig und schlüssig vorgekommen. »Nee, das jetzt ist glaubhaft. Letzte Woche habe ich eine Menge Sternschnuppen und so beobachtet. Die sind direkt über uns runter. Genau hier!« Er deutete mit der Hand in den Himmel. »Und nun stellt euch mal vor, so ein Ding landet mit so krasser Energie genau in so einer Schlacke. Batteriesäure, Mann, Kühlschrankflüssigkeit, also von den alten, klobigen Dingern, andere Säuren. Mann, die haben alles in diese Müllhalden rein geschmissen und das brodelte da Jahrzehnte vor sich hin. Das waren schlummernde *BIOTOPE* für so was. Es gibt da unten im Moor so einen kleinen Wald. Mit Nadelbäumen ...«

»Psst! Sei mal leise!«, unterbrach ihn Krissy. Sie hatte etwas gehört. Aber nicht aus Richtung der Wohnwagen, sondern vom Ententeich her, wo im Sommer immer ein Dutzend Schafe weideten. Stille. Das Prasseln des Feuers. Ihr gemeinsames Lauschen glitt in ein gemeinsames Bekifft-Sein. Sie vergaßen die Zeit, Dennis vergaß, was er sagen wollte, was er gesagt hatte, Krissy trank einen Schluck *Astra*, als ein kleiner Junge in einem schwarzen Umhang mit aufgestellten Kragen aus dem Nebel in den Feuerkreis trat. Krissy verschluckte sich, hustete. »Scheiße!« Sie schlug sich gegen die Brust, konnte Dennis und Roland nicht mitteilen, was da auf der anderen Seite der Feuertonne auf sie zukam. Oder was sie glaubte, dass es auf sie zukam, denn sie war sich nicht ganz sicher. Dennis hatte die Tüte gebaut und manchmal bröselte er getrocknete Psilos ins Gras, da kam es schon mal vor, dass man sonderbare Dinge sah. »Seht ... (hust!) ... ihr ... (hust!) ... das auch?«, fragte sie. Dennis musste lachen, als er Krissy so husten sah, lachte, weil er lachte und konnte sich dann nicht mehr beherrschen. »Was?«, fragte Roland, versuchte über die Flammen hinweg etwas in dem Nebel auf der anderen Seite zu erkennen. Der Junge stöhnte, hatte seine Arme ausgestreckt. Wie ein kleiner Vampir. Bleich geschminkt und mit einem schwarzen Umhang und rundem, abstehendem Kragen. Und wie ein Vampir stakste er auch auf Krissy zu. Sie bekam ihren Hustenanfall nicht unter Kontrolle, ließ die Flasche fallen, schlug sich mit beiden Fäusten gegen die Brust, ohne dabei den Jungen aus den Augen zu verlieren. Er kam auf sie zu, als würde er schweben. Wie in diesem Dracula-Film. Ihre Augen weiteten sich, sie war sich immer noch nicht sicher, ob der Junge real oder fiktiv war. Der letzte Hauch Nüchternheit in ihr sagte, dass es nicht sein konnte. Kleine Jungs liefen nicht um diese Uhrzeit allein in einem Vampirkostüm mit blutgeschminktem Mund durch den Nebel. Allein? Ein Lichtstrahl schwankte in einiger Höhe hinter dem Jungen durch den Nebel auf sie zu. Dann konnte sie einen Schatten erkennen, der aus dem Nebel in den Feuerkreis trat. Ein Riese! Ihm folgten weitere Gestalten. Was für einen Film fuhr sie bloß? Was war in der verdammten Tüte gewesen? »Fuck!«, rief Dennis, sprang auf. Offenbar hatte auch er die Gestalten gesehen. Der Vampirjunge lief Krissy in die Arme, vergrub sein Köpfchen in ihrem Schoß, kuschelte sich an sie. Mein Gott, war er kalt. Total durchgefroren und unterkühlt. Aber immerhin kein Flash, sondern echt. Ein Mensch aus Fleisch und Blut. »Hey!«, begrüßte sie ihn freundlich, widmete sich dann den anderen Gestalten, die ihr jetzt feindlich vorkamen. Vielleicht war der Junge vor ihnen geflüchtet, dachte sie und wurde von dem Jungen in den Oberschenkel gebissen. »Aua!« Sie versuchte, durchaus rücksichtsvoll, seinen Kopf von ihrem Bein zu lösen. Als sie sich zur Gänze des Schmerzes bewusst wurde, war es mit der Rücksicht vorbei, aber der Junge wollte sie nicht loslassen.

»Alter, wo kommen die denn her?« Dennis fuchtelte mit seinem Kokelstock in der Luft herum. »Ey, pass auf!«, herrschte Roland ihn an, der jetzt ebenfalls aufgestanden war und sich straffte. Roland hatte schon etliche ähnliche Situationen auf der Straße erlebt, in denen es Ärger gegeben hatte und diese Situation hier roch mächtig nach Ärger. Er hielt seine Bierflasche wie eine Waffe in der Hand. »Mann, der Junge beißt!«, schrie Krissy, schüttelte ihn an dessen Schultern und bekam seinen Körper von ihrem gelöst. Sie schubste ihn zurück, wollte mit ihm schimpfen, wurde von einem kleineren Mann überrascht, der sich aus dem Nebel auf sie stürzte, über sie herfiel, sich auf sie fallen ließ. Auch er wollte sie beißen, doch seine Zähne rutschten an ihrer dicken Outdoor-Jacke ab. »Fuck! Du Spinner!«, schrie sie ihn an, stieß ihn um, ließ sich selbst zur Seite auf den Boden fallen, weil der nächste Typ sie bereits angriff. »Ey, jetzt reicht's, Leute!«, warnte Roland, zerschlug seine Flasche am Rand der Feuertonne und drohte damit. »Scheiße, lasst uns abhauen!«, schlug Dennis vor und wich zurück. Krissy kroch von den beiden Typen fort, Roland kam um die Tonne auf sie zu geeilt, nahm den Großen mit der bescheuerten Stirnlampe ins Visier. Wenn er den umgehauen hatte, würde der Rest vielleicht kneifen. Er rannte auf den Riesen zu, holte aus und lief mit voller Wucht in den Jungen hinein, den er übersehen hatte. Er versuchte ihn aufzufangen, bekam den Jungen am Kragen zu fassen. »Mann, Kleiner!«, fuhr er den Jungen an. Was hatte ein Kind hier zu suchen? Roland war einen Moment abgelenkt, ein kleinerer Mann umfasste seinen Fuß, der Junge biss ihm in die Hand. War das eine Taktik von denen? Ein Kind vorzuschicken? Roland löste sich aus dem Griff des Mannes, der vor ihm auf dem Boden lag, trat ihm in Gesicht und schleuderte den Jungen hinter sich. Jetzt kam der Lange auf ihn zu, aber wie ein Kämpfer bewegte der sich nicht. Eher wie jemand, der an einem Gebrechen litt.

Egal. Roland tauchte unter seinem Angriff ab, umrundete ihn und zog direkt vor dem Typen das Knie hoch und landete einen Volltreffer. In etlichen Kämpfen erprobt, schnellte Rolands Linke vor, wollte den anderen am Nacken hinunter drücken, um ihm dann die zerbrochene Flasche an den Hals zu setzen. Funktionierte immer. Immer, wenn sich der Getroffene nach einem Tritt in die Eier krümmte. Aber sein Gegner schien keine Eier in der Hose zu haben, stattdessen blendete er Roland mit dieser bescheuerten Stirnlampe und umklammerte ihn. Auch der Vampirjunge griff an, biss ihm in die linke Hand. Er hörte Krissy hinter sich schreien, sie hatte ihm helfen wollen und war von einem weiteren Mann und einer Frau niedergerungen worden. »Dennis!«, schrie Roland. Dieser verdammte Feigling verpisste sich! »Ich hole Hilfe!«, antwortete er, lief zu Krissys Wohnwagen, um ihren Freund Sascha zu holen.

»Dennis, verdammt! Bleib hier!«, regte sich Roland auf und machte ernst, indem er dem Typen mit der Stirnlampe kurzerhand die Flasche in die Brust rammte. Das saß. Mindestens ein längerer Splitter war durch die Rippenbögen gedrungen und hatte hoffentlich einen Lungenflügel erwischt. Auch wenn der Typ keine Eier hatte, das musste ihn zusammenklappen lassen. Roland zog die zersplitterte Flasche wieder heraus, wartete einen Wimpernschlag ab, dass ihn der andere aus der Umklammerung entließ, doch stattdessen zog dieser Roland zu sich hoch. Mit einer Kraft … Rolands Füße verloren die Bodenhaftung, er stöhnte auf und sah nur noch eine Möglichkeit. Er bog sich soweit es ging durch und schnellte mit seinem Kopf vor. Das musste doch helfen, eine Kopfnuss in die Fresse. Roland sah kurz Sterne aufblitzen, die Nase des anderen musste mehrfach gebrochen sein, Blut floss in Strömen. Aber er zeigte keine weiteren Reaktionen. Biss ihm stattdessen ins Gesicht. Einmal, zweimal, dreimal, wie ein Tier. Er brach durch Haut, Gewebe, Knorpel und Knochen, ließ erst von Roland ab, als dieser tot war. Das Gesicht bis zur Unkenntlichkeit zerfetzt und zertrümmert.

Krissy hielt einige Atemzüge länger durch, ihre Jacke schützte sie wie eine Rüstung, aber die vielen Bisse in die Beine und der Blutverlust erlahmten ihre Gegenwehr, erstickten ihre Schreie. Nur noch das Feuer prasselte, Roland und Krissy erwachten wieder. Stimmen. Dennis hatte Hilfe geholt. Sascha. Rudi und Biffi waren auch mitgekommen. Aber für Roland und Krissy waren sie keine Hilfe mehr. Sie waren Opfer. Und sie fanden auf dem Campingplatz noch weitere in dieser Nacht, bevor sie sich auf den Weg Richtung Wakendorf machten.

Kapitel 37 – Vom Regen in die Traufe

»Es war einmal ein kleines Krokodil, das ging spazieren
am Nil, das Wasser war ihm viel zu viel …«
»Alice im Wunderland«; 1951

Das Wasser sorgte für Panik. Tim spürte das am Zittern
in ihren Stimmen, während sie den Nottunnel entlang-
liefen. Von irgendwo drang eine Durchsage zu ihnen.
Dumpf, Wortfetzen nur. Sie blieben stehen, weil Vater
und Mutter versuchten ihre weinende Tochter zu beruhigen. Aber sie ließ sich nicht beruhigen. Tim starrte vor
sich in die Dunkelheit. Das Problem war, dass sie das
Wasser nicht orten konnten. Es schien an mehreren Stellen gleichzeitig durch die Tunnelwände einzudringen, der
blasse Strahl seines Handydisplays verlor sich nach wenigen Metern in Staub und Dunst. Und sie konnten nicht
einschätzen, wie viel Wasser in den Nottunnel hinein-
strömte. Es hörte sich nicht nach wenig an, aber bestand
die Gefahr, dass der Tunnel einstürzte? Dass sie von den
Wassermassen ertränkt wurden? Tim wusste es nicht. Bisher standen sie knöcheltief im Wasser. Auch aus anderen
Notausgängen vor und hinter ihnen flüchteten Menschen
in diesen Nottunnel, Tim hörte sie reden und rufen und
wurde sich wieder der eigentlichen Gefahr bewusst, die
nicht von dem Wasser ausging. Sondern von etwas
Schlimmeren. Ein Grund, sich endlich zu beeilen.

»Hör zu, Engel, das bringt wirklich nichts, wenn du
jetzt weinst und stehen bleibst«, hörte er die Mutter sagen. Unausgesprochen fühlten sich Tim und sein anzug-
tragender Begleiter für die Familie verantwortlich.

»Haben Sie eine Waffe bei sich?«, fragte Tim so leise,
dass es die Familie nicht hören und beunruhigen konnte.

»Ja, habe ich.«

»Gut. Hören Sie zu. Wenn welche von denen kommen, müssen Sie denen in den Kopf schießen. Ansonsten stehen die wieder auf und greifen so lange an, bis sie haben, was sie wollen. Sie wissen, worüber ich rede, oder?« Der andere antwortete nicht.

»Haben Sie verstanden, was ich gesagt habe?« Tim hielt sein Licht so hoch, dass er das Gesicht des anderen erkennen konnte. Sie sahen sich an. In den Augen seines Gegenüber konnte Tim dessen inneren Kampf erkennen, den dieser mit sich ausfocht. Und kannte ihn. Er selbst hatte mindestens zwei Tage gebraucht, um sich an die Tatsache gewöhnen zu können, dass Tote wieder aufstanden.

»Bitte!«, sagte Tim eindringlich. Der andere nickte.

»Roman«, antwortete er. Tim brauchte etwas, um zu verstehen.

»Tim.« Tim sah zu der Familie. »Wir müssen unbedingt weiter«, sagte er zu Roman. »Wir müssen weiter. Jetzt!«, forderte Tim die Eltern auf.

»Wir müssen jetzt weiter, mein Engel.« Die Mutter nahm ihre Tochter an die Hand. »Weiter!«, drängte der Vater. Tim und Roman gingen voran.

»Haben Sie Ihre Waffe bereit?«, vergewisserte sich Tim leise.

»Meinen Sie, das wird jetzt schon nötig sein?«

»Die wollen töten. Glauben Sie mir. Ziehen Sie besser Ihre Waffe. Eine weitere dumpfe Detonation aus dem Tunnel, schwächer als die anderen. »Weiter!«, spornte Tim sie an. »... VERLASSEN SIE SOFORT ...« Eine Tür vor ihnen hatte sich geöffnet, die Ansage aus dem Tunnel drang aus den Lautsprechern zu ihnen, bis die Tür wieder zufiel. Jemand schrie. Tim erstarrte. War das ein gewöhnlicher Schrei gewesen? Weil jemand verletzt war und Schmerzen litt? Oder weil jemand in Panik war, weil er angegriffen wurde? Waren diese *Dinger* schon im Nottunnel? »Wir müssen vorsichtig sein«, warnte Tim. »Sie könnten …« Direkt vor ihnen platzten Kacheln und Mauersteine mit dem Knall einer Explosion von der Decke, Wasser schoss mit einer Wucht heraus, die Tim an den Strahl aus einem Feuerwehrschlauch erinnerte. »Oh, mein Gott, der Tunnel stürzt ein!«, schrie Roman. »Bewahren Sie Ihre Fassung, Mann!«, herrschte Tim ihn an, leuchtete die Decke und die Wände ab. Weitere Risse zogen sich durch die Kacheln, es war nur eine Frage der Zeit, bis es an anderen Stellen aufbrach. Tim umrundete den Wasserstrahl als erster. »Kommen Sie. Hier herum geht es gut. Erst das Kind, dann Sie, Roman«, Der Familienvater führte seine Tochter zum Wasserstrahl. »Sichern Sie nach vorne ab, Roman«, befahl Tim dem Beamten, als dieser auf seiner Seite angelangt war. Tim behielt nach wie vor die Schreie im Ohr, die er nicht einordnen konnte. Sie sorgten ihn. Weitere Kacheln platzten von der Decke, fielen ins Wasser. »Schneller, los, schneller!«, feuerte Tim an, führte alle an der Hand auf seine Seite und drängte sie voran. Das Wasser stieg ihnen die Waden hinauf, hatte aber ihre Knie noch nicht erreicht. Immer noch schrie jemand, immer noch konnten sie nicht heraus hören, warum. Das Wasser rauschte, Schreie und Rufe hinter ihnen. »Wir gehen langsam weiter. Da hinten scheint auch wieder das Licht zu funktionieren.« Tim deutete auf das Licht am Ende des Tunnels, das hinter den sonderbaren Schreien … »… AUS DEN FAHRZEUGEN. LASSEN SIE …« Die Tür vor ihnen schnappte wieder zu. »… wurde gebissen. Oh, mein Gott, gebissen!« Vor ihnen. Tims Herz blieb einen Moment stehen. Sie sind

248

schon hier! Hier im Tunnel. »Haben Sie das gehört? Sie sind schon da! Vor uns!« Roman nickte, er war bleich geworden. Die Schreie zerrten an ihrer aller Nerven, das Mädchen begann wieder zu weinen. Schritt für Schritt tasteten sich Tim und Roman voran. Tim rechnete jederzeit mit einem Untoten, der sich aus dem Dunkeln auf sie stürzen würde. Aus den panischen Schreien wurde ein Wimmern und Klagen darüber, dass jemand (Mann? Frau?) gebissen worden war. Tim überlegte. »Vielleicht sollten wir wieder in den Tunnel rein. Wenn die hier erst mal im Gang …« Plötzlich schrie die Familie hinter Tim auf. Ein Mann rannte durch das Wasser an ihnen vorbei. »Hauen Sie ab!«, keuchte er. »Das … die … hätten eigentlich tot sein müssen.« »Wo?«, fragte Tim. Der Mann hielt kurz inne. »Im Tunnel. Und im Gang sind sie auch schon. Hinter uns. Oh, mein Gott!« Er rannte weiter, Tim glaubte eine blutende Wunde an seinem Unterarm gesehen zu haben. »Er ist vielleicht gebissen worden«, flüsterte er Roman zu. »Weiter!« Lauter trieb er die Gruppe voran, wartete bis der Familienvater bei ihm war. »Am besten, Sie gehen am Ende und achten auf Verfolger.«

»Was für Verfolger?«

»Ich kann es Ihnen in der Kürze nicht erklären. Nicht jetzt. Achten Sie einfach darauf, ja? Bitte!« Tim wartete keine Antwort ab, eilte an die Spitze zu Roman.

»Die Schreie vor uns«, sagte dieser. »Sie sind verstummt.« Tim lauschte. Keine Schreie, kein Wimmern mehr. Nur den Mann konnten sie noch durch das Wasser waten hören, ansonsten war es bedrohlich still bis zum Licht des nächsten Notausgangs. Dahinter Rufe und Stimmen, die in Fetzen herüber wehten. »Dann geht es gleich los, Roman«, raunte Tim ihm zu. Seine Nerven waren zum Zerreißen gespannt. Sie schlichen weiter, Tim versuchte, das Weinen des Mädchens und das Rauschen des Wassers auszublenden und konzentrierte seine gesamte Aufmerksamkeit auf den Weg vor sich. Auf Bewegungen im matten Strahl des Lichtes, auf verräterische Geräusche. Eine weitere Erschütterung aus dem Tunnel hinter ihnen ließ sie um das Gleichgewicht kämpfen, hinter ihnen wurde die Tür wieder geöffnet und Stimmen erklangen. Tim war sich sicher, dass die Dinger schon da hinten waren. Sie saßen ihnen also schon im Nacken und dennoch durfte er nichts überstürzen und musste einen kühlen Kopf bewahren. Musste Ruhe bewahren und sie … Vor ihnen stöhnte jemand. Wie vorhin im Tunnel, wie in dem Clip *Menschenfresserschuldirektor*. »Vorsicht, Roman!«, warnte er den Polizisten. Roman hob seine Waffe, zielte in die Dunkelheit. Seine Hände zitterten. Die Mutter schrie hinter ihnen erschrocken auf, als sie die Waffe sah. Schritte. Vor ihnen. Jemand, der die Füße beim Gehen im Wasser nicht hoch genug bekam. Eine Frau trat ins Licht. Um die 50 vielleicht. Dunkles, krauses Haar, das sich nicht bändigen ließ. Sie trug ein cremefarbenes Hemd mit vielen dunklen Flecken an den Ärmeln und einem großen Fleck in der Bauchgegend. Eine Bisswunde in der linken Wange, ein starrer toter Blick. »Eine von denen«, flüsterte Tim zu Roman und hielt die Luft an. »Ja«, antwortete dieser. Das Zittern seiner Hände übertrug sich auf die Waffe. »Schießen Sie!«, zischte Tim. Die untote Frau stolperte auf sie auf zu, sie wurde schneller. »Was ist mit ihr?«, wollte die Mutter wissen, hielt ihre Tochter hinter sich. »Schießen Sie, Roman! Jetzt!« Sie war auf eine Armeslänge heran gekommen, öffnete den Mund und entließ ein hohles Stöhnen. Sie erinnerte Tim an seine ehemalige Physiklehrerin, die immer nach Fisch gerochen hatte. Ein komischer Gedanke in dieser Situation. *Nur keine Angst haben.* Tim bereitete sich darauf vor, die Frau notfalls umzureißen. Aber dann schoss Roman. Einmal, zweimal, dreimal drückte er ab und noch ehe Tim wusste, was er sah, bissen sich die Bilder eines auseinanderfliegenden Schädels in seinen Erinnerungen fest. Die Frau taumelte zurück, verschwand aus dem Licht und fiel ins Wasser. Mit einer kurzen Verzögerung schrie die Mutter ihre Panik heraus, ihre Tochter schluchzte. »Erschossen. Ich habe sie erschossen!«, stammelte Roman, ließ die Waffe sinken. »Das war richtig, Roman. Verdammt, sie hatte uns töten wollen!« Tim ging weiter voran, da Roman keine Anstalten machte ihm zu folgen zog er den Beamten mit sich. »Weiter! Einfach weiter!«, rief er hinter sich. Sie durften keine Zeit mehr verlieren. »Erschossen. Einfach erschossen«, redete Roman mit sich selbst. Tim hoffte, dass dieser jetzt nicht zusammenbrechen würde. »Roman, Sie müssen jetzt weitermachen. Verstehen Sie?« Roman sah zu Tim, sah durch ihn hindurch. »Da werden noch mehr sein. Sie werden noch weitere erschießen müssen. Verstehen Sie, was ich Ihnen sage?« Ein lauter Knall hinter ihnen, ein kalter Luftzug, der sie streifte und das Rauschen des Wassers schwoll zu einem ohrenbetäubenden Getöse an. »Verstehen Sie?«, schrie Tim den Polizisten an. Endlich nickte dieser. Gemeinsam hasteten sie voran, Tim versuchte sich zu erinnern, wo er die verdammte Tür das letzte Mal gesehen hatte, sie durfte nicht mehr allzu weit entfernt sein. Da! Der Lichtstrahl erfasste sie, durch das knietiefe Wasser watete er darauf zu und erschrak. Ein Mann lehnte an der gefliesten Wand, die Augen weit aufgerissen, sein Brustkorb hob und senkte sich schnell. Er blutete stark im Gesicht. Tim ging näher, ließ den Schein seiner Handytaschenlampe über den Mann gleiten. Bisswunden. Im Gesicht. An der Hand und in der Schulter. Er hatte sehr stark geblutet. »Der Mann ist verletzt«, stellte Roman fest. »Wir müssen ihm helfen, sonst ertrinkt er hier noch.«

Tim sah Roman an.

»Haben Sie es immer noch nicht begriffen? Der Mann stirbt. Jeden Augenblick. Er ist gebissen worden. Hier.« Er hielt den Lichtstrahl auf das Gesicht des Mannes. »Hier.« Auf die Hand. »Und hier.« Schulter. »Er wird einer von denen werden und andere Menschen angreifen. Sie töten. Das einzige, das ihm hilft, ist, wenn Sie ihm in den Kopf schießen. Das hört sich hart an, aber so ist es.« Roman schüttelte den Kopf. »Sie sind wahnsinnig«, sagte der Familienvater und stellte sich zu Roman.

»Nein. Nicht ich bin wahnsinnig. Das Ganze ist ein einziger Wahnsinn, glauben Sie mir. Entweder Sie erschießen den Mann, Roman, und erlösen ihn von dem Leid, das ihm noch bevorsteht oder wir verschwinden, so schnell es geht. Verstanden?« Der Gebissene stöhnte. »Helfen Sie mir bitte!« Tim griff Roman an dessen Arm und zog ihn mit sich. »Entschuldigen Sie«, wandte sich Roman an den Verletzten und folgte Tim.

»Sie können ihn doch nicht einfach hier liegen lassen?«, empörte sich der Familienvater und beugte sich über den Mann, versuchte ihm hoch zu helfen. Tim fuhr herum und packte ihn am Arm.

»Verdammt, denken Sie einmal an Ihre Tochter und glauben mir einfach, ja!« Tim stieß ihn weg, ging zur Tür und legte eine Hand auf den Türgriff. Er lauschte, doch der Lärm der hereinströmenden Wassermassen und die massive Brandschutztür verschluckten jedes Geräusch dahinter. »Auf Drei öffne ich Tür, Roman. Sind Sie bereit?

Und denken Sie daran: In den Kopf, ja?« Roman reagierte nicht, aber Tim wollte und konnte nicht mehr warten.
Die Bedrohung, die er spürte, war dabei ihn zu erschlagen. »Eins, zwei, drei«, zählte er und zog die Tür auf. Dahinter ging die Welt unter.

Kapitel 38 – Experimente an Menschen

»Der Körper, der dort liegt, ist nicht tot.«
»Frankenstein«; 1931

Professor Dr. Robert Jäger saß auf dem Rücksitz des zivilen Polizeiwagens und starrte durch das beschlagene Fenster auf den Verkehr. Es wurde langsam nebelig in der Innenstadt und überall flackerten Blaulichter auf, überall heulten Sirenen. Ihm war, als befände er sich im Zentrum einer eskalierenden Großdemonstration.

»Entschuldigen Sie, was ist denn da passiert?«, wandte er sich an Hütchen, der auf dem Beifahrersitz saß.

»Neben dem täglichen Chaos hat es einen Unfall im Elbtunnel gegeben und alle Röhren sind momentan dicht«, ließ ihn dieser wissen. Sein Kollege Schwarz schaltete das Blaulicht ein und gab ihre baldige Ankunft im Bernard-Nocht-Institut bekannt. Sie bahnten sich über die Busspuren einen Weg durch die stehenden Autos zum Hamburger Hafen.

»Es hat aber nichts mit dem zu tun, was Sie mir erzählt haben, oder?«, hakte Jäger nach und sog die Atmosphäre des Geschehens in sich auf. Feldforscherinstinkt sozusagen. Und momentan misstraute er den Geschehnissen. Schwarz und Hütchen tauschten kurze Blicke aus, ehe Hütchen sich zu ihm umwandte. »Das lässt sich augenblicklich nicht genau sagen, Herr Dr. Jäger. Zum jetzigen Zeitpunkt häufen sich identische, für uns nicht einzuordnende Ereignisse.« Jäger nickte und ließ sich zurück ins Polster sinken. Er war gespannt, was ihn im Institut für Tropenmedizin erwartete.

254

Eine gute halbe Stunde später fuhren sie in die Tiefgarage des Hafenkrankenhauses und parkten neben weiteren Polizeifahrzeugen. Jäger wunderte sich über zwei schwer gerüstete Sicherheitsbeamte, die mit Maschinenpistolen neben den Fahrstuhltüren standen.

»Wird das hier immer so streng bewacht?«, fragte Jäger, während er aus dem Wagen stieg.

»Nein. Normalerweise nicht«, antwortete ihm Hütchen, Schwarz gab ihre Ankunft über sein Headset bekannt. Sie schritten auf den Fahrstuhl zu und auch hier, so fand Jäger, lag eine Anspannung in der Luft, die beinahe greifbar war und die er sich noch nicht erklären konnte.

»Was erwartet mich genau?«, wollte Jäger wissen. Die Fahrstuhltür ging auf, ein Mann erwartete sie, er nickte nur kurz, führte einen Schlüssel in die Armatur ein und drückte auf den Knopf eines unter der Tiefgarage liegenden Geschosses.

»Genau weiß ich es auch nicht, Dr. Jäger. Aber wir wollen Sie überzeugen und Ihnen die ... Wiedergänger zeigen.«

»Sie haben hier im Krankenhaus Wiedergänger?« Hütchen nickte und auch der Mann, der sie begleitete. Der Fahrstuhl hielt mit einem seichten Ruck, die Türen öffneten sich.

»Bitte folgen Sie mir. Dr. Surati erwartet sie.« Der Mann trat aus dem Fahrstuhl, Jäger, Hütchen und Schwarz folgten ihm in einen Flur. Kobaltblaues Licht strahlte aus dezenten Flurleuchten, es war still und roch klinisch. Der Mann öffnete eine Tür. »Unser Kontroll- und Überwachungszentrum. Sozusagen das Gehirn für den unteren Bereich«, erklärte er. Lange, dunkle Fensterfronten zogen sich an den Längsseiten des Raumes entlang, Monitore und Messinstrumente versammelten sich an einigen Tischinseln in der Mitte des Raumes an denen Mediziner in Kitteln von Zivilisten umringt wurden. Es roch nach Kaffee und kaltem Rauch. Die Gespräche verstummten. »Dr. Jäger vom Ethnologischen Institut aus Hamburg«, wurde Jäger vorgestellt. Jäger nickte, ließ sich Zeit für eine genaue Beobachtung. Einer der Ärzte kam auf ihn zu. »Dr. Surati.« Er reichte ihm die Hand.

»Nun, ich weiß gar nicht, wie ich helfen kann«, formulierte Jäger seine Überraschung und sah an Dr. Surati, dass dieser es auch nicht wusste.

»Ich soll Ihnen etwas zeigen, Dr. Jäger. Bitte kommen Sie mit.« Surati ging zur linken Fensterfront, nickte und ein Assistent bediente an einem Computerplatz ein paar Tasten. Kaltes, weißes Licht flammte auf, ein weißer, nackter Raum in dem ein alter Mann mit den Händen an eine Wand gekettet war. Jäger verschlug es die Sprache. Der Mann war schwer verletzt, alle Farbe war ihm aus dem Körper gefahren. Jetzt zerrte er an seinen Fesseln, sein Mund öffnete sich und sie konnten ein Stöhnen hören. In dem Kontrollraum wurde es still, es schien, als würde nicht nur Jäger den Atem anhalten.

»Das ist einer der Wiedergänger, von denen ich sprach«, flüsterte Hütchen, der sich dazu geschlichen hatte. »Erich Schröter, 82 Jahre alt, wurde gestern von der Polizei in einem Moor nördlich von Hamburg aufgefunden. Tot. Tot, aber mobil.«

Jäger nickte und traute seinen Augen. Dieser Mann war tot, musste tot sein und dennoch sah er, wie er sich gegen seine Gefangenschaft wehrte.

»Haben Sie mit ihm gesprochen?«, fragte Jäger und erwischte Hütchen auf dem falschen Fuß.

»Wir haben *zu* ihm gesprochen, aber er reagiert nicht. Die einzige Reaktion, die er zeigt, ist Aggression. Er greift an. Jeden, der sich ihm nähert«, erklärte Surati.

»Und? Was sagen Sie?«, fragte ihn Hütchen.

»Ich muss gestehen, der rationale Teil meines Wesens zweifelt an dem Tatsächlichen. Ich glaube Ihnen nicht, aber ich weiß, dass Sie Recht haben«, antwortete Jäger und bemerkte, wie alle Anwesenden in dem Raum auf das beleuchtete Zimmer starrten. Einige trugen Polizeiuniformen, stellte er fest. Hohe Dienstränge. Viele nickten zu seinem Beitrag.

»Gut«, meinte Hütchen. »Das haben Sie treffend gesagt.« Er erhob seine Stimme. »Wir möchten Ihnen allen nun etwas demonstrieren. Bitte«, wandte er sich an Dr. Surati, der seinem Assistenten zunickte. In dem Raum, in dem der Wiedergänger gefangen war, öffnete sich eine Tür und jemand in einem Ganzkörperschutzanzug trat ein. Herr Schröter fuhr zu ihm herum, verstärkte seine Anstrengungen sich zu befreien und versuchte, die Person trotz der Unerreichbarkeit anzugreifen. Diese hob einen Arm. Sie trug eine Pistole und zielte. Jäger stöhnte vor Schreck auf, andere mit ihm. Ein Schuss traf Herrn Schröter ins Bein, ein weiterer in den Brustkorb. Herzgegend. Durch die Wucht wurde der alte Mann umgerissen. Ein stiller Aufschrei machte bei allen Anwesenden die Runde.

»Die Schüsse wurden aus einer P 99 abgefeuert. 19 mm Kaliber. Aus der Entfernung sollte die Zielperson bei einem Beinschuss außer Gefecht gesetzt sein, ein gezielter Körpertreffer hätte den Tod zur Folge«, erklärte Hütchen, ohne Herrn Schröter hinter der Glasscheibe aus den Augen zu lassen. Dieser erhob sich, zerrte weiter an seinen Fesseln und wollte wieder angreifen. Die Person im

Schutzanzug wartete reglos. Absolute Stille im Kontrollraum.

»Wie Sie alle sehen, ist das bei dieser Zielperson nicht der Fall. Auch nicht bei den anderen Fällen, die wir derzeit ... bearbeiten. Und bisher ist dieses Phänomen aus medizinischer Sicht unbegreiflich, es kann nach bisherigen Erkenntnissen nicht nach einem Gegenmittel und einem Impfstoff geforscht werden.«

»Warum denn nicht?«, fragte ein unscheinbarer Mann in zweiter Reihe.

»Weil die betroffenen Personen aus medizinischer Sicht tot sind. Sie verfügen über keinerlei Vitalfunktionen. Sie sind tot.«

»Zombies?«

Hütchen räusperte sich. »Das zu klären wird Dr. Jägers Aufgabe sein. Wir nennen sie bisher Nullpersonen«, antwortete er. Jäger nickte. Eine Aufgabe, die ähnlich war, als würde man akademischen Vertretern der westlichen Welt erklären wollen, bei einer Sonnenfinsternis würde ein großer Weltendrache die Sonne verschlucken. Aber immerhin sprachen die Fakten dafür. Herr Schröter riss weiterhin an seinen Fesseln, die Schusswunden waren sichtbar und er glaubte nicht an einen Trick, der ihm vorgespielt wurde. Auch wenn er es gerne getan hätte.

»Hat Sie alle diese Demonstration überzeugt?« Ein bejahendes Raunen ging durch das Kontrollzentrum, Surati nickte seinem Assistenten zu und der Schütze hinter der Glasscheibe verließ das Zimmer. Herr Schröter beruhigte sich etwas.

»Im Einsatz ist ein Kopfschuss bei den Nullpersonen tödlich.«

»Das haben Sie hier herausgefunden?«, wollte ein jüngerer Mann wissen.

»Nein, das hat sich im Feld gezeigt. Ein SEK in der hamburgischen Rechtsmedizin wurde angegriffen. Sie haben sich verteidigt. Anschließende forensische Untersuchungen haben ergeben, dass die Gehirne der Nullpersonen reversibel beschädigt worden waren. Diese Nullpersonen waren anschließend tatsächlich tot, wirklich tot, stehen aber dennoch weiter unter Beobachtung. Herr Dr. Jäger sind Sie nun überzeugt?« wandte Hütchen sich an ihn.

»Sie sprachen davon, dass das Böse nicht singulär sei. Ich denke, Sie könnten mir hier also auch noch weitere Wiedergänger präsentieren?«, wollte Jäger wissen.

Hütchen nickte.

»Gut, dann bin ich überzeugt«, willigte er seine Mitarbeit ein, ohne zu wissen, was er leisten konnte.

»Danke. Folgen Sie mir bitte. Dr. Surati, wollen Sie das Wort hier übernehmen?« Surati nickte, Hütchen, Schwarz und Jäger verließen den Raum. Jäger war in seine Gedanken vertieft, suchte nach Fallbeispielen von mehreren Wiedergängern auf einmal, nur es fiel ihm keines ein. Sie fuhren mit dem Fahrstuhl ins Erdgeschoss.

»Sagen Sie Herr Dr. Jäger, dieser Hexer, Opoku, ist dessen Leiche wieder aufgetaucht?«, fragte Hütchen. Der Fahrstuhl hielt an, sie stiegen aus.

»Ja. Später. Man hat seinen kopflosen Leichnam auf dem Friedhof gefunden. Wir bekamen eine kurze Nachricht ins Institut. Ein Zettel unter einer Tür hindurch geschoben, dass Opoku nun keinen Ärger mehr machen würde. Die ghanaische Gemeinschaft hat das Problem unter sich gelöst. Es gab kein Verfahren mehr, keine Untersuchung.« Hütchen und Schwarz nickten. Sie blieben an einer Tür stehen.

»Wissen Sie, ich hoffe wirklich sehr, dass Sie uns weiterhelfen können, Herr Dr. Jäger. Und ich glaube daran.« Schwarz klopfte an, öffnete die Tür. Ein kleines Konferenzzimmer, der Leiter des Instituts begrüßte ihn und stellte ihn der Bundeskanzlerin vor, die sich erhob und ihm die Hand reichte.

Kapitel 39 – Wakendorf fällt

»Egal, wer man ist und wo man herkommt. Die Panik darf nur im Kopf stattfinden.«

Sandra erwachte mühsam aus einem unruhigen Schlaf, ihr erster Blick ging zu Lina, die neben ihr lag. Vorsichtig setzte Sandra sich auf, rieb sich die Augen und ahnte, dass es einen Grund für ihr Erwachen gab. Sie sah sich um. Weiße Zeltwände, weißes Feldbett mit weißer Bettwäsche. Ihre Sachen lagen auf einem Stuhl. Kein Traum, alles war wahr. Hunde. Hunde bellten und sie hörte Stimmen und Schritte vor ihrem Zelt. Das war es, was sie geweckt hatte. Sandra stand auf und zog sich schnell an. Warum war sie so unruhig? Sie öffnete die Zelttür, sah zwei Wachposten davor im dichten Nebel stehen. Das Flutlicht war eingeschaltet, Generatoren dröhnten. Und Hunde. Das war es. Von überall her bellten Hunde im Ort. Als würden sie über Kilometer hinweg miteinander … sprechen. Sich warnen.

»Alles in Ordnung?«, fragte einer der beiden Wachen, während er sich zu ihr umwandte.

»Ich will mir nur kurz die Beine vertreten«, antwortete sie.

»Einen Augenblick, bitte. Herr Adler will Sie sprechen.« Über Funk gab er durch, dass Sandra jetzt zu sprechen sei, nur einen kurzen Augenblick später stand Adler bei ihr.

»Dieser Tim Fabian«, begann er ohne einen Gruß. »Sie sagten, Sie würden ihn kennen, nicht wahr?« Sandra versuchte ihr Unbehagen abzuschütteln.

»Ja. Er war Liams … er ist Liams bester Freund.«

»Und Journalist, wie Sie sagten?«

»Genau.«

Adler sog scharf Luft durch die Nase. »Ich brauche einen Kontakt zu ihm. Möglicherweise kann er helfen.«

»Aber ich habe doch seine Telefon …«

»Hier. Wir haben sie. Wenn Sie ihn von ihrem Handy aus anrufen würden.« Adlers Sekretär schälte sich aus dem Nebel, gesellte sich zu ihnen.

»Herr Adler …«

»Einen Augenblick, bitte.«

Sandra holte ihr Handy, wählte die Nummer, die Adler ihr auf einem Zettel hinhielt. Tim ging nicht ran, seine Mailbox aber.

»Hallo Tim, hier ist Sandra. Bitte ruf mich unbedingt zurück, weil …« Ihr versagte die Stimme, weil der Anruf sie an Liam und Jack denken ließ. »Liam und Jack …« Sie hatte die Zeit überschritten, der Anruf wurde beendet. Sandra kämpfte mit den Tränen.

»Danke«, sagte Adler und wandte sich seinem Offizier zu, der auf sein Klemmbrett sah und Meldung erstattete.

»Adler 3 ist nicht erreichbar und meldet sich nicht zurück. Und … ein RTL-Kamerateam ist direkt am Ortsausgang und sendet gerade.« Der Verbindungsoffizier starrte weiter stumm auf sein Klemmbrett, Adler sah hoch und rang um Fassung. Sandra lauschte dem Hundegebell, ihr Unbehagen verstärkte sich.

»Gut. Wann war der letzte Kontakt zu Adler 3?«

»Vor ungefähr 30 Minuten.«

»Schicken Sie einen Wagen mit unseren Leuten raus nach Nahe und bringen Sie in Erfahrung, was da los ist.«

»Verstanden.« Der Offizier machte sich eine Notiz.

»Wie sind die Schmeißfliegen hier reingekommen?«

»Mit einem Rettungsfahrzeug, das keines ist.« Adler lächelte.

»Wir gehen zu ihnen hin und werden sie in Gewahrsam nehmen. Ziehen Sie acht Männer zusammen und wir treffen uns gleich am Feuerwehrhaus. Ich gehe schon einmal vor.« Adler verabschiedete sich von Sandra, als Schüsse ertönten. Schüsse aus dem Eulenwald.

»Hast du alles?«, fragte Anja und rückte ihre Mütze zurück.

»Blaulicht, Flutlicht und ein paar von diesen Zelten kriegen wir im Nebel auch noch ins Bild«, antwortete Nils und sah von seiner Kamera auf.

»Gut. Eins, zwei, drei, los!«, gab Jerome das Kommando. Sie hatten nicht viel Zeit. Höchstens fünf Minuten, dann mussten sie hier wieder weg sein. So einen Aufwand hatten sie nicht erwartet und er verhieß nichts Gutes. Aber auch sensationelle Bilder und einen Slot in den 08-Uhr-Nachrichten. Bundesweit.

»Es spricht Anja Völkers für RTL. Wir stehen hier in Wakendorf II in Schleswig-Holstein vor einem komplett abgesperrten Dorf. Im Hintergrund sehen Sie Quarantänezelte und Einsatzkräfte der Polizei und einer Sondereinheit. Was aber der Grund dafür ist, ein ganzes Dorf abzusperren, ist weiterhin unklar. Von offizieller Seite aus …« Irgendwo fielen Schüsse, Anja zuckte zusammen, das Bild wackelte. »Verdammt, was war das denn?«, fragte sie. Immer noch war sie Sensationsreporterin, ihr Gesichtsausdruck war, wenn auch kaum erkennbar, erschrocken. »Habt ihr auch die Schüsse gehört?«, fragte sie in die Kamera und wandte sich dann in die Richtung, aus der auch die Schüsse zu hören waren. »Es wird geschossen. Meine Damen und Herren, hier in Wakendorf II wird gerade geschossen. Huch!« Erschrocken fuhr sie in die andere Richtung herum, die Kamera folgte ihr.

»Was ist das?«, fragte sie. Jetzt zitterte ihre Stimme wirklich. Man hörte gedämpft Hunde bellen, Schreie und Schüsse, und ganz in ihrer Nähe hörten sie ein Stöhnen aus dem Nebel.

»Das kommt aus dem Nebel. Von der Straße«, sagte Nils.

»Halt drauf«, forderte Jerome. Ein Dutzend Schaulustige hatten sich mittlerweile um sie herum versammelt und starrten nun mit ihnen in die dichten Schwaden. Schritte erklangen. Schlurfende Schritte, als würden mehrere Personen ihre Füße nachziehen.

»Vielleicht sollten wir lieber abhauen«, schlug Nils vor.

»Halt's Maul und halt drauf!«, ärgerte sich Jerome. Jetzt würden sie wahrscheinlich nachvertonen müssen.

»Wir hören hier ein Stöhnen aus dem Nebel, können aber noch nicht erkennen, was da auf uns zukommt. Es wird weiterhin geschossen«, kommentierte Anja die Situation. Jetzt. Erst sahen sie ein Licht im Nebel, dann schälten sich Umrisse aus dem Dunst. In einer Reihe wankten Menschen aus den Schwaden auf sie zu. Viele hatten die Arme ausgestreckt, wurden jetzt schneller, stolperten.

»Was ist denn das? Ein Zombie-Walk, oder wie?«, fragte Jerome laut. Seine Frage lieferte allen eine mögliche Erklärung für das Schauspiel, ließ sie verharren und beobachten. Nur vereinzelt zogen sich Schaulustige in die zweite Reihe zurück.

»Was wir hier sehen ist einzigartig. Mehrere Menschen haben sich auf der Straße ... heh! Was soll das, Nils?« Nils lief zum Wagen.

»Ich hau ab, Mann!«, rief er, öffnete die Autotür und verschwand im Wageninneren.

»Scheiße, der Typ spinnt!«, fluchte Jerome. »Dann gib mir die Kamera, du Vollpfosten!« Er eilte Nils hinterher, Anja wich langsam einige Schritte zurück. Ihr wurde es ebenfalls zu unheimlich. Keiner von denen sprach ein Wort, nur dieses kehlige Stöhnen. Ein Kind war auch dabei, in vorderster Reihe, mit einem Vampirkostüm. Und je näher sie kamen, desto … echter wirkten die Wunden. Das war keine Schminke, das war echt. Echt! Anja schrie, drehte sich um, wollte weglaufen, rutschte auf dem feuchten Asphalt aus und schlug hin. Die Horde wurde noch schneller, die ersten, Jack und Liam, erreichten Anja, ließen sich auf sie fallen und bissen zu. Anja schrie. Ihr Schrei riss die Umstehenden aus ihrer Starre. Kein Zombie-Walk, was immer das auch sein sollte. Sondern eine Frau wurde von einer stöhnenden, sich auf sie stürzenden Menge angefallen.

»Heh, was soll das?« rief ein älterer Mann, trat unsicher vor, sah die Umstehenden an. Jerome kam mit der Kamera zurück aus dem Wagen. Das, war er zu sehen bekam, ließ ihn zweifeln.

»Anja?« Ein Dutzend Leiber lagen auf ihr, sie schrie und in diesem Schrei lagen Panik und Schmerz. Andere, die keinen Platz fanden, sich auf sie zu stürzen, verteilten sich, stolperten auf die umstehenden Menschen zu und auf ihn.

»Wir müssen ihr helfen!«, forderte der alte Mann, trat vor, auf die Horde zu. Jerome filmte, wich dabei zurück. Diese Zombies waren echt! Das war kein Spaß! Von dieser Erkenntnis erfasst, wich er zum Wagen zurück, tastete nach dem Türgriff.

»Hören Sie …«, wollte der Mann einschreiten, als eine blutüberströmte Frau ihn erreicht hatte, packte und zu Boden riss.

»Hilfe!«

Niemand rührte sich, eine lange Sekunde verstrich, eine Frau schrie und dann brach Panik aus. Weitere Schreie gellten auf, die Menge kam in Bewegung, die Menschen wollten ins Dorf, liefen auf den Zaun zu.

»Hilfe! Lassen Sie uns rein!«, schrien sie die Wachtposten dahinter an. Die Untoten folgten ihnen.

Jerome öffnete hinter sich die Tür, filmte weiter. Ein Tanz auf dem Drahtseil. Wie lange konnte er noch die sensationellen Bilder einfangen, ohne selbst in Gefahr zu geraten?

»Mach die Tür zu, verdammt«, schrie Nils. *Gleich.* Gleich würde er einsteigen. Nur noch ein paar Sekunden. Er hatte das Gefühl, etwas Wichtiges würde geschehen. Die Untoten, die Anja unter sich begraben hatten, lösten sich wieder von ihr. Es erinnerte ihn an eine aufgehende Blüte im Zeitraffer, wie das Knäuel sich auseinander bewegte. Blüten mit roten Sprenkeln je näher sie seiner Kollegin waren, umso mehr Blut klebte an ihnen. Zum Schluss erhob sich der kleine Junge. Dann sah er sie: Anja.

»Oh, mein Gott!«, flüsterte Jerome. Leblos lag seine Kollegin auf dem Asphalt. Zerfetzt. Von ihrem blutenden Leib stiegen kleine Dampfwolken auf, vermischten sich mit dem Nebel. Einige ihrer Mörder wankten auf ihn zu. Immer noch war er sich sicher, dass es gleich etwas Sensationelles zu sehen gab.

»Komm jetzt rein, Mann!« Nils zog an seiner Schulter, Jerome wand sich aus dessen Griff, wollte nicht, dass das Bild verwackelte. Und dann hatte er es! Anja bewegte sich, drehte sich auf die Seite, hob ihren Kopf und sah zu ihm herüber. *Nur noch ein, zwei Sekunden!* Sie stemmte sich hoch, stand auf. Das reichte. Er nahm die Kamera herunter, glaubte, dass die Zeit reichte, weil die taumelnden Gestalten noch ein paar Meter entfernt waren, als ihm ein Schmerz in den Oberschenkel schoss. *Der Junge!* Scheiße, den hatte er übersehen und der hatte sich an ihm festgebissen.

»Lass das!«

»Jerome! Sie kommen!«

Jerome hob die Kamera, wollte damit zuschlagen, aber ein Mann griff ihn am Arm, zog sich daran vor und biss ihm in die Hand. Jerome schrie. Ein Schrei von vielen. Viele Schreie, die zu einem wurden. Zum einem gequälten Schrei.

»Was ist das?«, wollte Adler von seinem Verbindungsoffizier wissen. Sandra zuckte zusammen, sah zum Zelt, wo sie ihre Tochter Lina schlafend zurückgelassen hatte. Die beiden Wachposten standen noch bei den Zelten, Sandra beruhigte sich etwas. Die Hunde im Dorf nicht, sie bellten wie verrückt.

»Das ...« Der Offizier stockte, bekam eine Meldung über sein Headphone übermittelt.

»Wir wurden angegriffen. Es sind bestimmt ...« Seine Stimme überschlug sich »... mindestens fünfzig Angreifer, die aus dem Eulenwald kommen.«

»Fünfzig!« Adler überlegte kurz. Es war keine Zeit für die Fragen, die ihm durch den Kopf gingen. »Wir eröffnen das Feuer. Schießen gezielt auf die Köpfe der Angreifer.« Eine Pause entstand, der Verbindungsoffizier reagierte nicht.

»Geben Sie das jetzt weiter, Mann, wir haben keine Zeit!« Ein Schrei gellte von dort, wo das RTL-Team gemeldet worden war. Sie sahen hinüber, konnten aber durch den von grellem Licht beschienenen Nebel nichts erkennen.

»Es sind auch unsere Leute von Adler 3 mit unter den Angreifern. Und Polizisten«, wandte der Offizier ein, zögerte.

»Umso schlimmer. Geben Sie jetzt endlich meinen Befehl durch!«

»Jawohl.« Er sah auf sein Klemmbrett, wollte den Befehl durchgeben, sah erschrocken auf.

»Sie sind hier! Im Lager!« Adler zog seine Pistole aus dem Halfter, panische Schreie vom Dorfausgang her, Schüsse, Rufe und Schreie auf der Dorfseite und aus dem Lager selbst.

»Geben Sie jetzt den Befehl durch!« schrie Adler, packte den Offizier am Arm. Dieser gab den Befehl, das Feuer auf die Köpfe der Angreifer zu eröffnen, weiter.

»Sammeln Sie unsere Leute rund um das Kulturzentrum, fordern Sie Verstärkung an …«

Sie hörten einen Knall, kreischendes Metall und sahen im Nebel bei dem Feuerwehrhaus das auf und ab hüpfende Scheinwerferlicht eines Autos. Schreie und Schüsse von dort. Gestalten, Umrisse nur, die sich durch den Nebel bewegten. Der Offizier hielt eine Hand an sein Ohr, um besser hören zu können.

»Das Pressefahrzeug hat die Absperrung durchbrochen! Und auch von dort werden wir angegriffen!«

Adler sah zu Sandra. »Holen Sie Ihr Baby und kommen Sie zur Turnhalle an den Seiteneingang. Wissen Sie, wo der zu finden ist?« Sandra nickte. Adler wandte sich an seinen Offizier. »Wir werden uns kontrolliert in die

Turnhalle zurückziehen. Schaffen Sie Dr. Kaminsky herbei. Jeder, der gebissen wurde, muss draußen bleiben. Jeder! Auch unsere Leute. Kaminsky soll sie alle untersuchen. Verstanden?«

»Jawohl.«

»Wir brauchen in der Turnhalle Verpflegung und die Kommunikations…« Sandra entfernte sich von den beiden, rannte zurück zum Zelt und zuckte bei jedem Schuss, den sie hörte, zusammen. *Liam hatte mit allem Recht gehabt. Liam und Tim. Aber wer hätte das ahnen können?* Als sie den Wachposten passierte, konnte sie in den Gesichtern der jungen Männer ebenfalls Angst erkennen. Sie mochten gut ausgebildet worden sein, aber auf das hier waren sie alle nicht vorbereitet. Sie schloss die Zelttür hinter sich. Lina rekelte sich unruhig, wachte gerade auf. Sandra schmiss eilig ihre Sachen in eine Tasche, hörte ein Scheppern aus einem benachbarten Zelt. Jemand hatte etwas umgestoßen. Sie sah auf, konnte aber nichts erkennen, suchte dann nach ihrem Handy. Auf dem Beistelltisch. Sie steckte es in die Jackentasche, wieder schepperte es. Glas klirrte, zerbrach.

»Hallo? Dr. Kaminsky?« Oder war es die Krankenschwester? Sandra erinnerte sich nicht mehr, ob sie ihren Namen genannt hatte. Durch den weißen Zeltstoff sah sie den Umriss einer Gestalt, hörte Schritte.

»Dr. Kaminsky?« Sie nahm Lina aus dem Bett und legte sie auf den provisorischen Wickeltisch. Den Schritten nach, näherte sich die Gestalt ihrem Zelt. Dem Schatten nach, den sie warf, ging sie sehr unbeholfen. Nein. Sie würde Lina jetzt nicht mehr wickeln, stopfte eine Handvoll Windeln in die Tasche, Feuchttücher und Wundsalbe. Jemand stöhnte. Eine Hand, die sich von außen gegen die weiße Zeltbahn legte. Blut. Blut! Sandra schrie auf, nahm Lina auf den Arm und öffnete die Zelttür nach draußen. Ein letzter Blick zurück. Ein Blick, den sie nicht vergessen würde. Dr. Kaminsky, der blutüberströmt seine Hände nach ihr ausstreckte, auf sie zu torkelte und über einen Infusionsständer stolperte. Bisswunden. Tiefe, tiefe Bisswunden in seinem Gesicht, seinem Oberkörper.

»Sie sind hier!«, schrie sie den Wachen zu, die aber waren verschwunden. Sie schnallte sich, während sie lief, ihre Tochter vor die Brust. Schüsse, Schreie, Hunde bellten, Umrisse, die durch den Nebel wankten und mit einem Mal erlosch das Flutlicht der Sportplatzanlage. Sandra wurde am Arm gepackt. »Schnell, kommen Sie!« Adler. Zum Glück war es nur Adler, ihr Herzschlag hatte einen Augenblick ausgesetzt.

»Das Dorf ist gefallen, wir sind überrannt worden.« Er zog sie über den Sportplatz zum Seiteneingang der Turnhalle. Die Tür war geschlossen. »Verdammt!«, zischte er, suchte nach einem Schlüssel. »Es gibt einen Generalschlüssel für die Anlage hier«, erklärte er, während er an seinem Schlüsselbund danach suchte. Stöhnen. Vor ihnen, hinter ihnen. Adler schlug gegen die Tür, suchte weiter, während Sandra den Nebel vor sich im Auge behielt. Milchig weiß leuchtete es nur wenige Meter aus den angrenzenden Zelten, genug aber, um die Gestalten sichtbar zu machen, die hinter ihnen um die Ecke der Turnhalle bogen. Es waren … viele! Und allen voran sah sie einen Jungen und einen Mann gehen. Jack und Liam!

Kapitel 40 – Es ist Licht am Ende
des Tunnels

»Ich sehe tote Menschen.«

»Sixth sense«; 1999

Beißender Qualm schlug Tim entgegen, Wasser schwappte vom Tunnel in den Gang. Ein Kriegsgebiet. Ein Hollywoodfilm. Tim sah zahlreiche Kämpfe, Menschen, die sich gegen diese … Dinger wehrten, hörte Schreie, Autohupen, das Feuer, die Hitze, wie es Metall verbog und das Rauschen der Wassermassen, die in den Tunnel strömten. Links, dort wo es zum Unfall gekommen war, tobten die meisten Kämpfe. Von dort flüchteten Überlebende, verfolgt von den Untoten. Dort, wohin sie fliehen wollten, wurde auch gekämpft. Zwischen stehenden Fahrzeugen bahnten sich Menschen einen Weg zum Tunnelausgang, kämpften nicht nur gegen vereinzelte Untote, sondern auch gegen Schaulustige, die nicht begriffen hatten, wie tödlich das alles war. Tim hustete, sah sich um und nickte ihnen zu.

»Bleiben Sie hinter mir!«

»BITTE VERLASSEN SIE IHRE FAHRZEUGE UND GEHEN SIE ZU DEN NOTAUSGÄNGEN.«

»Wenn ich sage: schießen Sie, dann schießen Sie!«, wandte er sich an Roman. Dieser nickte.

»In den Kopf!«

»Ja, in den Kopf, ich habe verstanden.«

Tim hielt sich an der Tunnelwand, durchwatete das inzwischen kniehohe Wasser Meter für Meter, spähte immer mal wieder zwischen die stehenden Fahrzeuge, ob sich dort ein Angreifer verbarg. Oder ein Schwerverletzter zu einem wurde. Eine weitere Explosion hinter ihnen ließ sie zusammenzucken und sich ducken. Metall kreischte.

»Schneller!«

Ein Motorradmotor röhrte vor ihnen auf, über die Autodächern hinweg sahen sie einen schwarz gekleideten Motorradfahrer, der die Karosserien umfuhr und mit einem länglichen Gegenstand um sich schlug.

»Hinter uns sind welche!«, warnte der Familienvater, der als letzter ging. Ein älteres Paar taumelte ihnen hinterher, die eine Körperhälfte der Frau war bis zur Unkenntlichkeit verbrannt. Roman sah zu Tim.

»Wie viel Munition hast du, Roman?«, wollte er wissen.

»Noch einundzwanzig Schuss«, antwortete er.

»Weiter. Wir gehen weiter. Behalten Sie sie im Auge, ja.« Tim hoffte, dass sie die beiden abhängen würden. In dem Wasser waren sie schneller.

»Das Wasser steigt an«, stellte Roman fest.

»Es ist nicht weit, dann steigt der Tunnel wieder an. Da! Siehst du!« Tim deutete nach vorn, konnte den Scheitelpunkt erkennen. Dort, wo Flüchtende und Schaulustige aufeinander prallten. Vierhundert, fünfhundert Meter nur noch. Er hustete wieder, spürte ein Kratzen in den Bronchien.

»Hilfe! Hilfe!« hörten sie zwischen den Fahrzeugen in der Nähe eine Frau rufen. Bevor sie überhaupt aus einem Impuls heraus handeln konnten, trieb Tim sie weiter an.

»Schneller. Nicht darauf achten!« Irgendwo dort konnte er eine Bewegung erkennen. Eine langsame Bewegung.

»Vorsicht, Roman!«, warnte Tim. Und hinter einem Sprinter schwankte ein Kurierbote auf sie zu. Die Uniform zerfetzt, einige Finger seiner ihnen entgegen gestreckten Hände bis auf den Knochen abgenagt. Roman legte an. Schoss. Daneben. Ein weiterer Schuss, der Kopf des Kuriers flog nach hinten, der Körper fiel reglos ins Wasser.

»Guter Schuss!«, lobte Tim und zählte gedanklich die Munition nach. Die Mutter hinter ihnen schrie gellend auf, Tim und Roman fuhren herum. Ein Mann im feinen Anzug mit einem Headset hatte sich hinter dem Sprinter hervorgeschlichen, sie gepackt, zog sie zu sich heran.

»Schieß!«, schrie Tim, Roman zielte.

»Lass meine Mama in Ruhe, du … Wicht!«, schrie das Mädchen und haute dem Fremden gegen das Bein. Der biss der Mutter in den Oberarm, dann folgte der Schuss. Er ließ ab, fiel seitwärts in das Wasser. Die beigefarbene Bluse der Mutter hatte sich an ihrem Oberarm dunkel verfärbt. Tim wurde heiß und kalt zugleich. Der Vater nahm seine Frau in den Arm, das Mädchen weinte. »Weiter!«, sagte sie, verzog das Gesicht.

»Weiter«, antwortete Tim kraftlos. Seine Gedanken überschlugen sich. Es war etwas anderes, jemanden Wildfremdes gebissen liegen zu lassen oder sogar dessen Tötung vorzuschlagen, als jemanden Bekanntes, auch wenn man sich erst seit Minuten kannte. Es war eine Mutter, eine Familie um die es hier ging, eine, für die er sich verantwortlich fühlte.

»Sie wird eine von denen«, zischte er Roman zu, während sie weiter voran gingen. Sie sahen sich an, Roman schüttelte mit dem Kopf.

»Ja«, sagte Tim. »Ich weiß. Ich kann es auch nicht.« Und er konnte es auch nicht. Nicht jetzt. Vielleicht musste der Wahnsinn erst noch grausamer werden. Tim überlegte, was er machen konnte, wusste um die Gefahr, die von der gebissenen Mutter ausging und fand keine Lösung.

»Sie ist doch nur gebissen worden«, sagte der Vater hinter ihnen, als ob er Tims Gedanken lesen konnte. »Es ist nur eine kleine Wunde.« Roman reagierte nicht.

»Weiter!«, sagte Tim, mehr fiel ihm nicht ein. Ihre Verfolger hatten sie abgehängt, ihr Ziel lag nahe. Tumulte spielten sich dort ab, jetzt kamen ihm Menschen entgegen. Langsam und vorsichtig, aber sie wussten nicht, auf was sie sich einließen. Sie hielten ihre Handys hoch, filmten, einige schossen Fotos von sich mit dem Flammeninferno im Hintergrund.

»Verdammte Scheiße, haut ab von hier!«, schrie Tim, sah, wie die tumben Untoten zwischen den eingekeilten Fahrzeugen auf die Lebenden zu schwankten. Es war Wahnsinn, wie schnell es um sich griff.

»Achtung! Achtung! Hier spricht die Polizei! Verlassen Sie unverzüglich den Tunnel in Richtung Ausgang. Achtung! Achtung! …«

»Die Polizei! Wir sind gerettet!«, freute sich der Vater. Tim schluckte trocken, entgegnete nichts. Der Tumult vor ihm beruhigte sich, stob auseinander, er konnte Polizisten, Feuerwehrleute und Rettungssanitäter sehen, die sich vorwärts kämpften. Roman holte seinen Dienstausweis aus seiner Jackentasche, hielt ihn vor sich. »Kripo!«, rief er, hielt ihn dem erstbesten Polizisten vors Gesicht. Der Polizist nickte, ließ sie hindurch. Tim blieb vor ihm stehen.

»Ich weiß, das hört sich jetzt komisch an, aber gehen Sie nicht da rein. Sie werden angegriffen werden und es wird alles nur noch schlimmer machen!«

»Bitte?« Der Polizist sah Tim nur kurz an, wandte sich dann wieder an Roman, als wäre Tim unzurechnungsfähig. Roman zögerte, er und Tim sahen in den Tunnel hinter sich, sahen, wie sich die Untoten einen Weg durch die Fahrzeuge bahnten.

»Mein Gott, sind das viele!«, flüsterte er.

»Ich …, ich kann nicht mehr!«, stöhnte die Frau und stütze sich an der Tunnelwand ab. »Mir ist irgendwie schwindelig.«

»Ich …« Tim wusste nicht weiter. Wie sollte er sie alle überzeugen? Es war einfach zu irre, was er erzählte. Ein Schuss fiel. Einer der Beamten wurde im Tunnel angegriffen. Ein kollektives Stöhnen drang aus dem Tunnel und ließ die Rettungskräfte innehalten. Tim nutzte den Augenblick.

»Was es ist, weiß ich nicht, aber sie sind eigentlich tot und greifen Menschen an. Beißen sie. Und die Gebissenen werden dann zu einem von denen«, warnte er den Polizisten. »Sie ist gebissen worden«, fügte er leise hinzu und deutete mit einem Kopfnicken auf die Mutter.

»Er hat recht«, sagte Roman.

»Unser Einsatzbefehl lautet, die Unfallstelle zu sichern und die Versorgung und den Abtransport der Verletzten und Getöteten zu begleiten«, antwortete der Polizist. Roman nickte, suchte nach den richtigen Worten, überwand sich. »Vergessen Sie den Einsatzbefehl. Ziehen Sie sich zurück und schießen sie denjenigen in den Kopf, die Sie angreifen.« Beide Polizisten sahen sich an, unüberbrückbare Welten und nur wenige Dienstränge lagen zwischen ihnen.

»Das müssen Sie mit meinem Einsatzleiter klären«, antwortete der Polizist. Eine Detonation erschütterte den gesamten Tunnel sie duckten sich. Putz und Kacheln rieselten von der Decke. Schreie und Rufe, Wasser rauschte auf sie zu.

»Das wird nicht lange gutgehen. Kommt weiter, wir holen die Verletzten heraus!«, wandte der Polizist sich von Roman und Tim ab. Ein Sanitäter kümmerte sich um die gebissene Mutter.

»Scheiße!«, fluchte Tim. »Wie können die denn alle noch nicht wissen, was hier passiert? Wie kann das sein?« Er musste Roman anschreien, damit er ihn hören konnte.

»Ich weiß es nicht. Wirklich.«

Tim warf einen Blick auf die Frau. Ihre Tochter hielt ihre Hand. Die Mutter wurde immer blasser, atmete hektisch.

»Wenn Sie Ihre Tochter retten wollen, gehen Sie!«, rief er dem Vater ins Ohr.

»Verschwinden Sie!«, schrie dieser zurück, griff demonstrativ nach der freien Hand seiner Frau.

»Ja. Ja, schon gut.« Tim hob beschwichtigend die Hände. »Wir gehen weiter, Roman. Schnell.« Tim schob Roman vorwärts, versuchte die Schuldgefühle abzuschütteln und ließ sich nicht von der vermeintlichen Sicherheit anstecken, die die Rettungskräfte ausstrahlten. Sie zerbröckelte eh schon, wie die vermehrten Schüsse hinter ihnen zeigten. Die Schreie. Vorboten eines noch größeren Wahnsinns.

»Können Sie es irgendwie veranlassen, dass man den Tunnel sperrt?«, rief Tim, während er weiter durch das Wasser watete. Sie hatten den Scheitelpunkt längst überschritten, dennoch stand ihnen das Wasser immer noch bis über die Knie.

»Ich ... müsste telefonieren. Mit meinen Vorgesetzten«, antwortete Roman. Sie drängten sich an Schaulustigen und weiteren Einsatzkräften vorbei, konnten das Ende des Tunnels erkennen. Scheinwerfer, flackernde

276

Blaulichter. Ein Mann drängelte sich an ihnen vorbei, überholte sie, hielt eine blutende Hand in die Höhe.

»Lassen Sie mich durch! Ich muss raus hier!«

»Wir müssen uns beeilen, Roman!«, keuchte Tim, hustete und sah Sterne vor seinen Augen tanzen. »… müssen schneller sein, als die Verletzten, sonst …«

»Hey, ich kenne Sie doch!« Jemand hielt ihn an seinem Arm fest. Ein vollgerüsteter Polizist.

»Wir müssen hier raus«, sagte Tim und wollte sich aus dem Griff winden.

»Sie sind doch der Journalist aus der Rechtsmedizin. Tim … Tim irgendwas.«

»Ja, der bin ich«, gab Tim zu.

»Sie sind dort abgehauen und wussten, was da vor sich geht, oder?«, wollte der Polizist wissen.

»Dieser Mann steht unter besonderem …«, mischte sich Roman ein, Tim hob die Hand.

»Ja, ich wusste, was passieren würde. Der verletzte Arzt würde sterben und wieder erwachen. Und dann andere angreifen.«

»Alex, komm, wir müssen weiter!«, drängte ein Kamerad den Polizisten weiter in den Tunnel.

»Woher wussten Sie das?«

Tim sah zur Seite, überlegte.

»Das ist eine lange Geschichte, ich kann Ihnen das nicht erklären. Aber ich warne Sie, gehen Sie nicht in den Tunnel. Denn da geht es weiter. Da sind viele von denen.« Tim wusste, er wiederholte sich. Seine bisherigen Warnungen waren alle in den Wind geschlagen worden, lediglich Roman hatte ihm letzten Endes Glauben geschenkt. Der Polizist nickte. »Ja, ich glaube Ihnen. Seit der Sache heute in der Rechtsmedizin glaube ich ziemlich viel, von dem ich vorher gedacht habe, dass es unmöglich sei. Ich werde sehen, was ich machen kann.« Tim nickte. »Wir müssen weiter«, verabschiedete er sich und eilte mit Roman auf das Blaulichtgewitter am Tunnelausgang zu.

»… hat mich gebissen …«, »… beruhigen Sie sich …« Wortfetzen, die zu ihnen aus dem Tunnel heranwehten. Die ersten Rettungskräfte waren in Kontakt mit denen gekommen. Jetzt, jetzt konnte Tim Liams Ängste verstehen. Seinen Plan, sich mit möglichst vielen Lebensmitteln und Trinkwasser mit seiner Frau und seinen Kindern in die absolute Einsamkeit zurückzuziehen. Tim sorgte sich jetzt selbst um seine Verwandten, seine Liebsten. Er hoffte, dass sein Freund Liam in Sicherheit war.

Roman bahnte sich einen Weg durch die Rettungskräfte, sorgte dafür, dass sie überall schnell durchkamen. Sie erreichten den Tunnelausgang, steuerten auf den großen Mittelstreifen zwischen den Röhren zu, wo ein Konvolut aus Rettungs-, Feuerwehr- und Polizeifahrzeugen beisammen stand und von wo aus der Einsatz koordiniert wurde. Roman telefonierte mit seinem Vorgesetzten. Tim stützte sich auf seinen Oberschenkeln ab, atmete tief durch und stellte fest, dass seine Beine zu zittern begannen, als die Anspannung seinen Körper verlassen wollte. Aber er durfte sich keine Pause gönnen, es war noch nicht vorbei. Die ersten Verletzten wurden in unmittelbarer Nähe behandelt, der Tunnel wurde mit Straßensperren abgeriegelt, Schaulustige drängten sich davor. Auf der Autobahn selbst herrschte Chaos. Autos hupten, Menschen riefen, schrien. Tim sah, wie mehr und mehr Verletzte von Einsatzkräften aus dem Tunnel geführt oder getragen wurden und fragte sich, wie viele der Verletzungen von Bisswunden herrührten. Die im Tunnel gebissene Mutter wurde gerade auf eine Bahre gelegt und sollte in einen Rettungswagen gehievt werden.

Der Vater stand daneben, hielt seine Tochter im Arm. Tim überlegte hinüber zu gehen, um die Sanitäter zu warnen, raffte sich auf und ging los, auch wenn er sich keinen Erfolg, sondern Ärger versprach. Niemand würde ihm Glauben schenken, es war eigentlich sinnlos.

»Wir müssen los, Tim. Es geht ins Rathaus«, fing Roman ihn nach seinem Gespräch ab.

»Das wird hier alles eskalieren. Keine fünf Minuten mehr«, prophezeite Tim. In einem eben aufgebauten Zelt neben ihnen wurde ein junger Mann wiederbelebt. Sie hörten die Schläge des Defibrillators, hörten ihn knistern.

»... gebissen worden ...«, drang es von den Angefallen, die hektisch bis hysterisch von ihren Erlebnissen im Tunnel berichteten, aber niemand achtete auf das Gesagte. Die reine Versorgung der Verletzten stand an erster Stelle, reden konnte man hinterher.

»Ich habe versucht, es meinem Vorgesetzten zu erklären«, sagte Roman. »Er hat mir nicht geglaubt.« Tim schüttelte den Kopf. Wie konnte es sein, dass die Rettungskräfte wissentlich in den Tod geschickt wurden? Der Vorfall in Wakendorf und im rechtsmedizinischen Institut hätte doch hohe Wellen schlagen müssen.

»Sie wollen es geheim halten«, erklärte Tim. »Sie wollen es herunterspielen, und dabei werden Menschen sterben. Hier sterben Menschen!«

»Der Wagen dort«, wies Roman ihn an, ließ seine Vorwürfe unkommentiert. Eine dunkle Limousine mit eingeschaltetem Blaulicht wartete auf sie. Jubelschreie. Tim sah sich um. Der junge Mann war erfolgreich animiert worden, die Helfer freuten sich kurz. Tim misstraute dem Ereignis, blieb stehen, beobachtete und hielt den Atem an. Die nächsten Sekunden waren entscheidend.

Nichts passierte.

»Komm«, sagte Roman, öffnete ihm die Tür. Dann hörte Tim den Schrei, den er erwartet hatte. Aus dem Rettungswagen, wo die Mutter behandelt wurde. Aufregung davor, Menschen, die hin und her eilten. Als wäre das der Auftakt für ein noch größeres Chaos gewesen. Menschen drängten schreiend aus dem Tunnel. Umrisse, Schatten, die durch den vom Scheinwerferlicht der Autos zerrissenen Nebel liefen, einige rannten zur Böschung und versuchten, nach oben zu gelangen. Schreie. Entsetzliches musste dort geschehen. Als die ersten Schüsse fielen und Tim sah, wie gebissene Polizisten, Feuerwehrleute und Sanitäter zu den Rettungswagen geführt wurden, wusste Tim, dass es ausbrechen würde. Gleich würde es nicht mehr verheimlicht werden können. Gleich würde es um sich greifen und eine Katastrophe ungeahnten Ausmaßes auslösen. Roman stieg ein und sie fuhren los.

Kapitel 41 – Das Diktat der Mobilfunktelefone

»Ich habe den Bau gesprengt.«
»Wieso?«
»Weil Sie telefoniert haben.«

Der erste Bürgermeister reichte Jäger die Hand, dann die Kanzlerin. Hütchen zog sich zurück, schloss die Tür hinter sich. Sie setzten sich, der Bürgermeister zog einen Laptop zu sich heran. Jäger konnte die Spannung beinahe greifen, die in der Luft lag, kannte sie von seinen Feldforschungen, wenn eine Ethnie vor einer existenziellen Entscheidung stand und der Rat über das Wohl entscheiden musste. Manchmal musste dann auch gegen die persönlichen Interessen entschieden werden, der schwerste Prozess von allen.

»Herr Dr. Jäger«, begann die Kanzlerin. Das Handy des Bürgermeisters vibrierte, er sah auf das Display, verzog das Gesicht und drückte den eingehenden Anruf weg.

»Ich hoffe, Sie sind nun über unser Problem im Bilde und wissen, warum wir Sie …« Das Handy der Kanzlerin zwitscherte. »Entschuldigen Sie bitte.« Jäger nickte.

»Ja«, begann die Kanzlerin das Gespräch und lauschte. »Nein. Nein, wir haben alles unter Kontrolle. Auch in Frankfurt«, antwortete sie. Lauschte kurz. »Nein, ich habe keine Zeit. Danke.« Sie beendete das Gespräch. Jäger räusperte sich, ehe er sprach.

»Ich muss gestehen, ich weiß noch nicht, wie ich helfen kann. Ich habe nur einen Ausschnitt Ihres Problems zu sehen bekommen.«

»Unseres Problems«, widersprach sie. »Es ist ein Problem, dass wir alle teilen. Und es lautet: Wie können vermeintlich Tote wieder auferstehen und Menschen angreifen?«, brachte sie ihr gemeinsames Problem auf den Punkt.

»Gut«, antwortete Jäger. »Und mir scheint, es bleibt wenig Zeit, unser Problem ausführlicher zu betrachten, richtig?« Die Kanzlerin und der Bürgermeister, der einen weiteren Anruf wegdrückte, nickten.

»Ich möchte, dass Sie aus Ihrer Sicht zu einer Einschätzung kommen und diese in der nächsten Stunde einem größeren Gremium vorstellen, dass sich derzeit mit diesem Anliegen befasst. Diesem Gremium gehören einige Minister, die Ministerpräsidenten der Länder, hochrangige Polizei- und Militärstrategen und Wissenschaftler unterschiedlicher Fachrichtungen an. Sie alle sollen helfen, eine Lösung für das Problem zu ...«

Die Tür öffnete sich, eine Frau lugte hinein. »Herr Bürgermeister, es ist wichtig!«, sagte sie. Der Bürgermeister sah auf, rang sichtlich um Fassung.

»Ich habe gesagt, ich möchte nicht gestört ...«

»Weitere Fälle im Elbtunnel. Es war kein gewöhnlicher Unfall. Und wir haben Tim Fabian«, rechtfertige sie sich.

»Im Elbtunnel? Wie ...« Der Bürgermeister erhob sich, nickte der Kanzlerin zu. »Verzeihung, Angela. Einen Augenblick, bitte«, wandte er sich an Jäger und ging zur Tür, wo er sich flüsternd mit der Frau unterhielt.

»Wie viele Fälle gibt es bereits? Sind alle Fälle unter Kontrolle?«, wollte Jäger wissen und achtete sehr genau auf die Reaktion auf seine Frage. Die Kanzlerin legte ihre Hände so zusammen, wie man es aus dem Fernsehen kannte, ehe sie antwortete. »Es sind mittlerweile mehrere Fälle zusammen gekommen. Bundesweit. Aber alle, ich nenne sie mal Brennpunkte, haben wir unter Kontrolle gebracht«, antwortete sie. Jäger reagierte nicht, ließ sich auf ein Duell des Schweigens ein.

»Wer ist Tim Fabian?«, fragte er dann. Die Kanzlerin konnte beharrlicher schweigen und regungslos verharren.

»Ein Blogger, der sich anmaßt, diese Fälle aufgedeckt zu haben.«

»Angela, wir müssten noch einmal …« Der Bürgermeister kam zurück. Wieder zwitscherte ihr Handy, sie sah auf das Display, nahm das Gespräch entgegen. »Ich habe doch gesagt, dass ich … - Verstehe. Gut, einen Augenblick.« Sie stand auf, nickte Jäger und dem Bürgermeister zu. »Eine halbe Stunde, dann brechen wir auf«, wandte sie sich an Jäger. Jäger wies auf den Laptop. »Darf ich?«

»Ja, ja, machen Sie nur«, antwortete der Bürgermeister, beide verließen den Raum. Jäger glaubte nicht, dass hier alles unter Kontrolle war. Er befürchtete eher, dass auch hier Entscheidungsträger vor existenziellen Problemen standen. Er zog den Laptop zu sich heran und suchte nach diesem Tim Fabian.

Kapitel 42 – Hinter der Tür

»Der beste Freund eines Mannes ist seine Mutter.«
»Psycho«; 1960

Frau Dr. Merkel telefonierte. Der Bürgermeister der Hansestadt Hamburg auch. Sie standen Rücken an Rücken, um sich nicht gegenseitig zu übertönen. Kaum, dass ein Gespräch endete, kam ein neuer Anruf herein oder aber der aktuelle machte einen weiteren notwendig. Beinahe zeitgleich beendeten sie alle Gespräche, wandten sich einander zu.

»Wir brauchen den Notstand für Hamburg, Angela«, forderte der Bürgermeister. Sie schüttelte den Kopf.

»Wir versinken im Chaos. Die Heidberg-Schule, jetzt der Elbtunnel. Auch dort sind nach einem Unfall diese … Fälle eingetreten. Der Tunnel wird in beide Richtungen komplett abgesperrt, aber unsere Einsatzkräfte werden angegriffen. Angela …« Er sah sie eindringlich an. »Bitte!«

»Olaf, du weißt, dass das nicht geht. Angesichts der instabilen innerdeutschen, europäischen und außereuropäischen Lage, der angespannten Lage der Finanzmärkte, können wir uns keinen Notstand erlauben. Die Signalwirkung, die dies zufolge hätte, wäre verheerend. Ich verspreche, wir haben die Situation im Griff. Den Elbtunnel übernehmen wir gleich. Das Sonderkommando wird jeden Augenblick vor Ort sein.«

»Und in Frankfurt? Und in Schleswig-Holstein?«

»Haben wir alles unter Kontrolle. Dieses Wakendorf II ist sicher.« Sie sahen sich an.

»Gut«, sagte der Bürgermeister, ihr Handy zwitscherte. Sie sah auf die Textnachricht. WAKENDORF IST ÜBERRANNT WORDEN!

»Wir haben alles im Griff, Olaf, glaub mir.« Sie steckte das Handy wieder ein und zog sich für ein weiteres Telefonat zurück.

Kapitel 43 – Atemlos durch die Nacht

»Raus aus Hamburch! Weg vom Leder!«

»Rocker«; 1972

»Wieso steht denn Ricos Maschine vor dem Laden?«, wollte Harry von Splatter, dem Barmann wissen. Er musste gegen die Bass Drum eines Schlagzeugs anschreien, die gerade zum Soundcheck abgenommen wurde.

»Chef ist sauer. Sollte eigentlich gar nicht hier sein, wollte nach Hannover, aber ist irgendwie in was reingeraten und wurde verletzt«, antwortete Splatter und spülte ein Glas aus.

»Rico? Verletzt?« Harry machte sich auf Ärger in dieser Nacht gefasst. Entweder hatte jemand Saublödes sich mit Rico angelegt oder es stand richtig Ärger an und der Kiez würde heute noch brennen. »Halt doch mal die Schnauze, Dschingis!«, fuhr er Ricos Pitbull an, der wie wild bellte und an der Hintertür herumkratzte.

»Gebissen«, sagte Splatter, zapfte ein Bier, wischte sich die Hände an einem Handtuch ab, zündete sich eine Zigarette an und ließ das Gesagte wirken.

»Gebissen?« Harry zündete sich ebenfalls eine Zigarette an. Die Bass Drum war in Ordnung, jetzt schepperte die Snare.

»Im Elbtunnel. Von einer Schlampe.«

»Von einer Schlampe? Im Elbtunnel?«, wiederholte Harry und blies Rauch durch die Nase. Die Tür zu Ricos Büro wurde aufgestoßen, Rico wankte wortlos zum Tresen, langte nach einer Flasche Rum, verschwand wieder in seinem Büro und schlug die Tür hinter sich zu.

»Scheiße! Der Arm war ja voller Blut«, stellte Harry fest. Splatter zapfte in die absinkende Schaumkrone Bier nach. »Jo. Und er sieht echt scheiße aus. Ich hab ihm gesagt, er soll ins Krankenhaus fahren.«

»Und?«

Splatter schob Harry das Bier zu, grinste.

»Er hat gesagt, wenn er Dschingis das Rückwärtslaufen beibringt, könnten wir als Zwillinge durchgehen.« Harry lachte trocken auf, sah zu Dschingis, der immer noch vor der Tür jaulte. Die Geschichte hörte sich so bescheuert an, dass er für heute keinen Ärger mehr erwartete.

»Im Elbtunnel. Von einer Schlampe.« Er trank einen großen Schluck, wischte sich Schaum von der Oberlippe. »Wann geht es los?«, fragte er Splatter und nickt zur Bühne. Der sah auf seine Armbanduhr. »In fünf Minuten ist Einlass.« Die Snare war auch durch, die Band zufrieden mit dem Soundcheck. »Ihr habt ne Kiste Bier im Backstage. Haut rein, Jungs! Luke, in fünf Minuten machste die Tür auf!«, rief er ihnen zu, Luke reckte einen Daumen am anderen Ende des Saals hoch. Durch die entstandene Stille konnten sie den Lärm von draußen hören. Gegröle, Glas, das zersplitterte. Und ein Poltern aus Ricos Büro. Ein lautes Poltern, als wäre etwas Schweres hingefallen. Rico war schwer. Dschingis drehte durch. Wäre es nicht Ricos Töle gewesen, hätte ihm Harry schon längst in die Nüsse getreten. Splatter und Harry sahen sich fragend an. Splatter ging zur Bürotür, klopfte. »Rico?« Keine Antwort.

Lauter: »Ey, Rico, alles in Ordnung?« Er klopfte noch einmal an die Tür. Immer noch keine Antwort.

»Warte mal, ja?«, wandte er sich an Harry, öffnete die Tür, trat ein und schloss sie wieder hinter sich. Harry stand von seinem Barhocker auf, leerte sein Bier, wartete. Ein weiteres Poltern, dann Splatter, der laut: »Rico!« schrie. Harry drückte die Zigarette aus, rieb sich über die

Wangen. Was nun? Rico konnte richtig ausrasten, nicht nur wenn er schlecht drauf war. Harry schlich zur Bürotür, legte ein Ohr an, um zu lauschen.«Splatter? Alles in Ordnung bei dir? Rico?« Immer noch drangen durch die Tür Geräusche an sein Ohr. Geräusche, zu denen er keine passenden Bilder fand. Er klopfte an. »Also, wenn ihr Hilfe braucht, sacht was, ja?« Jemand schlug von innen an die Tür. Harry erschrak und wich zurück. Wollten Rico und Splatter ihn verarschen? »Alter, hört auf mit dem Scheiß jetzt!« Die Türklinke wurde hinunter gedrückt, federte wieder hoch. Und noch einmal. Irgendetwas stimmte nicht, dessen wurde sich Harry immer sicherer. »Alter, Splatter, sach mal was jetzt!« Harry kratzte sich am Hinterkopf, wieder wurde die Klinke nach unten gedrückt, Harry legte seine Hand darauf, hielt sie unten. Jetzt schob jemand aus dem Büro die Tür auf, eine Hand fuhr heraus, tastete sich vor Harry Nase daran entlang. Ricos Hand. Ricos blutende Hand mit der Rolex.

»Rico! Mann, Alter, sag doch was!« Harry zog die Tür auf, half seinem Chef, der heraus wankte und sich auf ihn stürzte. Der erste Biss wunderte Harry noch und er versuchte, Rico zu beruhigen. Der zweite Biss in die Schulter löste Angst aus. Und als Splatter dazu kam und ihm ins Gesicht biss, wurde aus Angst Panik. Drei Minuten später wurde der Laden geöffnet. Rico, Splatter und Harry erwarteten die Gäste.

»Tulong! Tulong! Hindi, Dodong! Dodong! Hindi, Hindi!« Björn, der dritte Kapitän der BRISANT, knipste das Licht an und rieb sich den Schlaf aus den Augen.

»Verdammte Scheiße, was soll der Krach. Kack Philippinos!«, fluchte er, schlüpfte in seine Hausschuhe und stand auf. Er hatte sich gerade erst hingelegt, die Hundewache sollte er übernehmen. Und jetzt das! Immerhin konnten sie trotz des Nebels auslaufen. Er sah aus dem Fenster, konnte aber durch den Nebel nichts erkennen. Gerade auf der Elbe bildete er ein Leichentuch.

»Tulong! Tulong!«, rief jemand von den sechs Philippinos an Bord.

»Tulong, Tulong, ja, ja«, äffte Björn den Rufer nach. Er war der einzige Deutsche auf dem unter malayischer Flagge fahrenden Frachter. Viertausenddreihundertzweiundzwanzig Container. POD Chittagong in Bangladesch. Seine dritte Fahrt als Kapitän und er hatte feststellen müssen, dass es aus war mit der Seefahrerromantik. Keine langen Landgänge mehr, keine Abenteuer, wie sie sein Vater noch erlebt hatte. Immerhin rollte der Rubel. Zumindest für ihn. Mit seinen bisherigen Jobs hatte er sich immer nur gerade so über Wasser halten können. Er öffnete die Tür, trat in den Korridor. Das Geschrei kam aus dem Mannschaftstrakt. Philippinische Musik plärrte aus einem CD-Player. Aber das tat sie immer. Das jedoch jemand ständig »Tulong! Tulong!« und nach Dodong rief, war bisher einmalig.

»Ja, ja!«, rief er und hoffte das Geschrei würde verstummen. Der Korridor führte ihn auf eine T-Kreuzung. Rechts ging es zu den Mannschaftsräumen, links zur Kombüse und der Messe. Björn bog links ein und blieb stehen. Blut. Blut auf dem Linoleum. Es führte vom Aufenthaltsraum zum Korridor, der zur Brücke und zum Niedergang des Maschinenraums führte. Die Tür zur Messe stand zur Hälfte offen.

»Hello? What's going on here?«, fragte Björn und drückte die Tür vorsichtig auf. Umgestürzte Stühle. Noch mehr Blut. Badrig, der Jüngste der Crew, schlich sich an der gegenüberliegenden Wand in die Ecke, so dass er

Björn sehen konnte. Er hielt ein Küchenmesser vor sich, schrie, weinte und blutete aus mehreren Wunden. Björn hörte jetzt auch ein Klopfen. Jemand schlug aus dem Fitnessraum gegen die Tür.

»Badrig, psst, keep calm! What happened?«

»Dodong, Ginto …« Badrig konnte sich nicht beruhigen, deutete mit dem Messer auf die Tür, hinter der es klopfte. Björn wollte ihn weiter beruhigen, sah dann aber Füße unter dem Tisch herausragen. Er beugte sich vor, um besser sehen zu können. Da lag Jakey. Blutüberströmt sah er ihn an, hob langsam einen Arm.

»Multo«, stöhnte er. »Dinadalaw!« Sein Arm senkte sich wieder auf den Bauch.

»Scheiße, was ist hier passiert?« Björn ging zwei Schritte zum Regal, riss den Stecker der Musikanlage aus der Steckdose. Endlich hörte das Geplärre auf. Er musste Hilfe holen. Aber er musste auch wissen, was passiert war. Ob Gefahr drohte.

»Badrig!«, sagte er eindringlich. »Please calm down! Tell me, what happened!« Björn hob beschwichtigend seine Hände hoch, Badrig wich in die Ecke zurück. Er schien Angst vor dem unter dem Tisch liegenden Jakey zu haben.

»Where is Ginto?« Ginto war der Erfahrenste unter den Philippinos, ihr erster Ansprechpartner, so etwas wie ein Maat.

»Ginto dead! Ginto dead! Dead but walking!«, schrie Badrig, fuchtelte mit dem Messer und zeigte damit auf die Tür.

»Ginto is gone? Where did he go?« Badrig zeigte mit dem Messer auf die Tür.

»Okay. Wait here. I´ll be back in a moment!«, wies er Badrig an.

»Ginto dead, but walking! Dinadalaw. Dinadalaw!«
Björn wusste nicht, was Badrig ihm damit sagen wollte,
nickte nur, hob beschwichtigend die Hände und folgte
der Blutspur im Korridor. Er eilte den Gang entlang, nur
der Schiffsdiesel und das Brummen der Beleuchtung waren zu hören. Offensichtlich hatte Badrig sich beruhigt.
Derjenige, der hier Blut verloren hatte, musste schwer
verletzt gewesen sein. In unregelmäßigen Abständen hatte
er unterschiedlich große Blutlachen hinterlassen und zwei
blutige Handabdrücke an den weiß lackierten Stahlwän-
den. Er hatte sich also abstützen müssen. Rechts zweigte
der Niedergang zum Maschinenraum ab. Selbst durch die
schwere Stahltür konnte Björn das Brummen der Maschinen hören. Er stutzte. Die Blutspur teilte sich in zwei
kleinere auf, eine die den Niedergang herunter führte, eine, die weiter zur Brücke wies. Björn sah den Niedergang
hinunter und ihm blieb beinahe das Herz stehen. Dort
unten vor der geöffneten Stahltür stand James, der aus-
tralische Maschinist. Regungslos. Zerfleischt. Jetzt sah James auf, erkannte Björn, stöhnte und begann staksig die
Stufen zu erklimmen.

»James, what happened with you? What's going on
here?« James antwortete nicht, kämpfte sich beharrlich
hinauf.

»James! What the fuck …« Hinter der Biegung des
Ganges hörte er schlurfende Schritte und jemanden stöh-
nen. James stolperte, fiel die erklommenen zwei Stufen
hinunter und zog sich am Geländer wieder auf die Beine.
Jetzt schälte sich eine Gestalt aus dem Zwielicht der
Gangbeleuchtung. Jakey. Er wandte seinen Kopf, sah zu
Björn und wankte auf ihn zu. Björn wich zurück. War es
erst unheimlich, wurde es ihm nun immer bedrohlicher.
Die beiden sahen aus wie … Tote. Und die Verletzungen,

die er jetzt genauer erkennen konnte ... Eine offene Bauchwunde bei Jakey, ein zerfetzter Hals bei James.

»Scheiße, verdammte!«, fluchte Björn und lief den Blutspuren zur Brücke nach. Einer der beiden Gänge, die längs durch den Rumpf führten. Vorbei an Türen und Quergängen, die über den Laderaum oder durch die Containerblöcke führten. Am Ende des Ganges, kurz vor der Brücke stand jemand. Björn wurde langsamer. *Ginto.* Ginto stand dort, sah ihn und ging auf ihn zu. Dahinter noch jemand. Der Zweite. Auch er setzte sich jetzt in Bewegung. Ohne aus der Entfernung über ihren Zustand urteilen zu können, fiel Björn auf, dass sie ebenso tumb gingen, wie James und Jakey.

»Frank?«, rief er den Zweiten. Holländer, guter Mann. Frank antwortete nicht, streckte stattdessen die Arme aus und versuchte Ginto zu überholen.

»FRANK! OLAF?« Er rief nach dem Ersten, der auf der Brücke sein musste. Kniff die Augen zusammen und spähte durch den Korridor. Die Tür zur Brücke stand offen. Also musste ihn Olaf doch hören. »OLAF!« Was ging hier vor sich? Jetzt konnte er die Verletzungen bei Frank und Ginto erkennen. Mindestens lebensbedrohlich sah das aus. Scheiße, wäre er bloß mit den Philippinos auf Landgang gewesen, dann hätte er vielleicht nicht gepennt und wüsste, was hier vor sich ging. Er warf einen Blick zurück. James und Jakey hatten einige Meter gutgemacht. Und Ginto und Frank würden ihn auch bald erreicht haben. Er musste raus hier. Irgendwie weg. Björn entschied sich für den Quergang, der zwischen ihm und Frank und Ginto lag, lief darauf zu. Er erreichte die Tür vor den beiden, öffnete sie, hörte von draußen eine Schiffshupe und wurde durch einen Stoß von den Beinen geholt. Schlug sich den Kopf an der Wand an. Blieb kurz benommen liegen. Ein Stöhnen brachte ihn wieder zu sich. Er hielt sich den Kopf, sah auf. Und sprang auf die Beine. James hatte ihn erreicht, stand nur noch zwei Meter vor ihm, ebenso Ginto. Er wandte sich um, wollte durch die Tür in den Quergang laufen und prallte dagegen. Sie war angelehnt gewesen und durch den Aufprall schloss sie sich nun ganz, er verlor ein, zwei Sekunden. Sekunden, die James reichten, um ihn an der Schulter zu packen und festzuhalten.

»James! Fuck!« Björn wollte sich losreißen, aber der Griff war zu fest. Er schlug James auf dessen Handgelenk, wurde von Ginto umklammert, der ihn in den Rücken biss. Mit Wucht rannte er blind rückwärts, so dass Ginto, der noch immer an seinem Rücken hing, gegen die Wand schlug. Aber dieser ließ nicht los. James auch nicht. Und Jakey biss ihm in den Oberarm. Björn schrie. Jetzt wusste er, was *Ginto dead, but walking* bedeutete …

Kapitel 44 – Die Konferenz der ...

»Es hat sich bestätigt, dass vor kurzem Verstorbene wieder ins Leben zurückkehrten und zu blutrünstigen Mördern wurden.«

»Dawn of the dead«; 2004

Während der Fahrt ins Rathaus bloggte Tim, lud den Film aus dem Elbtunnel hoch und fluchte über die schlechte Verbindung. Oder aber sein Blog hängte sich auf. Seine Identitäten in den sozialen Netzwerken wurden mit Anfragen, Hinweisen, persönlichen Nachrichten bombardiert, dass es ihm schwer fiel, sich auf das Wesentliche zu konzentrieren. »Prio 1«, sagte er zu sich selbst. »Elbtunnel.« Kaum hatte er den Film hochgeladen, rannten die Clicks davon. Sofort gingen sie in die Hunderte, schossen in die Tausende noch bevor sie das Rathaus erreichten.

»Was geht da ab?«, flüsterte er. Weitere Clips wurden von anderen angehängt. Aus dem Elbtunnel, aus Frankfurt, von einem Flugzeugabsturz ... Halt. Welcher Flugzeugabsturz? Tim las den zugehörigen Text, öffnete ein weiteres Fenster, um offizielle Nachrichten hinzuzuziehen. *Saarbrücken. Eine Maschine aus Frankfurt ist auf ihrem Weg nach Paris abgestürzt. Den ersten Meldungen nach, waren 242 Passagiere an Bord. Man geht davon aus, dass kaum jemand den Absturz überlebt hat.* Frankfurt – Paris. Es gab schon offizielle Fernsehnachrichten dazu. Tim rief sie auf. Die Rakers. Bilder von einem Flugzeugwrack in der Nacht. Blaulichtgewitter, Tote unter Aluminiumdecken, Trümmer. Stopp! Tim sah sich den Clip noch einmal an, den jemand an sein Profil geheftet hatte. Das war eine völlig andere Maschine. Zwar war es dort auch dunkel und ebenfalls waren dort Rettungskräfte im Einsatz, aber die zerschellte Maschine sah eindeutig anders aus. Ein erster Blick reichte Tim. *Mein Gott, wie unprofessionell.* Das konnte nur enormen Zeitdruck bedeuten, den die Redakteure gehabt haben mussten. Entweder, weil es noch keine Bilder gab, oder aber, weil es etwas zu verschleiern galt. War so etwas möglich? Die offizielle Meldung lautete, die Maschine sei aus bisher unbekannter Ursache bei Rohrbach, St. Ingbert, in eine Wohnsiedlung gestürzt. Über die Anzahl der Toten war bisher nichts bekannt. Tim sah sich den inoffiziellen Clip noch einmal an. Und dann hatte er es. Die wankenden Gestalten im Hintergrund, die von der Unfallstelle fliehenden Rettungskräfte. Bilder einer Panik. Bilder von diesen Dingern. Tim schluckte trocken, fuhr sich mit beiden Händen durch das Haar. Ein weiterer Brennpunkt. Tim scrollte durch die Einträge. Hamburg, Hamburg, Henstedt-Ulzburg, Frankfurt, Frankfurt-Umland, weitere Orte in Schleswig-Holstein. Und ein paar Trittbrettfahrer, die *lustige* Clips von sich und ihren Kumpels eingestellt hatten. Aber die wurden schnell mundtot gemacht, beinahe allen Besuchern war der Ernst der Lage bewusst.

Sie wurden langsamer, Tim sah die Rückseite des Rathauses im Nebel.

»Wir sind da«, sagte Roman, stieg aus und wartete auf ihn. Tim klappte seinen Laptop zusammen, verstaute ihn und folgte Roman. Es war sonderbar ruhig hier. Oder es kam Tim nach den ganzen Geschehnissen einfach nur so vor. Aus den oberen Stockwerken drang Licht, sie steuerten auf einen Hintereingang zu, der von einem Sicherheitsmann bewacht wurde. Er öffnete ihnen die Tür. Ein schmaler Gang führte auf eine Tür, dahinter eine Treppe nach oben. Roman nahm die Treppe. Hinter einer weiteren Tür stießen sie auf einen breiten Flur, der mit bordeauxrotem Teppich ausgelegt war. Roman sah drei weitere Sicherheitsleute, die vor einer zweiflügeligen Tür warteten. Einer von ihnen, ein älterer Mann, trat vor und stellte sich ihnen als Wilhelm Hütchen vor.

»Schön, dass Sie endlich zu uns gefunden haben, Herr Fabian. Es wird gleich losgehen, man wird Sie anhören wollen.«

»Was genau wollen Sie eigentlich von mir? Werde ich hier festgehalten, oder was?«, platzte Tim der Kragen. Er hatte dieses ganze Verfolgungsspiel satt.

»Ja«, antwortete Hütchen. »Bis auf weiteres.« Diese Offenheit nahm Tim den Wind aus den Segeln.

»Ich … müsste vorher einmal auf die Toilette«, sagte Tim.

»Kein Problem, die Toiletten sind dort vorne«, wies er ihm den Weg und nickte Roman zu, der diese Geste verstand und Tim begleitete.

»Du sollst mich bewachen, oder?«

»Schätze schon«, antwortete Roman und blieb vor der Tür stehen. Tim betrat das Herrenklo. Ein Mann stand vor einem Pissoir und erleichterte sich. Darauf konnte er jetzt keine Rücksicht nehmen. Tim öffnete seinen Rucksack, holte seinen Laptop heraus, fuhr ihn hoch und suchte nach seinen Daten. Der Mann beobachtete ihn dabei mit hochgezogenen Augenbrauen.

»Muss noch was für eine Sitzung vorbereiten«, kommentierte Tim sein Handeln.

»Aha.« Der andere Mann betätigte die Spülung, ging vorsichtig an Tim vorbei zu den Waschbecken und wusch sich die Hände.

»Ich auch«, sagte er dann. »Vielleicht bereiten wir uns auf dieselbe Sitzung vor?« Tim sah auf.

»Vielleicht. Worum geht es bei Ihnen?«, fragte Tim und konzentrierte sich weiter auf sein Vorhaben. Er schob seine ersten Contents in seine private Cloud.

»Ich darf einen Vortrag über Wiedergänger halten. Untote. Und die Kanzlerin wird unter anderem auch da sein.« Der Mann zog zwei Papiertücher aus dem Spender und trocknete sich damit die Hände ab. Tims Konzentration war auf einen Schlag verschwunden.

»Sie ... Die Kanzlerin?«, stammelte Tim.

»Robert Jäger. Ich bin Ethnologe«, stellte sich der Mann vor und reichte ihm die Hand. »Sie müssen Tim Fabian sein.«

»Wieso ...«

»Ich habe eben Ihren Blog gefunden. Waren Sie im Elbtunnel? Sie riechen nach Rauch, sind nass und ich weiß, dass es im Elbtunnel einen Unfall gegeben hat. Gibt es sie dort auch? Wiedergänger, meine ich.«

»Einen Augenblick, bitte.« Tim verschob die wichtigsten Dateien und ließ dann die Übertragung laufen.

»Man hat mich verfolgt. Ich bin schon länger an der Sache dran. Na ja, seit ... gestern, um genau zu sein.« Gestern. Tim war selbst schockiert, was alles in dieser kurzen Zeit passiert war. »Ich habe sämtliche Informationen und Erkenntnisse geteilt. Verteilt. Publik gemacht, weil ich glaube, dass das der richtige Weg ist, Menschenleben zu retten. Aber ich glaube, ich liege mit meiner Ansicht nicht auf gleicher Wellenlängen mit ... den Behörden. Sie wollen alles verheimlichen. Hier, sehen Sie mal.« Er zeigte Jäger Bilder und den Clip von dem aktuellen Flugzeugabsturz. Es klopfte an der Tür.

»Tim?«, hörte er Roman von draußen.

»Bin gleich so weit«, antwortete er.

»Und Sie sollen etwas zu Untoten sagen«, fragte Tim, während Jäger sich das Material ansah.

»Ja, so ist es. Man verlangt eine Einschätzung von mir. Man sucht nach einer Lösung. Offenbar sind alle naturwissenschaftlichen Möglichkeiten ausgeschöpft.«

»Und die Kanzlerin ist hier? Woher wissen Sie das?«

»Ich habe sie im Bernard-Nocht-Institut getroffen. Wo man mir ein paar Wiedergänger unter Laborbedingungen präsentiert hat. Ich muss gestehen, diese Maßnahme, hat all meine Zweifel ausgeräumt.« Jäger verzog das Gesicht. »Das sind auch welche, oder?« Er schaute auf den Clip. Tim nickte.

»Wenn alle davon wissen, warum werden wir nicht gewarnt? Warum werden Rettungskräfte ahnungslos zu diesen Einsätzen geschickt?« Tim merkte, wie sich Wut in seiner Stimme ausbreitete.

»Politik? Unvermögen?«, antwortete Jäger mit einer Gegenfrage. Tim verstaute kopfschüttelnd seinen Laptop.

»Gehen wir?«, fragte Jäger. Tim nickte und sie verließen die Toiletten.

Roman führte sie zu Hütchen, gemeinsam betraten sie mit diesem einen einfach eingerichteten Raum mit einem Tisch und vier Stühlen.

»Es dauert noch ein wenig«, ließ Hütchen sie wissen, stellte sich ans Fenster und sah auf den Rathausplatz, der beinahe gänzlich vom Nebel verschluckt wurde. Nur wenige Passanten waren zu dieser Stunde und vielleicht auch wegen der Geschehnisse auf der Straße. Er erinnerte sich an den 11. September. Damals hatte er den Eindruck gehabt, die Straßen seien komplett verwaist, weil alle vor dem Fernseher saßen und die Nachrichten sahen. Roman und Jäger setzten sich, Roman orderte zum wiederholten

Mal neue Kleidung für sich und Tim, leider ohne Erfolg. Tim widmete sich seinem Handy, wollte wissen, wie es seinen Eltern ging, hörte die Mailbox ab und sah nach eingegangenen Anrufen. Eine Radiomoderatorin aus Kiel. Er speicherte ihre Nummer unter seinen Kontakten ab. Sandra! Etwas war mit Liam und Jack! Er rief sofort zurück, aber Sandra nahm das Gespräch nicht entgegen. Dann rief er Liam an, aber auch der war nicht zu erreichen. Die Sorge um seine Nächsten wuchs. Er wollte seine Eltern anrufen, als Hütchen ihnen mitteilte, dass es nun so weit wäre. Er öffnete eine Tür und dahinter war …

… der nahezu überfüllte Plenarsaal, wo die Hamburger Bürgerschaft tagte. Dort, wo normalerweise das Rednerpult stand, ragte eine Leinwand in die Höhe, in Kästchen eingeteilt sah man die Konterfeis von Männern und Frauen, die in das Publikum sahen. Techniker eilten hin und her, Menschen nahmen Platz, Hütchen wies ihnen Stühle auf einem oberen Zuschauerrang zu. Ein Mann in Uniform erhob seine Stimme. »Die Kanzlerin hat das Wort«, rief er, nahm Haltung an, bis Ruhe eingekehrt war, trat dann zurück an die Wand und verweilte dort.

»Meine sehr verehrten Damen und Herren, liebe Kolleginnen und Kollegen, wir haben uns heute hier, wenn auch nicht alle physisch, zu dieser vermeintlich dunklen Stunde unseres Landes zusammen gefunden, weil uns ein Ereignis ereilte, das es so noch nicht gegeben hat. Ich möchte Ihnen allen für die Besonnenheit danken, die Sie in dieser Angelegenheit bisher an den Tag gelegt haben. Und bevor ich das Wort an Professor Dr. Jäger vom Hamburger Institut für Ethnologie übergebe, seien Sie versichert, dass wir alles unter Kontrolle haben, auch wenn in den Medien andere Botschaften verlautbart werden.« Tim schüttelte den Kopf. Jäger, der neben ihm saß, sah überrascht auf.

»Herr Dr. Jäger, bitte«, forderte die Kanzlerin ihn auf und deutete auf ihn. Alle Blicke waren auf ihn gerichtet. Erwartungsvoll. Jäger ließ sich Zeit und sah sich in der illustren Runde um. Militär, Geistliche, in zivil gekleidete Herrschaften, deren Funktion ihm nicht hinreichend klar war und bekannte Politiker auf Landes- aber auch auf Bundesebene. Er beugte sich zu seinem Tischmikrofon vor. »Guten Abend, mein Name ist Robert Jäger und ich bin als Ratgeber zu dieser Angelegenheit geladen worden, die Ihnen allen offenbar bekannt ist. Ich muss gestehen, Sie erwischen mich gerade nicht in meiner Komfortzone, ich hatte erwartet, einigen weiteren Zusammenfassungen zur Lage lauschen zu dürfen.« Er rieb sich seinen Bart, schob seine Brille hoch. »Zuallererst möchte ich widersprechen. Wenn eine Gruppe von Menschen alles unter Kontrolle hat, dann kann man dies in der Regel daran beobachten, dass diese Gruppe ihrem Alltag nachgeht. Erst außerordentliche Ereignisse rechtfertigen große Versammlungen wie diese hier und sie sind meistens ein Zeichen dafür, dass irgendetwas an der Kontrolle kräftig rüttelt.« Die Kanzlerin lächelte, ein leises Raunen wog durch die Reihen. »In diesem Fall sind es unsere Toten, die sich nicht an die Regeln halten, sondern einfach aufstehen und die Lebenden angreifen.«

»Was soll der Zynismus?«, rief jemand dazwischen. Jäger sah auf, blickte in die Richtung, aus der der Zwischenruf gekommen war.

»Verzeihung, aber ich bin nicht zynisch, sondern analysiere die Faktenlage. Und so, wie ich es gesagt habe, meine ich es auch. Für unsere Toten gilt, dass sie nach ih-

300

rem Ableben tot zu sein haben. Für unsere wohlgemerkt, andere Völker haben viel weniger Probleme mit der Vorstellung, dass ihre Verstorbenen wiederkehren, ja, sie bereiten sich sogar zu Lebzeiten darauf vor. Ich möchte damit also zuallererst unser Problem aufzeigen, die Schwierigkeit, die wir damit haben, es zu glauben. Weil es nicht sein kann. Das also ist unser erstes Problem und je länger wir an unseren Konzepten vom Tot-Sein festhalten, desto unbeweglicher sind wir. Und ich weiß nicht, ob Sie die Recherche eines Tim Fabian kennen, aber seine Berichte zeigen, dass wir keine Zeit mehr zu verlieren haben.« Einzelne Zwischenrufe, Unruhe.

»Herr Dr. Jäger, würden Sie bitte auf den Punkt kommen!«, bat ihn die Kanzlerin.

»Also gut. Aus der Perspektive meiner Fachrichtung heraus gibt es Wiedergänger. Das sogenannte Böse. Aber es wird meist als Singularität gedacht. Das heißt, das Böse ist niemals ansteckend. Erst modernere Varianten, in der Literatur zum Beispiel, pluralisieren es. Der klassische Vampir unter anderem, der sich von dem Blut anderer Menschen ernährt und diese selbst zum Vampir werden lässt. Gewöhnlich gibt es also das einzelne Böse. Und den einzelnen Wiedergänger, der sich von den Toten aus zweierlei Gründen erhebt. Erstens war er schon zu Lebzeiten *böse* und möchte auch im Tod die anderen quälen. Diese Gattung war zu Lebzeiten in aller Regel auch magisch begabt. Oder aber zweitens, jemand möchte Rache oder Vergeltung üben. Ihm ist etwas angetan worden, dass vielleicht sogar zum Tod selbst geführt hat und er will Rache.«

»Herr Jäger, jetzt kommen Sie zum Punkt. Was sollen wir machen?«, rief ein Mann in Militäruniform.

»Verstehen. Zuallererst müssen Sie verstehen, womit Sie es zu tun haben.«

»Und womit haben wir es zu tun?«

Jäger ließ sich mit der Antwort Zeit.

»Mit etwas viel Schlimmerem. Das Böse ist scheinbar kein Einzelfall mehr, sondern es breitet sich aus. Frei nach Philosophenart hat das Böse immer nur Böses zum Ziel. Und wenn es sich so rasant verbreitet, kann es nur eines zum Ziel haben: Dass es bleibt. Vergessen wir alle persönlichen, menschlichen Gedanken und Gefühle dazu und betrachten wir es rein biologisch. Etwas, das ist, will, dass es bleibt.«

»Wie können wir dagegen vorgehen?«, wollte der Bürgermeister wissen.

»Mit Entschlossenheit. Mit Offenheit. Es müssten sofort alle Bürger umfassend informiert werden. Der Notstand müsste ausgerufen werden …«

»Das würde eine Massenpanik verursachen!«, widersprach ihm eine Frau, die der Kanzlerin sehr ähnlich sah.

»Das müssen wir in Kauf nehmen. Tun wir das nicht, wird es sich verbreiten. Rasant verbreiten, denn wir wollen nicht wahrhaben, was wirklich ist. Es sind nicht mehr Verletzte, denen man helfen muss. Es sind nicht mehr unsere Verwandten, unsere Partner, unsere Kinder, die verletzt worden sind. Es sind nicht mehr unsere Toten, um die wir trauen und von denen wir Abschied nehmen. Es ist das *Böse!* Stellen Sie sich vor, wie Sie reagieren würden, wenn Sie nach Hause kämen und Ihre Tochter würde von jemanden gebissen im Krankenbett liegen. Würden Sie sie jetzt … vernichten? Nein! Weil Sie nicht erlebt haben, wie die Gebissenen aufstehen und andere gnadenlos angreifen. Weil Sie es auch nicht wissen. Wir würden uns mit einem offenen, aufgeklärten Umgang damit ganz anders verhalten. Wir würden die Türen schließen und alle zuhause bleiben. Wir würden gewarnt sein.«

»Danke, wir haben verstanden, was Sie uns sagen wollen, Herr Dr. Jäger«, unterbrach ihn die Kanzlerin. »Aber wie können wir es denn bekämpfen? Wie wird das Böse denn aus ethnologischer Sicht bekämpft?«

»Tja …« Wieder nestelte Jäger an seiner Brille. »Das ist eigentlich ganz einfach. Das Böse hat immer einen Ursprung. Es hat sich irgendwo in der Welt manifestiert. Ist in sie eingetreten, hat seinen Anfang genommen. Und diesen Ursprung, den muss man vernichten. Verstehen Sie, was ich sagen will? Es gibt immer einen Hexer, einen Zauber, eine Wesenheit, die, wie auch immer, in die Ist-Welt eingedrungen ist. Tötet man diesen Ursprung, tötet man das Böse an sich. So wird es geglaubt.«

»Dazu müssten wir aber wissen, was der Ursprung ist und wo er liegt«, wandte jemand ein. Tim hob seine Hand, bat um Redezeit. Die Kanzlerin nickte ihm zu.

»Tim Fabian, Journalist. Wir wissen es. Die Behörden wissen es auch. Schon seit Tagen mache ich darauf aufmerksam. Es hat alles mit einem Gerichtsmediziner in Wakendorf II angefangen. Und es wird Zeit, die Zivilbevölkerung und alle Einsatzkräfte aufzuklären. Wenn das nicht geschieht, werden weiter Menschen sinnlos sterben. So wie im Elbtunnel. So wie bei dem Flugzeugabsturz bei Saarbrücken.« Treffer. Seine letzte Äußerung sorgte für Aufregung, er sah, wie sie ihre Köpfe zusammensteckten, sah, wie sie ihre Smartphones bemühten, um an Informationen zu gelangen. »Sie verfügen auch nicht über ausreichend geschultes Personal, nicht genügend Geheimkommandos, um alle Brennpunkte zu kontrollieren, weil es sich zu einem Flächenbrand ausweitet. Und es werden ...«

»Danke, Herr Fabian«, schnitt ihm die Kanzlerin das Wort ab.

»Nein, ich habe noch nicht fertig ...« Sein Mikrofon wurde abgeschaltet, ein Sicherheitsbeamter bahnte sich auf den Oberrängen einen Weg zu ihm, zog ihn am Arm. »Sie wollen mich mundtot machen, Sie wollen alles verschweigen, aber das werde ich nicht zulassen!«, rief er, stand auf und ließ sich widerwillig nach draußen führen. Jäger überlegte, stand dann ebenfalls auf und folgte Tim.

»Herr Jäger, Sie können gerne noch bleiben«, sagte die Kanzlerin. Jäger ging zwei Schritte zurück, beugte sich zu seinem Mikrofon. »Vielen Dank, aber ich möchte nicht«, antwortete er, nickte allen Anwesenden zu und verließ den Plenarsaal. Sie wurden in denselben Raum geführt, Hütchen und Roman erwarteten sie. »Man möchte sich gleich noch mit Ihnen unterhalten, bitte warten Sie einen Augenblick«, begrüßte Hütchen sie.

»Wir werden hier festgehalten, nichts anderes ist das hier!«, schimpfte Tim, riss sich aus dem Griff des Sicherheitsbeamten los. Aber ein Mann war ihnen gefolgt, der Tim bat, mit ihm vor die Tür zu treten. Sie traten hinaus auf den Flur, blieben vor einem Ölgemälde stehen.

»Unser Whistleblower«, sagte der Mann, der Tim um einen Kopf überragte. Tim wollte fragen, mit wem er die Ehre hatte, aber der andere hob die Hand, redete weiter. »Ich mag Ihre Arbeit, Herr Fabian, weiß sie sehr zu schätzen. Etwas Effekthascherei, stets um die journalistischen Etikette bemüht, sofern man heute noch davon sprechen kann und eine gute Portion Investigation. Dazu verfügen Sie über ein solides Netzwerk, über Glaubwürdigkeit, die nötigen Bilder und haben es dazu geschickt angestellt. Überall, wo Sie aktiv sind, müssen Sie aufpassen, dass Ihre Seiten nicht abstürzen, so viel Zulauf verzeichnen sie.«

»Ich habe alle meine Daten gesichert und kann sie jederzeit neu und andernorts hochladen«, antwortete Tim, der den prophezeiten Seitenabsturz als Drohung empfand. Mittlerweile traute er jedem alles zu. Der Mann lächelte.

»Sie sind freischaffend, ja?«, wollte er wissen.

»Ja. So ist es mir lieber.«

»Wissen Sie, Herr Fabian, wir suchen bei den Öffentlich-rechtlichen immer gute Leute auf Führungsebene. Leute mit Erfahrung, Leute mit Rückgrat, Leute, die loyal sind und sich dem Land verpflichtet fühlen. In naher Zukunft wird dort der gut bezahlte Posten eines Chefredakteurs frei. Und dort wird auch nach einem neuen Format für ein Politmagazins gesucht.« Er lächelte. Tim verstand, war sprachlos.

»Was wir jetzt brauchen, ist erst einmal Ruhe und Gelassenheit. Und vor allem gute Nachrichten.« Er lachte. »Sie ahnen ja gar nicht, was gute Nachrichten so alles bewirken können. Mehr, als gar keine sogar. Verstehen Sie, was ich Ihnen sagen will?«

»Ich glaube, ja. Sie wollen mich kaufen.«

»Nein. Ich will Ihnen so wenige Probleme wie möglich bereiten. Ich will Ihnen helfen, Ihren Kopf aus der Schlinge zu ziehen. Denken Sie darüber nach. Die Kanzlerin wird nach der Sitzung noch einmal mit Ihnen sprechen wollen. Bis dahin haben Sie Zeit, über alles nachzudenken. Bitte!« Er wies Tim den Weg zurück ins Zimmer, nickte Hütchen und Roman zu und verschwand wieder im Plenarsaal. Jäger stand am geöffneten Fenster und rauchte eine Pfeife. Tim gesellte sich zu ihm, stellte sich an die Heizung, damit seine Hose trocknen konnte. Ihm war kalt und klamm, er spürte ein Kratzen im Hals.

»Ich vermute, man hat Ihnen ein Angebot gemacht?«, fragte Jäger.

»Woher wissen Sie das?«

Jäger zuckte mit den Schultern.

»Ich schließe das aus der bisherigen Vorgehensweise und dem Einfluss, den Sie mittlerweile haben. Es ist besser, Sie auf ihre Seite zu ziehen, als sie mundtot zu machen. Taktieren. Aber Taktieren kann man nur, wenn einem der Gegner die Zeit dazu lässt«, antwortete Jäger.

»Was würden Sie tun?«, schaltete sich Hütchen in das Gespräch hinzu.

»Ich würde ...«

»Entschuldigung. Meine Eltern«, unterbrach Tim das Gespräch, nahm den Anruf entgegen und telefonierte mit seiner Mutter. Sie hatte sich an seine Anweisung gehalten, sich im Haus eingeschlossen und die Nachbarn gewarnt. Immer wieder wollte sie wissen, wie es um Tim stand, was genau passiert war. Tim berichtete es ihr so kurz es ging und versprach ihr, sich wieder zu melden, sobald er genaueres wusste. Kaum hatte er das Gespräch beendet, rief eine Nummer aus Kiel an. Die Radiomoderatorin.

»Es ist wirklich dringend gerade«, entschuldigte er sich, Hütchen nickte ihm zu.

»Tim Fabian, Hallo?«

»Moin, hier ist Kesh. Ich bin Radiomoderatorin bei Radio Gamma aus Kiel und ich bin auf deinen Blog aufmerksam geworden.«

»Ja?«

»Ich sitze gerade in der Redaktion und habe selbst weitere Fälle beobachten können. Also ich meine, ich glaube, dass das weitere Fälle sind. Entlang der A7 Richtung Norden.«

»Das ist gut möglich, es verbreitet sich rasend schnell.«

»Ich habe angefangen, dafür eine Karte anzufertigen, wo ich alle … Vorfälle in Schleswig-Holstein markiert habe.«

Eine Karte! Auch wenn Tim noch nicht wusste, was Kesh von ihm wollte, diese Idee war gut.

»Kesh, das ist … also ich bin hier gerade … ich habe wenig Zeit, weißt du? Aber die Idee mit der Karte ist genial.«

»Ich glaube, ich will einfach nur wissen, ob das alles echt ist. Ich habe deinen Link vorhin auf Sendung angegeben und ihn auf Facebook genannt und er ist wieder gelöscht worden. Ich muss wissen, ob das echt ist, weil ich wahrscheinlich meinen Job verliere, wenn ich weitermache.« Tim sah zu Hütchen und Roman, wandte sich von ihnen ab.

»Ich bin meinen Job wahrscheinlich auch los, Kesh. Aber, ja. Es ist alles echt. Leider. Aber ich kann dir die Entscheidung nicht abnehmen. Kannst du mir die Karte mal rüberschicken?«

»Klar. Die Adresse auf deinem Blog?«

»Ja.«

Tim wandte sich an Roman. »Darf ich hier ein wenig arbeiten?«, fragte er. Hütchen trat vor. »Eigentlich sollen Sie hier noch nicht einmal telefonieren oder rauchen. Haben Sie auf den Toiletten eine Verbindung?« Tim nickte und Hütchen hielt ihm die Tür auf.

»Darf ich helfen?«, fragte Jäger. »Ich bin im Kartografieren nicht der Schlechteste.«

Gemeinsam mit Kesh trugen sie alle Vorfälle zusammen, Kesh erarbeitete einen kleinen Clip dazu, der die Verbreitung anzeigte. Es war Wahnsinn. Minütlich mehrten sich die Vorfälle. Den Bildern und Meldungen zufolge versanken Hamburg und Frankfurt im Chaos, während hier getagt wurde. Ebenso rund um Wakendorf. Dort wurden immer mehr Fälle aus den Nachbardörfern gemeldet. Auch entlang der A7 in beide Richtungen häuften sich die Übergriffe. Es gab bisher keine eindeutigen Meldungen zu dem Flugzeugabsturz, sowie zu einer Schiffskollision auf der Elbe, aber sie waren sich sicher, dass es Zusammenhänge gab. Zu den Vorfällen listete Tim die Anzahl der Opfer auf, wenn sie ersichtlich war.

»Das ist der Wahnsinn!«, sagte Tim und schüttelte den Kopf. Mittlerweile war es ihnen unmöglich die neu gemeldeten Fälle zu verzeichnen.

»Wir kommen nicht mehr hinterher«, stöhnte Jäger. »Da. Bad Vilbel. Die zweite Meldung. Eine ehemalige Studentin von mir ist dort hingezogen.«

Ein weiterer Anruf auf Tims Handy. Sandra! »Warte Kesh, ich melde mich später noch einmal.« Er nahm den Anruf entgegen. »Sandra!« Tim hörte nur ein Stöhnen.

Kapitel 45 – Turnen mit Untoten

»Warum dürft ihr als einzige überleben?«

»The Ring«; 2002

Adler fand den richtigen Schlüssel, schloss die Tür auf, zog seine Waffe und schoss dem ersten Angreifer in den Kopf. Eine Mutter, die Sandra aus dem Kindergarten kannte, hatte sich von der anderen Seite angeschlichen. Der zweite Kopfschuss. Sandra hielt Lina die Ohren zu, dennoch erschrak ihre Tochter, begann zu schreien. »Schnell, jetzt!« Adler schob sie nach vorn. Absolute Finsternis. Er schloss die Tür gerade noch rechtzeitig hinter sich. Von außen drängten sich die Untoten dagegen, kratzten und klopften. Adler knipste eine Taschenlampe an. »Das war knapp. Ein Geräteraum, durch die Tür kommen wir in die Halle, wo mein Offizier alles vorbereitet hat.« Sie zwängten sich durch gestapelte Stühle und Tische zur Tür. Adler öffnete sie und sie blieben wie angewurzelt stehen. Die Halle war hell erleuchtet und zum Notquartier umfunktioniert worden. Die Turnmatten dienten als Ruhestätte, eine Tischinsel bei den Zuschauerrängen stellte ein kleines Büro dar, von wo aus die Belange der »Flüchtlinge« verwaltet wurden. Doch anstatt, dass Menschen eilig hin und her liefen, schlurften in der Halle nur tumbe Gestalten herum, durch den Haupteingang drängten weitere nach, doch sobald sie hineingestolpert waren, erlahmte ihre Aktivität. Bestimmt zwei Dutzend Nullpersonen wandten nun ihren Blick zu ihnen, darunter auch Adlers Verbindungsoffizier, der immer noch sein Klemmbrett in den Händen hielt. Sie stöhnten.

Ihre Wunden waren zumeist frisch, Blutschlieren schmierten über den von bunten Linien zerteilten Hallenboden.

»Zurück!«, zischte Sandra.

»Nein, da sitzen wir in der Falle.« Er zog Sandra mit sich zu den an der Wand befestigten Kletterseilen, als sich die ersten Untoten in Bewegung setzten und auf sie zu taumelten.

»Nein, das kann ich nicht!«, widersprach Sandra.

»Doch. Sie müssen! Wenn wir erst einmal oben sind, kommen wir durch die Deckenfenster auf das Dach. Dorthin werden sie uns nicht folgen können«, sagte er, während er die Seile aus ihrer Halterung löste und an der Deckenschiene auseinander zog. »Das Dritte. Los. Los jetzt!« Er schoss einem seiner Soldaten in den Kopf, als dieser sich auf zwei Schritt genähert hatte und stieß eine ältere Frau (Sandra hatte sie schon einmal beim Schlachter gesehen) in drei andere Untote. Sandra zwängte Lina in die Windeltasche, etwas anderes fiel ihr auf die Schnelle nicht ein. Sie betete, dass sie halten würde und ergriff das Seil, sprang hinein, klemmte es sich zwischen die Beine und zog sich hoch. Die Tasche behinderte sie, aber sie hatte sich fest in dem Gurt verhakt. *Nur nicht fallen lassen!* Weiter. Adler unter ihr wurde umringt, er schoss ein weiteres Mal und ein Körper stürzte reglos zu Boden. »Kommen Sie endlich!«, rief sie ihm zu. Sandra wusste nicht, ob sie es bis nach oben schaffen würde. Das letzte Mal hatte sie im Sportunterricht ein Seil hinaufklettern müssen und es damals gerade so eben geschafft. Ein weiterer Schuss fiel, aber vor Anstrengung wagte sie nicht mehr, nach unten zu schauen. Noch nicht einmal die Hälfte hatte sie geschafft, als ihre Arme zu zittern begannen. Lina schrie und strampelte. Sie verschnaufte eine Sekunde, ließ mit ihrer rechten Hand los und griff über sich nach dem Seil. Und hochziehen. Hochziehen! HOCHZIEHEN! Ein weiterer Schuss, sie zuckte zusammen.

»Lina, halt jetzt den Mund, bitte!«, presste sie durch ihre Lippen hervor. Das Stöhnen unter ihr schwoll an, ein Ruck ging durch das Seil. »Weiter!«, hörte sie Adler unter sich. Mein Gott! Er wollte an denselben Seil hochklettern. Was, wenn sie noch nicht hoch genug geklettert war und diese Dinger gleich nach ihm schnappten? Beinahe panisch griff sie wieder nach, rutschte allerdings auch ein Stück ab. Das Seil bewegte sich, als ob unten jemand daran rütteln würde.

»Nein!«, keuchte Sandra. »Was ist das?«

»Gar nichts! Argh! Weiter!«, trieb Adler Sandra zu Höchstleistungen. Sie zog sich weitere Zentimeter hoch. Dann verschwand die Kraft, die von unten an dem Seil rüttelte, Sandra hörte, wie ein Körper auf den Hallenboden fiel, hörte Fäuste auf Fleisch schlagen und mehrere Schüsse.

»Oh nein, bitte nicht!« Sie neigte den Kopf, sah hinab. Adler, der sich durch die Untoten kämpfte, sie weg stieß, sie trat und ihnen in ihre Köpfe schoss. Er lief zum Seil, sprang, ein Ruck ging durch das Tau und Adler zog sich hoch. Sandra auch, das letzte Drittel lag vor ihr, das Hallendach, das dunkle Deckenfenster, sie hatte ein Ziel vor Augen, auch wenn sie nicht wusste, wie es weitergehen sollte, wenn sie oben angelangt war.

»Stoßen Sie sich von meiner Schulter ab«, sagte Adler unter ihr, drückte mit seinen Schultern gegen ihre Füße. Sie tastete nach Halt, fand ihn, drückte sich ab. So ging es besser. Sie erreichte das Ende des Taus, verschnaufte.

Unten griffen die Untoten nach den Seilen, zogen dran, reckten ihre Arme nach ihnen.

»Ich werde an Ihnen vorbei klettern, halten Sie sich einfach gut fest.« Adler zog sich hoch, verharrte einen Augenblick über ihr und hangelte sich an der Schiene direkt unter das Fenster. *Wenn er jetzt hinunter fällt ...* Sandra dachte den Gedanken nicht zu Ende. Mit einem Klimmzug zog er sich in den Schacht, griff nach einer Fuge in die das Fenster eingelassen war, verharrte, löste dann eine Hand und schoss aus kurzer Distanz auf das Fenster, es zersplitterte. Glasscherben regneten herab und Adler schlug weitere Splitter mit dem Ellenbogen heraus. Er zog sich durch die Öffnung auf das Dach, das sich von außen aufklappen ließ. Sicherheitshalber blickte er sich um, aber hier oben war niemand. Rund um die Sporthalle konnte er Schüsse, Schreie, und Motoren hören, sowie das unzählige aufgeregte Bellen von Hunden. Und ein kollektives Stöhnen, das aus sämtlichen Richtungen an sein Ohr drang.

»Ich bin gleich wieder bei Ihnen«, ließ er Sandra wissen, schwang sich in die Öffnung und hangelte sich zu einem benachbarten Seil, von dort zog er ein weiteres zu sich heran und schnitt es mit einem Messer ab. Das dauerte etwas. »Können Sie noch?«, fragte er Sandra. Sandra nickte. Wenn sie sich nur festhalten musste, ging es ganz gut und Lina gab ihr zusätzliche Kraft. Er rollte das Tau zur Hälfte auf, band es an sich fest und kletterte zu Sandra hinüber, wo er ihr das andere aufgerollte Ende um ihre Taille band. »Sie müssen, wenn ich Ihnen Bescheid gebe, loslassen. Ich werde Sie dann an dem Tau oben durch das Fenster ziehen. Sie müssen nur Vertrauen haben.« Adler kletterte zurück auf das Dach, zog so viel Tau zu sich, dass Sandra loslassen konnte.

»Sie können loslassen!«, forderte er sie auf. Sandra schloss die Augen, presste Lina an sich und ließ los. Sie fiel nur wenig, pendelte unter dem Dach aus, ehe Adler sie langsam nach oben zog. An der Fensteröffnung half Sandra mit, zog sich zu ihm hinauf. Kaum auf dem Dach, befreite sie Lina aus der Tasche und drückte sie an sich. Von unten, von überall stöhnten die Untoten. Es war ein schauriges Geräusch. Adler schritt zum Rand des Daches, sah hinab zu den Parkplätzen. Es war nur wenig zu erkennen, die Straßenbeleuchtung schickte spärliches Licht hinüber, aber das, was Adler erkennen konnte, war wenig hoffnungsvoll. Die Art, wie sich die Gestalten unten zwischen die Fahrzeuge schoben, wie sie manchmal verharrten und einfach nur da standen ...

»Überrannt, einfach überrannt.« Er schüttelte den Kopf, ging seine Hosen- und Jackentaschen durch, um eine Bestandsaufnahme zu machen. Für den Kampf war er präpariert, für alles andere weniger.

»Haben Sie Ihr Handy dabei? Wir müssen für Sie Hilfe holen. Schnell.«

»Ja«, antwortete Sandra. »Ich habe mein Handy dabei. Aber warum müssen wir für *mich* Hilfe holen?«

»Weil ich gebissen wurde.«

Kapitel 46 – Todgeweiht

»Da oben hat man keine Zeit zu denken. Wenn man denkt, ist man tot.«

»Top Gun«; 1986

Tim hielt den Atem an, lauschte. Dieses Stöhnen. Sandra. Eine Welt brach in ihm zusammen.

»San… Sandra?« Keine Antwort. In Tims Vorstellung wurden Sandra und Lina von Untoten zerfleischt, und zufällig war dabei seine Nummer gewählt worden.

»Tim?«

»Sandra!«

»Tim! Wir brauchen Hilfe. Liam …« Sie kämpfte mit den Tränen, das konnte er hören. »Liam hat mit allem Recht gehabt. Aber es ist zu spät. Er und … Jack sind … sind welche von denen. Und Lina und ich sind auf dem Dach der Turnhalle hier in Wakendorf. Und … Herr Adler. Wakendorf ist von diesen Dingern überrannt worden, Tim, alle sind tot oder gebissen worden. Hörst du sie?«

Wieder dieses Stöhnen. *Wakendorf überrannt …*

»Ja, ich kann es hören, Sandra. Seid ihr jetzt in Sicherheit?«

»Ja. Ja, ich glaube ja. Erst einmal. Es ist alles so … unglaublich, Tim. Ich könnte einfach nur heulen, aber ich darf nicht.« Tim hörte eine männliche Stimme im Hintergrund, wahrscheinlich dieser Herr Adler.

»Tim, ich sag dir jetzt, wie du helfen kannst, ja? Wir haben nämlich nicht viel Zeit.«

»Warte, warte. Warum habt ihr nicht mehr viel Zeit?«, wollte er wissen.

»Es ist kalt. Lina und ich haben nur unsere normalen Sachen an und … Herr Adler ist eben gebissen worden.«

»Sandra, hör zu, wenn jemand gebissen wurde, verwandelt …«

»Tim! Das wissen wir. Deshalb bleibt ja auch nur noch wenig Zeit. Ich gebe dir einmal Herrn Adler, ja? Er hat mir und Lina das Leben gerettet.«

»Adler. Hören Sie, Herr Fabian. Unter meinem Kommando sollten wir die Vorfälle in Wakendorf eingrenzen, anschließend die Nullpersonen extrahieren und das Dorf sichern. Sämtliche Missionsziele haben wir verfehlt. Das Dorf ist von den Nullpersonen eingenommen worden.«

»Nullpersonen?« Tim konnte sich einfach nicht an diese Bezeichnung gewöhnen.

»Sie wissen, welche ich meine. Wir nennen sie so. Ich sage Ihnen jetzt, wie Sie Ihrer Freundin helfen können. Haben Sie etwas zum Schreiben?«

»Ja. Kann losgehen.« Tim klappte seinen Notizblock auf.

»Eine Freundin von mir. Sie ist in Wakendorf. Es ist schlimm«, wandte er sich an Jäger.

»Kontaktieren Sie einen Freund von mir. Ich gebe Ihnen jetzt eine Nummer durch.« Adler gab ihm eine Handynummer und vergewisserte sich mehrmals, dass Tim sie richtig notiert hatte.

»Haben Sie Schmerzen?«, wollte Tim wissen, nachdem er glaubte, ihn aufstöhnen gehört zu haben. Er hatte großen Respekt vor dem Mann, der so gefasst mit seinem in Kürze eintretenden Tod umging.

»Ja. Und ich spüre immer weniger. Aber machen Sie sich keine Sorgen, ich werde rechtzeitig gehen. Und nun notieren Sie sich das Wort Bengasi. Bengasi, haben Sie das?«

»Bengasi. Ja, habe ich.«

»Sagen Sie es ihm, wenn Sie diese Nummer gewählt haben. Erklären Sie kurz, wer Sie sind und worum es geht. Anschließend sagen Sie ihm, dass Sie einen Hubschrauber brauchen, der Ihre Freundin hier rausholt. Mehr kann ich nicht für Sie tun.«

»Wie kann ich Ihren Freund anreden?«

»Keine Namen. Nur Bengasi. Alles Weitere wird so laufen, wie ich es Ihnen gesagt habe.«

»Verstehe. Bengasi.«

»Ich gebe Ihnen jetzt Ihre Freundin wieder«, verabschiedete er sich. Tim machte Sandra Mut, versprach ihr, ihr zu helfen, während es an der Tür klopfte und Roman sie bat, zu kommen.

»Ich melde mich bei dir, Sandra. Halte durch!«

Tim und Jäger räumten eilig die Sachen zusammen, die sie auf den Kacheln im Waschraum der Toiletten verteilt hatten und folgten Roman wieder zurück in den Nebenraum.

»Die Sitzung ist noch nicht beendet, sie wurde nur unterbrochen, aber die Kanzlerin möchte noch einmal mit Ihnen in der Pause Rücksprache halten.« Roman öffnete die Tür zu dem Raum, in dem die Kanzlerin auf sie wartete.

Kapitel 47 – Tot geschossen

»Nach was streben Sie in Ihrem Leben am meisten?«
»Nach Unsterblichkeit. Unsterblich werden und dann sterben.«

»Außer Atem«; 1960

»Man wird Ihnen helfen, da bin ich mir sicher«, sagte Adler und breitete seine Habseligkeiten vor ihr aus. »Zwei Magazine mit jeweils zwölf Schuss, ein Messer, eine Taschenlampe, Schlüssel. Haben Sie schon mal geschossen?«

»Was? Nein«, antwortete Sandra überrascht.

»Es ist ganz einfach, das finden Sie schon heraus. Und so …« Er löste das Magazin von der Waffe, hielt es hoch und schob es wieder ein. »… so laden sie nach. Ganz einfach. Sie können Sie dann gleich haben. Da vorne.« Er zeigte auf die andere Seite des Daches.

»Wieso …«

»Hier. Nehmen Sie meine Jacke, meinen Pullover …« Er zog sich vor ihren Augen aus »Das wird Sie und Ihre Tochter etwas wärmen.« Er reichte ihr seine Kleidung.

»Was haben Sie vor?«, fragte sie, ahnte aber schon, was er antworten würde.

»Sie wissen es doch«, antwortete er, nahm die Waffe und sah Sandra an. »Machen Sie weiter! Sie werden das schon schaffen!« Sandra nickte nur, sah ihm nach, während er drei Dachfenster weiter ging und sich dann in den Schneidersitz setzte. Sie streichelte Lina und beobachtete ihren Retter. Vor vierundzwanzig Stunden noch hatte sie sich über alltägliche Probleme geärgert. Über Liam, der fremdgegangen war, über einen Arbeitskollegen, der zu Lasten der Kollegen krankfeierte, ohne wirk-

lich krank zu sein, über fehlende Winterreifen an ihrem
Auto. Vor vierundzwanzig Stunden hatte sie eine bere-
chenbare Zukunft vor sich gehabt. Mit Ängsten (Brust-
krebs) und Wünschen (Eigenheim) und jetzt war alles
zerstört. Ihre Gegenwart, ihre Zukunft, vielleicht sogar
die Zukunft der gesamten Menschheit. Und sie wollte es
nicht wahrhaben. Sie sah, wie Adler sich seine Waffe an
den Schädel hielt, glaubte zu erkennen, dass er durchat-
mete, dann drückte er ab. Sein Kopf ruckte zur Seite, der
Körper folgte und fiel um. Sie war leer. Fühlte sich wie
hohles Gefäß, das zu keinen Gefühlen mehr fähig war.
Sie ging hinüber, nahm die Waffe aus Adlers Hand, ging
zurück, zog sich dessen Sachen an, verstaute dessen Habseligkeiten und wartete. Viel mehr unterscheidet mich
nicht mehr von denen, dachte sie.

Kapitel 48 – Tunnelblick

»Wir werden diesen Krieg verlieren!«

»Platoon«; 1986

Alex glaubte dem Journalisten spätestens, als er den jungen Mann ohne Beine auf sich zukriechen sah. Der Mann war tot. Eindeutig. Oberhalb des Beckens war ihm der Unterkörper abgerissen worden und dennoch arbeitete er sich unbeirrt in dem knietiefen Wasser auf ihn zu.

»Er hat mich gebissen«, sagte Jürgen neben ihm. Fassungslos. Jürgen blutete im Gesicht. Er hatte den vermeintlich Verletzten aus den Trümmern ineinander geschobener Fahrzeuge geborgen und wischte sich das Blut ab. »Gebissen«, wiederholte er. Alex betrachtete seinen Kollegen, besah sich die klaffende Wunde und legte ihm eine Hand auf die Schulter. »Halb so schlimm«, log er. »Komm, geh schon mal zurück. Wir können hier nicht mehr helfen.« Jürgen hob seinen Helm auf, nickte und watete Richtung Ausgang.

Der Befehl zum Rückzug war vor einer Minute für alle Einheiten ausgegeben worden. Alex ließ seinen Blick durch den Tunnel schweifen. Irgendwo vor ihm, in hundert oder zweihundert Metern Entfernung, musste die eigentliche Unfallstelle liegen. Sie hatten sie nicht erreicht. Sie waren angegriffen worden. Von Verletzten. Alex hatte es erwartet, hatte seine Kameraden und seine Vorgesetzten gewarnt. Vielleicht zu spät und bestimmt zu unentschlossen. Weil er sich selbst nicht sicher gewesen war. Schließlich waren es Menschen. Verletzte. Kinder. Alex zog seine Pistole, entsicherte sie und zielte auf den Kopf des kriechenden Torsos. Was für eine Welt war das in den letzten Stunden geworden? Und was für eine Welt würde es werden? Alex drückte ab und machte sich auf den Rückweg.

Er passierte mehrere Fahrzeuge und stöhnende Schwerverletzte, die sie nicht hatten versorgen und bergen können. Beinahe wünschte sich Alex, sie wären alle gebissen worden, denn weitere Detonationen und schlagartig stark steigendes Wasser zeigten ihm, dass auch er sich beeilen musste, wenn er überleben wollte.

Schüsse vor ihm! Mündungsfeuer, das im Qualm vor ihm aufblitzte, Schreie. »Alex?«, hörte er über sein Headset. »Alex!«

»Ich komme!«, antwortete er. Mehrere Schatten wankten in der Tunnelmitte. Haltung und Gang erinnerten Alex an diese … Dinger. Nullpersonen. So sollten sie sie jetzt nennen. Alex schlich an der Tunnelwand entlang an mehreren Fahrzeugen vorbei. Weitere Schüsse. Die Schatten wankten, stürzten dann. Schreie. »Alex! Beeil dich! Wir werden überrannt!«

»Ich bin an der …« Ein Arm griff zwischen zwei Fahrzeugen nach ihm, Alex sprang mit einem Satz zurück, richtete seine Pistole dorthin.

»Bitte helfen Sie mir!« Eine Frau kauerte dort, hielt sich den Oberarm. »Ich bin gestürzt. Mein Bein!« Sie sah zu ihm auf, strich sich eine Strähne aus dem Gesicht, Haare hatten sich aus ihrem Zopf gelöst.

»Sind Sie gebissen worden?«, wollte Alex wissen, wog ab, wie er es mit ihr nach draußen schaffen konnte.

»Ja. Ein Mann. Hier.« Sie hielt ihm zitternd ihren Oberarm entgegen und schob den Ärmel zurück. Eine Bisswunde. Alex schluckte. »Bleiben Sie hier. Ich hole Hilfe. Rühren Sie sich nicht von der Stelle, ja?« Sie nickte mehrmals, veränderte ihre Haltung. Warten statt fliehen.

Ihre Miene zeigte Schmerz. Alex ließ sie zurück und folgte den Schüssen, die sich von ihm entfernten. »Scheiße!«, zischte er.

Kurz vor dem Tunnelausgang konnte er zu seinen Kameraden aufschließen, ohne angegriffen zu werden. Die Dinger waren zu langsam. »Raus, raus, raus!«, brüllte der Einsatzleiter und stützte einen verwundeten Feuerwehrmann. Sie liefen durch den beißenden Qualm auf die unzähligen Blaulichter, die Rettung verheißend am Tunnelende auf sie warteten, zu. »Sammeln!«, hörte Alex den Befehl für seine Einheit, stürzte aus dem Tunnel ins Freie, sog literweise frische Luft ein ohne anzuhalten, orientierte sich und steuerte auf die beiden Mannschaftswagen zu, die ihren Sammelpunkt bildeten. Ein kurzer Blick reichte Alex, um zu erahnen, dass ihre Einheit dezimiert worden war.

»Philipp, Mehmet, Jörg?«, fragte er Thomas, der schnaufend an einem Bus lehnte.

»Weiß nicht. Philipp wurde angegriffen. Hab den Kontakt verloren. Markus?«

»Verletzt. Aber ich glaube … « Alex reckte den Hals, suchte in dem Chaos nach Jürgen und vergaß dabei alles. »Mein Gott«, flüsterte er. Die gefühlte Sicherheit hier draußen vor dem Tunnel war fragil. Extrem fragil. Er sah, wie Fahrzeuge eilig als Barriere vor die Tunneleingänge gefahren wurden, wie die Verletzten versorgt wurden und diese dann die Einsatzkräfte angriffen. Er hörte Schüsse, sah Menschen und Nullpersonen die Böschung zu den Häusern hochstürmen, sah Kämpfe, Handgemenge, Scharmützel. Hier draußen. *Es gibt keine Sicherheit.* »Mensch Thomas, das können wir gar nicht mehr aufhalten«, prognostizierte er. Thomas schüttelte den Kopf.

»Nun mal ma nicht so schwarz, Alex. Mit den Verrückten werden wir schon fertig werden!«

»Männer, wir rücken ab. Die Kavallerie übernimmt gleich«, hörten sie ihren Einsatzleiter über das Headset.

»Siehst du! Das war´s! Wir haben Feierabend jetzt!«

Alex zweifelte und hielt den Optimismus seines Kameraden für unangebracht und einen reinen Schutzmechanismus. Wahrscheinlich waren Kollegen von diesen Dingern getötet worden und insgeheim glaubte er nicht daran, dass die Kavallerie die Situation in den Griff bekommen würde. »Feierabend«, flüsterte er gedankenlos. Autohupen erklangen, Motoren wurden gestartet, Rufe, hinter ihnen wurden Fahrzeuge rangiert und Alex fragte sich, wie der Verkehr hier abfließen sollte, um der Kavallerie Platz zu schaffen. Aber der Verkehr sollte gar nicht abfließen, stellte er fest, als er das Rotorengeräusch von großen Hubschraubern vernahm und kurz darauf Scheinwerferlanzen den Nebel zerrissen. Jubelschreie gellten zum Himmel, Fäuste wurden empor gereckt. Die Kavallerie landete hinter ihnen auf der Autobahn und schon nach kürzester Zeit fluteten paramilitärische Einheiten das Areal und übernahmen das Kommando. Alex Einsatzleiter lief zu ihnen. »Männer! Wir sind hier fertig, aber wir haben leider keinen Feierabend«, rief er ihnen zu. »Objektsicherung, bis wir die gesamte Scheiße wieder kontrollieren! Ist jemand von euch verletzt?« Sie sahen sich an, schüttelten erschöpft ihre Köpfe.

»Ich muss das fragen, Männer. Ist jemand von euch gebissen worden?«

»Was?«, fragte Thomas nach, der die Frage nicht verstand.

»Gebissen! Von den Verletzten!«, erklärte der Einsatzleiter. Alex ging in sich, versuchte sich an die Kämpfe zu erinnern, spürte seinem Schmerz am Handgelenk nach, dem kleinen blutigen Kratzer.

»Alex?« Sein Einsatzleiter stand vor ihm. »Ehrlich gesagt …« Er hielt seine Wunde hoch, ein kleine Schramme, die nicht mehr blutete.

»Bist du jetzt dabei, oder nicht?«

Alex zögerte.

»Dabei!«

»Gut! Wir rücken ab, Männer. Alle in die Wagen, wir fahren los.« Der Einsatzleiter klopfte Alex auf die Schulter und stieg als letzter ein. »Männer, ich habe soeben das Rauch- und Alkoholverbot erschossen!«, meldete er, schob mit seinem Stiefel eine Kiste Bier in den Mittelgang und zündete sich eine Zigarette an. Gejohle im Bus, Feuerzeuge spuckten Flammen, Bier wurde verteilt. »Unser nächstes Ziel ist das AKW Brokdorf. Zwei Wachschichten fahren wir da, sieht alles nach einer sehr, sehr ruhigen Kugel aus, die wir da schieben, Jungs!« Der Einsatzleiter setzte sich, verschränkte die Arme hinter dem Kopf und rauchte genüsslich. Der Wagen fuhr ruckartig an, Blaulicht flackerte auf. Alex sah aus dem Fenster, konnte die Lage nicht einschätzen. War es hoffnungslos? Irrte er sich und sie hatten alles im Griff? »Das AKW? Warum?«, fragte er den Einsatzleiter und ahnte die Antwort. »Angst vor Terrorangriffen«, antwortete dieser und trank einen Schluck aus der Flasche. Terrorangriffe. Das war kein Terrorangriff. Da war sich Alex sicher. Auf der anderen Seite des Busses johlten seine Kameraden, als die Kavallerie das Feuer auf die aus dem Tunnel wankenden Gestalten eröffnete. »Tretet ihnen in den verdammten Arsch!«, feuerte Thomas sie an und trommelte gegen die Scheibe. Die Anspannung fiel von den meisten ab und

nicht gezeigte Ängste minderten sich, während sie die
Autobahnausfahrt hochfuhren und das Geschehen aus
der Entfernung beobachten konnten. Vier große Helikopter, deren Scheinwerferlicht den Tunneleingang aus-
leuchtete, schwer gerüstete Kämpfer, die in geordneter
Gefechtsformation den Tunnel stürmten. Aber Alex traute diesem Auftritt nicht. Er sah Gestalten die Böschungen
in die Stadt hinauftaumeln, sah sie zwischen den Fahrzeugen Richtung Norden Menschen angreifen, sah wie
die Gebissenen versorgt wurden und wie sie sich gegen
ihre Helfer wandten und Panik ausbrach und es zu
Kämpfen kam. Sie waren zu wenige, um das kontrollieren zu können. Mit dieser Einsicht verließ Alex die Autobahn Richtung AKW.

Kapitel 49 – Die Raute im Herzen

»Wenn sich neun von uns eine Information ansehen und zur selben Schlussfolgerung gelangen, ist es die Pflicht des zehnten Mannes, zu widersprechen. Ganz egal, wie unwahrscheinlich es erscheinen mag. Der zehnte Mann muss auf die Annahme bauen, dass sich die anderen neun irren.«

»World War Z«; 2013

Die Kanzlerin nickte Tim und Jäger zu. Roman und Hütchen zogen sich in jeweils eine Ecke des Raumes zurück.

»Herr Professor Dr. Jäger, Herr Fabian, ich möchte Ihnen für Ihre hervorragende Arbeit danken«, eröffnete sie das Gespräch und nickte den beiden zu. »Ihre Sorge ist durchaus berechtigt, aber lassen Sie mich Ihnen sagen, wir gewinnen in allen Bereichen die Kontrolle über dieses Phänomen.« Sie lächelte, ihre Hände fanden sich zu einer Raute, ließ Tim und Jäger eine Pause für Einwände und Bestätigungen. Doch sie schwiegen. Tim hatte so etwas erwartet, bereitete seinen Aufbruch vor, indem er seine Tasche zu sich zog. »Wir möchten Sie beide bitten ...«, fuhr die Kanzlerin, der Tims Haltung nicht entgangen war, fort, »... sich hier auf Abruf bereit zu halten.« Lächeln. Raute.

»Leider muss ich Ihrer Bitte eine Absage erteilen«, antwortete Tim und reichte ihr die Hand. Das Lächeln der Kanzlerin gefror, sie nahm Tims Handschlag nicht an. »Schade, Herr Fabian. Und Sie, Herr Professor Dr. Jäger?«

»Ich denke auch, dass ich an anderer Stelle momentan wertvoller bin«, antwortete Jäger.

»So? Denken Sie das?« Jäger nickte, die Raute wurde aufgelöst. »Leider muss ich Ihnen mitteilen, dass Sie zu Ihrer eigenen Sicherheit das Rathaus nicht verlassen dürfen. Herr … Hütchen wird Ihnen das Prozedere erklären und diese Maßnahme begründen. Entschuldigen Sie mich bitte«, wollte sie sich verabschieden.

»Sie sagen, Sie haben alles im Griff!«, erhob Tim das Wort. Die Kanzlerin blieb stehen, drehte sich zu ihm. »So ist es«, antwortete sie.

»Der Flugzeugabsturz? Das Schiff auf der Elbe? Der Elbtunnel? Wir haben eine Karte, die zeigt, wie rasend es sich verbreitet. An den genannten Punkten brennt es! Da ist die Bevölkerung in Gefahr und wird im Stich gelassen!«

»Herr Fabian, wir haben dort alles unter Kontrolle!«, widersprach ihm die Kanzlerin. Sie sahen sich an.

»Und Wakendorf? Haben Sie die Lage dort auch im Griff?«, wollte Tim wissen.

»Ja.«

»Woher wissen Sie das?«

Die Kanzlerin schwieg eine Zeit lang, ehe sie antwortete. »Ich habe eben eine Nachricht von dem Einsatzleiter vor Ort bekommen. Es ist alles in Ordnung.«

»Herrn Adler?«

Schweigen. Raute. Dann drehte sie sich um und verschwand, ohne auf Tims Frage eingegangen zu sein, durch die Tür. Hütchen stand umgehend vor Tim. »Nein! Das ist … Das können Sie nicht machen, verdammt!«, ließ er dieser Wut freien Lauf. Jäger legte Tim eine Hand auf die Schulter. »Herr Hütchen ist in diesem Fall nicht der richtige Adressat! Beruhigen Sie sich!«

Tim biss sich in die Faust. »Wir ... das geht nicht.« Er klemmte sich seine Laptop-Tasche unter den Arm. »Ich muss auf die Toilette!«, sagte er an Hütchen und Roman gewandt. Hütchen schüttelte den Kopf und stellte sich vor Tim.

»Herr Hütchen, bitte ...«, versuchte Jäger die Lage zu beschwichtigen. Hütchen schüttelte den Kopf, zog seine Waffe, legte sie auf den Tisch, es folgten zwei Magazine und ein Schlüsselbund. Anschließend hielt er ein paar Handschellen hoch.

»Was ...?« Tim verstand nicht.

»Sie beide werden jetzt fliehen. Der Wagen steht in der Tiefgarage, Herr Dr. Jäger weiß, wo.« Hütchen legte sich den ersten Ring um, ging zur Saaltür und schloss diese von innen ab. »Wir werden versuchen, Ihnen beiden Zeit zu verschaffen. Oder?« Hütchen wandte sich an Roman, der erleichtert aufatmete. »Ja. Ja, das werden wir«, antwortete er und legte seine Waffe und ein weiteres Magazin auf den Tisch. »Herr Hütchen, vielen Dank!«, sagte Jäger und reichte ihm die Hand. »Keine Ursache. Ich glaube, Sie sehen, dass ich Sie beide auch an anderer Stelle für wertvoller erachte. Ihren Blog habe ich meiner Frau geschickt, Herr Fabian, und ich glaube, sie hat dadurch die richtigen Maßnahmen ergriffen. Machen Sie weiter so.« Hütchen kettete sich an die Heizung, sein Kollege tat es ihm nach. »Und seien Sie unbesorgt, auch nachträglich, wenn alles ausgestanden sein sollte, werde ich mich für Sie einsetzen. Mir fällt nur gerade keine bessere Möglichkeit ein. Mein Platz ist nach wie vor hier. Und nun gehen Sie!«

»Danke!« Tim nickte den beiden zu, sah zu Jäger, dann verließen sie den Raum und liefen zur Tiefgarage.

Kapitel 50 - Im Nebel Schwarz sehen

»Toto, ich habe das Gefühl, dass wir nicht mehr in Kansas sind.«

»Der Zauberer von Oz«; 1939

Auf dem Weg in die Tiefgarage wählte Tim die Nummer, die Adler ihm gegeben hatte. Der Empfang war schlecht, er presste sich sein Smartphone ans Ohr, um überhaupt das Freizeichen hören zu können und folgte Jäger. Das Freizeichen verstummte, doch es meldete sich niemand. Tim sah auf seinem Display aber, dass der Anruf gehalten wurde. »Bengasi!«, rief er ins Smartphone. »Bengasi!« Pause. »Bengasi. Verstehe«, antwortete der fremde Teilnehmer. »Was wollen Sie?«, fragte er dann. Tim fahndete gedanklich nach Worten, er kam sich plötzlich völlig unvorbereitet vor. »Ich … einen Hubschrauber. Eine Freundin in Wakendorf II in Schleswig-Holstein braucht Hilfe. Es …« Tim atmete durch. »Das Dorf ist von Untoten, sogenannten Nullpersonen …«

»Ich bin informiert«, unterbrach ihn der Fremde. »Einen Hubschrauber, eine Freundin aus Wakendorf II abholen. Weiter. Bewaffnung? Feuerunterstützung? Medizinische Hilfe?«

»Ja. Ja! Das hört sich alles gut an!«, antwortete Tim.

»Kommen Sie auf den Flugplatz in Hartenholm. Das liegt an der B 206. Nehmen Sie nicht die A7, dort ist …«

»Ich weiß«, unterbrach Tim. »Ich glaube, ich weiß, wo das ist. Wie finde ich Sie dort?«

»Kommen Sie dort einfach hin. Ich warte dort auf Sie.« Dann wurde das Gespräch beendet. Tim schloss zu Jäger auf, der mittlerweile den richtigen Wagen zwischen zahlreichen dunklen Limousinen suchte. Tim drückte auf den elektronischen Türöffner, zwei Rücklichter blinkten mit einem Piepen auf.

»Ah, ja«, kommentierte Jäger. »Ich fahre noch ein älteres Modell.«

»Und ich ... kann gar kein Auto fahren. Bitte!« Tim reichte Jäger die Schlüssel, die dieser missmutig entgegennahm. »Wir müssen nach Hartenholm zu einem Flugplatz. Dort wartet jemand mit einem Hubschrauber und ... Waffen auf uns«, erklärte Tim. Jäger schien sich an den Waffen nicht zu stören. »Hartenholm«, dachte er laut nach. »Das finden wir, keine Sorge.« Tim hielt sein Smartphone hoch. »Ah, ja!« Jäger stieg ein und startete den Motor.

Sie fuhren durch die Hamburger Innenstadt und konnten bei dem dichten Nebel kaum erkennen, was vor ihnen auf der Straße war. Tim erschrak, als er den Schemen eines Fußgängers sah, der die Straße vor ihnen überquerte und Tim an eine ... Nullperson erinnerte. Sie fuhren an ihm vorbei.

»Da. Da rechts rum«, gab Tim Anweisungen.

»Das ist eine Einbahnstraße. Da darf ich nicht abbiegen«, entgegnete Jäger. Blaulicht waberte vor ihnen durch den Nebel und verschwand.

»Das ... Ja, dann ...« Tim war überfordert. Auf seinem Schoss hatte er seinen Laptop und rief die Karte auf, die Kesh aktualisieren wollte. Er wollte Kesh außerdem noch anrufen. Er starrte auf den Routenplaner in seinem Smartphone.

»Ah, Baustelle. Hier ist eine Umleitung angezeigt«, löste Jäger das Problem. Tim nickte, wählte Keshs′ Nummer, nach dem ersten Klingeln war sie in der Leitung. »Zum Jobthema«, begann Tim. »Ich bin meinen Job definitiv los. Wir befinden uns gerade auf der Flucht. Aber es ist richtig, was wir machen, weil die Regierung die Lage komplett unterschätzt und verheimlicht. Wir retten Menschenleben«, sagte Tim. »Okay, ich verstehe. Hast du die aktuelle Karte?«, wollte Kesh wissen.

»Sie baut sich bei mir nur mühsam auf …«

»Es ist der Wahnsinn. Wirklich! In Hamburg rund um den Elbtunnel. Othmarschen, Bahrenfeld. Sogar ne Freundin, die da wohnt hat sich bei mir gemeldet. Es geht so unglaublich schnell!« Die Karte war nun zu sehen und Tim schluckte trocken. Es waren weitere »Epizentren« dazugekommen. In Berlin an einem Busbahnhof hat es Übergriffe gegeben, Hamburg war im Norden und rund um die A7 ein riesiges rotes Feld, an der A7 selbst zogen sich die Fälle wie an einer Schnur Richtung Kiel entlang, von Flensburg aus Richtung Norden, in Richtung Süden gab es Fälle in Winsen an der Luhe und Buchholz. Seine Eltern!

»Meinen Sie wirklich, es klappt?«, flüsterte Tim an Jäger gewandt.

»Wir müssen es probieren«, antwortete er, konzentrierte sich auf die Straße.

»Kesh, das ist wirklich unglaublich. Du musst auf Sendung gehen. Was bringen denn die anderen Sender?«

»Die bringen lokale Warnungen, dass man das Haus nicht verlassen soll. Für Hamburg gilt das wegen einer Rauchentwicklung. Wir senden auch so einen Scheiß!«

»Das wird alles gedeckelt, das kannst du mir glauben. Wir sollten festgehalten werden! Das war nix anderes als eine Gefangennahme!« Tim bemerkte, dass sie vor einer Straßensperre anhielten. Ein schwergepanzerter Polizist trat an das Fahrerfenster, Jäger suchte nach einer Kurbel und Tim deutete auf einen Knopf. »Kesh, sende! Bitte! Ich muss jetzt erst einmal aufhören. Ich schalte das Radio ein und hoffe, ich höre dich dann. Ich bring es auch auf meinem Blog, in Ordnung?«

»Ja, mach das, Tim. Ich sende! Das ist sicher! Verlass dich drauf!« Sie beendeten das Gespräch und Tim lugte auf Jägers Seite hinaus.

»Hier wird alles abgesperrt«, sagte der Polizist.

»Wir müssen raus. Dringend. Bitte«, beharrte Jäger und der Polizist nickte.

»Sie werden aber in der nächsten Zeit nicht wieder hier durchkommen. Wohnen Sie hier?« Jäger schüttelte den Kopf. »Warum wird denn alles abgesperrt?« »Irgendein giftiger Rauch. Kann etwas dauern, bis das abgeklungen ist. Gute Fahrt.« Der Polizist wies seine Kollegen an, die Straßensperre zu öffnen und sie fuhren hindurch.

»Gespenstisch, oder?«, sagte Jäger.

»Ja, das ist es. Und hoffentlich behalten Sie Recht. Denn wenn nicht, sehe ich für die nächsten achtundvierzig Stunden schwarz.« Tim erkannte einen neuen Fleck auf der Karte. Jetzt war es auch in Stuttgart losgegangen. Er schaltete das Radio ein und suchte Radio Gamma.

Kapitel 51 – Krankenhausessen muss nicht immer schlecht sein

»Sie sind doch dem lebenden Brikett im Krankenhaus begegnet. Reicht Ihnen das nicht?«

»Blade«; 1998

Sebastian legte das zerlesene Magazin zum zehnten Mal auf den Tisch, krümmte sich vor Schmerzen und stöhnte. 00:24 Uhr. Seit einer geschlagenen Stunde wartete er schon in der Notaufnahme darauf, behandelt zu werden. Fieber und furchtbare Schmerzen im Unterbauch. Reichte das nicht für sofortige Hilfe? Er hatte ein Formular von einer Krankenschwester erhalten, dieses ausgefüllt und abgegeben. Seitdem war nichts passiert. Er lehnte den Hinterkopf an die Wand, stöhnte und war am Ende. Arbeitete hier überhaupt noch jemand? Eine Schiebetür ging irgendwo auf dem Gang auf. Die, durch die er ebenfalls in die Notaufnahme gekommen war? Sebastian reckte den Hals, lauschte und hoffte auf die quietschenden Schritte des Krankenhauspersonals. Stattdessen hörte er nur ein Stöhnen.

»Fuck!«, flüsterte er und krümmte sich augenblicklich, weil ihn eine weitere Schmerzwelle erfasste. Noch ein Patient! Und immer noch kam niemand, der sich um ihn kümmerte. Er wollte aufstehen, aber der Schmerz drückte ihn auf den Stuhl. »Hallo?«, rief er. Nicht, dass der andere vor ihm behandelt wurde! »Hallo?« Mehr Stöhnen als Rufen. Schlurfende Schritte antworteten ihm. Und ein weiteres Stöhnen. Dem anderen ging es offenbar auch beschissen. Sebastian wäre gerne aufgestanden und seiner Neugier nachgegangen, aber mit diesen Schmerzen konnte er nur sitzen bleiben und aus der verglasten Fensterfront des Warteraums auf den Gang starren, von wo sich die Schritte und das Stöhnen näherten. Irgendetwas daran klang … anders. Sebastian fahndete mit fiebrigen Gedanken nach einer Erklärung für diese Andersartigkeit, die Beklemmung, die sich in ihm einnistete. Und dann hatte er es: Es klang nicht menschlich. Das Stöhnen klang nicht menschlich. Bei dieser Erkenntnis fröstelte ihm und sein Blick haftete auf dem Fenster zum Gang. Aber was für ein Blödsinn! Was sollte denn da kommen, wenn nicht ein Kranker, der sich hier in die Notaufnahme schleppte? Irgendein … und dann stand ihm der Mund auf, als er sah, was sich dort von draußen bis hier her geschleppt hatte. Ein glatzköpfiger Mann im Blaumann wankte über den Gang. Sein Kopf, seine Hose, blutüberströmt. Blass, sein Gesicht. »Ha… Hallo?«, nahm Sebastian seine restlichen Kräfte zusammen, um nach dem Personal zu rufen. Dieser Mann brauchte Hilfe. Dieser Mann wandte sich ihm zu, drehte den Kopf, so dass Sebastian nun die andere Gesichtshälfte zu sehen bekam. »Oh!«, stöhnte er und vergaß seine Schmerzen. Wie konnte dieser Mann hier auf die Notaufnahme laufen? Wie konnte dieser Mann überhaupt noch leben? Die linke Kopfhälfte zerschmettert und bis zur Unkenntlichkeit deformiert. Knochensplitter ragten aus dem Schädel heraus. Der Mann trat einen Schritt vor, stieß mit dem Kopf an das Fensterglas und hinterließ dort einen Schmierfilm aus Blut, Gewebe, Knochen und Haut. Sebastian stöhnte vor Schreck auf, hielt sich eine Hand vor den Mund. »Ich …« Er überwand seinen Schmerz, drückte sich hoch. »Warten Sie, ich hole Hilfe!«, keuchte er, hielt sich den Unterbauch und ging zur Tür. Der Verletzte sah ihm nach, folgte ihm auf der anderen Seite der Scheibe. Bis sie sich an der Tür gegenüberstanden. Ein letzter Zweifel schoss Sebastian durch den Kopf. Zweifel, ob nicht nur das Stöhnen nicht menschlich, sondern der ganze Mann nicht … menschlich war. Er wischte seine Zweifel beiseite, öffnete die Tür und stand dem Verletzten vis-à-vis gegenüber. Und jetzt war sich Sebastian sicher, dass nicht sein konnte, was er sah und aus seinem tiefsten Innern schoss eine Urangst empor und er wollte schreien, denn das Wesen vor ihm war nichts anderes als böse. Das Wesen vor ihm stürzte sich auf ihn, packte ihn und schob ihn in den Warteraum zurück. »Ich … ich will Hilfe holen«, stammelte Sebastian, stieß gegen die Stuhlreihe hinter sich, wollte sich losreißen, aber er war zu schwach, sein eigener Schmerz hemmte ihn. Stattdessen drehte er sich zur Seite, der Verletzte ließ ihn jedoch nicht los und sie überschlugen sich eng umschlungen zwei Mal, ehe Sebastian auffiel, dass der andere ihn beißen wollte. »Nein! Was …?« Der andere rang ihn zu Boden, lag nun auf ihm und Sebastian drückte ihn, in ansteigender Angst um sein Leben, mit aller Kraft von sich und versuchte sich unter ihm herauszuwinden. Kaum, dass er etwas Abstand hatte, rammte ihm der andere den Kopf mit voller Wucht in den Unterbauch. Sebastian spürte, dass etwas in ihm aufplatzte, bekam keine Luft mehr, trat um sich, aber über den Schmerz in seinem Leib legte sich ein weiterer, als der verletzte Mann ihm in die Bauchdecke biss, ihn umklammert hielt und nachsetzte. Wie ein ausgehungertes Tier riss er Sebastian Fleisch aus der Bauchdecke, bis er bemerkte, dass nicht nur in seinem Inneren etwas geplatzt war. Als der Mann im blutbesudelten Blaumann genau nach jenem Teil seines Gedärms griff, verlor Sebastian das Bewusstsein.

Nachtschicht. Nur keinen Stress machen, es war alles schon schlimm genug. Dr. Jankowski musste eine Not-OP einleiten und der wartende Patient mit den Unterbauchschmerzen sah auch so aus, als würde er hierbleiben müssen. Susanne hatte einen Blick dafür. Der erste Eindruck reichte ihr oft, um zu erkennen, wie schlecht es jemandem ging. Sie bog um die Ecke zum Warteraum und stieß einen Schrei aus. Eine Blutspur zog sich von dort den Gang entlang zur Doppeltür mit den Milchglasscheiben, die in den Personaltrakt führten. »Dr. Jankowski? Ist ein Patient mit starken Blutungen bei Ihnen?«, fragte sie durch ihren Pieper. Sie wollte die Öffnungstaste für die Tür an der Wand bedienen, als sie stehen blieb und sich die Spuren genauer ansah. Zwei ... es waren zwei Patienten unterwegs gewesen. Sie hatten Handabdrücke an der Scheibe hinterlassen, dann den Öffner bedient und ... Susanne zog sich einen Handschuh an und öffnete die Tür. »Dr. Jankowski?« Beinahe sinnlos, denn irgendwo hier würde er sein. Entweder im Aufwachraum auf der Intensivstation, dem OP-Saal oder in seinem Ruhezimmer. Sie schritt kopfschüttelnd durch die Tür und sah, dass die Blutspuren geradewegs auf die Aufwachstation führten. »Was ist denn hier los?«, fragte sie sich, schritt eilig los, blieb stehen, bückte sich, klaubte einen kleinen Gegenstand vom Linoleumboden auf. Knochen! Ein Knochensplitter! Sie sah hinter sich und schluckte trocken. Die Menge des Blutes, der Splitter ..., das passte alles nicht zusammen. Sie schlug mit der Hand auf den Öffner zur Aufwachstation, wo um diese Zeit nur der eine Patient lag, den Dr. Jankowski eben noch hatte operieren müssen. Die Tür öffnete sich und Susanne lief ihnen beinahe in die Arme. »Dr. Jankowski!«, rief sie überrascht, weil dieser direkt neben zwei ... Sie schrie!

Und eine weitere Person, der eben erst operierte Patient, biss ihr in den Nacken und umklammerte sie, bis auch Dr. Jankowski sie erreichte, ihr in die Brust biss und sich somit sein geheimster Wunsch zu Lebzeiten endlich im Untod erfüllte.

»Da hat jemand in der Aufwache geschrien. Ich geh mal rüber«, verabschiedete sich Pfleger Martin von Conny, seiner Kollegin auf der Intensivstation. Bisher war es eine ruhige Nacht, alle sieben Patienten schliefen. »Jankowski ist da. Wollte eben noch mal nach seinem Patienten sehen«, sagte Conny, hielt zwei Beutel Cappuccinopulver hoch und überzeugte Martin damit, zu bleiben.

Eine Minute später war es vorbei mit ihrer Gemütlichkeit, denn alle Patienten wurden auf einen Schlag unruhig, vergaßen zu atmen oder sprachen und schrien im Delirium. So etwas hatten Conny und Martin sonst nur in bestimmten Vollmondnächten erlebt. Nächte, in denen auch sie von Unruhe erfasst worden waren.

»Was ist denn jetzt los?«, fragte Conny und lief zu Herrn Paderhuber, der nach seinen Zigaretten schrie. Martin lief zu Frau Hauptmann, die einen Atemaussetzer bekam, fasste ihr vorsichtig an die Füße und sah aus den Augenwinkeln, wie die Tür zu den Aufwachräumen aufging und Dr. Jankowski eintrat. Und Susanne von der Notaufnahme und … weitere … und er sah das Blut und die Verletzungen an ihnen. »Dr. Jankowski?«, stammelte er und traute seinen eigenen Augen nicht. »Conny!«, schrie er. Er könnte am Tresen und an Dr. Jankowski und dessen Gefolge vorbei auf den Gang laufen, seinem Instinkt folgen, aber was war mit Conny? Und den Patienten? Martin ließ Frau Hauptmanns' Füße los, wandte sich Dr. Jankowski zu, der auf ihn zukam. Susanne und ein Mann mit einer unglaublichen Kopfverletzung betraten das erste türlose Patientenzimmer. Frau Lehner. Nieren-OP. Aber was wollten sie da? »Susanne? Dr. Jankowski, was ist hier los?«, wollte Martin wissen, hörte wie Conny aufschrie. Dr. Jankowski streckte die Arme nach ihm aus, sein Kittel war blutbeschmiert, offenbar war es sein eigenes Blut, das aus einigen Wunden in seinem Oberkörper strömte. Martin wich zur Seite aus, Dr. Jankowski stolperte mit Schwung an ihm vorbei und erwischte dafür Conny, an der er sich festklammerte und sie zu sich heranzog. Der eben operierte Patient und ein junger Mann mit großer Bauchwunde, aus der die Innereien glänzend hervorquollen, griffen ihn an. Griffen ihn an! Jetzt war sich auch Martin bewusst, dass er als Pfleger hier nicht helfen, sondern vor allem sein eigenes Leben verteidigen musste. Martin wollte sich wegducken, Conny schrie vor Schmerz, die Geräte piepten, und der junge Mann erwischte ihn, hielt ihn fest und vergrub die Zähne in seinem Unterarm. »Conny! Lauf! Wir müssen raus hier!« Martin riss sich los, stieß den frisch operierten Mann um und den jungen zurück. »Conny!« Aber Dr. Jankowski lag auf seiner Kollegin und zerfetzte ihr Gesicht. Martin lief zu ihr, trat dem Arzt in die Seite, noch mal, bis der von Conny abließ und zur Seite fiel. Er riss seine schreiende Kollegin hoch. Die beiden Männer vor ihm versperrten ihnen den Weg. Martin zog Conny zurück, suchte nach seinem Schlüsselbund, dem richtigen Schlüssel, lief mit ihr zum Medikamentenraum und schloss die Tür auf. Dr. Jankowski hatte sich erhoben und folgte ihm. Ebenso die beiden anderen. »Rein da, los!« Conny hielt sich das Gesicht, Martin schob sie vor sich her und schloss hinter sich die Tür. Er betete, dass das

Türfenster halten würde, schloss ab und erschrak, als Dr. Jankowski mit seinem Kopf gegen die Scheibe stieß und seine Hände auf der anderen Seite daran entlangfuhren. Conny schrie immer noch und Martin suchte in den Schränken Notwendiges für die Wundversorgung. »Conny, hör mir zu, ja? Alles wird gut! Du bist in Sicherheit und ich werde jetzt deine Wunde versorgen, okay?« Er versuchte ihre Hände vom Gesicht zu entfernen, aber Conny verkrampfte. Martin bemerkte, wie sich ihr weißer Sweater schnell rot verfärbte und erschrak als er die klaffende Halswunde entdeckte. Er presste seine Lippen zusammen, schrak zusammen, als es an der Tür pochte, fingerte mit einer Hand seinen Pieper heraus, um zentral Hilfe zu ordern, während er mit der anderen Kompressen aus ihrer Verpackung riss, um irgendwie einen Druckverband anzulegen. »Martin aus der Intensiv, ich brauche hier Hilfe. Dringend! Hier laufen Patienten, Susanne von der Not und Dr. Jankowski rum und haben uns angegriffen. Schnell!« Er legte Conny einen Verband an und während er Kompressen auf die Wunde drückte, merkte er, wie er seine Kollegin verlor. Wie ihr Kreislauf kollabierte. »Conny, du musst jetzt durchhalten!«, schrie er sie an, nahm ihren Kopf in beide Hände und sah, wie ihr Blick glasig wurde und ihr Körper erschlaffte. »Scheiße, scheiße, scheiße!«, fluchte er, sah zu Conny, dann zur Tür, wo niemand mehr zu sehen war. »Du musst hier raus, Conny. Du musst in die OP!« Als hätte Conny verstanden, hob sie den Kopf, versuchte auf die Beine zu kommen. Martin war überrascht und glücklich, ließ seine Kollegin los und ging zum Fenster, um auf die Station zu spähen. »Martin, was ist denn los bei euch?« Walter, die Zentralnachtwache. Martin sah, wie Dr. Jankowski und einer der Fremden bei Herrn Paderhuber am Bett standen und … Dinge fortwarfen. Waschlappen? Was genau … Dann erkannte Martin, was dort vor sich ging. Herr Paderhuber wurde mit bloßen Händen auseinander gerissen. »Martin? Hörst du mich?« Martin griff zitternd zum Pieper, wollte antworten, als sich eine blutige Hand auf seinen Unterarm legte und er einen reißenden Schmerz in seiner Schulter spürte.

Kapitel 52 – Leichen im Keller

»Schaffe alle rationalen Gedanken ab. Das ist der Entschluss, zu dem ich gekommen bin.«

»Der Dolmetscher ist da!«, wurde Hagen berichtet. »Das wurde auch Zeit«, antwortete er, schüttelte den Kopf in der Hoffnung, er würde dadurch die Anspannung samt der Erinnerungen an die bisherigen Ereignisse vertreiben können. Wahnsinn! Das beschrieb die bisherige Situation am treffendsten. Einen solchen Einsatz hatte er noch nie erlebt, das Chaos, das … Unwirkliche, alles war spürbar, greifbar hier draußen vor den Hochhaussilhouetten, die sich vor dem flackernden Blaulicht der Einsatzfahrzeuge im dichten Nebel verbargen. »Verdammt, was machen die in ihren Wohnungen? Warum kommen die nicht raus?«, fragte er sich zum wiederholten Mal, nickte Patrick zu, der das Megafon anhob und die Bewohner erneut aufforderte, mit erhobenen Händen aus dem Haus zu kommen. Mindestens die Hälfte der Bewohner hatte dem Befehl bisher nicht Folge geleistet. Die russlanddeutsche Hälfte. Hagen musterte den Dolmetscher und wies ihn per Handzeichen an, zu ihm zu kommen. Er hatte den Auftrag erhalten, jene Familien zu den Geschehnissen zu befragen, die hinter der Absperrung standen und bisher jede Aussage verweigerten. Der Dolmetscher sah in Hagens Augen wie ein Kleinkrimineller aus. Billiger Anzug, pomadiges Haar, ungepflegter Bart. »Was haben sie Ihnen berichtet?«, wollte Hagen wissen. »Sie sagen, sie haben einen Priester da und erst, wenn er seinen Segen gesprochen hat, kommen sie heraus«, antwortete der Mann und blickte zum Hauseingang, als würde dort der leibhaftige Tod stehen. »Und was geht da drinnen vor sich?«, hakte Hagen nach. Denn das war genau die Frage, die er beantwortet haben wollte. Er hatte vor ungefähr einer halben Stunde vier Männer reingeschickt und dann war der Kontakt zu ihnen abgerissen. »Oh, mein Gott!«, hatte Karsten noch gerufen, dann Schüsse, dann Stille. Dann nichts mehr, kein Lebenszeichen. »Die Toten«, antwortete der Dolmetscher und Hagen sah, wie er mit einer Hand eine Kette mit einem ... Glücksbringer umschloss. »Sie sind nicht tot.« Hagen inhalierte unauffällig die ausgeatmete Atemluft seines Gegenübers, aber Alkohol konnte er nicht riechen. Der Mann schien nüchtern. »Die Toten sind nicht tot?«, wiederholte Hagen ungläubig die Antwort des Dolmetschers und schüttelte erneut den Kopf. So verrückt es klang, mittlerweile glaubte er, es könnte etwas Wahres dran sein. So viel Verrücktes war in den letzten Stunden passiert ... »Und dieser Priester? Kann man ihn ...« In diesem Moment öffnete sich die Eingangstür des Hochhauses. Befehle wurden in Headsets geflüstert und alle Aufmerksamkeit lag schlagartig auf dem überdachten, spärlich beleuchteten Hauseingang. Die Tür stand eine Zeit lang offen, dann humpelte ein grauhaariger Mann in einem Priestergewand heraus und hob seine Hände als Zeichen seiner Friedfertigkeit über den Kopf.

»Das ist der Priester«, informierte der Dolmetscher Hagen, der schon auf dem Weg war, den Mann aus der Gefahrenzone zu holen, um mit ihm zu reden. Offenbar war das Wort des Priesters bei den russlanddeutschen Bewohnern von Bedeutung und Hagen wollte, dass der Block endlich geräumt und die fremdaggressiven und offenbar beißwütigen Täter gestellt wurden.

»Ich bin Dariusz Petkovicz und der Seelsorger vieler Bewohner des Hauses. Onkel Sascha hat mich hierher gerufen«, stellte der Priester sich vor und reichte Hagen die Hand. »Hagen Hüttmann, Einsatzleiter vor Ort«, nahm Hagen die Hand des Geistlichen entgegen und verbarg die Wut in seiner Stimme. Jetzt musste er mit einem Priester verhandeln! »Herr Petkovicz, vier meiner Männer sind in diesem Haus und der Kontakt zu ihnen ist abgebrochen. Ich muss wissen, was in diesem Gebäude vor sich geht. Zum Schutz der Bewohner brauche ich Antworten, wenn Sie verstehen, was ich meine.« Sie tauschten Blicke aus, Blicke konnten mehr als Wörter über einen Menschen verraten, fand Hagen. Für ihn war es ein entscheidender Moment, in dem sich für ihn die Frage beantwortete, wie weit er einem anderen trauen konnte. Petkovicz vertraute er. Der Priester nickte. »Das mit Ihren Männern tut mir sehr, sehr leid«, antwortete er und sog Luft ein. »Es ist nicht einfach zu erklären. Den Menschen hier bedeuten ihre Familien sehr, sehr viel, auch über den Tod hinaus«, begann er. »Sehr, sehr viel. Wenn jemand stirbt, dann muss der Tote angemessen verabschiedet werden. Das ist sehr wichtig.« Petkovicz nickte, als müsse er sich selbst bestätigen und Hagen hoffte, endlich brauchbare Informationen geliefert zu bekommen. Aber offenbar fiel es dem Priester selbst schwer zu beschreiben, was passiert war und Hagen ließ ihm Zeit. »Sie haben alle verabschiedet«, fuhr Petkovicz fort. »Fast alle, bei einigen ging es einfach nicht. Sie haben die meisten in den Keller gebracht. Aber einige sind auch noch in ihren Wohnungen. Auch ganze Familien. Wohnungen in denen … nur noch die Toten leben.« Der Priester zündete sich eine Zigarette an, seine Hand zitterte dabei und er inhalierte tief. »Wie meinen Sie das?«, wollte Hagen wissen. »Warten Sie. Ich zeige es Ihnen am besten. Kommen Sie!« Der Priester humpelte über die Rasenfläche voran, Hagen übertrug Patrick das Kommando und folgte ihm. Petkovicz ging um das Gebäude herum auf die Rückseite, zählte die im Boden eingelassenen und vergitterten Kellerfenster ab, durch die milchiges Licht den Nebel erhellte. Dann blieb Petkovicz stehen, kniete sich hin und verharrte still. Hagen glaubte ein … Stöhnen hinter dem Fenster hören zu können, aber vielleicht irrte er sich auch. Der Priester nahm den langen Schenkel seines Kruzifixes, führte es in einen schmalen Spalt und öffnete damit die Innenverriegelung. Vorsichtig drückte er das Fenster auf. Es war ein Stöhnen. Ein vielzähliges, das Hagen entgegen schlug. »Hier sehen Sie selbst. Aber es ist kein einfacher Anblick. Und dann entscheiden Sie, was zu tun ist.« Hagen stutzte ob dieser Worte, beugte sich vor und sah in den Keller hinein. Ein riesiger Raum. Mehrere Glühbirnen, die nackt von der Decke hingen. Und … was er dann sah, erschütterte sein bisheriges Weltbild, seine Überzeugungen und vor allem sein Sicherheitsempfinden. In dem Raum bewegten sich mehrere Dutzend Menschen unterschiedlichen Geschlechts und Alters umher, stöhnten, stolperten, fielen um und standen wieder auf. Und sie fraßen Fleisch, rohes Fleisch, viele von ihnen schienen ernsthaft verletzt. Hagen kniff angewidert die Augen zusammen, ließ seinen Blick über die Verrückten (Sekte?) schweifen und stockte. Das war nicht nur rohes Fleisch, das diese … Menschen aßen, das war ein anderer Mensch, der dort gefressen wurde. Er erkannte ein vollständiges Bein, um das gekämpft wurde, in der Ecke nagten mehrere … Menschen an einem Arm und in der Mitte des Kellers lag ein Torso aus dem das Gedärm gerissen wurde.

»Oh, Gott! Jetzt verstehe ich, was Sie meinen!«, flüsterte Hagen.

»Ich befürchte, Gott hat uns vor kurzem allein gelassen«, antwortete Petkovicz.

Kapitel 53 – Marsch, Marsch!

»Die Toten wissen nur eins: Es ist besser, am Leben zu sein.«

»Full Metal Jacket«; 1987

»Kompanie!« Die Kompanie hatte sich auf dem Innenhof der Kaserne im dichten Nebel versammelt. Vorwiegend Rekruten und Reservisten, die kurzfristig eingezogen worden waren. Jeder Mann, jede Frau wurde gebraucht.

»Still gestanden!« Die Kompanie nahm Haltung an. Die meisten hatten keine Ahnung, warum sie sich mitten in der Nacht versammeln mussten, hielten es für eine Übung, viele hatten bis vor einer Stunde noch im eigenen Bett geschlafen.

»Marschbefehl um Null Zweihundert Alpha …« Soldat Hauke Hieronymus kippte einfach um und fiel mit dem Gesicht zuerst auf den Boden. Motoren dröhnten vom Fuhrpark, Gelächter verstummte so schnell, wie es aufgeflammt war. Die Lage war offenbar ernst, das musste jeder und jede spüren. »Weiß jemand, was mit Soldat Hieronymus los ist?«, fragte der Hauptmann und nickte den beiden neben Hieronymus stehenden zu, sie mögen ihrem Kameraden auf die Beine helfen. Kopfschütteln.

»Soldat Hieronymus ist auf der Herfahrt angegriffen worden, Herr Hauptmann«, antwortete Soldat Blankemöller. Leises Gelächter. »Von einer Oma«, ergänzte er und das Gelächter schwoll an.

»Schnauze halten, Blankemöller! Ich glaube, Sie schätzen die Situation völlig falsch ein!«

»Aber Blankemöller hat recht, Herr Hauptmann. Hieronymus ist auf der Herfahrt von einer älteren Frau ge-

bissen worden, hat er gesagt«, meldete sich ein weiterer
Kamerad zu Wort.

»Gebissen?«, fragte der Hauptmann nach, doch bevor
der Soldat antworten konnte, meldete sich einer der beiden, die Hieronymus helfen sollten. »Soldat Hieronymus
hat keine Lebenszeichen, Herr Hauptmann. Ich glaube,
er ist tot.« Jegliche Komik war verflogen, betretende Stille
breitete sich aus. »Was reden Sie da?« Der Hauptmann
schritt auf Soldat Hieronymus zu, wollte sich ein eigenes
Bild verschaffen, indes regte sich Soldat Hieronymus,
drehte sich auf die Seite und versuchte auf die Beine zu
kommen. Ein Kamerad hielt ihm eine helfende Hand
hin. »Keine Lebenszeichen!«, höhnte der Hauptmann
und empfand die Moral der Truppe als äußerst dürftig.
Das wird sich ändern müssen! Soldat Hieronymus griff
nach der Hand, zog diese zu sich heran und biss hinein.
Soldat Hieronymus war die erste Nullperson innerhalb
der Bundeswehr.

Kapitel 54 – Zs im Äther

»Das ist Sussudio. Ein ganz toller Song.«

»American Psycho«; 2000

Kurz vor 24 Uhr. Sina würde gleich in den Feierabend gehen und der Eisi saß schon mit der Band Congreed aus Freiburg in den Startlöchern. Die Nachtredaktion bestand nur noch aus einer Handvoll Leuten und ihr Chef Stephan war schon seit zwei Stunden weg. Sie stand von ihrem Platz auf, fuhr den Rechner herunter, nahm ihren Laptop unter den Arm und schlenderte zum Studio. Der Eisi winkte ihr zu. Dreck!

»Kesh, Alter! Was geht denn mir dir ab?«, grüßte er sie und klang wie immer, als hätte er vor der Sendung 20 Tüten geraucht.

»Was meinst du?«, stellte sie sich dumm.

»Hab deinen Zombie-Stuff verfolgt, Watch you, Kesh, weißt du? Real oder fake?«, wollte er wissen und hielt ihr die Faust zum Gruß hin. Sie schlug ein. Und ging in die Offensive. »Kein Fake, Eisi. Der Scheiß ist echt. Und ich muss dich was fragen.« Sie sah zu den Mitgliedern der Punkband, die sie argwöhnisch musterten. »Hey, das sind Amigos. Was können wir machen, Kesh?«

»Okay, pass auf. Ich will gleich auf Sendung gehen. Ich habe krasse Nachrichten und es muss was passieren. Verstehst du?«

Der Eisi betrachtete sie eine Zeit lang. Regungslos. »Das ist mein Panel, Kesh. Ich will Congreed berühmt machen, Mann! Die haben das verdient!«, widersprach er.

»Eisi, das geht hier um Menschenleben, nicht um Fame und Mucke und so eine Dreckskacke, verstehst

347

du?« Notfalls würde sie gleich Sina aus dem Studio
schmeißen und Eisi aussperren.

»Hey, Eisi, ist schon in Ordnung. Das mit den Zombies hat Vorrang«, stimmte der Bassist alle versöhnlich.
»Wenn es denn stimmt!«, wandte er sich an Kesh und
baute sich beeindruckend vor ihr auf.

»Glaub mir, es stimmt. Ich spiele eure Songs rauf und
runter, wenn ich meinen Job hier behalte und das alles
durch ist, versprochen. Und jetzt während der Sendung«,
entgegnete sie ihm.

»Deal?« Der Eisi hielt ihr erneut die Faust hin und gab
ihr eine Congreed-CD, sie schlug ein.

»Deal!« Sie sah aus den Augenwinkeln, wie Sina ihre
Sachen zusammenräumte. »Okay, Danke!«, verabschiedete sie sich und lief ins Studio.

Sina hatte keine Probleme damit gehabt, dass nun Kesh
durch das Programm führte, aber durch das Fenster zur
Redaktion konnte sie erkennen, wie Danny, der Nacht-
programmleiter mit dem sie eigentlich gut klar kam, auf-
geregt telefonierte. Egal. Sie hatte sich im Studio
eingeschlossen und war nur noch durch eine totale Ab-
schalte vom Sender zu kriegen. Sie spürte, wie ihre Aufregung stieg, setzte sich die Kopfhörer auf, legte ihren
Finger auf den Sendeknopf, atmete tief durch und begann. »Moin, hier ist Kesh von Radio Gamma. Wer meine Sendung vorhin verfolgt hat, weiß vielleicht noch von
der Warnung vor den Zombies. Ich hab euch gesagt, dass
es kein Scheiß war und jetzt habe ich hier das Studio
übernommen und mache da weiter, wo ich aufgehört habe. Euch warnen! Verdammt Leute, hier geht irgendetwas
Krasses ab und wir werden nicht darüber informiert.
Vielleicht 'n Virus, vielleicht was anderes, aber Fakt ist,

Menschen greifen Menschen an, beißen sie und die werden dann selbst zu rasenden Wahnsinnigen. Leute, bleibt in euren Hütten, wenn ihr könnt. Holt euch Vorräte, holt eure Liebsten zu euch und meidet verdammt noch mal die Straße. Ich habe eine Karte angefertigt, die zeigt, wo gerade ein absoluter Ausnahmezustand herrscht. Hamburg, an der A7 bis zur Gabelung und Wakendorf II und Umgebung. Aber es verbreitet sich rasend schnell. Wer sich weiter informieren will, sieht sich Tims Block an. Mit c-k. Link gibt es jetzt auf unserer Facebook-Seite. Wenn ihr was melden wollt, ruft durch. 0800-4242666. Und jetzt Congreed mit dem passenden Song *Happiness is death*.« Kesh nahm die Kopfhörer ab und sah, wie Danny zum Studio stürzte. Und wie die ersten Kommentare auf Facebook geschrieben wurden.

Kapitel 55 – Nächtlicher Hunger

»Ich habe doch gar keinen Hunger.«
»American Werewolf«; 1981

»Los, los, los, alle raus!« Sie stiegen aus, sammelten sich bei den Fahrzeugen, während ihr Einsatzleiter zu dem Einsatzleiter im AKW vor Ort Kontakt aufnahm und sich mit ihm besprach. Alex schwankte etwas. Er hatte während der Fahrt geschlafen und wurde seine Müdigkeit nicht los. Er schüttelte sich, lehnte sich an den Bus. Der Einsatzleiter kam zurück, drückte ihm einen Gebäudeplan in die Hand. »Hier, Alex.« Er deutete auf einen rot eingefassten Bereich. »Die Techniküberwachung. Du gehst mit Paul, Sammy, Justus und Finn, sprichst mit den Mitarbeitern dort und sicherst ab. Wenn da alles in Ordnung ist, meldest du dich und wartest auf Ablösung, in Ordnung? Hier sind eure Sicherheitsausweise, damit ihr reinkommt.« Alex nickte, nahm die Ausweise entgegen. »Wir sind hier nicht allein, oder?« Mit einem Kopfnicken deutete er auf den lichtüberfluteten Vorplatz, wo sich auch Einheiten des THW, DRK und der Bundeswehr versammelten. »Nein, sind wir nicht«, antwortete sein Vorgesetzter. »Ruhige Kugel? Einfache Objektsicherung?« Alex meldete Zweifel an und erntete einen missbilligenden Blick. »Ich weiß es auch nicht, Alex«, antwortete sein Vorgesetzter, jetzt etwas leiser. »Bisher gehen wir davon aus, dass alles ruhig bleibt. Aber offenbar sind wir ... besorgt. So, los jetzt!« Er klopfte Alex auf die Schulter und ging zu Johann, um mit ihm seinen Einsatz zu besprechen.

Alex sammelte seine Leute zusammen und führte sie mit Hilfe der Karte durch die Anlage in den Sicherheitsbereich zur Techniküberwachung. Mehrmals mussten sie an Kontrollen vorbei, ehe sie in den inneren Trakt kamen und über mehrere Treppen den Überwachungsraum erreichten, von wo aus sie einen ausgezeichneten Blick auf das Herz des Kernkraftwerkes hatten. Ein vollbärtiger Mann begrüßte sie. »Theo Gärtner, guten Abend. Ich …« Er nahm seine Brille ab, putzte sie an seinem Hemd, setzte sie wieder auf und rieb sich die Nase. »Ich weiß ehrlich gesagt nicht, wie das jetzt gehen soll. Also, ich meine, Ihr Kommen wurde uns angekündigt, aber nicht, wie … also, kennen Sie sich überhaupt mit der …«

»Wir sollen hier nur bewachen, Herr Gärtner. Sie machen Ihre Arbeit wie gehabt«, unterbrach Alex und bekämpfte innerlich einen Schwindelanfall.

»Ach so.« Gärtner wirkte enttäuscht und langsam verstand Alex. Der Mann hatte Angst und wollte nach Hause. »Aber warum hier? Ich meine, hier ist das Gehirn des Kraftwerks, warum bewachen Sie nicht das Gelände? Was wird denn erwartet?«, fragte Gärtner und seine Stimme überschlug sich.

»Wir wissen es auch nicht, Herr Gärtner, wir sind nur vor …« Alex wankte, musste sich festhalten. Gärtner wich einen Schritt zurück, fragte dann, ob er helfen könne. »Ist schon in Ordnung. Mein Kamerad ist nur schon seit sechsunddreißig Stunden auf den Beinen. Vielleicht haben Sie einen Stuhl, wo er sich setzten kann?«, sprang Finn ein und stützte Alex. »Ja, sicher.« Gärtner eilte zu einem freien Bürostuhl vor den unzähligen Reglerpulten und Monitoren, beobachtet von einem halben Dutzend Kollegen, die ihre Hälse nach ihnen reckten.

»Alex, mach mal Pause!«, flüsterte Finn.

»Das ist nur der Kreislauf. Ehrlich!«

»Ja, vielleicht, aber du solltest … vielleicht hier mal zu einem Arzt gehen. Ich frag gleich mal beim DRK nach.«

»Ja, ja, ist in Ordnung«, stammelte Alex, der den Schwindel nicht aus seinem Kopf bekam. Gärtner rollte den Stuhl heran, Alex setzte sich.

»Geht´s?«, wollte Finn wissen. »Soll ich erst mal übernehmen?«

»Ja, mach das, bitte. Geht gleich wieder.« Alex kam sich vor wie unter Wasser, hörte alles nur noch gedämpft, verzerrt und verlangsamt. Verdammt, was war los mit ihm? Er stützte seinen Kopf ab, setzte sich breitbeinig hin. *Kreislauf? Ganz bestimmt! Was denn sonst?* »Der Kratzer, von dem du nicht weißt, wo er herkommt«, flüsterte eine Stimme in seinem Kopf und es lief ihm kalt den Rücken hinunter.

»Ich … muss … zu …« War das anstrengend. Auch den Kopf aufrecht zu halten wurde immer anstrengender. Okay, er würde warten, bis Finn wieder bei ihm war. *Finn?* Verschwommen sah er ihn und seine Kameraden, wie sie durch den Raum gingen, Gärtner folgten. Er hörte ihre Stimmen, wie eine einzige Stimme. Beruhigend. Es konnte alles nicht so schlimm sein, dachte er. Man ist nämlich erst richtig krank, wenn man keinen Hunger oder Appetit hat, hatte seine Mutter immer gesagt. Und Alex hatte einen riesigen Hunger. Er schloss die Augen.

Kapitel 56 – Mit Congreed durch Hamburg

»Das Mondlicht durchbricht die Dunkelheit der Nacht und über allem liegt der ewige Nebel wie ein Leichentuch. Bete, wenn du beten kannst …«

»Sleepy Hollow«; 1999

»Das Völkerkundemuseum«, brummte Jäger, als sie die verschlafene Rothenbaumchaussee entlang fuhren. Nebel, Nebel, nichts als Nebel. Und im milchigen Licht der Straßenlaternen ließ sich das Museum nur als wuchtiger Schatten erahnen. Im Radio hatte Tim Radio Gamma gefunden, wo bereits drei Punktitel gespielt worden waren. Kesh hatte er noch nicht gehört. »Haben Sie da die Schlüssel zu?«, wollte Tim wissen. Jäger nickte. »Und? Meinen Sie, wir könnten es verteidigen?«

»Ja, könnten wir. Mir gefällt, wie Sie so weit denken. Aber hoffen wir, dass wir das nicht nötig haben.«

»Sie haben Hoffnung?«

»Immer. Der Mensch hat bisher gezeigt, dass er für komplexe Probleme immer einfache Lösungen gefunden hat. Wenn auch viele Lösungen nur durch Zufall gefunden wurden. Daran will ich gerne glauben. Dass der Mensch es schafft.«

»Ja. Das wär was.« Tim sah aus dem Fenster, wurde nachdenklich und musste sich an die vergangenen 24? 72? Stunden erinnern. *Wann hatte der ganze Mist begonnen und was war alles passiert in dieser Zeit?* Diese Ereignisse wirkten wie ein zweites Leben auf ihn. Und eigentlich war es auch so. Er sah, wie im Nebel die Häuser der Bebelallee an ihnen vorbeizogen, kein Licht, das zu dieser Stunde aus den Fenstern schien und dieser scheinbare Friede, diese Verschlafenheit war so verdammt fragil ...

»Hier ist Kesh!«, hörte er im Radio und drehte die Lautstärke auf, in diesem Moment bogen sie auf die Alsterkrugchaussee, Jäger bremste, weil vor ihnen zwei Wagen verunfallt waren und eine Gestalt mit ausgebreiteten Armen durch den Nebel wankte. Tim schaltete das Radio aus.

Kapitel 57 – Kyle und Emma

»Darf ich mal durch das tragbare Schlüsselloch gucken?«
»Das Fenster zum Hof«; 1954

»Hier ist Kesh!«, sagte sie ins Mikro und warf sich beinahe in ihren Stuhl, während Danny gegen die Scheibe der Studiotür trommelte, sie aufforderte, das Studio zu verlassen und Eisi mit Congreed auf ihn einredeten. Coole Jungs! Das Studiotelefon läutete, sie hatte bereits drei Congreeds-Songs gespielt, sich lange genug mit Danny einen abgesabbelt, jetzt musste sie sich auf ihre Arbeit konzentrieren. Ohne Vorgespräch schaltete sie den Anrufer auf Sendung.

»Moin, wen habe ich …«

»Hallo!?«, unterbrach sie der Anrufer. Kesh verzog das Gesicht, weil der Mann so laut schrie. »Hallo?!«

»Ja, Hallo. Hier ist Kesh von Radio Gamma. Du bist auf Sendung! Wer bist du und warum rufst du an?« Offenbar telefonierte der Anrufer mit einem Handy, es war laut im Hintergrund. Und … sie hörte Angst in seiner Stimme.

»Warum ist es so laut bei dir?«, fragte sie nach, weil ihr Gesprächspartner nicht antwortete, sondern nur laut in den Hörer atmete.

»Ich …« Kesh hörte ein Krachen, das Splittern von Holz, den Schrei eines Kindes.

»Was ist los bei dir?« Auch Kesh wurde lauter.

»Sie kommen durch die Tür! Emma! Emma, bleib weg da! Das ist nicht Mama! Komm – weg – da!«

Fuck! Kesh starrte auf die Studiotür und versuchte sich die Situation ihres Anrufers vorzustellen. Auch wenn die

Stimme schon recht männlich klang, sie hatte einen Jugendlichen in der Leitung.

»Wie heißt du?« Man hörte ein Poltern, dann ein Geräusch; als würde etwas Schweres über den Boden geschoben werden. »EM-MA!« Gepresst, wie unter schwerster Anstrengung, dann ein hoher Schrei! »Emma! Komm da weg! Das ist nicht Mama!« Weitere Schreie. Emma, die irgendetwas von »gebissen« schrie.

»Hör zu! Hau da ab! Sofort. Hau ab!«, rief Kesh in das Mikro. Sie stand total unter Strom, sprang aus dem Stuhl, ging auf und ab. Aus den Augenwinkeln konnte sie sehen, wie Danny mit Eisi und Congreed in die Redaktion gingen und offenbar dort die Sendung verfolgten.

»Ich … kann … nicht … EMMA!« Ein Poltern, das Telefon war runtergefallen, Kesh glaubte kurz, ein Stöhnen gehört zu haben. »Oh, scheiße!«, flüsterte sie, vergaß, dass sie auf Sendung war und hoffte. Das Geschrei ebbte zu einem Weinen ab, man hörte den Anrufer beruhigend auf jemanden einreden. Dann ein Knirschen.

»Ich bin mit meiner Schwester eingesperrt. Emma ist gebissen worden. Unsere Eltern auch. Wir kommen nicht raus. Sie drücken gegen die Tür. Mit den Nachbarn. Und … noch anderen.« Die Stimme des Jungen wurde brüchig. Kesh starrte an die Decke. *Gebissen worden.* Sie wusste, was das bedeutete. Sie hätte dem Jungen gerne Hoffnung versprochen, aber die gab es nicht.

»Wie heißt du?«, fragte sie.

»Kyle. Emma blutet. Ich weiß nicht, was ich machen soll. Könnt ihr mir helfen? Bei der Polizei geht keiner mehr ran.«

»Ich weiß nicht, ob ich helfen kann, Kyle«, blieb Kesh aufrichtig. »Du musst nur zusehen, dass du da irgendwie raus kommst. Gibt es Fenster?«

»Ja, aber nur mit so´m Schlüssel. Wir sind in Emmas Zimmer. Meine Eltern haben den Schlüssel.«

»Schlag es kaputt, Kyle!«

»Was?« Er klang zweifelnd.

»Schlag es kaputt, Kyle! Es wird sich niemand um ein kaputtes Fenster scheren, aber du musst da raus! Sofort!«

»Ich soll das Fenster kaputt schlagen?«

»Ja! Ja, verdammt. Jetzt!« Kesh konnte sein ungläubiges Gesicht beinahe vor sich sehen, sie sah ihn, wie er in seinem Zimmer stand und gehetzt um sich blickte.

»Hat deine Schwester einen schweren Stuhl? Einen Schreibtisch?«

»Einen Stuhl.«

»Schwer?«

»Ja. So mit schweren Füßen.«

»Nimm ihn dir.« Etwas polterte, Emma schrie auf. »Komm da weg, Emma! Sie kommen wieder rein! Emma!« Das Telefon wurde fallen gelassen, Kesh hörte, wie Kyle versuchte mit dem Stuhl die Scheibe einzuschlagen, Emmas Schreie und im Hintergrund ein bedrohliches Stöhnen und Poltern. Kesh lief auf und ab, setzte sich und sprang sofort wieder auf.

»Kyle?«

»Kyle?!«

»KYLE!«

Kampfgeräusche! Was sie hörte, war ein Kampf! Kyle schnaufte, das Telefon bekam einen Schlag, Emma schrie. Schrie und schrie. Dann schrie auch Kyle und Kesh hörte einen dumpfen Schlag. Noch einen. Dann ein Klirren. Die Scheibe! Kyle hatte die Scheibe eingeschlagen! »Raus! Raus da, Kyle!« Kesh ballte eine Hand zur Faust, schlug damit in die Luft und biss sich auf die Unterlippe. Jetzt hörte sie nur Geräusche, die sie nicht deuten konnte. Keine Emma, keinen Kyle. Was war da los? »Kyle?«, fragte sie, lauschte. Noch ein Splittern und Möbel, die geschoben wurden. »Lass los!« Kyle! »Um Gottes Willen, Kyle, reiß dich los! Spring aus dem Fenster! Komm, du schaffst das!«, schrie Kesh und sah wie die Lautstärke-Balken ihres Monitors rot bis zum Anschlag aufleuchteten.

»Lass los! Mama! Nein! Nein!« Kyle! Und dann schrie Emma. Dann ein Geräusch, das Kesh zusammenzucken ließ. Ganz nah am Telefon. Als würde jemand in einen Apfel mit sehr harter Schale beißen. Wie in dieser einen Zahnpastawerbung von früher. Und Emmas anschließender Schrei trug all ihren Schmerz und ihre Angst in sich. Kesh biss sich in ihre Faust. »Nein«, flüsterte sie. *Wo war Kyle?* Sekunden, die wie Jahre verrannen. »Kyle?« Stille. Ein Schrei. Kyle! »Nein! Mama! Papa! Nein!« Kesh hörte ein vielstimmiges Stöhnen, dann Kyles Schrei, reißenden Stoff und reißendes … Fleisch. Kyle, der auseinandergerissen wurde. Kesh schloss die Augen. Kyle schrie noch dreiundzwanzig Sekunden, die Kesh mitzählte und sie hätte sich am liebsten unter ihrem Tisch verkrochen und nur geheult. Sie wünschte, sie wäre noch einmal fünf Jahre alt und könne bei ihrem Vater in den Armen liegen. Dann verstummte der Schrei, Kyle war erlöst. Kesh öffnete die Augen. Danny, wie er lautlos aus dem Redaktionsbüro mit seinen Lippen »Mach weiter« formte, ein Blinken, das einen weiteren Anrufer zeigte. Apathisch nahm sie den Anruf entgegen. »Hier ist Kesh von Radio Gamma. Wer ist dran und was willst du uns sagen?« Pause. Kesh befürchtete das Schlimmste. »Hier ist Torsten. War … ich meine, ist das alles echt?« Kesh atmete tief durch. »Ja, Torsten, das war kein Fake und das passiert

358

gerade wirklich. Ich kann nur noch einmal sagen, seht euch die Warnungen auf Tims Blog an! Meldet euch da, wenn ihr was Verdächtiges seht und bleibt verdammt noch mal bloß in euren Hütten. Hast du schon was Verdächtiges zu melden, Torsten?« »Nein. Zum Glück nicht.« »Okay, Danke für deine Frage. Ich seh schon den nächsten Anrufer. Hier ist Kesh von Radio Gamma, wen habe ich in der Leitung?«

Kapitel 58 – Jäger spricht türkisch

»Tankstellen haben auch Zigaretten.«
»Hitcher, der Highway Killer«; 1986

»Vorsicht!«, warnte Tim und Jäger ließ den Wagen langsam zur Unfallstelle rollen. Vorbei an der wankenden Gestalt, sodass sie einen Blick auf diese werfen konnten. Tim und Jäger sahen sich an und waren sich sicher: Dieser Mann musste aufgrund seiner Verletzung tot sein. Wahrscheinlich war er von einem Auto erfasst worden und doch lief er auf die verunfallten Wagen zu. Von dort kam eine Frau. »Sie will helfen«, schlussfolgerte Jäger, Tim ließ seine Scheibe herunter. »Nein!« rief er ihr zu. Sie verharrte. »Hauen Sie ab! Dieser Mann steht unter Drogen und wird sie gleich angreifen!«

»Was?« Die Frau blieb stehen.

»Unter Drogen. Sie können nicht helfen und er wird sie beißen und töten wollen.« Die Frau sah ihn und dann den Mann an, der auf sie zukam.

»Aber er ist angefahren worden. Von dem da.« Sie deutete auf eine Limousine, die in eine Reihe parkender Autos gekracht war. Die Fahrertür stand offen, vom Fahrer fehlte jede Spur.

»Das macht aber nichts. Er spürt keine Schmerzen.« Tim bemühte sich um Emotionslosigkeit. »Steigen Sie ein«, bot Jäger ihr an und deutete auf die Hintertür. Die Frau war hin- und hergerissen. Zu fremden Männern morgens um zwei Uhr in ein Auto zu steigen, konnte auch gefährlich sein … Sie sah den blutenden, wankenden Mann an und entschied sich, ins Auto zu steigen. »Danke.« Sie schlug die Tür zu. Keine Sekunde zu früh, denn der Mann schlug an ihre Scheibe, versuchte sie zu beißen, seine Zähne zersplitterten am Glas.

»Oh, Gott!«, stöhnte sie. Jäger fuhr an, nickte. »Ja, das ist schlimm. Sagen Sie, wo wohnen Sie? Können wir Sie nach Hause fahren?«, fragte er sie. Die Frau reagierte nicht sofort, blickte durch die Heckscheibe zurück. »Zu gefährlich«, flüsterte Tim. »Ich weiß. Da! Da sind noch welche.« Jäger deutete nach rechts auf eine Parallelstraße, die an mehreren Wohnhäusern entlanglief. Dort taumelten in einigem Abstand drei Menschen in Richtung Norden. Menschen … »Hier?«, fragte Tim, rief die Karte mit der Verbreitung auf. Hier war aktuell noch kein Fall gemeldet, aber vielleicht kam Kesh gerade auch nicht hinterher. Er scrollte durch die letzten Einträge auf seinem Blog. Auch der meldete nichts. »Es werden nur die gemeldeten Fälle erfasst«, gab Jäger zu Bedenken. »Sie müssen davon ausgehen, dass es sich noch schneller ausbreitet. Kann ich Sie nach Hause fahren?«, wandte er sich lauter an die Frau. »Nein. Ich …« Sie suchte in ihrer Handtasche. »Ich rufe meinen Freund an. Vielleicht können Sie mich irgendwo absetzen.« Jäger und Tim tauschten Blicke aus. Welcher Ort war noch sicher? »Eine Tankstelle.« Tim deutete nach vorne, wo sich die Lichter einer Tankstelle bläulich aus dem Nebel schälten. Jäger setzte den Blinker. »Hier kann Ihr Freund Sie abholen. Sagen Sie ihm, dass er sich beeilen soll. Und dann fahren Sie am besten irgendwo hin, wo Sie und Ihre Familie ein paar Tage bleiben können. Holen Sie sich Vorräte, ja?«

»Was?«, fragte die Frau verwirrt, rief ihren Freund an, Jäger fuhr langsam an den Zapfsäulen vorbei und bremste stark, als ein dickerer Mann mit erhobener Baseballkeule vor den Wagen trat. Ein anderer, das konnte er im Seitenspiegel erkennen, stellte sich hinter den Wagen. Jäger ließ das Fenster herunter. »Entschuldigen Sie. Können Sie uns helfen?«

»Kartoffel«, sagte der Dicke mit Vollbart zu dem anderen und hob seine Keule zum Schlag bereit. »Vorsicht!«, warnte Tim, aber Jäger öffnete die Tür und stieg aus. Beobachtete, wie der Mann ihn taxierte, musterte, nach Auffälligkeiten suchte. »Ich beiße Sie nicht«, sagte Jäger und hob seine Hände. Er sah noch einen weiteren Mann in der Tankstelle, der das Geschehen ängstlich beobachtete. Alle drei Männer sahen sich ähnlich, Jäger schätzte, dass sie miteinander verwandt waren. Und alle hatten Angst.

»Er redet, Arslan!«, sagte der Mann von hinten. »Sie können gerne tanken«, sagte der Mann hinter Jäger und begab sich auf den Weg in die Tankstelle. »Ich würde Ihnen gerne eine Frau anvertrauen, die gleich abgeholt wird. Sicher wissen Sie, dass es gerade sehr unsicher ist hier draußen«, setzte Jäger nach. Arslan und der andere sahen sich an, spähten ins Wageninnere. »Ist sie gebissen worden?«, wollte der andere wissen, Arslan schüttelte den Kopf. »Göktan, nein!«, sagte er. Jäger schüttelte den Kopf. »Wir helfen ihr. Sie haben mein Wort«, antwortete Göktan und sagte etwas auf Türkisch an Arslan gewandt. »Es ist Allahs Wille, in solchen Zeiten zu helfen«, verstand Jäger. »Sie können hierblieben«, wandte er sich an die Frau. »Haben Sie Straßenkarten?«, fragte er. Göktan nickte, bedeutete ihm mitzukommen. Jäger begleitete die Frau hinein, kaufte sich einen Straßenatlas, als Arslan in den Laden hineinlief. »Samir! Samir! Da draußen läuft Samir wie einer von denen, die Onkel Turgut beschrieben hat! Was sollen wir jetzt machen?«, verstand Jäger, sah nach draußen, sah aber nur Nebel und den Wagen.

362

»Wo?«, fragte Göktan. »Mitten auf der Straße. Mitten drauf!«, antwortete Arslan. Jäger verabschiedete sich, ging hinaus und suchte im Nebel nach Samir. Vorsichtig schlich er zum Wagen, bemerkte nicht Tims fragenden Blick, ging vorsichtig zur zweiten Reihe aus Zapfsäulen in Richtung Straße. Sirenengeheul. Von fast überall. Aber hier, auf der Alsterkrugchaussee, war es still. Und nebelig. Jäger erschrak, als er die schlurfende Gestalt sah, die mitten auf der Straße Richtung Norden wankte. Er nickte, ging zurück zum Wagen, stieg ein und fuhr los. »Ein weiterer Hinweis, der meine Theorie stützt«, sagte er. Tim sah ihn fragend an. »Sie gehen alle nach Norden. Nach Wakendorf II. Dorthin, wo das Böse sich zuallererst manifestiert hat.«

Kapitel 59 – Schwarz sehen im Rathaus

»Niemand verarscht Jesus!«

»The Big Lebowski«; 1998

»Mit dieser Grafik hat Herr Fabian also Recht«, schloss der Staatssekretär seinen Bericht. Alle Blicke hafteten auf jener Grafik, die die Verbreitung von Nullpersonen veranschaulichte. Die von der Regierung entworfene Detailkarte für Hamburg sagte alles über die Geschwindigkeit aus, mit der es sich ausbreitete. »Verstehe«, antwortete die Kanzlerin, sah sich um und erfasste die Stimmung in der kleinen Runde der momentan mächtigsten Entscheidungsträger der BRD. Fassungslosigkeit. Resignation. Ratlosigkeit. Niemand wollte das Unglaubliche wahrhaben. »Das heißt?«, wollte der Vizekanzler wissen. »Das heißt, es lässt sich nicht mehr aufhalten«, antwortete der Staatssekretär. Alle warteten auf eine Reaktion der Kanzlerin. Ihre Hände suchten sich und formten eine Raute. »Verehrte Kollegen, Herr Fabian hatte Recht. Die Wahrscheinlichkeit, dass Professor Jäger ebenso Recht hat, ist gegeben. General Kasteen hat folgende Szenarien und ihre Folgen bereits bedacht. Herr General.« Die Kanzlerin übergab das Wort, der General trat aus dem Hintergrund in die Runde, grüßte militärisch. »Ein Militärschlag vom Boden aus«, begann er, warf eine Karte an die Wand auf der Wakendorf II im Zentrum lag und rund herum stationierte Truppenverbände eingezeichnet waren. »Die Lage ist unübersichtlich. Der Feind kann überall sein. Es ist auch nicht davon auszugehen, dass sich die Zielperson in den nächsten Tagen weiterhin in Wakendorf II aufhalten wird.« »Welche Zielperson?«», fragte der Außenminister über eine Zuschaltung. »Patient Null, der Gerichtsmediziner«, antwortete die Kanzlerin und nickte dem General zu. »Dauer einer Bodenoffensive zu den jetzigen Bedingungen«, fuhr Kasteen fort. »Drei Tage. Die Truppen müssen bis nach Wakendorf II Feindesland durchqueren, Zivilisten schützen und somit auch andere Aufgaben wahrnehmen. Die Berechnung fußt auf der bisherigen Geschwindigkeit der Übertragung. Eine zielführendere militärische Strategie ist ein sofortiger Luftschlag.« Der General sah in die Runde. Schweigen legte sich über die Versammlung. »Sie wollen Wakendorf II bombardieren?«, fragte die Parteivorsitzende der Linken. Der General nickte. »Wie lange wird es dauern, bis wir beginnen können?«, wollte die Kanzlerin wissen. »Wir sind startklar. In fünfundvierzig Minuten können wir den ersten Einsatz fliegen.« »Wir können doch nicht einfach auf Verdacht ein ganzes Dorf plattmachen«, widersprach die Parteivorsitzende der Linken. »Wir müssen sie warnen. Wir müssen ihnen Gelegenheit geben, das Dorf zu verlassen«, schlug der Innenminister vor. »Das wird schwierig«, gab Kasteen zu bedenken. »Sobald dort Zivilpersonen das Haus verlassen, werden sie sofort angegriffen. »Glauben Sie denn, dass es überhaupt noch Überlebende in dem Dorf gibt?«, fragte der Parteivorsitzende der CSU. Der General warf einen Blick zur Kanzlerin, ganz kurz nur, dann antwortete er. »Nein. Es wird wohl kaum Überlebende geben«, sagte er. Ein Aufatmen war zu hören. »Es hört sich an, als sei ein Luftschlag alternativlos?«, fragte die Kanzlerin. »Ja!« »Vielen Dank für Ihre Einschätzung, General Kasteen. Wir möchten uns jetzt kurz beraten.« Der General nickte, ging zur Tür, öffnete sie, in diesem Moment fielen überall im Rathaus die Lichter aus und die Bildschirme mit den zugeschalteten Teilnehmern wurden schwarz. Die Regierenden standen im Dunkeln.

Kapitel 60 – Hopp, hopp, hopp, Atomkraftwerke Stopp!

»So schlängelt man sich also still und heimlich in mein Schloss.«

»Tanz der Vampire«; 1967

»Was ist da los?«, schrie der Ingenieur. Aus Hilflosigkeit klopfte er gegen die Anzeige, die ihm den drohenden, kompletten Reaktorausfall meldete. Und eine Sicherheitsabschottung der zentralen Steuerräume. Er meinte aber nicht nur die technischen Geschehnisse, die alle an sich schon katastrophal waren, sondern auch die Schüsse und Schreie aus dem Inneren des Kernkraftwerks. Niemand antwortete ihm, alle starrten auf die Anzeigen, glaubten das Gesehene nicht. *Es ist sicher*, hatte es immer geheißen. *So etwas kann in Deutschland nicht passieren.* Daran hatten sie bisher geglaubt. Immer. Und jetzt zeigte ihnen die beschissene Anzeige, dass es auch anders ging. Genau gesagt zeigte sie einen kompletten Absturz und das Versagen des Handlungsalgorithmus, der nun greifen sollte. Sie hatten von außen keinen Systemzugriff.

»Vielleicht sollten wir zu unseren Familien«, flüsterte ein jüngerer Techniker. Sein Wunsch blieb unerhört.

»Verdammt!« Aus dem Klopfen wurde ein verzweifeltes Schlagen, ein Kollege griff dem Ingenieur in den Arm, schüttelte den Kopf. Es brachte nichts. Der letzte Wert der Anzeige durchbrach einen kritischen Schwellenwert. Es war aus. Der *worst case* war eingetreten und die Sirenen schrillten. Warnten Sirenen sonst sehr frühzeitig vor Gefahren, war das bei einem Reaktor etwas anders. Erst, wenn es wirklich nicht anders ging, schlugen sie Alarm und warnten die Bevölkerung. Eigentlich dann, wenn es schon zu spät war … um sie herum flackerten die Warnlichter auf, es folgte ein Spannungsabfall, alles wurde dunkel, dann fuhren die Notstromaggregate hoch und lieferten eine Minimalbeleuchtung. »Wir sollten zu unseren Familien gehen!«, erhob der junge Techniker seine Stimme, übertönte Sirenen, Schreie und Schüsse. Der Ingenieur nickte. »Gehen Sie!« Er selbst würde bleiben. Die Tür wurde aufgerissen und Dr. Herold stürzte herein. »Dr. Herold! Ich habe versucht, Sie zu erreichen!« Dieser stürzte, im Rotlicht sah man dunkle Flecke auf seinem weißen Kittel. »Oh, Gott, was ist da los?« Der Ingenieur und seine Kollegen sahen zur Tür, wo Schüsse erklangen und sie durch das Sicherheitsglas hindurch hektische Bewegungen erkennen konnten. Mündungsfeuer, Schatten. »Dr. Herold?« Dr. Herold blieb liegen, ein Bein zitterte. »Gehen Sie nach Hause, solange Sie noch können«, rief der Ingenieur seinem Techniker zu. »Sie alle!« Er sah seine Kollegen an. Ein Systemausfall war das Schlimmste, das ihnen passieren konnte. Es gab nichts, was sie hier noch tun konnten. Ohne Zugriff, ohne Verbindung nach außen. Dr. Herold hob den Kopf, die Tür öffnete sich und tumbe Gestalten strömten in den Raum. Der Ingenieur musste feststellen, dass es noch etwas weitaus Schlimmeres im Leben gab.

Kapitel 61 – Das Licht ist aus, wir gehen nach Haus

»Der Tod ist heute furchtbar launisch.«
»Léon - der Profi«; 1994

Auf dem Sofa und den Sesseln im Studio saßen Eisi und Congreed, tranken Dosenbier, Danny lehnte an der Wand. Kesh telefonierte und trug die aktuellen Daten in die Grafik ein. Mittlerweile hatten mehrere Fälle Kiel erreicht und Hamburg … Hamburg schien vollkommen überrannt worden zu sein. Nur die östlichen Gebiete waren noch nicht so betroffen, aber von Wakendorf II verbreitete es sich inzwischen über Duvenstedt, Lemsahl in Richtung Sasel und Poppenbüttel. Die Tür wurde aufgerissen und Luka von der SHR-Nachtredaktion kam herein, mit ihm der Geruch von Nachtluft und Zigarettenqualm. »Leute, es hat gekracht. Direkt vorm Sender. Auf der Hauptstraße.« Stille. »Ey, was ist denn bei euch los? Beerdigung, oder was?« Kesh beendete ihr Gespräch, starrte ihn an. »Kriegt ihr bei euch da drüben überhaupt nichts davon mit?« Luka sah fragend in die Runde, zuckte mit den Schultern. »Ist wer gestorben? Robbie Williams?« Sie teilten sich mit drei anderen Sendern das Gebäude, die Redaktionsräume, arbeiteten nur durch eine Fensterfront getrennt voneinander und doch lagen offenbar Welten zwischen ihnen. »Aller, die Welt geht unna und du bischt net dabei!« Der Congreed-Bassist lachte, trank sein Bier aus und zerknüllte die Dose. Luka musterte den tätowierten Mann skeptisch, wandte sich an Danny. »Die Welt geht unter, Luka. Ich kann's dir schwer erklären, aber wir rotten uns gerade gegenseitig aus.« Keiner ihrer Kommentare half Luka zu verstehen.

368

»Was für ein Unfall?«, fragte Kesh deshalb, sah einen weiteren Anrufer in der Leitung. »Direkt bei uns an dem Abbieger. Zwei Wagen und ein Fußgänger. Rettungssanitäter sind auch schon da. Den Fußgänger hat es übel erwischt, aber der war wohl schnell wieder auf den Beinen. Die Sanis ...« Kesh riss sich den Hörer vom Kopf, lief aus dem Studio. Danny folgte ihr. Im Foyer spähte sie nach draußen. Nebel. Sie öffnete die Tür, ging langsam auf den Parkplatz. Kaum war die Tür hinter ihr zugefallen, spürte sie es mit jeder Faser ihres Körpers. Hier war etwas falsch. Sie sah das fahle Blaulicht von der Hauptstraße, aber sie hörte nichts. Es war absolut still. Zu still. Keine Stimmen. Nichts. Danny öffnete die Tür, trat heraus. »Was ist?«, fragte er. Kesh legte einen Zeigefinger an die Lippen. »Merkst du es auch?«, flüsterte sie. Danny schüttelte den Kopf, zögerte und nickte dann doch. Etwas lag in der Luft. Etwas war dort im Nebel. »Was ist das?«, flüsterte er. Kesh zog die Augenbrauen zusammen, konzentrierte sich. Was meinte er? Danny lauschte. Dann konnte sie es auch hören. Ein Stöhnen. Wie bei Kyle. Nur hier. Bei ihr. »Danny, die sind hier!«, zischte sie. »Hier bei uns!«

»Das ... Kesh, sag, dass das alles nur ein scheiß Traum ist!« Im Wittland sahen sie einen Schatten im Licht der Straßenlaterne. Dann noch einen. Von den Bewegungen her erinnerten sie Kesh an betrunkene Festivalgänger, aber sie wusste es besser. Das waren keine Betrunkenen. »Wir müssen rein, Danny«, flüsterte sie. »Alle Eingänge verbarrikadieren. Es geht los jetzt!« »Verletzte. Vielleicht sind es nur Verletzte«, hoffte Danny. Und er hoffte auch, dass sie einfach weitergingen. Aber die beiden Gestalten verharrten vor der Zufahrt zum Sender, schwenkten dann auf das Gebäude zu. Auf sie zu. Stöhnten. Das Licht ging aus. Es wurde dunkel.

Kapitel 62 – Nullpersonen ziehen nach Norden

»Das ist keine Übung. Das ist die Apokalypse.«
»Dogma«; 1999

»Es werden immer mehr«, stellte Tim fest. Auf der großen vierspurigen Straße hatten sie schon zwei Mal Untote umfahren müssen. Zwei Polizeifahrzeuge waren an ihnen vorbeigerast. Viel zu wenig für das Chaos. »Wie kann das sein? So schnell?« Tim schüttelte den Kopf. Sie kamen mit der Karte nicht mehr hinterher. Im Grunde genommen konnte er den ganzen Norden Hamburgs rot markieren. Oder, wenn es so weiter ging, einfach die nicht betroffenen Stellen Deutschlands farblich deutlich machen. »Ich habe auch keine Antwort darauf. Aber das Böse arbeitet gegen die Moral. Es verbreitet sich so schnell, weil es die Hilfsbereitschaft der Menschen zum Freund hat. Und auch wenn wir im Kleinen immer über die Bosheit der Menschen schimpfen, im Alltag gibt es immer genug hilfsbereite Menschen. Das wird in diesem Fall ausgenutzt. Ebenso unsere Verwandtschaftsbeziehungen. Das Böse arbeitet, ob bewusst oder unbewusst, mit unseren Schwächen. Deshalb kann es sich so schnell ausbreiten. Oh, was ist das da vorne?« Jäger wurde langsamer. »Sieht aus wie McDonalds«, Tim sah rotgelbes Licht im Nebel. »Ich meine auf der Straße. Da!« Ein Unfall. Vier Fahrzeuge waren vor dem Schnellrestaurant kollidiert. Ein Polizeifahrzeug stand dahinter mit angeschaltetem Blaulicht. Nur, es waren keine Menschen im Nebel zu sehen. »Fahren Sie bitte noch ein Stück näher ran«, sagte Tim, konzentrierte sich auf etwas, das ihm fremd vorkam. Als das Scheinwerferlicht es erfasste, hielt er den

Atem an. Ein Polizist. Wie ein Sack nasser Lumpen lag er auf dem Asphalt. Bis zur Unkenntlichkeit zerfetzt. Bleicher Knochen schimmerte hervor. Jäger räusperte sich. »Bei aller Theorie … solch ein Anblick macht mich fassungslos.« »Ja«, antwortete Tim, sah sich um. »Einen Augenblick, bitte. Lassen Sie den Motor laufen.« Er schnallte sich ab, nahm seine Kamera und stieg aus. Er ließ die Tür offen, schlich zum Leichnam. Scherben knirschten unter seinen Schritten, Sirenen heulten aus der Ferne und er konnte Stimmen und Schreie von den kleineren, abzweigenden Straßen her und aus dem Restaurant hören. Tim hielt seine Kamera bereit, ging auf zwei Schritte an den Leichnam heran. Foto. Er beugte sich vor, schoss eine Serie. Dann ging das Licht aus und er hörte hinter sich einen dumpfen Schlag. »Herr Fabian! Kommen Sie!«, rief Jäger. Ein Mädchen in einer Baseballjacke wankte von hinten an der Beifahrerseite entlang. Das Gesicht blutverkrustet. Sie stöhnte. Tim griff nach seiner Waffe. Im Auto! »Scheiße!«, fluchte er, trat zwei Schritte zurück, um sie vom Wagen wegzulocken. Ungelenk passierte sie die offenstehende Tür, kam auf ihn zu. Zwei, drei Schritte ließ er ihr Zeit, wollte sie dann umrunden und ins Auto springen. Er sah weitere Gestalten im Nebel. Er spannte sich an, lief los. Und kam nicht vom Fleck, wäre beinahe gestürzt. Etwas hielt ihn fest. Der Polizist! Er hielt Tims Fußgelenk umklammert, zog sich zu ihm heran. »Scheiße, Scheiße, Scheiße!« Tim schätzte ab, wie lange das Mädchen brauchen würde, ehe es ihn erreicht hätte. Vier, fünf Schritte, vier, fünf Sekunden. Nichts, was als Waffe taugte. Tim trat dem Polizisten mit aller Kraft von oben auf den Kopf. Der Griff lockerte sich etwas. So weit, dass er mit den Füßen auf den Kopf des Untoten springen konnte. Mit seinem vollem Gewicht. Und mit Erfolg. Es knackte und der Griff löste sich ganz. Den nach ihm greifenden Armen des Mädchens wich er aus, umrundete sie, lief zum Auto, warf sich auf seinen Sitz und schlug die Tür zu. Todesangst. Was er gespürt hatte, war Todesangst gewesen. Es hätte ihn gerade erwischen können. Jäger fuhr rückwärts. »Der Strom ist ausgefallen«, stellte er fest, zuckte zusammen, als Untote den Wagen erreichten und sich daran festhalten wollten. »Und sie sind überall!« Er nahm keine Rücksicht, fuhr sie an, lenkte den Wagen an der Karambolage vorbei über den Bürgersteig, dann auf die Straße und fuhr weiter. Stromausfall. Ein toter Polizist, um den sich niemand kümmerte. Verunfallte Autos. »Es bricht zusammen. Es bricht alles zusammen und niemand kann etwas dagegen tun«, sagte Tim, zitterte und hatte Schwierigkeiten das eben Erlebte zu verarbeiten. Und wieder musste er an Liam und dessen Angst denken. Ja. Ja, jetzt konnte er das alles verstehen. »Nein«, sagte Jäger. »Wir. Wir beide haben einen Plan, Herr Fabian. Und der ist gut«, machte Jäger ihm Hoffnung. Hoffnung, die sich schnell wieder zerschlug, als sie auf weitere ineinander gefahrene Autos stießen. Und das Scheinwerferlicht gleich zwei Dutzend Untote erfasste. Ohne zu überlegen, bog Jäger links in eine Straße ein, warf Tim den Straßenatlas zu. »Navigieren Sie! Ich denke, über die Langenhorner kommen wir nicht mehr weiter. Tarpen heißt diese Straße hier.« Jäger steuerte auf gut Glück durch die Siedlung, selbst im dichten Nebel erkannte er immer mal wieder einen Untoten. »Nach Norden«, murmelte er. »Wir müssen an dem Kreisel, der kommt, die erste Ausfahrt rechts nehmen. Ich möchte auf die 432, aber ob es da besser wird, weiß ich nicht.« »Keine großen Straßen«, widersprach Jäger und Tim suchte nach einer anderen

Route, was gar nicht so einfach war, denn er hatte keinen blassen Schimmer, wo dieses Hartenholm lag. »Die 432 ist ansonsten aber gut. Von da aus müssen wir noch weiter nach Norden.« Jäger schien einen Plan zu haben. Er überquerte die 432 und schlug sich durch Norderstedt durch. Es schien, als wäre es hier noch ruhig. Sie fuhren am Herold-Center vorbei, bogen auf die Marommer Straße und wähnten sich schlagartig in einem Katastrophenfilm. Umgestürzte Autos, Blaulicht, laufende Menschen, wankende Untote, Kämpfe. Schüsse fielen. Jäger tat das einzig richtige. Er fuhr unbeirrt weiter. »Wie im Krieg«, flüsterte Tim, erschrak, als ein Untoter vor das Auto lief und erfasst wurde. »Die kommen alle von den beiden Hochhäusern«, stellte Jäger fest. Eine Straßensperre. Polizeifahrzeuge. Jäger fuhr auf den Gehweg, wurde durch einen Polizisten überrascht, der sich ihm in den Weg stellte Und schrie: »Sie können hier nicht durch! Es ist abgesperrt!« Er blutete. Ihm fehlte ein Ohr. Jäger fuhr unbeirrt auf ihn zu, drängte ihn zur Seite. Tim konnte im Rückspiegel sehen, wie der Polizist stolperte und hinfiel. »Da! Den kenne ich! Aus dem einen Video mit dem Schuldirektor! Mein Gott!« Tim zeigte auf einen Jugendlichen. Nein, einen Untoten. Jäger presste die Lippen zusammen, als der Wagen zwei Mal nacheinander über ein Hindernis fuhr. Auch auf der gegenüberliegenden Seite standen Polizeiwagen zusammen und bildeten eine Sperre, dahinter fuhr Jäger wieder auf die Straße. Einzelne Untote folgten ihm, einige konnte er im Nebel entdecken, die nordöstlich zwischen den Häusern entlang taumelten. »Ein Hotspot. Außer Kontrolle.« Jäger schüttelte den Kopf, wandte sich an Tim. »Ich hoffe wirklich, dass ich Recht habe. Wenn nicht …« Tim zitterte wieder vor Anspannung. Was, wenn nicht?

Kapitel 63 – Nachrichten

»Das hier ist genauso wenig ein Krieg, wie der Krieg zwischen Mensch und Made. Das ist eine komplette Ausrottung.«

»Krieg der Welten«; 1995

»Wir unterbrechen das Programm mit einer Sondersendung zur aktuellen Lage. Diese Sendung wird auf allen Kanälen zeitgleich gesendet. Es spricht die Bundeskanzlerin.«

»Guten Abend.« Raute. Nicken. Ernstes Gesicht, dunkelblaues Kostüm. »Liebe Bürgerinnen und Bürger, es ist soeben beschlossen worden, den länderübergreifenden Notstand wegen zahlreicher gewalttätiger Übergriffe und den dadurch verursachten Reaktorunfall des KKW Brokdorf auszurufen. Ich möchte Sie alle bitten, Ruhe zu bewahren.« Pause. »Bitte bleiben Sie in Ihren Häusern und warnen Sie auch jene Mitbürger, die nicht der deutschen Sprache mächtig sind. Zudem fordern wir Sie auf, sofern alle in ihrem Haushalt lebenden Personen gänzlich unversehrt sind, ein weißes Laken oder Stofftuch sichtbar vor ein Fenster zu hängen, damit die Ordnungskräfte wissen, dass Sie sich sicher in Ihrem Heim befinden. Verletzte Personen oder Pflegebedürftige sollen durch ein rotes Tuch angezeigt werden. Bitte meiden Sie selbst den Kontakt mit verletzten, vor allem gebissenen Personen. Wir versichern Ihnen, dass wir die Lage bald wieder im Griff haben.« Die Kanzlerin nickte ernst in die Kamera. Das Bild erzitterte kurz. »Wir unterbrechen das Programm mit einer Sondersendung zur aktuellen Lage …

Kapitel 64 – Auf den Dächern von Wakendorf II

»Aber was, wenn es kein Morgen gibt?«
»Und täglich grüßt das Murmeltier«; 1993

Lina schlief. Endlich. Das allgegenwärtige Stöhnen der zahllosen Untoten, die um die Turnhalle wankten, hatte sie nicht mehr gestört. Aber Sandra fror. Und sie wusste nicht, wie lange sie hier noch auf dem Dach ausharren musste. Sie legte Lina ab, stand auf und versuchte durch auf der Stelle laufen die Kälte zu vertreiben. Vermied es, den toten, spärlich bekleideten Leichnam Adlers anzusehen. Würde überhaupt noch jemand kommen? Sie trat an den Rand des Daches und versuchte zu erahnen, wie viele von den Dingern da unten herum liefen. Seitdem das Licht der Straßenlaternen ausgegangen war, durchbrachen nur noch zwei Scheinwerferpaare die Dunkelheit und den Nebel auf dem Parkplatz. Was, wenn es niemanden mehr gab, der sie retten konnte? Sie sah zu Lina, die in einem Bündel Klamotten eingewickelt auf dem Dach lag. Nahm alles in sich auf, ließ alle Fragen und alle möglichen Antworten zu. Und entschied sich. Sie würde kämpfen!

Kapitel 65 – Über und unter den Dächern von Wakendorf II

»Besorg'n paar Golfschuhe, Mann! Sonst werden wir hier niemals lebend rauskommen … Unmöglich in diesem … Schlick herumzulaufen. Absolut kein Halt.«
»Fear and loathing in Las Vegas«; 1998

»Hier ist Kesh von Radio Gamma. Leute, der Sender ist von Untoten umzingelt! Alles läuft nur noch über Notstromaggregate. Wir wissen nicht, wie lange wir noch weitermachen können, aber wir machen weiter! Ich sitze hier in meinem Studio mit Eisi, der Band Congreed und Danny aus der Redaktion, wir haben gerade einen Unfall auf dem Skandinaviendamm bemerkt, Polizei und Rettungswagen waren auch vor Ort und dann haben wir diese … Dinger gesehen! Leute, sie sind in Kiel! Bleibt in euren Buden, wir bleiben auf Sendung, solange es geht! Was?« Undeutliche, männliche Stimme im Hintergrund. »Sie sind drin! Sie sind im Sender! Wir hören Schreie! Ich melde mich später zurück!« Congreed.

»Verdammt!«, fluchte Tim, versuchte Kesh anzurufen, aber er hatte kein Netz hier draußen. »Ich glaube nicht, dass wir überhaupt ein Netz hier haben. Wald, Nebel, die Umstände«, mutmaßte Jäger. Sie fuhren seit einiger Zeit durch den Segeberger Forst, hatten Ortschaften wie Bark und Schafhaus durchquert und fuhren auf der B 206 durch dichten Nebel und dichten Tannenwald. Dämmerte es bereits? Sie wussten es nicht. Seit einiger Zeit waren sie keinem Auto, keiner Menschenseele mehr begegnet. Zur Rush-Hour an einem Wochentag. Gelegentlich passierten sie einzelne Häuser, weiße Laken waren vor die Fenstern gehängt, zwei rote Laken hatten sie auch gesehen.

»Ja. Wahrscheinlich nicht.« Tim steckte sein Smartphone ein. Jäger wurde langsamer, als er im Wald etwas entdeckt hatte. »Da!« Er bremste. Aus dem Gehölz brachen zwei Untote hervor. Ein großer, hagerer Mann, eine junge, blonde Frau. »Jetzt ziehen sie nach Süden zu ihrem Ziel«, stellte Jäger fest, nickte und beobachtete die Bemühungen der beiden Untoten, den Graben zu überqueren. Der Mann hatte sich im Gesträuch verfangen, riss und zerrte daran, während die Frau in den Graben fiel und sich daraus emporkämpfte. »Ich sehe jedes Mal ein Schicksal dahinter. Frage mich, was ihnen passiert ist, wer sie vermisst«, sagte Tim tonlos. Dachte dabei an Liam, Sandra, Jack und Lina. »Das ist erlaubt. Das macht uns nur menschlich«, entgegnete Jäger. Er hatte genug gesehen und fuhr weiter. Das letzte Stück der Strecke bis zum Flugplatz Hartenholm verbrachten sie schweigend. Einmal fuhr Jäger an der Auffahrt vorbei, wendete und parkte auf dem weiträumigen Parkplatz direkt vor einem Restaurant. *Cockpit.* Ein Pick-up stand dort, einen Fahrer konnten sie nicht sehen. »Ich weiß nicht, wie wir jetzt Ihren Freund finden. Wollen wir aussteigen?«, schlug Jäger vor. Tim sah sich um, versuchte im Nebel einen Hinweis zu finden, eine Durchfahrt, ein Schild, aber er konnte nichts erkennen. »Es wird heller«, sagte er. »Ja, wir sehen nach.« Er packte seine Sachen zusammen, stieg aus, schloss leise die Tür hinter sich und ging mit gezogener Pistole an dem Restaurant vorbei. Still war es hier. Still und kalt. Der Nebel fühlte sich wie ein feiner eisiger Sprühregen auf der Haut an, so dicht wallte er auf. Es tropfte von den Zweigen zweier Birken, die vor dem Restaurant standen. Tim zog die Schultern zusammen, seine Schritte knirschten auf dem Kies. *Piep.* Jäger verschloss das Auto und folgte ihm. *HANGAR* wies ein Pfeil hinter das Gebäude. Tim hatte erst *HUNGER* gelesen und lachte trocken auf. Rechts lag ein großer, bestimmt sechs Meter hoher Schuppen. Da sie keinen Eingang sahen, gingen sie an ihm entlang und wäre er nicht gewesen, hätten sie im Nebel die Orientierung verloren, auch wenn er sich langsam etwas lichtete. Ein Schuss ließ sie zusammenfahren. Vor ihnen. Sie blieben stehen, lauschten, sahen sich um. »Ich hoffe, Ihr Freund ist einfach nur gut vorbereitet«, sagte Jäger. Tim nickte. »Umkehren können wir nicht mehr.« Er musste Sandra helfen. Und noch viel mehr. Tim ging weiter, Jäger verharrte kurz, folgte ihm dann. Der Schuppen endete, *LANDEBAHN* wies ein weiterer Pfeil ins Nichts. Rasen unter ihnen, Nebel vor ihnen. Und irgendwo sollte Adlers Kontakt auf sie warten. Sie gingen ein paar Schritte, erreichten die Landebahn und hörten ein Klicken hinter sich. Direkt auf Kopfhöhe. Wie im Film. »Das Wort«, brummte eine Stimme. »Bengasi?«, fragte Tim. Wieder ein Klicken. Es hörte sich weitaus friedlicher an als das erste. »Folgen Sie mir. Hier sind auch schon welche.« Ein langhaariger Mann mit einer elektronisch verstärkten Brille, die nach Militär aussah, ebenso wie seine schwarze, gepanzerte Kleidung, umrundete sie, steckte eine Pistole in den Holster und ging mit einem Sturmgewehr im Anschlag voran. »Sind Sie Herr Adlers Freund?«, fragte Tim unbeeindruckt, was ihn selbst verwunderte. »Ja.« Vor ihnen schälte sich ein Motorrad aus dem Nebel, dahinter ein Hubschrauber. Eine reglose Gestalt lag davor. Männlich. »Steigen Sie hinten ein.« Adlers Kontakt öffnete ihnen eine Hecktür des Hubschraubers, ließ Jäger und Tim einsteigen, schlug sie zu, umrundete den Hubschrauber und sah sich dabei um. Erst dann stieg er in die Pilotenkanzel. »Wir können noch nicht hoch. Niemand. Zu viel Nebel. Wir warten«, erklärte er. Tim und Jäger glaubten, er würde ihnen noch etwas sagen, aber er schwieg. Saß in seinem Sitz, das Sturmgewehr auf den Oberschenkeln. »Herr … Adler ist tot«, sagte Tim dann. »Ja, ich weiß.« Offenbar war damit alles gesagt worden. Sie schwiegen, während sich die Dezembersonne durch den Nebel kämpfte und alles wie in einem Waschhaus aussah. Tim wähnte sich in einem Theaterstück, unwirklich sah es aus, und er stellte sich so den Hades vor. 9 Uhr. Endlich wurde der Motor gestartet. Die drehenden Rotorblätter zerteilten den Nebel und Adlers Kontaktmann stieg mit dem Hubschrauber empor, sprach über das Headset mit jemandem in einer codierten Sprache, die weder Tim noch Jäger verstanden. In geringer Höhe flog der Hubschrauber los, unter sich sahen sie die B206. »Es sind mehr geworden!«, rief Tim Jäger zu. Eine Stunde hatten sie warten müssen und waren sie vorhin noch über eine menschenleere B 206 gefahren, wankten nun die Nullpersonen vor allem in Gruppen von fünf bis zehn Personen die Straße entlang. Nicht nur auf den Straßen, auch im Wald, auf den Feldern und in den Gärten vor den Häusern. »Da, ein Kampf!« Jäger deutete auf einen alleinstehenden Bauernhof. Ein Mann und ein kleines Mädchen versuchten sich gegen die sie umzingelnden Untoten zu wehren. Mit einer Schaufel. Tim und Jäger sahen weg. Sie ahnten, wie der Kampf gleich ausgehen würde. »Sie schicken Aufklärungsflugzeuge hoch. Nach Wakendorf II. Wussten Sie das?«, fragte der Pilot.

»Nein«, rief Tim.

»Wissen Sie, was das bedeutet?« Er wandte sich zu ihnen um. Tim schüttelte den Kopf. »Sie wollen wissen, wie sie ihren Erstschlag zu führen haben. Ich schätze, sie entscheiden sich für einen Luftschlag. Wir haben also nicht mehr viel Zeit. Die Zielperson befindet sich immer noch auf dem Turnhallendach?«

»Ich habe keinen Kontakt mehr zu Sandra. Zur Kontaktperson.« – »Keinen Kontakt!«, schrie er noch lauter, weil er glaubte, dass der Pilot ihn nicht verstanden hatte. Dieser nickte.

»Weiß er, dass wir nicht nur Ihre Freundin retten wollen?«, wollte Jäger von Tim wissen, beugte sich zu ihm vor.

»Nein.« Tim schüttelte den Kopf.

»Haben wir einen Plan?« Tim sah Jäger an, zuckte mit den Schultern. »Gut«, sagte Jäger. »Wir müssen also den Rechtsmediziner finden. Und ihn … töten, ausschalten, wie auch immer. Und das alles bevor die Flieger kommen«, fasste Jäger zusammen. »Was heißt denn Luftschlag?«, wandte er sich an den Piloten.

»Bomben. Das Dorf wird weggebombt.«

»Aber es gibt doch Überlebende?«, wandte Jäger ein. »Das werden wir gleich sehen. Wir überfliegen gerade Henstedt-Ulzburg, gleich kommt Wakendorf II.« Die Großgemeinde glich einem Kriegsgebiet. Sie hatten vorher schon an anderen Stellen Rauchsäulen aufsteigen sehen, aber hier waren weit mehr Brände. Eine Tankstelle stand in Flammen, umgestürzte und verunfallte Fahrzeuge allerorts, Kämpfe auf den Straßen, aber auch weiße und rote Tücher vor den Häusern. Menschen, die ihnen von den Dächern ihrer Häuser zuwinkten und HILFE-Schilder über ihre Köpfe hielten. Wie ein Tross zogen sich die Untoten durch Henstedt-Ulzburg. »Sehen Sie.

Die ziehen alle nach Wakendorf II. Dort werden wir ihn oder das Böse dann hoffentlich finden. Und Ihre Freundin natürlich hoffentlich auch.« Jäger deutete auf die Horden von Untoten, die alle, sofern sie nicht in Kämpfe verwickelt waren, in eine Richtung walzten. »So viele!«, flüsterte Tim, versuchte erneut Sandra, Kesh oder seine Eltern zu erreichen. Nichts. Kein Netz. Dauerzustand jetzt. Auch die Landstraße zwischen Henstedt-Ulzburg und Wakendorf II war voll von den Nullpersonen. Ebenso die winterlichen Felder und Waldstücke. Sie strömten von überall auf das kleine Dorf zu und vernichteten alles, was auf ihrem Weg lag. Ihre Masse erzeugte selbst hier oben Angst. Es mussten Tausende sein! Tim erinnerte es an Übertragungen aus der Luft von Großveranstaltungen, von einem riesigen Open-Air-Festival vielleicht. Sie überflogen einen Campingplatz. Hier staute es sich. Zu viele Neuankömmlinge, die ins besetzte Dorf drängten. Etliche Rauchsäulen stiegen aus Wakendorf II in den Himmel empor. »Mein Gott!«, stöhnte Tim. »Und das alles an einem Tag«, staunte Jäger. »Das muss die Turnhalle sein. Und die Frau dort … ist das die Zielperson?«, fragte der Pilot, hielt den Hubschrauber direkt über der Turnhalle in der Luft. »Sandra!« Tim winkte ihr zu, sie erwiderte den Gruß. »Ja, das ist sie!« »Kann sie klettern?«

»Sie hat ein Baby dabei.« Der Pilot sah sich auf dem Dach nach einer Landemöglichkeit um, wurde an der Südseite fündig. Vorsichtig senkte er den Hubschrauber ab, setzte sanft auf und schaltete die Rotoren ab. Mit dem Sturmgewehr in den Händen stieg er aus, sicherte die Umgebung, klopfte ans Fenster und gab ein Zeichen, dass Jäger und Tim aussteigen konnten, dann schritt er hinüber zu Adlers Leichnam, der am anderen Rand der Turnhalle lag. Tim stieg als erster aus, lief zu Sandra und sie umarmten sich. »Es tut mir alles so leid«, sagte er. Nachdem sie sich aus einer innigen Umarmung gelöst hatten. »Liam hatte mit allem Recht, Sandra. Ich habe ihm nicht geglaubt. Vielleicht hätte ich was ändern können. Vielleicht sogar alles. Mit euch ...« Sandra strich ihm durch das Haar, kämpfte gegen die Tränen an. »Ich weiß. Mir geht es doch auch so, Tim. Er hat Mist gebaut, ja. Aber er wollte mich und die Kinder aus allem raushalten. Und hat sich selbst nicht geglaubt. Erst ... als ...« »Beeilen Sie sich!«, rief ihnen der Pilot zu, der neben Adler aufstand und wieder zum Hubschrauber eilte. Sandra nahm Lina an sich und lief mit Tim zum Hubschrauber. Jäger hielt ihnen die Tür auf. Der Pilot kam zurück, wollte einsteigen, aber Jäger trat ihm in den Weg. »Wir können es aufhalten«, sagte er. Der Pilot verstand nicht. »Das alles.« Jäger zeigte auf die Untoten, die auf dem Parkplatz zwischen den Fahrzeugen liefen, zeigte auf die Straße, wo nicht enden wollende Ströme von Nullpersonen ins Dorf drängten. »Wir müssen weg hier«, antwortete der Pilot, warf einen Blick auf seine Armbanduhr, wollte an Jäger vorbei. Jäger hielt ihn fest. »Es gibt Überlebende. Hier. Viele haben sich eingeschlossen. Auch Kinder.« Die beiden sahen sich an. »Es gibt keine Überlebenden«, behauptete der Pilot. »Doch!«, widersprach Jäger. »Geben Sie uns nur fünf Minuten, notfalls lassen Sie uns dann hier«, schlug Tim vor. Der Pilot sah Tim und Jäger an, wollte antworten, lauschte. Ein Geräusch bahnte sich seinen Weg in ihr Gehör. Ein Geräusch, dass das unzählige Stöhnen übertönte. Über ihnen schossen mehrere Aufklärungsflugzeuge durch den Himmel. »Sehen Sie, sie sondieren. Jetzt haben wir höchstens noch eine Stunde. Sagen Sie mir, wie Sie sie aufhalten wollen«, wandte sich der Pilot an Jäger und umrundete diesen. »Wir haben eine Theorie«, rief Jäger.

»Theorie«, schnaubte der Pilot verächtlich, stieg ein, schlug seine Tür zu und startete die Rotorblätter.

»Wir müssen eine bestimmte Person, eine Zielperson unter all den Nullpersonen finden und diese töten, eliminieren. Dann sollten alle anderen ihre Kräfte verlieren und das … Böse würde weichen.«

»Hört sich beschissen an. Können Sie einen Hubschrauber fliegen oder mit einem Sturmgewehr schießen?« Jäger und Tim sahen sich an. »Nein«, antwortete Jäger dann. »Aber wir können das Schießen lernen.« Der Pilot lachte, hob ab und begann über Wakendorf II zu kreisen.

»Sie haben fünf Minuten Zeit, Ihre Zielperson zu finden und sich einen Schlachtplan zu überlegen. Sagen Sie mir, wo ich hin soll.« Tim und Jäger sahen hinaus, suchten in den überfüllten Straßen nach dem Rechtsmediziner. »Es ist zu voll!«, rief Tim. Die Untoten standen auf den Straßen, den Wiesen und den Feldern, in den kleinen Wäldern, in den Gärten der Häuser. Bunte, kleine Punkte zwischen denen ein Einzelner kaum auszumachen war. »Wir müssen es aus ihrer Bewegung erkennen. Wie bei einem Fischschwarm. Die Bewegung führt uns zum Ziel. Sie strömen alle zu einem Zentrum. Zum Zentrum des Bösen sozusagen, auch wenn es sich sehr klischeehaft anhört. Gibt es in Wakendorf einen Marktplatz?«

»Nein. Das Dorf hat keinen zentralen Platz, oder so. Am ehesten die Grundschule. Das kulturelle Zentrum war schon die Turnhalle mit dem Kindergarten und dem Bürgerhaus. Am Ortsausgang«, ließ Sandra Jäger wissen. Dieser sah sich die Bewegungen rund um den Kindergarten und die Turnhalle noch einmal genauer an. Nein.

Hier herrschte zwischen den Fahrzeugen zwar ein dichtes Gedränge, jedoch, wenn man genau hinsah, schob sich die Menge in eine Richtung. »Er ist nicht hier. Es ist weiter im Dorf«, teilte er den anderen mit. »Ist das die Grundschule?«, wandte er sich an Sandra und deutete auf ein größeres rotgeklinkertes Haus, das in einer Kurve stand. »Ja! Das ist die Schule!«, antwortete Sandra.

»Aber die Nullpersonen ziehen von dort den Hügel hoch. Zum Kindergarten«, erkannte Tim. Jäger nickte.

»Dann müssen sie sich irgendwo in der Mitte treffen.« Zu dritt spähten sie nach unten, lasen aus den Bewegungen der Untoten.

»Hier! Da auf dem Feld hinter den Wohnhäusern! Da sind die meisten von ihnen und da ist das Gedränge am größten«, schaltete sich der Pilot in ihre Unterhaltung ein, zog den Hubschrauber dorthin. Tatsächlich ballte es sich dort, kaum wahrzunehmen, aber er hatte Recht. Ein Gedränge und Geschiebe wie auf dem überfüllten Konzert einer angesagten Band direkt vor der Bühne. »Und? Sehen Sie ihn?«, fragte Jäger und sah zu Tim. Tim suchte in der Menge. Er hatte bei seiner Recherche zwei Bilder des Rechtsmediziners im Netz gefunden. Klassische Bewerbungsfotos. Wie sollte er ihn jetzt von hier oben erkennen. »Nein. Es sind zu viele. Und ich weiß nicht, wie er jetzt aussieht. Die Bilder waren zu … typisch.« Jäger nickte, spähte weiter nach unten. »Also nur über die Bewegung«, sagte er mehr zu sich selbst. Und nur über die Bewegung konnte er ihn ebenso wenig erkennen. Jäger erinnerte die Szenerie an unter Wasser tanzendes Seegras. Auf einer Fläche von mindestens einem Fußballfeld. Er sah, wie einige von ihnen umkippten, andere sich wieder hochkämpften. Alte und Kinder, Männer und Frauen, Große und Kleine. Er sah sich die Männer genauer an.

Und fragte sich, wie ein Gerichtsmediziner wohl aussehen würde. Jetzt. Als Nullperson. Seriös? Adrett? War er
vierzig, fünfzig oder gar sechzig Jahre alt? »Wie alt war
er?«, fragte er Tim. »Zweiundvierzig.« Ein Mann um die
vierzig, Rechtsmediziner. Mit dieser Vorgabe suchten sie
erneut. Anfangs schien es ihnen, als würde die Anzahl der
Männer, die infrage kämen, überschaubar, aber je weiter
sie ihre Suche ausdehnten, desto schwieriger wurde es.
Viele der Männer waren im Gesicht verunstaltet, ihr Alter ließ sich schwer schätzen. Und grundsätzlich hätten
einige Männer auch dreißig oder fünfzig Jahre alt sein
können. Jäger schüttelte den Kopf. »Sie haben noch zwei
Minuten«, ließ der Pilot sie wissen. Tim und Jäger sahen
sich an, fahndeten nach einer Lösung. »Das wird so
nichts!«, rief Jäger. »Wir wissen zwar, wo das Zentrum ist,
aber wir finden ihn so nicht. Wir müssen da irgendwie
rein!«

»Da rein?« Tim zeigte auf das Gedränge, zweifelte. Jäger nickte. »Was ist das da?«, fragte er. Ein Gebäude mit
mehreren Lagerhallen, vor dem ein Fuhrpark stand. Trecker, Mähdrescher, landwirtschaftliche Geräte. »Das ist
Pagels. Eine Werkstatt für Landmaschinen«, erklärte Sandra. »Da!«, schrie sie plötzlich. »Das ist Liam. Da! Tim,
sieh doch!« Sie schlug Tim auf den Oberarm, zeigte nach
unten. »Oh, mein Gott«, stöhnte sie dann. Liam ließ sich
von der Menge hin und her schieben, war selbst ein Teil
von ihr. Sein Mund stand offen, sein Gesicht von zahlreichen Bissen verunstaltet. Nein. Nein, das war nicht Liam.
Nicht mehr. Und wo war Jack? Sandra wusste nicht, ob
sie ihren Sohn so sehen wollte. Ob sie es ertragen würde.
»Geben Sie uns bitte das Gewehr!«, rief Jäger zum Piloten.

»Ihr Freund Liam ... war er einer der ersten ... Nullpersonen?«, fragte er. Tim nickte, Sandra auch. »Wahrscheinlich«, antwortete sie. »Mit dem Kindergarten hat es in Wakendorf angefangen. Für mich.« Jäger fuhr sich durch das Haar, drückte seine Brille auf die Nase. »Vielleicht scharrt er seine *Offiziere* um sich. Vielleicht haben sie eine stärkere Bindung zu ihm, vielleicht sind sie dadurch auch stärker, robuster. Ich will einmal dort in die Menge schießen und sehen, was passiert. Denn vielleicht finden wir ihn so auch«, erklärte er.

»Eine Minute noch«, sagte der Pilot, reichte Jäger das Sturmgewehr und gab eine knappe Einweisung für einen rudimentären Gebrauch. »Nein. Hier. Weiter oben. Mit dem Oberkörper fangen Sie den Rückstoß ab.« Jäger setzte sich den Gewehrkolben auf das Schlüsselbein, zielte, Sandra presste Lina an sich, hielt ihr die Ohren zu. »Oder wollen Sie«, fragte Jäger Tim. »Nein. Nein, das geht nicht!«, lehnte Tim ab. »Das habe ich mir gedacht.« Jäger schoss. Lautstärke und Wucht der Salve überraschten alle, außer den Piloten. Die Wirkung war mächtig. Die Kugeln pflügten durch die Menge, rissen Gliedmaßen ab, zerfetzten die Leiber der Nullpersonen. Nur Liam, den er eigentlich treffen wollte, blieb unversehrt, weil Jäger den Schuss verriss. Er legte das Gewehr ab, analysierte die Reaktion der Untoten. »Sie ziehen sich zusammen!«, stellte Tim fest. »Sie ziehen sich zusammen«, wiederholte Jäger, zielte erneut und schoss in eine vermeintliche Mitte, auf Liam. Und dann sahen sie ihn. Jäger, Tim, Sandra, sogar der Pilot. Kurz lichteten sich die Reihen und sie sahen das Böse an sich. Den Rechtsmediziner. Einen Mann. Einen einfachen Mann. Schlank, unauffällig, das Auffälligste an ihm war ein grüner Schal. Und doch hatte er eine Präsenz, die fast greifbar war.

»Schießen Sie!«, forderte der Pilot Jäger auf. Jäger legte ohne zu zielen an, feuerte. Aber die anderen Untoten schützten ihn, warfen sich in den Kugelhagel, kletterten aufeinander und bildeten einen Wall. Sie ließen sich von den Kugeln zerfetzen. »Warten Sie, ich versuche noch näher ran zu kommen!« Der Pilot senkte den Helikopter um weitere drei bis vier Meter ab, sie schwebten jetzt nur noch etwas mehr als eine Armeslänge über den Köpfen der Nullpersonen. Der Hubschrauber schwankte, Jäger hatte Mühe, die Balance zu halten. »Schießen Sie!« Jäger zielte, schoss blind, denn der Rechtsmediziner blieb weiterhin vor ihren Blicken verborgen. »Sie sind nicht dumm. Hier nicht«, sagte Jäger.

»Sie bewegen sich da vorne auf die Bäume zu. Da kann ich nicht mehr hin«, rief der Pilot. Jäger nickte.

»Das wird so nichts. Können Sie einen Trecker fahren?«, fragte Tim Jäger.

»Ja, das traue ich mir zu. Wenn der Motor erst mal läuft.« Der Pilot zog den Hubschrauber wieder nach oben, kreiste über den Untoten. Sie sahen in etlichen Häusern des Dorfes weiße Laken und in einer Wohnsiedlung standen zahlreiche Menschen auf den Dächern und winkten ihnen zu. »Sie sind sich sicher, dass das die Zielperson ist?«, wollte der Pilot wissen. »Ja!«, antworteten Tim und Jäger gleichzeitig.

»Ich kann Ihnen erklären, wie man ein Fahrzeug kurz schließt. Sie können versuchen, über einem der Trecker- oder Mähdrescherdächer auszusteigen. Dann müssen Sie von oben irgendwie einsteigen. Am Boden werden Sie keine Chance haben.« Der Pilot wandte sich an Tim und Jäger. »Ich werde dann in der Luft bleiben. Ihnen zeigen, wo sich Ihre Zielperson befindet«, ergänzte er. Tim und Jäger sahen sich an, nickten. »Wir versuchen es!«, sagte

Jäger und der Pilot flog zur Landmaschinen-Werkstatt, kreiste darüber, um sich einen Überblick zu verschaffen. »Das sieht nicht gut aus«, schätzte Tim die Lage ein. Vier, fünf Landmaschinen zählte er, deren Dächer so hoch waren, dass sie von den Nullpersonen nicht erreicht werden konnten. Aber ein Fehltritt, eine unachtsame Bewegung würde ihr Ende bedeuten. »Nehmen Sie den Mähdrescher«, schlug der Pilot vor. »Der ist höher und das Dach breiter. Hier. Lassen Sie die Leiter sicherheitshalber runter.« Tim warf die Strickleiter runter, der Hubschrauber stand so tief in der Luft, dass das Ende der Strickleiter auf das Dach fiel. Der Pilot reichte ihnen eine schwarze Tasche. »Werkzeug«, erklärte er. Eine weitere Tasche. »Munition! Hier sind noch zwei Funkgeräte, die Sender sind voreingestellt. Und jetzt los!« Unabgesprochen kletterte Tim als erster herunter. Jäger warf ihm anschließend die Taschen und das Gewehr zu. Dann hielt er die Leiter fest, half Jäger auf das Dach zu klettern und reckte einen ausgestreckten Daumen nach oben. Der Helikopter zog hoch, kreiste aber weiter über ihnen. Tim und Jäger sahen sich um. Spürten hier auf dem Dach eine aufbrandende Gier bei den Nullpersonen, die ihre Arme emporreckten und zu ihnen wollten. Das Stöhnen schwoll an. »Wir werden nicht viel Zeit haben!«, sagte Tim. Der erste Untote, ein junger Mann in kurzer Hose und T-Shirt wurde nach oben gedrückt und hielt sich am Türgriff des Mähdreschers fest. Tim zog seine Pistole, schoss ihm in den Kopf. »Ich glaube, durch die Tür kommen wir nicht. Wir sollten ein Seitenfenster einschlagen«, schlug Tim vor. Jäger nahm das Sturmgewehr, zertrümmerte mit dem Gewehrkolben das linke Seitenfenster und schlug am Rand die letzten Scherben und Splitter heraus. Tim warf die Taschen ins Führerhaus, hielt sich am Rand fest und versuchte sich hinein zu hangeln. Etwas streifte seinen Rücken, krallte sich darin fest. Tim schrie auf, stieß sich ab und ließ sich auf den Sitz fallen. Ein besonders groß gewachsener Mann hatte ihn mit den Händen greifen können. »Warten Sie!«, warnte er Jäger, schoss dem Mann ins Gesicht und half Jäger anschließend beim Einsteigen. Drinnen hörten sie wesentlich lauter, wie die Nullpersonen gegen den Mähdrescher schlugen, spürten die Kraft der Massen, die an dem Fahrzeug rüttelten und waren dem Stöhnen der Verstorbenen noch näher. Tim und Jäger blendeten alles das aus, arbeiteten sich mit kühlem Kopf voran. Jäger öffnete mit dem Werkzeug die Verschalung des Lenkradschlosses. »Haben Sie etwa schon mal ein Auto geknackt?«, fragte Tim und sah Jäger nicken. »Zur Abiturzeit auf einer Studienfahrt. Ein alkoholisiertes Gemeinschaftswerk ...«, antwortete er, schnaufte und legte schließlich die Kabel frei. »Vielleicht brauchen wir Ihren Freund gar nicht. Diese Fahrzeuge hier sind noch wie früher. Man geht wohl davon aus, dass sie nicht so häufig geklaut werden«, erklärte er. »Sehen Sie mal nach, ob Sie ein Bedienungshandbuch finden und prüfen Sie, ob wir einfach losfahren können.« Tim sah in sämtlichen Fächern nach und fand tatsächlich unter dem Beifahrersitz ein Bedienhandbuch für *Claas Lexion*. Er schlug es auf, blätterte darin herum und verstand nichts oder nur wenig. »Ich weiß nicht, ob ich ...« Der Motor erwachte mit einem satten Brummen und Jäger kam unter dem Lenkrad hervor, rieb sich die Hände. »Hinter Ihnen«, warnte er Tim. Eine Untote langte ins offene Fenster, stand auf den Schulter und Köpfen der anderen. Tim schoss ihr in den Kopf. »Das wird hier nicht lange gut gehen!«, warnte er. Wie Wellen brandeten die untoten Körper gegen den Mähdrescher. Fielen die vorderen Reihen, stellten sich die Nachrückenden auf die Gefallenen und erklommen so nach und nach das Fahrzeug. Es knirschte. »Nein, so nicht!«, fluchte Jäger, dann fuhr der Mähdrescher langsam rückwärts. Die Menge stolperte vor ihnen in die frei werdende Lücke. Jäger stieß mit dem Heck an einen Traktor, schob diesen beiseite, lenkte den Mähdrescher dann vorwärts zur Hofauffahrt. Tim und Jäger saßen angespannt auf ihren Sitzen. Das Geräusch, das Gefühl, als sie über die vielen *Körper* fuhren, war nur schwer zu verkraften. Tim selbst hielt sich schon für abgehärteter, verdrängte alle Emotionen, wenn er einem Untoten in den Kopf schoss, aber das … »Das muss sein!«, machte Jäger ihnen Mut, presste die Lippen zusammen und rollte auf die Straße. »Sie hängen sich ran! Sie klettern rauf! Da!« Tim zeigte auf die Mähvorrichtung vor ihnen. Und auch hinten am Heck zogen sich Untote zum Fahrerhaus voran. Jäger atmete tief durch. »Wir müssen da zusammen durch!«, sagte er. »Das da ist die Mähvorrichtung, ich glaube, damit startet man sie«, sagte er, deutete auf einen Teil der Armaturen und nickte Tim zu. Tim schluckte. Machte sich mit den verschiedenen Knöpfen und der Anzeige vertraut. Und startete die Messer des Mähdreschers. Tim und Jäger sahen, wie die ersten Untoten, die auf die Mähvorrichtung kletterten von Schlägen durchgeschüttelt wurden, dann rotierten die Messer immer schneller und zogen die Nullpersonen zu sich. Blut spritzte, Fleisch wurde zertrennt und in die Luft geschleudert, Knochen zerbarsten. Nachdem die ersten Untoten zerkleinert worden waren, nahm Jäger Fahrt auf. »Wahrscheinlich müssen Sie Acht geben, dass der Motor nicht überhitzt und dass sich nichts verklemmt. Zumindest hat uns das erst einmal geholfen, los zu kommen.«

390

Jäger fuhr auf die Hauptstraße, sah in den Himmel, wo der Hubschrauber sie navigierte und bog auf die Hauptstraße ein. Wieder zog sich ein Untoter an Jägers Seite zu dem offenen Fenster empor, griff nach ihm. »Vorsicht!« Tim zielte, aber er lief Gefahr, Jäger zu treffen. KLACK! Die Nullperson schnappte nach Jägers Arm, rutschte ab. »Verdammt!«, fluchte Tim, schob seinen Oberkörper an Jäger vorbei, zielte und schoss dem Mann zwei Mal ins Gesicht. Mit einem Knall landete, woher auch immer, ein Untoter auf dem Dach. Zwei weitere kletterten an Jägers Seite hoch. Hände wischten auf der Windschutzscheibe herum, hinterließen Blutschlieren. Tim erwischte den einen, den anderen aber nicht. Er musste das Magazin wechseln. »Haben Sie noch Ihre Waffe? Ich meine nicht das Sturmgewehr.« »Ja. In meiner Jacke. Nehmen Sie sie!« Jäger fuhr auf eine T-Kreuzung zu, die Armaturen des Mähdreschers zeigten eine Überhitzung der Mähvorrichtung an. »Lange geht das nicht mehr gut!«, stöhnte Jäger und riss die Hand eines Untoten von seinem Oberarm, die sich bedrohlich weit in das Cockpit hineingeschoben hatte. »Ich bin gleich soweit!« Er hatte Jägers Waffe gefunden, entsicherte sie, zielte, schoss. Treffer. Der Untote ließ von Jäger ab. Zwei weitere fassten nach, suchten nach Halt, Jäger duckte sich und fuhr weiter. Der Untote vom Dach rutschte auf die Motorhaube, hielt sich fest und stieß mit seinem Kopf gegen die Scheibe. Noch einmal. Und noch einmal. Tim schoss zwei Mal auf einen weiteren, verfehlte ihn aber knapp. Ein Schlag, dann ein Zittern des Fahrzeuges. »Es waren zu viele!« Etwas blockierte die Messer des Mähdreschers. Sie sahen, wie blutüberströmte Hände und Arme am oberen Rand nach Halt suchten, zugriffen, dann folgten Köpfe und Oberkörper. Und in jedem Blick lag eine unendliche

Gier. Jäger bog links ab, fuhr im zweiten Gang um die Kurve. »Sie sind gleich da!«, teilte ihnen der Pilot über das Funkgerät mit. »Das wird auch Zeit!«, stöhnte Jäger, wehrte die Hände der nach ihm greifenden Untoten ab. Tim schoss erneut, suchte nebenbei nach einem Reservemagazin, sah sich um, weil ihn ein weiterer Schlag, dieses Mal an seinem Fenster, erschreckte. Auch dort schlug eine Untote mit ihrem Schädel gegen das Glas. »Ich … kann …«, stöhnte Jäger, schlug wiederholt nach einem Untoten, der ihn bedrängte und spürte plötzlich einen Schmerz an der linken Hand. Schnell zog er sie zurück, betrachtete sie. Blut. Blut! »Ich glaube, ich bin gerade gebissen worden«, sagte er. Tim drückte sich hinter Jäger an dessen Fenster und schoss drei Untoten in den Schädel. Lauerte. Und versuchte Jägers letzten Satz zu verarbeiten. »Ich bin gebissen worden«, wiederholte der Professor. »Ja, ich habe es gehört«, antwortete Tim eine Spur zu unwirsch. Wütend auf sich selbst, weil er glaubte, versagt zu haben. Er hatte nicht genügend aufgepasst, nicht schnell genug reagiert. »Biegen Sie gleich rechts auf die Hofeinfahrt. Das ist ein ehemaliges Gehöft. Dahinter ist das Zentrum und Ihre Zielperson«, hörten sie durch das Funkgerät. »Verstanden!« Jäger konzentrierte sich auf die Straße. Wieder krachte der Untote mit seinem Schädel in die Frontscheibe und erste Risse zeigten sich. Jäger riss das Steuer herum, er war zu schnell, hatte beinahe die Hofeinfahrt übersehen. Der Mähdrescher streifte einen Kombi, Metall kreischte, Tim ließ seine Waffe fallen. »Ein Zaun. Da vorne ist ein Zaun!«, schrie Jäger. »Weiter! Fahren Sie weiter!« Der Pilot. Jäger fuhr mit voller Geschwindigkeit weiter, hielt auf den Zaun zu, vor dem sich die Nullpersonen drängten. Der Mähdrescher wurde durchgeschüttelt, die Scheibe zersprang und sofort zog sich der Untote am Lenkrad hinein. »Nein!« Tim schlug ihm die Faust ins Gesicht, griff nach seiner Waffe, die auf dem Sitz lag und schlug damit zu. Fünf Mal, ehe sich der Mann nicht mehr regte. Tim wuchtete ihn hinaus, sah, wie Jäger sich wieder gegen hereinkletternde Untote wehren musste, sah, wie zwei weitere über den Motorblock auf sie zu krochen und suchte verzweifelt nach der Pistole, die er hatte fallen lassen. Zwischen Jägers Beinen. »Halten Sie durch, Jäger!« Tim bückte sich, langte nach der Pistole, in diesem Moment durchbrach der Mähdrescher mit voller Wucht den Zaun. Es krachte, das Gefährt bockte kurz auf und fuhr unvermindert weiter. »Wo? Wo ist er?«, rief Jäger, spürte, wie sich erneut ein Untoter in seinen Arm krallte. »Auf der anderen Seite. Bei den Bäumen. Ich gehe, soweit es geht, runter. Da, wo ich bin, müssen Sie hin!«, antwortete der Pilot. Jäger sah auf, steuerte auf den in der Luft stehenden Hubschrauber zu. Schmerzen! Jäger schrie. Eine junge Frau hatte sich in seinem Unterarm verbissen. Riss an seinem Fleisch. Er ließ das Lenkrad nicht los, fuhr unbeirrt weiter. Jede Sekunde zählte. Ein Schuss! Die Untote fiel von ihm ab. »Wir haben nicht mehr viel Munition. Acht, höchstens zwölf Schuss!«, sagte Tim. »Wir sind gleich da!«, machte Jäger ihnen Hoffnung und sah sich gleich von zwei weiteren Untoten attackiert. Auf dem Motorblock hockten mittlerweile vier von ihnen und zogen sich zum Fenster vor, ein weiterer Schlag zeigte ihnen an, dass einer oder mehrere auf dem Dach waren. »Vorsicht!« Tim streckte Jägers Angreifer mit vier Schüssen nieder. Ein weiterer Schuss und die vorderste Untote, eine sehr dicke Frau, fiel unter den Mähdrescher. Wieder wurde Jäger angegriffen. Zwei, drei … Tim konnte nicht genau erkennen, wie viele es waren. Zwei weitere Untote zogen sich von vorne in die Kabine hinein. »Suchen Sie … nach … der Zielperson!«, wies Jäger Tim an. Tim schoss einem Jugendlichen ins Gesicht, der sich in Jägers Oberarm festgebissen hatte und hielt nach dem Hubschrauber Ausschau. Sie waren richtig gefahren. Hier, ganz in der Nähe, musste sich der verdammte Rechtsmediziner aufhalten. Und Liam. Und vielleicht auch Jack. Tim bereitete sich innerlich darauf vor und hätte fast zu atmen aufgehört, als er seinen Freund Liam in der Menge erkannte. Und da! Kurz hinter ihm war der Rechtsmediziner zu sehen gewesen! »Da ist er! Da vorne!« Tim zeigte auf Liam, der unter den Bäumen eines Knicks stand. »In … Ordnung!«, stöhnte Jäger unter Schmerzen und fuhr mit dem Mähdrescher soweit es ging heran, hielt an. »Bitte! Den hier müssen Sie noch wegmachen«, flehte er und meinte den Untoten, der ein Stück Fleisch aus seinem Oberarm gerissen hatte. »Scheiße!« Tim beugte sich vor, schoss dem Untoten in den Kopf, Jäger nahm das Sturmgewehr, legte an, schoss. Die Salve fräste sich durch Gliedmaßen, Körper und Köpfe, Liam wurde in die Brust getroffen, aber im letzten Augenblick zogen sich die Nullpersonen vor dem Rechtsmediziner zusammen und schützten ihn. »Noch mal!«, schrie Tim, schoss einem Untoten ins Gesicht, der in die Fahrerkabine wollte. Dessen Kopf flog zurück, dennoch fiel er mit dem Oberkörper neben das Lenkrad. Jäger feuerte noch einmal, dorthin, wo er den Rechtsmediziners vermutete. Zog durch. Dauerfeuer. Auf Kopfhöhe. Jäger schrie. Und viele Nullpersonen, taumelten, tanzten und sackten zusammen. Pause. Stöhnen. Erkenntnis. »Das Magazin ist leer!«, stellte Jäger fest, suchte nach Ersatz. »Noch einmal! Sie haben ihn fast erwischt!«, meldete sich der Pilot. »Ja, ja, verdammt! Wo ist die Tasche mit dem Ersatzmagazin?«, fragte er Tim, der einem weiteren Untoten, einem Kind, in den Kopf schoss. »Sie müssen sich beeilen!«, rief der Pilot. »JA!«, brüllte Jäger und schrie anschließend auf, weil eine Untote an ihm zerrte und ihm in die linke Hand biss. Kleiner Finger und Ringfinger. Jäger musste mit ansehen, wie sie ihm abgerissen, gekaut und verschlungen wurden. »Ich …«, stammelte er, verwarf seinen Gedanken, weil er mit seiner rechten Hand das Ersatzmagazin in einer Tasche gefunden hatte. Und zum Einlegen brauchte er beide Hände. Er biss die Zähne zusammen, konzentrierte sich, schob das Magazin ein, bis es einrastete. Und wurde gepackt. Mehrere Hände zerrte ihn an das offene Fenster, Untoten schnappten gierig zu, bissen ihm in den Oberkörper, ins Gesicht. Jäger schrie. Tim schoss. Jedoch nicht auf Jägers Gegner, sondern auf jene, die von vorne eindrangen. Jäger riss sich los, stemmte sich mit den Füßen gegen die Tür, brachte das Sturmgewehr zwischen sich und die Nullpersonen und schoss. Solange, bis ihn ein Untoter von vorne packte, sich zu ihm heranzog und ihn unter sich begrub. Tim feuerte seine letzte Kugel. Sie verfehlte ihr Ziel.

Kapitel 66 – Hinter Glas

»Sie sind hier!«

»Poltergeist«; 1982

»… ist der Sender von Untoten besetzt. Sie stehen direkt vor der Studiotür, die wir verbarrikadiert haben. Fuck, Mann, ich sehe Kollegen, die mir täglich begegnet sind und jetzt … jetzt sind sie so. Solche … Dinger. Zombies! Ich weiß nicht, ob ihr ihr Stöhnen hören könnt.« Stöhnen und dumpfe Schläge gegen eine Scheibe. Irgendwer sagte etwas im Hintergrund. »Der Sender wird mittlerweile über Notstrom versorgt. Ich weiß nicht, wie lange. Auf der Straße ist alles dunkel. Kein Licht. Ich höre vom Sender aus zahlreiche Sirenen. Schüsse. Leute, bleibt daheim! Bitte! Jetzt kommt erst mal wieder was von Congreed!«

Kapitel 67 – Wakendorf II aus der Luft

»Ich habe Angst, Dave. Dave, ich verliere den Verstand.
Ich kann es fühlen.«

»2001 – Odyssee im Weltraum«; 1968

»Gehen Sie bitte etwas runter!«, sagte Sandra. Der Pilot
nickte. »Melden Sie sich!«, wiederholte er seine Aufforderung durch das Funkgerät an Tim und Jäger. Nichts. Keine Antwort. Bei dem Anblick, der sich ihnen aus der Luft
bot, wunderte sie das auch nicht. Der Mähdrescher sah
aus, als hätte sich eine zweite Haut aus menschlichen
Leibern über ihn gelegt. »Noch weiter, bitte!« Der Pilot
wandte sich ihr zu, zuckte mit den Schultern. »Ich weiß
nicht, was das noch bringen soll«, antwortete er. »Bitte!«
Sie legte Lina ab, um besser sehen zu können, beugte sich
vor. Wehrte sich da noch jemand in der Fahrerkabine? Sie
hoffte es. Dann richtete sie ihren Blick auf das, was sie
am allermeisten gefürchtet hatte. Liam. Und daneben,
nur manchmal zu erkennen, ein kleiner Junge in einem
schwarzen Vampirkostüm. Jack! Sandra sah ihn an. Ihren
Sohn. Versuchte ihn wiederzuerkennen. Spürte ihrer Liebe nach und dem, was sie tun sollte. Und fasste einen
Entschluss. »Noch ein Stück! Bitte!« Der Pilot senkte den
Hubschrauber ein weiteres Stück ab. Unter ihnen stand
der Mähdrescher, wenige Meter davon entfernt ihr Mann
und ihr Sohn. Mit der Pistole in der Hand öffnete Sandra
die Tür, stellte sich auf den Wind der Rotoren ein, sah
nach unten und … sprang.

Kapitel 68 – Wakendorf II - Am Boden

»Wenn es blutet, kann man es töten.«

»Predator«; 1987

Sie landete zwischen drei Untoten auf dem Dach des Mähdreschers und stieß diese herunter, ehe die sich auf einen Kampf einstellen konnten. Liam? Liam! Sie behielt Liam im Blick. War da ein Erkennen in seinem Blick? Sie streifte den Gedanken ab. Konzentrierte sich, sammelte sich. Sie würde wahrscheinlich sterben. Lina würde ohne Mutter und Vater aufwachsen. Gab es überhaupt eine Chance zu überleben? Würde sie es überhaupt schaffen? Ehe Zweifel in ihr um sich greifen konnten, nahm sie all ihren Mut zusammen, dann Anlauf und sprang dorthin, wo Liam stand und sie anstarrte. Immer noch hatte sie die Überraschung auf ihrer Seite. Erst jetzt realisierten die Untoten ihre Anwesenheit auf dem Motorblock des Mähdreschers, wandten sich ihr zu, lenkten ihre Gier auf sie, aber Sandra, die nie besonders gut im Weitsprung war, hob über den Köpfen der Untoten ab, ruderte mit den Armen, streckte ihre Beine aus, bereitete sich auf den Schmerz der Landung vor. Und den Schmerz danach. Sie landete hart, mit den Beinen zuerst flog sie in zwei Untote hinein, griff um sich, kämpfte um die nötige Balance, um auf den Beinen zu bleiben. Eine Sekunde Überraschung, vielleicht zwei, dann würden sie nach ihr greifen. Ein Ersatzmagazin, zwölf Schuss im jetzigen. Vierundzwanzig Schuss insgesamt. Und sie hatte noch nie geschossen. Sie hielt sich auf den Beinen, drei Untote gingen zu Boden, versuchten sich an ihren Leidensgenossen und an ihr wieder hochzuziehen. Erste Sekunde. Sofort einen Weg durch die Untoten bahnen. Sandra hob ihren Waffenarm hoch und rammte sich mit der linken Schulter einen Weg durch das Gedränge. Einen Meter, zwei Meter, dann war der Überraschungseffekt aufgebraucht. Die Untoten spürten, wer sich da in ihrer Mitte befand, darin bewegte und mit dieser Erkenntnis erwachte auch ihre Gier. Arme streckten sich nach ihr aus, Hände griffen nach ihr, Körper drängten auf sie zu. Sie stemmte sich gegen die zusammenrückende Wand aus Leibern, zielte auf einen Kopf und drückte ab. Elf Schuss noch. Das Ersatzmagazin spürte sie noch in ihrer anderen Hand. Liam! Durch all die Köpfe hindurch hatte sie ihn nicht aus den Augen verloren, doch jetzt wirkte er so weit entfernt von ihr, wie niemals zuvor. Wie sollte sie das schaffen? Der erste Biss. Einer der Untoten drängte sich von hinten an sie, wollte ihr in die Schulter beißen, aber Adlers Jacke war zu dick. Sandra war gewarnt. Und doch nutzte es nichts. Wie auf ein unsichtbares Kommando griffen sie zeitgleich an. Bissen zu, rissen und zerrten an ihr, bedrängten sie. Mit Erfolg. Einer hatte sie umklammert, ein anderer erwischte sie an der Wange. Leicht nur, aber es blutete. Nein! Es würde nicht reichen! Sie schoss einem der Untoten vor sich in den Kopf, noch einem und einer Frau, zog sich unter Aufbietung aller Kräfte in die Lücke, schoss zwei weiteren vor sich in den Kopf, noch ein Schritt. Dann wandte sie sich um, setzte den Waffenlauf an den Schädel des Untoten, der sie umklammert hielt und drückte ab. Frei! Wenn auch nur für eine Sekunde! Sie stieß sich ab, stemmte sich in die Untoten, die sich vor ihr wieder zusammenzogen, sich über die Gestürzten drängten. Wieder ein, zwei Meter. *Liam? Wo war Liam?* Sie hatte ihn aus den Augen verloren! *Wo, verdammt, war Liam?* Noch einen Schritt vor, drücken, pressen. Dann ließ sich ein großer, schwerer Mann auf sie fallen. Seine fleischigen Arme begruben sie, sein Gewicht drückte sie hinunter. »Liam!« Es wurde dunkel um sie herum, es fühlte sich an, als würden jetzt weitere Körper an dem Mann hochklettern, als würde sie in den nächsten Sekunden begraben werden, wenn sie hier jetzt nicht heraus kam. Ein Schmerz. Linker Oberschenkel. Kopf. Jemand hatte ihr in den Kopf gebissen, sie spürte ein Reißen an ihrer Kopfhaut. Sie atmete hektisch, Tränen schossen ihr in die Augen. Wie viele Kugeln hatte sie noch? Fünf? Sechs? Mit der linken Hand fuhr sie nach oben, hielt sie, wie ein Taucher beim Auftauchen, grub sich durch die Körper ins Freie, tastete nach einem Ziel, nach dem Kopf des Kolosses auf ihr. Fühlte teigige Haut, Bartstoppeln und ortete den Kopf, brachte ihre Waffe in Position, schoss. Als nicht augenblicklich eine Reaktion erfolgte, schoss sie noch einmal. Und spürte einen höllischen Schmerz in ihrer anderen Hand, jene, die das Ersatzmagazin hielt, jene, die immer noch oben in der Welt der Untoten darauf wartete, zurückgeholt zu werden. Sandra zog ihre Hand zurück. Wollte sie zurück ziehen, aber etwas hielt sie fest, etwas machte sich an ihrer Haut, ihrem Fleisch, den Muskeln und Knochen ihrer Hand zu schaffen, etwas, das sie sich nicht vorstellen wollte. Sie spürte ihre Hand nicht mehr, nicht das Magazin darin, nichts. Nichts! Der Koloss walzte sich über ihren Rücken, rauschte wie ein Baumriese an ihr vorbei zu Boden. Frei! Nein, frei war anders. Sie hatte sich eine Sekunde erkauft. Liam? Sie schoss hoch, presste sich zwischen Leibern vorbei, wurde gehalten. Ein Blick zurück. Ihre Hand! Ihr Arm! Mehrere Untote hatten ihre Zähne darin vergraben, rissen und zerrten daran. Ihr Unterarm sah seltsam verbogen, gezackt aus, ihre Hand war ein Klumpen Matsch.

Aber es war ihre Hand und sie hing daran. Im wahrsten Sinne des Wortes. Sie richtete einem Untoten, der ihren Arm mit beiden Händen festhielt, den Lauf ins Gesicht, schoss, einer Untoten, die an ihrem Unterarm nagte ebenso. Riss ihren Arm los, drehte sich, wollte nach Liam Ausschau halten und erschrak, als er plötzlich vor ihr auftauchte und ihr ins Gesicht biss. Dann spürte sie kleine Hände, die sich an ihr hochzogen, ein dunkler Haarschopf, schwarzer Stoff. Jack! Kurz, ganz kurz nur der Geruch von dem Waschmittel, das sie immer benutzte, ein Hauch von dem, was ihr alles bedeutete: Familie. So hatten sie immer gerochen, als alles noch in Ordnung war. Ein letzter Schuss, grün, dann ließ sie sich von den Untoten begraben und schrie.

Kapitel 69 – Das Gute an sich

»Die Welt bebt vor dir, Jack.«
»Nightmare Before Christmas«; 1993

Stell dir vor, all die Liebenden, die Männer, die Frauen, die Jungen, die Greise, die Kinder, die Freunde, die Verwandten, die Mütter, die Väter, die Verliebten und wie auch immer wen Liebenden hätten einen Schrei. Einen einzigen Schrei, in dem all ihre Liebe, all ihre Ängste, ihre Hoffnung, ihre Trauer, ihr Schmerz läge. Ein einziger Schrei, der die Liebsten schützen soll, bewahren, der ihnen zeigen soll, dass alles, dass Liebe, dass das große Ganze nicht vergebens war, denn Liebe ist größer als der Tod. Ein letzter Schrei, denn in diesem Schrei liegt das Wissen um die Zukunft, die den Tod zeigt. Die Trennung. Die Ohnmacht. Der Schmerz. All das legten Liebende in diesen einen Schrei.

Stell dir vor, dieser eine Schrei erzeugte etwas, das größer ist, als nur der Schrei selbst. Wie würde es aussehen? Wie würde der letzte Schrei einer Mutter aussehen, die um das Leben und um den Tod ihres Kindes kämpft? Wie würde dieser Schrei wohl aussehen? Stell dir das mal vor!

Kapitel 70 – Der Gerichtsmediziner und das Gute an sich

»Das waren nicht die Flugzeuge. Das war Schönheit, die das Biest getötet hat.«

»King Kong«; 1933

Ein einziger Schrei. Ein gemeinsames Aufstöhnen. Ein kurzer Moment der Besinnung, vielleicht sogar so etwas wie eine Sekunde der Erkenntnis, dann Frieden. Tod. Endgültiger Tod. Der Gerichtsmediziner brach durch eine Kugel in den Kopf tödlich getroffen zusammen und mit ihm alle, die durch das Böse infiziert worden waren. Überall. Gemeinsam. Tod. Sandra brach zusammen, fiel auf den Rücken, mit ihr die Untoten, die über ihr zusammensackten. Liegen bleiben. Kein Stöhnen. Nur noch der Hubschrauber über ihr. Lina! Ihr wurde bewusst, sie hatte es geschafft! Sie war nicht tot! Wenigstens Lina würde eine Mutter haben. Sie wollte aufstehen, das Gewicht auf ihr wegdrücken und … blieb liegen. Rang um Fassung. Bekam keine Luft mehr. Jack lag in ihrem einem Arm, Liam in dem anderen. Es sah aus, als hätten die beiden sie unendlich lieb. Sandra blieb liegen. Ein letztes Mal mit Jack und Liam im Arm. Als Familie.

Kapitel 71 – Hier ruhen die Toten

»… tot, tot, tot, tot!«
»Wenn die Gondeln Trauer tragen«; 1973

Tim und Sandra standen alleine am Grab Robert Jägers auf dem Friedhof in Hamburg-Ohlsdorf. Es war viel los gewesen hier und auch für Sandra war es die zweite Beerdigung in kurzer Folge. Die erste von Jack und Liam hatte ihre Gefühle mitgenommen. Jetzt war sie leer. Unendlich leer. Tim hielt sie in seinem Arm, seine Verletzungen würden verheilen. Aber Jäger hatte es nicht geschafft.

»Das war es«, sagte Tim. »Das war es«, sagte Sandra. Sie gingen zurück in ihr neues, altes Leben.

Kapitel 72 – Cloud 9

»In der Korova-Milchbar konnte man Milch-Plus kriegen. Milch plus Vellocet oder Synthemesc oder Drencrom, und das tranken wir. Das heizt einen an und ist genau richtig, wenn man Bock hat auf ein wenig Ultrabrutale.«

»Uhrwerk Orange«; 1971

Ein halbes Jahr später – Hamburg

Sie riss ihm das T-Shirt vom Leib, saugte sich an seiner Brustwarze fest. Er war Italiener. Auf dem Kiez hatten sie sich kennengelernt. Zusammen gefeiert. Waren sich näher gekommen. Jetzt waren sie in seinem Hotelzimmer und fielen übereinander her. Magisch, magisch, magisch. Und sein Schwanz, der sich gegen ihre Oberschenkel presste. Mächtig, mächtig, mächtig. Seine Hände kneteten ihre Brüste, ließen ab. Erst dachte sie, er wolle sich die Hose ausziehen, aber er holte ein Plastiktütchen aus seiner Hosentasche, hielt es hoch und grinste. »It drives us crazy!«, sagte er und lächelte. Und sein Lächeln. Süß, so süß. Sie riss ihm die Tüte aus der Hand, öffnete sie mit spitzen Fingern. »Wow! Just eat it. But only half of it.« Sie schüttete sich die eine Hälfte in die hohle Hand, in den Mund und spülte mit einem großen Schluck Cola-Rum aus der Dose hinunter. Reichte ihm den Rest. Er nahm die Tüte, hob beschwichtigend eine Hand. »Wait. Now, you're getting hot. Swear.« Er legte das Tütchen auf eine Kommode, zog sich die Hose und seinen Slip aus und präsentierte ihr seinen erigierten Penis. Wirkte es schon? Ihr Kichern wurde kehlig, sie leckte sich über die Lippen und konnte den Blick nicht abwenden. »Scht«, beruhigte er sie, geilte sie auf. Mit einer Hand nahm er ihn, zog die Vorhaut zurück, stöhnte und begann langsam zu masturbieren. »Hot?«, fragte er sie. Lächelte. Süß, so süß. Geil, so geil. Sie nickte, hörte einen Tischtennisball über Stein prallen, flirrendes Eis, schoss vor und biss ihm aus purer Lust in die Brust, in den Bauch, in den Hals. Und etwas erwachte. GIER. Unendliche GIER. Und HUNGER.

Über den Autor

Nach seinem Abitur an »der grünen Schule« hat Vincent Voss allerorts verlauten lassen, er werde Schriftsteller. Ein halbes Jahr und ca. 70 Manuskriptseiten auf einer elektronischen Schreibmaschine später hat er dann eingesehen, dass man davon nicht leben kann und erst einmal etwas Vernünftiges unternommen. Eine Reise nach Südostasien.

2008 hat Vincent Voss eher zufällig wieder mit dem Schreiben begonnen, ein Internetforum rief zu einem Schreibwettbewerb auf und seine Geschichte wurde entweder in den höchsten Tönen gelobt oder total verrissen. 2009 nahm er dann gleich an mehreren Ausschreibungen teil und die ersten Veröffentlichungen in Kurzgeschichtenbänden folgten. Mittlerweile hat Vincent Voss mehrere Romane und knapp 50 Kurzgeschichten veröffentlicht. Er wünscht seinen Lesern für dieses Buch ein unangenehmes Gruseln und einen feinen Sinn für Humor.

Kontakt:
www.vincentvoss.de

Der Kannibalenschocker von Cecille Ravencraft:

Im Zentrum der Spirale
(Cecille Ravencraft)

Thomas, ein junger Mann auf der Flucht, findet unverhofft Unterschlupf bei einem sympathischen Pärchen: Den Moerfields.

Wie Hänsel ohne Gretel lässt er sich in ein Pfefferkuchenhaus der besonderen Art locken und wie Hänsel wird er nach Strich und Faden mit dem besten Essen verwöhnt.

Die einsamen Moerfields sehnen sich nach einem Sohn und setzen ihre Hoffnungen auf Thomas - und sie lassen sich nur ungern enttäuschen ...

Leseempfehlung: ab 18 Jahre

420 Seiten Taschenbuch
ISBN 978-3-940036-06-3
Preis 14,70 Euro

»Im Zentrum der Spirale« ist im Verlag Torsten Low erschienen und über den Verlag, den Buchhandel und amazon erhältlich.

410